U0113654

未央宫

曾宪法◎著

中国文史出版社

图书在版编目（CIP）数据

未央宫／曾宪法著．－－北京：中国文史出版社，
2022.12

ISBN 978 - 7 - 5205 - 3927 - 2

Ⅰ.①未… Ⅱ.①曾… Ⅲ.①长篇历史小说－中国－
当代 Ⅳ.①I247.5

中国版本图书馆 CIP 数据核字（2022）第 208861 号

责任编辑：胡福星

出版发行：**中国文史出版社**

社　　址：北京市海淀区西八里庄路 69 号院　　　邮编：100142

电　　话：010 - 81136606　81136602　81136603　81136605（发行部）

传　　真：010 - 81136655

印　　装：廊坊市海涛印刷有限公司

经　　销：全国新华书店

开　　本：787 × 1092　1/16

印　　张：24.5

字　　数：376 千字

版　　次：2023 年 8 月北京第 1 版

印　　次：2023 年 8 月第 1 次印刷

定　　价：72.00 元

公元前202年，两场关系人类历史命运的战争在欧亚大陆的东西两端，同时落下了帷幕。

在西方，在美丽富饶的亚平宁半岛上，迦太基人引以为骄傲的汉尼拔将军，在扎玛战役中，不可战胜的神话破灭了。他那红葡萄酒般的涂满对手鲜血的战旗，十五年是第一次黯然失色了；那曾经在阳光下闪烁着异样光环的旗枪尖颓然落进了土里。而罗马在绝望中选举的执政官——年轻的西庇阿将军，他那饱经战火洗礼和染有战士血渍的战旗，好像第一次被洒满了阳光，闪耀着火焰般的色彩。

贵族元老院的元老们在罗马凯旋门前给西庇阿戴上了英雄的桂冠。在进城的路上，在每一座神庙的柱廊前，倾城出动的罗马公民以及饱受战争之苦的奴隶们会聚成巨大的人流。这人流爆发出春雷般的欢呼声，使那七山之城的罗马似乎都在颤动。热情的少女们都给他掷去了如癫如痴的飞吻。在罗马保护神丘庇特神庙柱廊前的广场上，一群贵族青年把穿戴甲胄的西庇阿将军一次又一次地抛向天空。他们仿佛有丘庇特的助力，使他一扬手就能抓到天上的彩云。他头盔上的羽饰在阳光下显得更加璀璨、更加艳丽了。

奴隶制的罗马共和国主宰了西方。

在汉尼拔将军退出亚平宁半岛的历史舞台的同时，在东方，在华夏，在中原大地上，不可一世的常胜者楚霸王项羽也走到了穷途末路。在垓下，在那依然雄伟而豪华的遍布斧钺仪仗的帷幕中，他为自己唱出了挽歌：

力拔山兮气盖世，

时不利兮骓不逝。

骓不逝兮可奈何，

虞兮虞兮奈若何？

满眼噙着泪水的虞姬手持寒光闪闪的宝剑为他跳起了楚舞，并用那充满悲哀与绝望的歌喉为他唱出了最后一曲：

汉兵已略地，

四面楚歌声。

大王意气尽，

贱妾何聊生！

在那歌声骤止而余音未尽、宝剑在握而寒光顿逝的同时，她那年轻而美丽的姿容失去了光泽。她的生命终结了。

叱咤风云的项羽对于自己的失败只归结为"天亡我也"。他怀着不解的遗恨刎剑于乌江之滨；伴他征战多年的乌骓神骏也怀着不解的遗恨投身于乌江之中。

说来也巧，汉尼拔和项羽都是兵败自杀的。

汉高祖刘邦在经历了无数次失败的屈辱之后，他那也是饱经战火洗礼和染有战士血迹的战旗，终于插遍了大河上下、长江南北。在中国历史上，他创建了一个伟大的封建帝国——汉朝。

但是，垓下之战的胜利还不能使刘邦"刀枪入库，马放南山"。不久，战争的车轮又滚动起来。他既要为巩固中央集权的大汉帝国而斗争，又要为巩固他的封建皇帝的宝座而斗争。而到他的晚年，在未央宫和长乐宫里却又出现了另外一种形式的斗争。

历史是复杂而曲折的，是不以任何个人的意志为转移的。现在，让我们回溯岁月的长河，把历史的长镜头推进到汉朝初年的社会生活中去，推进到汉代长安及其巍峨壮丽的未央宫和长乐宫里去吧！

1

一条从北向南的宽阔河流闪着耀眼的粼光，河两岸参差不齐的垂柳生机盎然，拂着水面的枝条随流水带起的微风轻轻摇曳，仿佛是在喃喃低语。东岸大道两旁的杨、柳、榆、槐、松、杉、桐、柏高低杂植，青黄互见，枝叶繁茂，籽荚喧响。透过树丛，一望无际的农田中，等待收割的蜀秫和盖住地皮的冬麦交错相间，红绿对映。

一队骑兵行进在大道上。队伍前，一面镶着白绸牙边的长三角形红色战旗在斜阳照耀下轻轻飘舞。旗心上清晰地闪现出白丝线刺绣的篆书"董"字，旗枪尖下缀着两条金色丝线编结的绦缨，像金蛇一样屈伸蠕动。腰悬宝剑的掌旗官是名年轻而英俊的骑士，头上戴着缀有红缨的精光锃亮的铁鍪，皂色战袍上穿着像坎肩一样的铁裲裆。他紧握旗杆，抖擞精神，紧紧控驭着高昂头颅的枣红色战马。他的前后左右是装束相同年纪相仿的护旗骑士，除腰悬宝剑之外还有长戟和弓箭。他们身后十几步远处有一名英姿飒爽的青年战将，胯下的雪白战马显得格外剽悍精神。他就是这面军旗的主人——右署中郎将董宴。这是直接隶属皇帝陛下的三署卫队中的一署。

前锋数百名骑士之后拉开一个三四十步距离的空当，大汉帝国皇帝陛下刘邦和骖乘①、郿城侯周缗将军并辔走在这空当中间，身后是十来名亲

---

① "骖"乘亦做"参乘"，即陪乘者。

随卫士。

刘邦由于长期军旅生活，特别是多次负伤，尽管穿着厚实的绛紫色织锦皮战袍，里边还穿着金裲裆，仍然显得很瘦削。束腰的板带上悬着长剑。剑柄和剑鞘没有镶金嵌宝的装饰。这是实战的宝剑，那紫鲨鱼皮鞘显得极为名贵。他的脸色有点苍白，突出的颧骨棱角分明，甚至高耸的鼻梁也是有棱有角的。他的两腮凹陷，两鬓斑白，一把苍髯飘洒胸前。额头上眼睑下都有很深的皱纹，眼角的鱼尾纹更明显了。人瘦眼睛大。他的目光犀利，一忽儿熠熠闪烁，兴奋异常；一忽儿又紧锁双眉，黯然神伤。他座下的黄骠马胸宽臀圆，腰细腿长，毛色光滑柔润。它的额头上有一撮不规则的多角形深栗色旋毛，仿佛是多长了一只眼睛。而眉峰下的两只真眼睛又大又有光泽，既显得凶狠，也透露着温驯。它走得非常平稳，长鬃大尾也格外洒脱。显然这是匹经过良好养护和精心调教的骏马。

与他并辔的周緤将军戴着插有羽毛和颤悠悠的红缨的金钰锋。他约有四十多岁，略微有些发胖，因而在马背上就更显得丰满、壮实。他面色红润，两道眉毛平平的，眼睛就像年轻人那样清澈明亮。

他俩驱马走出队列，十多名骑卫也跟了出来。队伍仍缓缓行进，除蹄声之外都静悄悄的。

刘邦这次出征，从去年（乙巳）夏尾六月末起到今年（丙午）孟冬十月止，历时四个多月①，不论是心情还是身体，不论是国事还是战况，他都觉得不愉快、不顺利。先是甲辰年（高帝十年）秋九月，阳夏侯陈豨自立为代王，竖起了反旗。他立即亲率大军北渡黄河击之。不久，长安多事，他把北方军事委诸周勃、樊哙，于乙巳年四月起銮驾，经洛阳，返京师。但他积劳成疾，精神委顿，竟长卧禁中。不曾想在北方战事还渺无了期，淮南王黥布又向他的皇权挑战了。迫不得已，他又抱病南征。一个半月前，他麾兵经铚县东进，未至庸城即与布军相遇。正鏖战间，不幸，竟为布军流矢所伤，正中在当年项羽在成皋险些使他丧命的那贯胸之箭的旧创口上。这是他长期戎马生活中的第十二次重伤。当时，曲逆侯、护军中

①　汉初承秦制，以十月为一年之首，即以冬为岁始，秋为岁末。故乙巳年秋七月至丙午年冬十月只有四个月。又：汉初无皇帝年号，仅以帝名纪年。故丙午年亦称汉刘邦十二年，或称高帝十二年，即公元前195年。

4

尉陈平将军所率前军已下庸城，闻讯后急将他接进城中，命随军医士拼死抢救。但他失血过多，伤势太重，一直处在垂危状态。陈平与众将商议，一方面部署军事，一方面征得戚夫人同意派遣军使昼夜兼程赴长安报信。皇后吕雉带着御医十万火急地赶赴庸城。不想刘邦这时已经好转，能够坐起了。刘邦对陈平传信长安和皇后亲来前线很是不快，但谅其好意，自然不便埋怨。他相信自己会好起来，因为他觉得有好些事情还没做完，不能就这样闭上眼睛，至少不能让他的敌手快乐逍遥地看他的笑话。然而有时他的心情又非常抑郁，几乎不相信自己还能重见长安了。

刘邦以花甲之年①征北逐南，早就有力不从心之感。此次庸城受创，在清醒时，便深深感到身后之事迫在眉睫。早在吕雉皇后计杀韩信、菹醢彭越时就已思虑及此。当时，他一则以喜，一则以忧。喜的是功高震主的韩、彭终于伏诛，消除隐患；忧的是秩比皇帝的皇后过分专权，后人难以约束。他深知他的结发妻子既有深谋远虑之智，又有狠戾暴虐之性。嫡生太子仁弱温驯，自己百年之后，江山能否百代繁兴，真是无法逆料。偏巧此时身受重创，皇后径来军中，言辞中已询及身后之事，更引起了他的疑虑。在征黥布之前，他本想让太子代他出征。作为太子，他现在若能统率军队，建立功勋，则日后必可驾驭群臣，稳坐江山。况且身在前线也会得到许多在安适的宫殿和内阁中所得不到的教益和锻炼。然而他最终还是打消了这个念头。他深知儿子性格的懦弱和无能，是根本不可能去做什么统帅的。多少年来，他一直为这个一点儿也不像他的儿子感到苦恼，感到失望。他把这归结为妻子对他的荫庇和宠溺。然而儿子已是当然的皇位继承人。随着刘邦身体的日渐衰败，他对这个问题的担心就越来越重。他在敦促妻子先回长安之后，曾想找自己的爱将陈平来谈谈自己的苦衷，而好几次话已到了嘴边，又吞了回去。这可是件大事啊！他觉得还是自己先想想成熟为好。

十天前，刘邦在当年陈胜、吴广起义的大泽乡以西三十多里的庸城甄乡养伤，并从那里派遣陈平、灌婴、夏侯婴、靳歙、郦商及庄不识诸将率

---

① 刘邦生年有二说：一作公元前256年，一作前247年。两说均无确考。根据刘邦在起义前的行状，笔者从前一说。

大军渡江追击狼狈溃逃的淮南王英布。英布少年时因罪受黥面之刑，故又称黥布。昨天刘邦接到陈平从枞阳派专使送来的奏章，说黥布叛军只剩千余人，舍陆登舟向鄱阳湖遁去，给大军追击造成困难。但有确切消息说他欲投奔长沙王吴臣。陈平报告说已派密使间道去长沙行计，黥布必灭无疑。这使他一直紧张焦虑的心情松弛了下来，他立即给陈平回了一封诏书，同时也决定启驾回长安。而更使他兴奋的是，在这回长安的路上，有着他日思夜想的故乡——沛县。他是多么想念那儿啊！

队伍已走过去不少了。刘邦这才意识到自己落后了，刚一起步，头上梧桐树的横枝把束发冠挂歪了。他戴的是竹篾编织的竹皮冠，用一根竹簪绾在发髻上。周缲急忙与之并马，伸手去帮他把竹皮冠戴端正，可是发绺却散落下来了。急切间，一位宫装挎着宝剑的少女迅速策马赶到近前。

"将军！让我来。"

发绺在少女手中一下子就服帖了。她又很快地给刘邦绾好了发髻，戴好了竹皮冠。

"告诉夫人，前边就是泗水镇，马上就要到了！"刘邦举鞭指着西北一片树林掩映之处说道。

"是！"少女微笑着在马上轻声应道。她勒马回到走近的辒辌车①旁掉转了马头，和另一骑马宫女并辔而行。辒辌车后是七八辆辎车和轺车及一些辎重车。

刘邦在行军时一向不使用所谓的天子法驾，即驾六马的金振车、有侍中骖乘的驾四马的副车与三十辆乘属车，和称之为卤簿的由羽仪导从的仪仗队。他觉得那一大堆车驾及仪仗只能吓唬百姓，骚扰百姓，徒使百姓增怨而已，前朝始大皇帝嬴政陛下多次巡行天下，其所用的法驾、卤簿及卫士可排列一二百里之长，留侯张良当年还不是照样主使力士用铁锥击之。他是带兵到前线指挥作战去的，那法驾、卤簿不仅毫无战斗力，而且暴露目标，容易成为敌人众矢之的。他连自己的旗号也不多用，只用郎将的旗号，并且还经常变换着。今晨一上路，他本躺卧在辒辌车

---

① 辒辌车是有窗有门的最高级卧车，后世则专指丧车。辎车是有帷盖的车，可载人载物。轺车是轻便车，亦可做战车。

里，可是心潮起伏难以自已。特别是在路过彭城时，多少往事如大海狂涛在他心中翻滚。他从车里钻了出来，让随军伴驾的宠妃戚夫人留在车里，自己却和骖乘周緤并辔缓行。他要好好呼吸一下家乡的空气，饱览家乡的风光。他在马背上仿佛忘记了伤痛，越接近家乡就越兴奋。他恨不得能立刻见到乡亲。

这时候，主将右署中郎将董宴候在马道旁。他高插手向刘邦行了个军礼，说道：

"据报沛县县令已在前边桥上恭候圣驾！"

"他怎么知道的？"

"想是斥候或先遣回京官员知照的吧！"

刘邦用左手轻轻捋着胡须，说："我本不想让地方官员知道，只是想多看一眼故乡。唉！不知哪年哪月还能再来到这里了，说不定永远来不了了呢。"

"陛下，末将立即派人前去知会该县令，令其回避！"董宴说着就要派人前去传令。

"慢！董将军"周緤喊道，然后对刘邦说："陛下重返故里，怎能令地方官员不知？现既已知道了还是不要令其回避的好。"

刘邦点了点头。他很喜欢这位能体察自己心境的部下。

这时，河西岸突然变得开阔起来，一条从西流向东的河水与之交汇。四五艘大大小小的乌篷船停泊在凸出的岬角码头上。前面一座茅亭在望。刘邦既感到兴奋，又似乎紧张起来，一提缰绳，黄骠马冲出了队列。周緤和身后的近侍骑卫急忙尾随着他。

董宴第一次来到这里，他向周緤询问河名。周緤未及答话，刘邦却接了过去。仿佛这个爵不过五大夫①的中郎将不是他的地位卑微的下属，他也不是他的至尊的皇帝，而是一个阅历丰富的老兵。现在到他的家门口了，他要向他的朋友点数家珍。他告诉他：沿沛县城东趔向东南，他们方

---

① 秦商鞅定二十级军功爵，汉初沿之，本书多处使用，现一并注出。其爵称为：公士、上造、簪袅、不更，上四级相当于士；大夫、官大夫、公大夫、公乘、五大夫，以上相当于大夫；左庶长、右庶长、左更、中更、右更、少上造、大上造（大良造）、驷车庶长、大庶长，以上九级相当于卿；关内侯、彻侯，上二级相当于侯。爵称代表一定的实力。

7

才一直傍着它走过来的是泗水；绕沛县城南直向东流，与泗水交汇的是汜水。过泗水桥有东向齐鲁和南达江淮的大道，水路则可通舟楫。由于水路交通汇聚，所以他的家乡是个繁华的集镇，有二百几十户人家。他当年当泗水亭长是一桩荣耀的事情。他记得当年的村镇上有二十多家店铺，逢到三八集市的日子，城关及四乡百姓从水旱两路涌来赶集，偌大的泗水镇顿时就鼎沸起来。

"董宴！"周缫又说道，"请去指示车、骑等郎将整饬队伍，申明纪律，然后进镇！"

当队伍停下时，刘邦也下意识地整理一下自己的衣冠。他很想趋出队列，走到队伍前头去。但周缫制止了他。刘邦勒住了马，他翘首眺望着前方的小镇，蠕动着嘴角，两颗晶莹的泪珠不知不觉地滚出了眼眶。

游子归故乡呵！

2

身着素装的刘邦紧随着骑士踏上泗水桥，早在那儿恭候的县令及其属掾压根儿没认出他来。

刘邦在村镇的中心驻马，各部郎将也率队向纵深延展开来并陆续停下。这时已近申末时刻，集市早已散尽，几家破烂不堪的店铺也都收歇或在盘点。下田做活的人们尚未收工。街市上没有多少闲杂人。这在刘邦的眼里觉得故乡比从前冷落得多了。

这时县令率其属掾匆匆赶来，伏在地上，等候着对他"有眼不识泰山"之罪的责罚。刘邦捋着五绺苍髯向周緤与董宴笑了一下，仿佛是个顽皮少年，恶作剧之后开心了。此时此刻，他的内心里已经为实现了一个微妙的、谁也无法领悟和体会的愿望——突然闯回了梦一样的故乡，而充满了快感，征战的疲劳、受伤的创痛、瞻前顾后的烦恼，都早已抛到了九霄云外。

"今天就住在这里！"刘邦没有理会那伏在地上瑟瑟发抖的县令，他手扶鞍桥，准备下马。

这可吓慌了县令。他急忙膝行数步，径直说道："请陛下不要下马！不要下马！"

"嗯？"刘邦皱紧眉头，扶着鞍桥不动了。

县令继续说道："请陛下开恩！这里是荒僻小村，不宜安息圣驾，县寺虽然简陋，尚可权做行宫，城郭虽小亦便警跸。小臣启请陛下……"

"叫你这么一说，我当了皇上就不准回家乡了！"刘邦说着便翻身下马。马前的骑郎将急挽扶住他。周缫、董宴等也随着跳下了马背。近侍骑卫接过缰绳把马牵到一旁去了。

刘邦的宠妃戚夫人由贴身宫女佩兰、佩芷、佩蓉、佩苓陪同，这时也已赶来。她中等身材，纤细而又丰满。明澈如秋水的一双大眼睛配着两条细长如柳叶的眉毛，除了美还给人以聪明、温柔与淳和的感觉。她的鼻梁很高，嘴角微微有点儿上翘，瓜子形的脸上有两个浅浅的酒窝，总是似笑非笑，而同时却又显得有些抑郁。她薄施胭脂的脸色白中透粉。她没有像在宫中那样梳着高高的双鬟发髻和戴着大量珠翠或宝石，而只是绾着一个松松的发髻，髻前插着一只小巧的紫磨金的金凤。她的衣着也是素淡的。尽管如此，在戴着钰铧披束裲裆的卫士中间也还是十分显眼。她的四个贴身宫女都是经她亲自选在身边的聪慧的少女，一个个都焕发着青春健美的光辉。

她见皇上笑得那样开心、爽朗，声音那样洪亮、豪放，几乎让人觉察不出他长途旅行后经常有的那种过度疲倦的样子，感到很诧异。自从皇上负伤之后，箭创给他带来的痛苦也使她每天忧心忡忡，而更使她担忧的是，她发现在皇上的内心里有一种难以排解的忧郁之感。万没想到他今天会这样舒畅、这样痛快，使几乎不能相信自己的眼睛和耳朵了。

刘邦见戚姬来到，更是高兴，微笑着对她说道：

"看看吧，这就是我的故乡！"

功成名遂、衣锦还乡的刘邦完全沉浸在欢乐中。一抹斜阳照射到他那颧骨高耸的瘦削的脸颊上，竟显出了从未见过的红润的光泽；蓬松的苍髯以及粘满征尘的战袍，也都闪耀着异常灿烂的光辉。这红润的脸颊似乎表明，他不仅恢复了健康，也恢复了青春。就连竹皮冠和靴子上的尘土也好像给这已经恢复了的健康和青春涂上了一层绚丽的色彩。

董宴奉周缫之命召来了属下的户郎将、车郎将等，吩咐说圣上要在这里息驾，叫他们率所属各部立即加强警跸，随后又命县令派员协助安排息驾之事。

这时，远处有一些衣衫不整的老人走来，刘邦便与周缫及戚姬等迎了上去。

老百姓一见刘邦走来，纷纷跪地山呼万岁。刘邦一见急忙趋前数步，搀扶起一位须发全白的老人，说道：

"老人家莫行大礼，快请起，快快请起！"

周缧也忙上前去搀扶其他老人。

"刘季呀！想不到的事儿呵！"第一个被搀扶起的老人抓住刘邦的手颤抖着说道，"万万想不到的事儿哟！你还没有忘记我们，在我入土之前，你还能回家乡叫我见上一面！我是哪辈子修来的福气啊……你的哥嫂，唉！短命噢——"老人激动得哭了起来。

柳县令一听这老汉直呼皇上的小字，吓得额上顿时浸出了汗，恨不得上前把这无礼的大逆不道的老头训斥一顿。

可是皇上细一看那老人竟惊呼起来："啊呀！原来是魏伯！"

周缧也急忙过来跪地向老人施礼："啊！魏太伯！小将周缧有礼了，问候老丈起居！"

魏太公拉起了刘邦，又上前眯起眼睛细看周缧，一时之间竟想不起他是谁了。

刘邦擦着眼角上的泪水，声音发颤地说道："魏伯记不起来了？他是周兖家的老四，帮我大哥种过田，也帮您老人家种过田的周缧呀！"

老人颤颤巍巍地扶起周缧，其他老人也都围了上来。转向皇上说："后生们跟着你都当上大将军了！呵、呵……"

戚姬这时也上前向魏太公及众位父老屈身施礼。众老人见这位如花似玉的女子向自己问候，身后还有一群佩剑的宫女，想必是皇上的宠妃了，便又要下跪。戚姬和宫女一见急上前搀扶住了。

皇上笑对戚姬，也是对董宴等近侍卫士说道："魏太公是我大哥的岳父。大哥早在我当泗水亭长时就已故去，寡嫂也已仙逝。倒是魏伯还这样硬朗！"他又转向魏伯："愿您老人家长命百岁呵！"

"托你的福！托你的福呵！"老人抹着泪哽咽着说。

戚姬又向老人施了一礼。她记起皇上有一次闲谈，曾说过长嫂对他刻薄的故事。说有一天他领朋友到兄家吃饭，嫂以刮釜之声表示饭已罄尽。朋友走后，他进厨房发现釜中不空，而与大嫂不睦。但这魏太公却待皇上极好。皇上年轻时，每次路过老人宅门，老人都招呼他进屋叙话。遇到饭时便坦然就食。起义初，老人鼓励他说，好生干，只要不像陈胜那样忘了乡亲就好。老人还把自己仅有的一点积蓄都送给了他。她知道皇上与家乡父老的血肉关系，因而觉得自己也好像是父老们的亲人了。

刘邦对家乡父老们呼伯喊叔称兄道弟，仿佛一下子就抹掉了贵贱的界限。他们亲切交谈，开心和天真地说笑，互相拉着手儿久久舍不得撒开。他们向他打听萧何和张良等人的近况，询问周勃在干什么，甚至直呼樊哙为"那个屠狗小子"，对里中子弟充满了爱戴之情。他们没有颂扬之词，可是出自内心之诚却比任何颂扬更宝贵。在互相交谈中，或是刘邦得知哪个父老死于饥馑，或是乡亲听说几个子弟献出生命，他们又相对黯然唏嘘。在那艰难的战争年代，中原大地的黎民百姓在兵燹火焚中煎熬着挣扎着。白骨蔽野，赤地千里。多少村落成为无人之区，多少亲朋故旧死于非命，令人思之泪下。而投身战场的青壮，在瞬息万变的战斗中，生死存亡常判在一呼一吸之间，怎不令人缅怀？人民付出的代价是巨大的，然而却是值得的。因为作为皇帝的刘邦又回到他们中间了。

太阳的余晖还未完全消失，而大半个月亮却已爬上了村东的柳梢头。人群越围越密，不少是倾家而来。村镇上的街道拥塞不堪。那县令想要把群众和皇上隔开，但却被推挤到一边去了。近侍卫士职责所在，想紧紧跟住皇上，却也无能为力。皇上在人群中，对于那些仍能记得名姓和辈数的殷勤地嘘寒问暖；对于青少年子弟也是问长问短，摩顶拍肩。他看到人们的服装是破烂的，面容是饥瘦的，不禁有些伤感。"家乡的亲人们哪，你们怎么啦？不认识刘季了吗？"他真想大声这样说。他想起自己第一次夹在人群中窥视秦始皇出巡场面而产生的恐惧之感，尊卑的鸿沟大约不论在什么时候都是不能弥合的。他忽又想起霸王项羽下令火焚咸阳之后曾说过的一句话："富贵不归故乡，如衣绣夜行，谁知之者！"其意如此，其志可知，其悲剧的结局亦为必然。而他今天虽然不是来向家乡父老炫耀的，但在这故乡亲人中，却分明感到了荣耀，见到了赤诚。

此时此刻的戚姬才真正理解了皇上的思乡之情。树越长得高根子就越是扎得深；人越思念乡亲也必然越得到乡亲的思念。她不愿妨碍皇上与乡亲叙话，更不能在皇上的乡亲面前显示其优越的地位。她随皇上多次见过盛大欢迎的场面，但哪一次都是由卫士们森严地警戒着，众臣和将军们严密地包围着，只有这一次的情景完全不同，卫士们都被挤到外圈去了。故乡的土是香的，故乡的水是甜的，故乡的人是亲的啊！

将交正午，乡亲们陆续来到了场外。今天对每一个人来说都是难忘的，皇上要在这儿欢宴，请的就是他们这些穷乡亲。人们一见皇上偕戚姬和周缫等陪着魏太公和一群老人到来时，便跪地恭迎。刘邦急忙制止。

昨天晚上，刘邦没有听从那县令的安排，住到县城去，就在自己的家里度过的。十多年前的旧屋，在他看来远比什么宫殿更教他感到舒畅。夜里，他躺在那略微有些潮湿、散发着稻草香气的床上，早年的生活竟又重现了。这久别却又难忘的生活，使他如痴如狂，彻夜难眠。这一夜，他想到了许多。

在周缫和董宴的招呼下，人们陆续在摆列好的两排长几前席地就座了。戚姬亲自招呼着妇女们就座。这时，董宴才发现代表皇上筹办这次宴会的县令没有影儿。他有些恼火，正要派人去寻，却见那县令和一大批官吏气喘吁吁地跑了来。原来，那县令本没料到皇上要举行这样的盛典，临时赶回县城去搬来了美酒佳肴，并连夜派人将县城几家饭馆的厨师也一起叫了来。

刘邦一见人齐酒到，就起身亲自向老人们敬酒，甚至还给几位老人布菜。

父老们对于自己的里中子弟推翻强秦，战胜霸楚，成为主宰天下的皇帝，本来就十分骄傲。而今他又这样亲切地和他们在一起欢笑谈叙，就更感到激动无比。酒兴助了谈兴，谈兴助了酒兴，漆杯换上了陶钵，低语变成了高声。中年人放量痛饮，少年和孩子们忘了家长的千叮万嘱，竟离座站在老人身后以便就近看着他们所崇拜的皇帝，或者竟在场上追逐嬉闹。戚姬左右的妇女们也都不再腼腆而谈笑风生了。这时一个小伙子抱着一个沾满泥巴的坛子来到皇上面前，他说这是在楚考烈王①时代他的祖父埋藏地下的陈酒。刘邦高兴得大叫起来："抠掉泥封！"一股浓烈的醇酒的香气顿时弥漫了全场。

这时聚在皇上身后的少年中有几个人竟拿起了乐器。品着那陈年的美

---

① 楚考烈王于公元前262—前238年在位。

酒，听着那铮铮作响的秦筝和急如骤雨的燕筑，刘邦的心情益发激荡起来。这时天上飘来几朵浮云，如羽葆伞盖一样罩在头上。阵风掠过，非但没有一丝寒意，且令人感到异常爽快。刘邦慨然赞叹："好风！"接着便站了起来，伸开双臂，肥大的袖子吹得鼓鼓的。他抬头仰望蓝天，浮云或如鹏鸟张翼翩跹欲飞，或如奇峰突起堆玉叠壁，或如碧海扬波雪浪飞溅，或如梨花点翠柳絮飘扬。不禁脱口吟了一句："大风起兮云飞扬！"

念罢这一句，刘邦接过了戚姬递给他的筑，用竹尺急促地击奏起来。那旋律就如一阵突然掠过静谧原野的狂风，刹那间天地万物似乎都发生了变化。鹿群惊慌奔驰，鸟雀腾空高飞，树叶飘摇旋舞，河水涌起洪波。他仰望蓝天白云，眼里忽然闪烁着异常的亮光，既明快却又包含着深沉的隐忧。他好像看到了北方崇山峻岭中的万里长城，和正在长城脚下与陈豨及匈奴征战的周勃、樊哙，甚至还仿佛听到他们的战马正在奋鬃嘶鸣。他又联想到南方，似乎看到灌婴和夏侯婴诸将正率军在充满烟瘴的丛林中艰难地跋涉，而陈平所部正驾着舟楫与江水的滔天巨浪搏斗。随着思潮的起伏，他击奏的旋律忽如万马奔腾，忽如波涛汹涌；时而攀登险峰，时而放步原野。原野上又出现了和煦的阳光，恢复了那固有的静谧。节奏舒缓了，并逐渐转入一个婉转而低沉的过门，接着便用他那洪亮却又显得凄凉的低音唱了起来：

> 大风起兮云飞扬，
> 威加海内兮归故乡——
> 安得猛士兮守四方？
> ……

但他没让这情绪停留下来，旋律突又转为快速而高昂，显然已由变徵之声转为羽声了。在唱第三遍歌词时，情绪激动，歌声高亢。把最后一句唱成了叠句，充满了号召与鼓励的精神，仿佛在他的眼前已经出现万千猛士，正叱咤风云，跃马扬鞭，奔驰在万里疆域上。在转入尾声时，他又以变徵之声再现了静谧的原野，憧憬那太平与繁荣的大千世界。

聪颖而博闻强记的戚姬用尽心力在聆听并暗暗记下这支即兴的复杂曲子。可她还没来得及在心里复吟一遍时，佩兰却把筑捧到她的面前。她吃惊而又深情地看着刘邦，恰巧与他的目光相遇。他示意她演奏。她有些迟疑，回眸去看佩兰和佩苓。佩兰向她点一下头，那眼睛仿佛告诉她：请夫人大胆演奏吧，我们已经记下了皇上的每一句歌词和每一个音节。戚姬向皇上也点点头，发髻上的小巧的金凤颤动起来，仿佛它在替夫人向皇上说，我就演奏！请皇上尽情地唱，尽情地舞吧！她轻轻抚摩一下那还留着皇上激情的琴弦，用那洁白而纤细的手指试了一下，那振动的弦索就像皇上的脉搏一样在跳动着。她稍微移动一下身子，便举起竹尺击奏起来。她记得那样准确，演奏得又是那样富有激情，佩兰那银铃一样悦耳的高音随着戚姬的演奏唱出了第一句歌词，佩苓、佩芷和佩蓉便加进来齐唱。这更激起了刘邦的热情，觉得兴未尽发。他站起来张开双臂喊道："再奏一遍！"

当琴声再起时，少年们也加入进来，或是以弦应律，或是以管应声，或是拍掌击节，或是引吭高歌。兴奋、激动的刘邦甩开了宽袍大袖，手舞足蹈，粗犷豪放，尽情地描绘着帝国的辽阔版图和美好河山，倾诉着他率领战士驰骋疆场的经历。

蓝天、白云、碧野都在引吭高歌；骄阳、神霄、流风也来应律狂舞……

3

一清早，戚姬就召集近百名里中少年，教他们按照昨晚她整理的谱子唱《大风歌》。

昨夜，戚姬带着宫女们服侍刘邦，早早地让他睡下了。她知道他太兴奋了，而且喝了太多的酒，这对他的病体是不相宜的。但她又怎么能去劝阻呢？她跟随皇上多年，皇上像昨天那样，还是第一次。一个人，总有自己的故乡，尤其是像皇上这样，十多年前离开故乡，现在功成名就，衣锦荣归，怎么能叫他不高兴，不激动呢？漫说是皇上，她自己岂不也一样激动吗？想到这些，她就益发对皇上的伟业充满了崇敬，对皇上充满了眷恋之情。

年久失修的房屋在入夜之后颇有寒意。从房檩的空隙钻进来的凉风把油灯的火焰吹得摇曳不定，戚姬不禁打起寒战来。铺在地上的毡蠲也因受了湿气，显得格外冰凉。佩芷有时不得不改变一下坐着的姿势。在巡夜的卫士敲二更的梆子时，宫长佩兰想劝夫人休息，但看她一会儿握管沉思，一会儿又奋笔疾书的样子，她又不敢说了。佩兰进了东套间抱出两床被子来，给戚姬和佩芷铺在座位上。戚姬直催她快去休息。

"夫人！我让佩苓和佩蓉先睡了。就算这里不用我照看，皇上那里我也得照看啊！"佩兰说着就又走进了西套间。那里传来了皇上轻微而均匀的鼾声。皇上睡得少有的安稳。

中宫史佩芷正在写皇上的起居注，详细记下了皇上封沛县为汤沐邑和

16

关于蠲除沛丰两县赋税的谕旨。因为坐得舒服了，所以写得更起劲。但戚姬却似乎颇费斟酌。她给皇上的诗写上了《大风歌》的题名，字既娟秀又工整。那三句诗各用一片竹简，每个字旁边都标上音符。皇上击筑时演奏的那段前奏、那个引子、过门、变奏及重复，她都详细记下来，唯恐漏掉一个乐句，错了一个节拍。她在写完"安得猛士兮守四方"这一句时，陷入了沉思。她不但想着皇上边歌边舞时的情景，同时也想到皇上在庸城瓠乡负伤时的情形。当时皇上曾对她说过，如果太子能干，何至于使他受那么重的伤！不知怎么的，皇上的话，使她想到了自己的儿子如意。如果是如意在京，她坚信如意是能够代替皇上率诸将战胜黥布的。但她不敢说出那样的话。昨天皇上唱出"安得猛士兮守四方"这样的诗句，她知道皇上的内心在想些什么了：猛士是有的，然而谁是这些猛士未来的统帅呢？她看出了皇上的内心。可使她不解的是，皇上为什么不把这内心的苦痛、忧虑和真实的想法说出来呢？莫不是对她还有什么戒心？一想到这里，她的内心就无法平静。不知不觉地，泪水模糊了她的视线，抖动的手使她几乎握不住笔。默默地流泪终于变成了难以抑制的抽泣。

"夫人！"佩芷吃惊地叫道。

佩兰也跑了出来。戚姬急忙拭去了泪水。

"夫人！想什么呢？别写了，快睡吧！"

"我，我就要写完了。"

"可是，夫人，夜已很深了！"

佩芷拿起她记的乐谱，看着看着，不禁也落下了泪。

"佩芷！"佩兰想要制止她。

佩芷默默地把曲谱递给了佩兰。佩兰接过来细细阅读。皇上那交织着豪情与痛苦的弹奏与歌唱的情景重现了。她也禁不住潸然落泪。她们俩是戚姬身边掌事的宫女，也是她的贴心人。刚过二八的豆蔻年华使她们出落得像荷花仙子。她们，还有佩苓和佩蓉，在戚姬的熏陶下，不只是精于韵律歌舞或者文翰诸事，而且也熟知国家政事和宫闱内幕。她们是过于早熟的少女。

佩兰给戚姬又披上一件衣服。

"夫人！我想明天早起一会儿，找些里中少年学这首歌曲，永远传唱下去，不好吗?"佩芷眼里闪着异样的光芒。

已到辰中时刻，刘邦仍在旧居的寝室里似醒非醒似睡非睡地安卧着。他隐隐约约、时断时续地听到仿佛来自郊野，又仿佛来自云霄的一缕歌声。他又蒙眬了。但在蒙眬中，好像歌声离他更近了。他恍恍惚惚想起昨天:"我大概是喝醉了吧!"他已经记不起宴会是怎样结束的，也记不起宴会之后自己又做了些什么。

他看着四处漏风的房檐，烟熏得漆黑的房顶，觉得有些凄凉。这就是当年他和妻子长期生活的地方啊!

他看了一眼戚姬的空被窝，知道她有早起的习惯。他此刻似乎却还受宿酒影响，仍然懒洋洋地恋着热被窝。

他探起身子仰靠枕头默默地沉思着。他想起昨天在宴会上曾对县令说过，他决定将沛县作为汤沐邑，蠲除沛丰两县的赋税。不知戚姬是否记了下来，回长安之后，这是要通知相国给地方行文的。他又想昨天还说了些什么? 他不能让自己在乡亲面前言而无信。他要他们相信，他是他们可以信赖的皇上。想到这，他希望能马上找戚姬来问问，就翻身起床。

在堂屋的佩蓉听到动静，忙推门进来侍候他穿衣起床。他先吩咐她去传旨:命董宴整饬队伍，提前吃晌饭，午时出发;请骖乘将军速来，有事相商，并陪他去向父老告别。按原先的计划，他只能在家乡待一两天。然后问:"夫人呢?"

就在这时，戚姬偕佩芷和佩苓领着一大群男女少年走进院中。他们要给他唱《大风歌》。

那饱含激情的歌声令他激动不已。他发现戚姬在乐曲中加进了许多变奏和发展，使他那即兴的曲子更加细腻和丰满了。不多的几件乐器仿佛给歌唱更增添了翅膀。

皇上高兴地为他们拍掌击节，仿佛又置身昨天举行宴会的场上。

他不是无缘无故地宠着她，也不是因为美而偏爱她。皇帝的后宫是不乏美人的，而是因为她太体贴他的心了。当年他兵败狼狈溃逃只剩得单人独骑时，为了寻路和讨一瓢饮而得遇戚姬父女。那时她只是个十七岁的姑娘，但她毅然委身于他，给他以招集散亡、重整旗鼓的决心与勇气。在南征北战、险途重重的军旅生活中她又以其多才多艺、聪明睿智和对他炽热的忠诚而博得了他对她的宠爱和信任。他不禁深情地望着戚姬。她那散发着幽兰芳蔼的有如雾绡的白裙，飘飘忽忽若飞若翔；她那哀厉而弥长的倾注着全部激情的歌吟，仿佛能使屏翳收风，川后静波①，怎不令人心神震荡？她身后那些用翠羽、秋菊、瑶碧、明珠装饰起来的少女们，似乎把蓝天和白云都点缀得五光十色，使整个大地都换上了绚丽的新装。

他步下堂前的石阶，想要走到那些少年们中间去。可这时周缧搀扶着魏伯和几位老人走进了院落，最后还跟着董宴。

刘邦迎上前去。

"这是怎么说的呀？你不能走！不能走！"魏老太公用拐杖点着地面激动地说，"怎么就集合起队伍了？你不能走啊！"

其他几个老人口称皇上下跪挽留。

刘邦上前搀扶那几位老人。一些少年也围住了皇上和戚姬。

刘邦犹豫着。是啊，以他的内心来说，他是希望再住些日子的，他也舍不得离开这片深情的土地，可是国事在身，怎容他悠游？

"父老深情，我铭记在心。只是……"刘邦说不下去了，老人的企望的眼光使他不忍了。他转对董宴说："把队伍解散吧，明日早行。"

魏伯坚决要叫刘邦到他家里去吃一顿饭，就像从前过他家门时一样。他不忍拒绝，也不能拒绝。村醪是淡薄的，菜蔬是寡味的，粮食是粗粝的，但他却觉得是可口的美味。他又经历一次感情的风暴。他邀请老人随他去长安享几年清福，老人说他难离故土，又说他要使自己的魂灵替他守护着故土，等着他的魂魄。老人希望他以后经常回故乡来看看，下次来，带皇后和太子一起来。

老人的话无意中触痛了刘邦最敏感也最脆弱的神经。

刘邦从魏太公残破的茅屋回来后，把起驾的日期又推迟了两天。他和周缧密谈了多半天，后来又分别接见了周缧挑选的两名亲随卫士。头一名是携带诏旨返回前线去见陈平的。第二名卫士，人们以为是先遣回长安的。直到夜里临睡时，刘邦才告诉戚姬："我已经派人传旨邯郸，我们快

---

① 屏翳和川后是神话中的风神和水神。

要见到如意了，你高兴吗？"

　　戚姬愣住了，老半天没说出话来。她做梦都在思念着儿子呀，却从不敢提出召他回长安的话。如今皇上却已经派出了专使。这意味着什么呢？是选择他作为守卫四方猛士的统帅吗？这是暗示还是承诺？她的眼泪突然像涌泉一样夺眶而出。她一下子扑进刘邦的怀抱，好一阵工夫才喃喃地出了声："陛下！如果天神有灵，妾愿一辈子，不，十辈子、百辈子侍候您啊！……"

4

长安城里壮丽的未央宫和长乐宫的宫墙上遍插彩旗，迎风招展。每隔五面彩旗便有一名手执长戟的守宫卫士，头戴明晃晃的钜锌，身穿亮闪闪的裲裆。彩旗映照着卫士，既是一派节日景象又是戒备森严。在相距约有一里宽的两宫之间的广场上，等候皇后法驾的千余名骑卫成四路纵队整齐地排列着，所有仪仗和文官们的车辆，也都依次列队。以萧何为首的文官们都站在武库门前等候皇后。

午时正刻刚过，皇后的凤辇随着骑紫骝马的皇太子刘盈在太监们的前呼后拥下出了长乐宫的西司马门。凤辇原是妃嫔们乘坐的双马辎车或单马辂车，以及她们的宫女们的车辆。

官员们礼迎了皇后之后，各自上了自己的牛车①或是马车，这支浩浩荡荡的队伍在骑卫的前导和后拥之下出了安门。

皇上从庸城起驾回京的消息一传进长安，皇后吕雉就命相国萧何准备郊迎。按照路程估计，就算皇上因伤不能快行，也不过六七天的时间便可抵达，可现在已经十二三天了，还未见踪影。据皇上先遣官员禀报，皇上拟在沛县小住一二日，在洛阳停上一半天，那么也应在五六天以前抵达。前些天，她焦虑不安，一直担心皇上在途中身体不舒服，更怕箭疮复发，正准备派遣官员携太医前去远迎。可后来却传回消息说，皇上与家乡父老

---

① 汉初战马奇缺，许多官员都坐牛车。

欢宴聚饮，载歌载舞，乐而忘返。这才打消了她的焦虑。

她自从去庸城前线探望了皇上的伤病之后，心情就一直非常压抑。皇上对她的态度，辜负了她的一片苦心，也表明了对她的不信任。当时，她把这理解为皇上伤势太重，一时说的气话，所以也没吱声，就忍了下来。返回长安以后，她对皇上的身体始终放不下心。而这几天，她彻夜难寐，辗转反侧，仔细回想在庸城时皇上说过的话，联系到他在故乡"乐而忘返"，她忽然觉得这其间有些蹊跷。

他们三十年的夫妻生活，总是离多聚少。她深知他从来都没有完全忠实于她。当她还是待字闺中的少女时，父亲不问她的意愿，不顾母亲的反对，也不睬亲朋好友的劝谏，决定了她的婚事。这件事损伤了她那颗骄傲的少女的心。她那千针万线的绣花枕头不知沾上了多少泪痕。婚后，果然证实了亲友的预言：家徒壁立的无赖子与有夫之妇曹氏暗中往来。为此，她哭过，闹过，也回过娘家，但都无济于事。她无法禁止他眠花宿柳。后来，她一夜之间突然变成了沛公夫人，继而又成了汉王王后。她终于相信了父亲的眼光和一位过路老人的预言。可是，成为皇帝的丈夫的外遇越来越多，并且还给她们都加赠了封号，于是便都合法了。她终于明白了要想使丈夫改掉好色的恶性就如使他放弃吃饭一样不可能。她不想再为此类事情操心了。她把妒火悄悄埋藏在心底，她这时所要保住的是至尊的皇后地位。而且为了张扬皇后之德，也为了能暗中控制和掌握丈夫，她甚至主动为丈夫征来民女以充后宫。然而，戚姬的出现使她异常的恼怒。她看得出，丈夫是真的喜欢那个女人，而不像对其他的女人那样薄情。她在内心里深深地记恨着丈夫，对戚姬，则更是有夺宠之仇。她曾经设法用她挑选的美女取代他对戚姬的偏宠，但没有奏效。她妒火中烧，越发痛恨戚姬了。随着时间的推移，她的这种仇恨心理又渐渐地转化成一种担心。尤其是她这次在前线亲眼所见，凭着她的敏感，她发现，皇上对戚姬已经不只限于一般的宠爱，而对她，也不止于一般的冷淡了。她预感到这其中埋伏着一场激烈的争斗，虽然她暂时还说不清这是一场什么样的争斗。

皇后与太子的车驾约于未中时刻方才走到灞桥附近的轵亭。先期到达的负有警戒责任的几位主要将领——卫尉王岐、警卫畿辅的灞上驻军将军吕释之，郎中令冯无择等急忙到凤辇前来迎接。太子向舅父吕释之问了安。皇后瞥了一眼陆续到达的妃嫔们的车辆，知道相国等人的牛车还远在后边看不到影儿，不禁皱了皱眉头。她看了一下时间还早，想先休息一下，便下了凤辇，走进了轵亭。没有四壁的轵亭紧邻大道。一大清早就赶出城来郊迎皇上的长安百姓被卫士们阻挡在驰道两边的旁道上，杂乱的说话声吵嚷声使皇后觉得耳朵里嗡嗡响。

长乐宫大太监指挥小太监给皇后铺好了座位。可是皇后说了句："我不坐这里！"刚好走进亭里的皇后的妹妹舞阳侯夫人便说道："呦！就这么个空亭子啊，这可没法待！大太监！另找个地方不行吗？瞧这周围的乱劲儿！"

大太监张释在远离人群的一块高敞之地围起一圈帐子，铺上十多块毡罽供皇后与她兄妹等人歇息。

直到申中时，相国派官员来恭请，皇后才由胞兄建成侯吕释之、胞妹舞阳侯夫人吕须和侄儿吕产等陪同，身后一大群男女侍从簇拥，步上了轵亭前铺着的大红氍毹。太子刘盈与相国萧何、太子太傅叔孙通、太子少傅张良、御史大夫赵尧及九卿大臣和一些彻侯[①]已在那里恭候着她。

"圣驾离这里还有多远？"皇后问相国。

"臣派郎中令冯无择前路迎接，方才他派斥候来报，圣驾在新丰去拜谒太上皇的故居，想来不会耽搁多少时间。"

皇后在亭前伫立不动，只是看着轵道。轵道上每一块小石头都拖着一条长长的影子。太阳快要下山了。

皇后昂首向四处张望。

远处，终南山变成了一片墨色，肩头上却好像镶着绚烂的粉红色的花边。鳞状和絮状的玫瑰色的彩云像巧手刺绣的锦缎在蓝天中飘浮。沐浴在残阳余晖中的骊山、蓝田山、太华山仿佛涂上一片丹漆，挺拔峥嵘的雄姿益发显得威武雄壮、辉煌灿烂。远立渭北的九峻山、嵯峨山只是朦朦胧胧、隐隐约约的一条淡淡的轮廓线。但在咸阳原上的秦宫废墟中却升起一缕袅袅炊烟在晚风中摇曳。不知什么人竟会结庐于那蛇鼠栖止的地方，情景显得异常凄凉。

---

① 彻侯即列侯。

皇后收回了目光，抬手轻抿一下耳边的鬓发。天生丽质和精心打扮，使她比四十六岁的实际年龄显得年轻得多。就如一块美玉，其本身就晶莹剔透、绚烂多姿，经过妙手精雕细琢，就更光彩夺目了。她的头发乌黑油亮，双鬟高髻前簪着一支象征其尊位的金凤簪。那是用细如头发的金丝编制的，凤头、翅膀和尾羽嵌着闪闪发光的宝石和明珠。她已微微发胖，白皙的皮肤光滑细腻，额上有几道浅浅的皱纹，由于梳妆宫女给她细心匀面、描眉、涂胭脂，颜色益发显得艳丽了。她的一双大而有神的丹凤眼和那高高的鼻梁相配，在端庄中透着风流，在严肃中显出妩媚，在明澈中流露睿智，在凝视中更觉深邃。她的耳垂上戴着绿松耳石的耳坠，给那雍容华贵的气质又添了几分富丽。她的衣着是讲究的，那披风外露的鼺鼯凤毛就抵得上十户中产之家的财富。颀长的披风丝毫也掩不住她那修长的身条，浑然若削的双肩显示着身段的美丽。她走路时，只见裙裾轻摆，不见身子晃动，显示出高贵的气魄和至尊的地位。

黑压压的一群寒鸦聒噪着从东向西掠空而过。皇后不禁皱起眉头向寒鸦飞去的方向瞥了一眼。忽见一抹残阳仿佛跌进了终南山的万仞悬崖，可是旋又出现在两峰之间，像一个巨大的火球在空中燃烧。矗立山巅的云松仿佛在火焰中颤抖，缭绕着群峰的暮霭烟云都染上一层淡淡的红色。

"寒鸦已经归巢，可是车驾还不见踪影。"皇后自言自语着。

相国仰首向鸟飞的方向看去，不只是寒鸦，而是各种各样的鸟儿。有一群低飞的鸟儿，他甚至还辨认出其中有大而色青的鹍雀，便对皇后说道："林鸟惊飞，从东向西，可知车驾离此已经不远。"

太子刘盈迎候心急，听了相国的言语，不禁督促母亲："请母后陛下就上大道恭迎父皇陛下。"

"不忙，先遣官员还没见嘛！"皇后朝太子白了一眼。

轵亭左右有几丛粗壮的罗汉竹。晚风吹来，竹叶不时传出一阵阵窸窸窣窣的喧响。那喧响和附近各种阔叶的或针叶的乔木以及低矮的灌木丛发出的低吟交织在一起，再加上拥挤的人群的嗡嗡声，维持秩序的卫士的吆喝声，远处停车场上的马嘶牛哞声混成一片，吕雉的心里隐忍着不耐烦的情绪。

"请陛下进入亭中休息片刻吧！"

她拒绝了相国的谏议，竟举步沿着大红氍毹走上了帜道。

轵亭东的百余步是一片开阔地。当年始大皇帝的裔孙、悄悄去掉帝号的秦王子婴，就是在这里项挂白练，手捧玺绶向沛公纳降的啊！萧相国选择此地举行郊迎典礼，她知道这是在迎合皇上的虚荣心理，当然也无须提出异议。皇后向两旁看了看，道北排列着明盔亮甲的仪仗队，金戟闪光，彩旗飘扬；道南是乐队，前行觱篥在握，箫管纵列，次行笙竽前捧，钟鼓横陈。这是两支壮观的队伍，现在静悄悄伫候着。圣驾一旦出现，乐队齐奏，卫士高呼，那将是非常热烈的场面。儒家大师、太子太傅并兼奉常的叔孙通先生对典礼仪式一向是非常严格的。皇上尊重他，她也尊重他。她对他的这些安排是满意的，不由得回过头来想向他表示谢意。但这时太子正与其师傅说话："太傅！父皇陛下会不会又在别处耽搁？"

叔孙先生向他拱一拱手，说道："太子殿下！请以耐心为是！"

皇后又白了儿子一眼。不知怎的，她觉得儿子的话有些不得体。这时，她又听到儿子对太傅说："是！先生！不过——我想父皇陛下已离此不远，我是否可以先行一步前去迎接？"

吕雉很不高兴，不禁回头低声训斥道："盈儿！先生已经说要以耐心为是，要听从先生的教导，不许有乖礼法！"

"是！母后陛下！"刘盈嗫嚅地说。

这时叔孙通又说道："接驾仪式乃朝廷大典。夫为储君者应时时牢记周公之礼。圣人训曰：君君，臣臣，父父，子子。此礼之大经，故曰礼莫大于分也。望太子留意焉！"

站在太傅前侧与太子并立的萧何听到师徒的对话，心里不由得一动：太子要前去迎驾，既是君臣之礼又是父子之情，和周公之礼、圣人之训有什么相悖之处？太傅真严厉呵！太子还太年轻，一旦君临天下，上有太后，旁有严师，将是怎样一个局面呢？他把眼睛闭上了，肃立不动。他对叔孙通一向是敬而远之的，对其繁文缛礼本不赞成，但皇上接受了，他也就不便多说。不过前几天倒略微讽喻他几句。那天在麒麟殿中召集群臣会议郊迎典礼时，叔孙通主张高搭彩棚，反对让长安百姓也来郊迎。说什么让百姓们与皇室后妃、彻侯诰命及文武官员杂处其间是"尊卑既乱则上下无以相保"。他当时忍了几忍，最后还是说："圣驾在沛县与父老同游共饮，流连忘返；关中百姓愿迎陛下情真意切，一片赤诚，可感可钦可敬，焉有屏诸界外之理？搭彩棚固属类观，然圣驾仅一过而已，却耗资巨费无补实用，不搭也罢！"当时叔孙通没有再坚持，却不料今天他又对太子讲出这么一套话来，萧何不便再说了。他斜了一眼站在自己身后的留侯张良，他竟是那般的泰然自若，就好像什么也没听见似的。萧何知道留侯也是不满于叔孙通这一套的。他真佩服他这套大智若愚、无动于衷的本事。

大道尽头仍是一片静谧，阒无一人，皇后感到身后传来一阵簪环佩饰的响动，不由回头望去。一些夫人和年轻的美人们，正争相翘首前瞻，有的还倾侧着身子。这景象使吕后很感讨厌，她向她们投去了愤愤的一瞥。顿时，簪环佩饰的响动一下子变得鸦雀无声了。

太阳完全落山了。垂柳的枝条停止了摆动，风已停息。轵道尽头隐隐约约出现了一小队骑士。

当护旗仪仗队走到轵道的第一对大灯笼下边时，广场上立即响起了喧天的鼓乐声。

树上巢窠中的宿鸟被惊得飞了起来。

护旗仪仗队被引导进广场中去。守候在那儿的皇后、太子、相国、两位太傅少傅、御史大夫及最显赫的文武官员都在翘首遥望着以灯笼、团扇、羽葆和黄罗伞盖为前导的车驾。在昏暗中出现的几骑却已经驻马。抢先跳下马背的郎中令冯无择突然拖着长音大声喊道：

"皇帝陛下驾到——"

西门内史跑向广场喝住乐队的演奏。

皇上在周绁和冯无择的搀扶下缓慢蹭下马背，左手按着右胸，右手扶着鞍桥，显得很是吃力、疲倦。这时大道两侧的官员和妃嫔们也都跪下，广场上爆发出山呼万岁的喊声。

刘邦走到皇后相国面前。皇后相国及在那儿迎候的官员都立即伏地行跪拜大礼并再一次山呼万岁。

"臣妾恭迎陛下多时，一路上陛下可安康吗？陛下为什么要骑马长行，这太辛苦了呀！"吕雉仰面问候道。

"这不碍事，请起！"刘邦上前扶起皇后。

这时，刘盈也在一边向父亲磕头问安："儿臣叩问父皇陛下御体健康！

祝父皇陛下万岁万岁万万岁！"

"嗯！嗯！起来吧！起来吧！"刘邦审视着儿子那稚嫩紧张的脸。

刘邦转向萧何、叔孙通张良和吕释之等人："相国！噢！太傅！留侯！请起，快请起！啊！内兄，请起！请起！"

"自从陛下亲征逆贼"，萧何拱起手说，"臣无时不惦念，无日不盼望圣上早回京师安享太平。"

"多谢相国！相国的身体还好吗？"

萧何躬下身去，他被皇上的问候激动得流下了泪。当刘邦负伤的消息传来时，他是既担心而又深感内疚的。身为相国，圣上之一臂，不能代皇上出征，他感到这是自己的失职和无能。如今皇上伤愈返回长安，他一定要设法让皇上安安稳稳地过上几年太平盛世的日子。所以他诚挚地说道："托陛下洪福，只是臣未能为陛下分劳分忧，深负陛下知遇之恩，使臣五内交愧！"

"相国勋劳卓著，为朕分忧，多谢相国，请不必过谦！"刘邦说着又转向张良："噢！留侯！怎劳先生也来远迎，贵体可好？"

张良躬身拱手："谢陛下垂爱！老臣尚好。圣上税驾于沛，臣尝思从陛下一游。可惜贱躯羸弱，失其良机，心中不胜怅然。今日得见龙颜，臣犹思沛也！"

刘邦也有些怅然，拉住张良的手说道：

"唉！居沛时，朕也思念诸卿，家乡父老也问候卿等。"他边说边轻轻摇晃着张良的手连连叹息。

叔孙太傅也拱手躬身说道：

"老臣祝陛下万寿无疆！万寿无疆！陛下北讨南征，诛叛伐逆，销锋毁镝，经营天下，此乃至圣之德！吾闻之，五帝之间，号令三禅，虞夏之兴，积善累功；汤武之王，修行仁义；西伯受命，虞芮耻争。以德若彼，盖天下尚未一统。自陛下拨乱反正，除暴安良，践祚帝位，天下归心，致使海内承平。此亘古以来未尝有也！老臣颂陛下之德，望……"

叔孙通话未说完，却被刘邦打断了：

"呵！呵……先生之言吾愧不敢当，愧不敢当呵……天下尚未承平，吾焉敢与先圣比德。"

这时戚姬也走来向皇后陛下行了三拜九叩首的大礼，按礼如仪地问候金安。皇后和颜悦色地说："夫人伴驾出征，不但有军旅跋涉之劳，且屡冒矢石风险，实为女中英豪，非后宫诸夫人所可比拟者，老妇衷心感激呵！"说着她就俯身将戚姬搀扶起来。她见戚姬一身素淡，不禁吃惊地说道："哎哟，贤妹！一路之上雨雪浸淫，风霜衍溢，何以竟穿得如此寒素！绮雪！"她回头叫宫长，"快给夫人按秩大妆！"

"臣妾谢陛下深恩厚德！"戚姬又欲俯身逊谢，却被吕雉搀扶住了。

皇后又拉起佩兰，异常爱怜地抚摩着她的手背说："看！这么年轻的姑娘，却跟着戚夫人经了大风雨，见了大场面，一个个都出息了。只怕是那些整天待在宫里没见过大风大浪的小姊妹们都比不得了！"说着，又朝戚姬斜了一眼。戚姬低头不语。

绮雪给戚姬披上了和皇后一样的披风，并且代皇后给佩兰等赏赐了衣裳。

皇后又亲自陪着戚姬会见后宫诸夫人和百官诰命夫人。

刘邦对于相国安排的这个郊迎仪式，特别是长安百姓也能参加，是满意的。他的心情很愉快。

"陛下，请到轵亭稍歇。"萧何说道。

一见轵亭，刘邦心中不免生出一番感慨。

轵道亭是他每次出入关中所必经之处。但像今天这样乘着朦胧夜色，看着宿鸟惊飞，而与文武官员、长安百姓相聚，这还是头一次。尽管此时使他不能极目望远，但往昔多次经过这里的情景却历历在目。他第一次走过这里时，不过是个小小的泗水亭长，奉命押送几十名黥面刑徒为秦始皇修建阿房宫和骊山陵。从这里进入咸阳后曾有幸见过秦始皇的车驾。他那时发出的"大丈夫当如是也"的感慨，如今早已成为现实。人生一世，有什么能比这更值得骄傲的呢！当他二次来到轵亭时，情形已经发生了极大的变化。始大皇帝的有着黄地六彩带缓的"受命于天，既寿永昌"传国玺①和秦帝国的金、铜符节等，都作为投降者的贡物呈现在他的面前。他还曾在这附近安营扎寨，并从这里去赴那凶多吉少的鸿门宴。项羽背约，

---

① 秦始皇六玺之一。子婴降，献于刘邦。刘邦即位，奉为国宝，遂有传国玺之称。

不令他王于咸阳，他怀着抑郁、愤慨、挫折、屈辱、失望和仇恨的心情，从这里走进四面环山几乎无路可通的汉中。暗度陈仓之后，一举消灭三秦王，他又从这里直出函谷关，奔袭彭城……他一生中最重要的可歌可泣的史剧都是在这里演出的呀！

刘邦一番感慨之后，忽然发现不见王陵，就问萧何。萧何忙答道："安国侯久罹疾患，尚难行走，故未能前来迎驾。"

"病得很重吗？"刘邦忙问。

"近日已略见起色。"

"何以不早告诉我？"

"陛下御驾亲征，军情紧急，如告陛下，徒增忧耳！"

"唉！"刘邦有些黯然。这时太子走进轵亭，跪在他面前说道：

"父皇陛下一路鞍马劳顿，备尝辛苦。儿臣叩请父皇陛下启驾回宫休息御体！"

刘邦这才慢慢站了起来，在皇后、相国及大臣们的簇拥下向等候他的辒辌车走去。

5

刘邦的车驾径直进入未央宫，皇后传命在金华殿为皇上举行非正式的小型接风宴会。刘邦很疲倦，宴会草草结束。群臣陛辞后，他斜靠在御座的引枕上懒洋洋地不动弹。吕雉说道：

"圣上鞍马劳顿，请早些歇息吧！"

刘邦"嗯"了一声，却没动弹。他看见刘盈站立在一边，就问：

"这几个月里你都做了些什么？"

"儿臣受业于太傅……"刘盈小声地说，神情有些胆怯，仿佛一堆话卡在喉咙里了。

"噢！"刘邦应了一声，打了个哈欠，"时辰不早了，回去休息吧！"

吕雉目送躬身退出殿去的儿子，瞥了一眼并不动身的丈夫。她明白了：他是不打算回长乐宫休息的。不由得在心中立即爆发起一股怨气和怒气。她的嘴唇蠕动着，脸色似乎都变了。但她还是忍住了，她用眼睛把周围的太监和宫女们睃了一眼，对未央少府令、大谒者令、大太监命令道：

"襄章！"

"小臣在！"大太监急趋至吕雉面前跪应道。

"给陛下预备茵舆①！"

襄章为之一愣，心说为什么要预备茵舆？他仰视着皇后既没应答也没

---

① 其形类似今之担架，但短而宽。

有动。

这时长乐宫大谒者令、大太监张释在皇后身后悄声说道："陛下！车驾一直在外等候，何以……椒房殿没有准备呀！"椒房殿是皇后在未央宫里的寝殿，她迁居长乐宫后，只留太监看守，空在那里了。

这时刘邦已经坐了起来。

吕雉没有理睬她那年轻英俊的太监张释，又对襄章说道："去传旨！"

"是！陛下！"襄章应着并站了起来。

"你也劳累了一天，休息吧！"刘邦对吕后说道。

吕雉悻悻地告了一声辞，带着四名贴身宫女绮雪、绮雯、绮云、绮霞等出了殿。尾随在后的张释见其眼色便悄悄留在廊下了。

在坐上凤辇时，陪乘的绮雪说道：

"陛下！为什么要叫襄大谒者预备茵舆啊？"

"哼！为什么！你难道还看不出来吗？"

绮雪不敢再问下去，低下头一声不吭。她真替皇后难过。皇后从庸城回来就一直惦记着皇上的伤病，还要为国事操心。今天可盼着皇上回来了，见了面，谁知皇上竟这样待她。

吕雉两手交叠在胸前，上牙咬着下唇，透过驭者的肩头凝望着星空。

当年她被俘进项营时，也是这样的夜晚，也是这样的星空。前边的车里是太公，后边的车里是被绑缚的审食其。旁边是骑马的项军。她相信死就在面前，哭是没有用的，她抹干了眼泪。她不指望丈夫会带兵来救她，因为她知道他没有那个力量。只是希望他能积聚力量，坚决打下去。当时她最担心并悲痛的是那失散的一双儿女。但同时也幻想着：他们既然没有被俘，只要不死于乱军之中，就有获救的可能。她幻想着那位在她耕田时遇到的老人。他给刘盈相面，说他贵不可言。既然贵不可言，虽有劫难，终不致死。这就是希望！但现在，星空依旧，子为太子，己为皇后，贵不可言！可就是这样的"贵"吗？他，究竟想干什么？

皇后的凤辇进了长乐宫的西司马门不远就停了下来。按照宫中规定，车辇到此为止。长乐门前已有挈茵舆的太监等在那里。

"赶进去！"她命令驭者。她不想换乘茵舆。

她前脚进了长信殿，张释后脚就赶到了。在穿过中霤大殿向青阳内室走去时，张释小声对她说：

"皇上去兰林殿了。"

兰林殿是戚姬居住的殿。张释留在金华殿就是为了侦视皇上的动向的。

吕后沉默着。

进了青阳内室，绮雪给她脱去了披风，解下了腰带上的佩饰。专司梳头的宫女宣偃轻手轻脚地上前给她摘去了首饰。

"预备洗沐。"她说。

宣偃又去给她解开裙子，脱下外衣。

"等着！"她对欲向外退去的张释命令。

她从右耳室的浴间出来时，只穿了一件宽松的紫色织锦丝棉袍，松松地绾着一个发髻。她挥手叫一般宫女都退下，只留下了宫长。

"哼！我估计他就不会去别的殿。"她对张释说，"你跟去了吗？"

"奴才怎能跟去。"张释说。

"我要喝酒！"吕雉对绮雪说。

"襄章派人抬来茵舆，问皇上去何处，皇上就说去兰林殿。奴才就回来了。"

吕雉冷笑着。绮雪捧进漆案，给皇后斟上了半杯酒。

"满上！再拿只杯来。"

她叫张释陪她喝酒，连着喝了两满杯，狂笑一声："陪了四个月还没陪够！在打什么主意呢？我们也喝个够！"

子时过后，绮雪悄悄把漆案收拾下去，把门反扣上了。

戚姬一踏进正殿的门槛就迫不及待地去解皇后送给她的那件披风。仿佛那是件施了魔法的衣裳，不但捆住了她的手脚，而且烧得她浑身起了燎泡。可是急躁中她把系带的活扣弄成了死扣。她越着急，那死扣越紧。待走进梳妆室把系带扯得绽开线，才使那灼人的披风从肩膀上滑落下来。紧跟在她身后的佩兰不知她为什么走得那么急，衣服滑落时没接住。赶快弯腰拾起。可一抬头却愣住了："夫人——"

戚姬双手紧抓着门框，头无力地伏在双臂上，仿佛连迈步的力气也没有了。佩兰吓得忙扔掉披风去扶她，跨过门槛，坐到床上："夫人！

你——"

戚姬轻轻摇晃着头，颓然地挥了一下手。

佩兰又去拾起那件披风，欲搭在床帐外的木楗上。

"拿远点！"戚姬叫住了佩兰，"什么叫'寒素'？"她喃喃自语着，似乎又看到那赠衣时的情景。

佩兰恍然明白了，悄悄拿起那件披风退了出去。这件披风和皇后的一模一样，这是偶然的吗？不可能！皇后出门带有更换的衣裳，但不会带两件完全一样的披风。这是早有准备呀！那么显然是皇后对夫人伴驾出征怀有猜忌，甚至不满之意。她不禁暗暗打了个冷战。急忙也跑到偏殿里去脱了皇后赏赐的那件衣服。这时佩芷、佩苓、佩蓉进来了。她让她们也都换了衣裳，一并交给佩蓉收藏起来。

佩兰估计圣驾已去东宫，又因夫人心情不愉快，知道小姊妹们早已预备了汤沐诸事，便叫她们各自方便。她又回到了正殿。

戚姬在佩兰和小宫女的服侍下，草草地洗沐一番，连饭都不愿意吃就想休息。她感到疲乏得不能自持了。但佩兰还是劝说她，她也不想拂她的好意，尤其不愿叫小宫女们发现自己有什么异样，就叫她们把饭食摆在外间的梳妆室里。

她面对那一几的山珍海味，把拿起来的筷子又放下了。出门四个多月，一直过的是与皇上朝夕相处的日子，现在她要一个人独自吃饭了，她实在没有一点儿想吃的意思。

"夫人！多少吃一点吧！"佩兰劝道。

她无可奈何，端起那精细的小陶钵，又叫佩兰坐下陪她吃，这才勉强吃了一点用清水泡的饭。

就在这时，院外突然传来一声声呼报："皇帝陛下驾到！"戚姬似乎有点儿不大相信自己的耳朵了。她忙叫佩兰吩咐人收拾下去，自己急向院中跑去。她见皇上已经进了仪门，慌忙下跪，刘邦挥手制止了。她簇拥刘邦进了寝殿，一下子便情不自禁地扑进他的怀里。她要用无限的热忱来侍奉这个在她心灵中具有无限崇高地位的男人。她的泪珠儿仿佛是立夏后的葡萄，越结越多。他捧起她那雪白的脸庞，看着她那又黑又大的含泪的眼睛，抚摩着她乌黑的头发说："怎么啦？"她突然醒悟过来，一边擦着泪，一边又笑了起来："陛下！怎么也想不到你还会到这里来呀！"

中殿、东阁、寝室到处是灯火辉煌，到处是喜气洋洋。她完全忘记了方才的不愉快，亲自给皇上洗沐，亲自给他更衣，亲自给他绾发，亲自给他铺床展被。总之，一切服侍皇上的事，她都要亲自动手。她要使皇上舒舒服服地休息，以便早些消除他长途旅行的疲劳，而完全忘记了自己长途旅行的疲劳。

她看着微起鼾声的皇上平稳地睡着，感到无限的慰藉和无限的幸福。

可是她猛一惊，突然意识到，皇上今晚为什么不去东宫而到她这儿来？尽管这是她所盼望的，但又是她所不希望的。皇上初回长安，应当是息驾东宫的。现在这么一来，岂不更会招来皇后的猜忌！刚才郊迎时皇后说的那些话不是已经很明白了吗？想到这里，她不禁不寒而栗。

这已无可奈何，将来究竟会引出什么事来，她也不知道，只好听天由命吧。

第二天清早，皇上还在沉睡，戚姬就悄悄去了厨房。她要亲自给皇上做点清淡可口的点心。突然，佩兰闯了进来："夫人！皇后驾到！"

6

皇后在大太监张释和宫长绮雪的簇拥下跨过了殿门，走下台阶。戚姬慌忙恭迎。皇后进入殿中，她又率领宫女们正式参拜。参拜一毕，皇后离开了御座，走到戚姬的跟前：

"好贤妹呀，快请起！请你也受我一拜吧！"吕雉笑容可掬地搀扶起她，并屈身一福。戚姬慌忙又下跪。皇后又搀起她来，笑说道："怎这么多礼呀！那不反倒使一家人显得生分了吗？"皇后牵着戚姬的手，要和她一起在御座上坐下。戚姬说什么也不肯，只是侧着身子站在她的面前。只听皇后说道："皇上这么快恢复了健康，又顺利地回到长安，多亏着贤妹呀！你不单是为我分了忧，也是为国分了忧啊！这叫我怎么感谢你呀！"

这时绮雪等四个人从小太监手中接过事先准备好的礼物，向戚姬下跪献上。戚姬一看，这礼物是十二匹绫罗锦缎，花色鲜艳得叫人眼花缭乱。

"臣妾侍奉圣上是本分，怎敢领受陛下的重赏呀！"戚姬对吕后说。

"咳！这是怎么说？"皇后故意嗔怒着。

戚姬这才跪谢："谢陛下恩赏！祝陛下万岁万万岁！"

"快不要这样多礼！"

戚姬又磕下头去，才接过佩兰手中的礼物。

皇后又叫来丫头们，说昨晚上的赏赐是没有准备的，不过是把绮雪等人的衣服拿来让她们御寒的。也给她们四人共赏了十二匹衣料。

这时皇上走了出来。他在皇后进入殿中之前就已醒来，在梳洗时他听见了殿中的说话。

皇后向皇上礼拜和问安后，就与皇上同坐在御座上。戚姬又率宫女和太监们向两陛下跪拜问安。她在礼节上一向谨小慎微，尤其是在这样的场合下。她启请两陛下到东内间叙话，自己便率兰林殿的宫女们去了厨房。

皇后对皇上重复了她对戚姬当面说过的感谢的话，赞扬戚姬尽心竭力地照顾皇上，为她分忧，为国分忧，使她感到特别放心。

一会儿，戚姬带着佩兰等人提壶捧案，给皇上和皇后端上了果酒点心。吕后忙说："哎呀，我已经吃过了！"

"臣妾匆促间不及准备，请陛下赏恩！"戚姬向吕后磕头恭请。

"我说贤妹呀，一家人不要多礼！别讲那么多繁文缛节。"她把戚姬拽到她的身边，"好！我们一道陪皇上喝一杯酒！"

戚姬忙给皇上和皇后斟上了酒，皇后把一只空杯子放在她面前，她不得已，也给自己斟了一点儿。她又叫佩兰："好好招待大谒者和各位宫长姐妹！"

刘邦默默地观赏这一切，微笑着。他觉得昨晚上妻子命人给他预备茵舆，悻悻地告辞而去，颇有怨愤之意。而现在却又谈笑风生，似乎不存芥蒂，她心里在想什么呢？

正想到这儿，又听见吕后说："戚妹妹多次伴驾出征，没出过一次差错。这次伴驾出征偏偏遇见皇上负伤。要是换了我，怕是除了哭就没有别的章法了。可戚妹妹稳得住。这就叫作表壮不如里壮！再说戚妹妹在宫里，从洛阳到栎阳，从长乐到未央，从不惹是生非。后宫里女人多，闲话难免没有，可就是没有戚妹妹的。圣上，以我之见，应当给夫人加一个封号。"

没等吕后往下说，戚姬便磕下头去，伏在毡氍上说道："臣妾只要侍奉两陛下，就是最大的愿望！皇上伤病，臣妾不能以身代之，圣后不罪臣妾，臣妾已感恩戴德，虽结草衔环也难报答。臣妾无功受赏，万死也不敢领受！"

戚姬说着又连连磕了三个头。她仿佛吃一口蜜裹黄连，甜在外头，可苦在心里。皇后明明是恨她，可偏要如此捧她。

刘邦沉默不语。他知道皇后妒忌戚姬。回长安之前，他曾幻想着妻妾和谐；回来之后，以他所见，他觉得皇后变得宽容了。但从刚才这一番话中，他感觉出了皇后的造作和虚情假意。他看了一眼伏在地上的戚姬，他理会了皇后这番话中的用意。他思索了一下，说道：

"战事未停，兵戈未息，其左券谁握还没分晓，我因伤病中道而返，浴血将士尚未加封，倒先封及后宫，股肱大臣怎么想？前线将士怎么想？"

"这是家事，谁管得着？"

"以后再议吧！"

"那也好！"吕雉说了一声，便朝殿外望了一眼。她曾吩咐东宫西司马门司马：太子一进宫就叫他到兰林殿来。可为什么到此刻还不来？

这时，大谒者令襄章走了进来。他奉相国之命来请两陛下的旨意：为祝贺皇上胜利归京，午时的盛宴是设在哪一座殿里？.

"设在未央前殿！"皇后答道。

但刘邦却沉吟了一忽儿说道：

"大功未成，诸将未归，既非饮至，又非大典，我看还是设在玉堂殿吧！"继而一想，犯不着为这种小事，弄得她难堪，就又说道："由你安排……"

皇后一阵高兴，毕竟自己是这里的主人，不过她又觉得不必过分坚持己见，便命襄章去传旨，并嘱咐欢庆皇上胜利归来的典礼改在未央玉堂殿进行。刘邦也同意了。他决定到宣明殿召见相国。

在长秋门里，太子殿下迎见了父母亲的茵舆。他惊慌地下了甬道跪地恭迎，叩问晨安。刘邦示意他起来。

"为什么这么晚才来给父皇陛下请安？"母亲训斥道。

"儿臣恐父皇陛下旅途疲劳，不敢过早来打扰。"刘盈嗫嚅地说。

"父皇没起床，就在宫门外跪候着！"吕雉的声音很严厉。

"是！母后陛下！儿臣遵旨！"刘盈低下头躬着身子小声回答。

刘邦侧过头看她一眼。觉得她严厉得出奇。再看儿子，他脸色红扑扑的，用五寸多长的玉簪别着金冠的发髻还在冒着汗气，倒不像是晚起的样子。他穿一身藕荷色的窄裋紧袖箭衣，腰系一条宽板带，衣裾提到膝盖以上，脚穿一双厚底黑色软缎带卍字的长靿战靴，好像是刚从校场上来。他刚想问他从哪里来，可皇后却又说道：

"我说过几回了：你的宫女要找死！这么冷的早晨就让你穿得这么单薄！"

"启母后陛下！儿臣把衣服搭在马背上了。骑马射箭穿大衣服不行。"

"你每天都骑马射箭吗？"刘邦问道。

"启父皇陛下！叔孙先生要求儿臣每日交卯即起，于箭亭前走马射箭约一时辰。"刘盈简短地回答。父亲时常征战于外，很少见面，总有些怯生生的；母亲的严厉则常使他手无所措。所以不敢多说话。

"把衣服穿上！"吕雉又命令道。

舍人樊璞急回头打发小太监去给太子取衣服。他的马匹拴在东司马里的未央厩。

"你箭射得怎么样啊？"刘邦又问。他对儿子能每天习武有些兴致。

"不太好！"刘盈小声答。

"噢？不太好，也就是说不很坏喽！"

"启陛下！"这时樊璞上前一步跪奏道，"方才太子殿下在箭亭前走马射箭，共射十余支全中靶心。"

"真的？"刘邦怀疑地看着樊璞。他知道他是樊哙的远房侄儿。更知道这些舍人们都会巴结主子，尽拣好听的话说。他又审视着儿子，似乎要从他的脸上看出樊璞的话有多少是可信的。

刘盈低头说："儿臣箭艺不行，那靶是个静物，偶然射中而已。"

刘邦看得出，他没有撒谎，又问："骑马射箭之外还做什么？"

"随师受业！"

"都学些什么功课？"

"读《诗》《书》《礼》《易》《春秋》。"

刘邦皱了一下眉头。他本不喜欢儒家，自己也从未仔细读过这些经典。但在选择师傅时他还是选择了叔孙通。因为先朝始大皇帝焚烧诸子百家书籍后又焚人的罪恶行径，使其儿子们不识起码的礼仪，骨肉相残，终致失国的经验教训，他不能不引以为戒。但他又觉得只学儒家经典亦非上乘。他又问：

"不学别的什么？"

"儿臣也时跟相国学习律令。"

"哦!"刘邦点了点头。

这时,刘盈的太监已经气喘吁吁地取来衣服。他急忙穿好并扣上玉带。但是皇后突然问道:

"你的玉佩呢?"

"启母后陛下!儿臣未戴。"

"成什么样子!还不回宫换衣服去!"

"父皇陛下……"刘盈嗫嚅着,不知怎么办了。

刘邦看一眼儿子。从他谈射箭、读书的情况来看,几个月不见,印象还不错。他现在更盼望如意,希望他们在一起,使他好好把他们考查考查。但使他不明白的是,皇后何以对儿子这么严厉?他想了想,说:"去吧!"

刘盈很想和父亲亲近。在他心目中,父亲是天神,而不是人们所说的天子。他希望得到父亲的亲切的爱抚,像在洛阳南宫时那样,但是这个机会一向太少、太少啊!

他埋头向父亲叩拜,起来时流露出一种眷恋和期望的神色,直到父亲的茵舆走远。

皇后的车驾和太子的紫骝马都在未央厩前等候着。

皇后的心情非常不愉快。刚才,她低声下气去俯就那个"妖精"——她在心里是这样咒骂的——不过是想给她点颜色看看,叫她不要太逞能了。同时也是为了试探皇上,讽喻皇上:不要专宠得太过分了!"那个妖精"——她在心里又一次诅咒她——确有心计,故意装出个胆战心惊的样子。心里还不知道装着什么鬼呢!顶使她恼火的是皇上。他不冷不热、不阴不阳,如果皇上按她方才在兰林殿里所请,真的加封了戚姬,她就有一百个办法叫她这根出头的椽子烂得不剩一点木渣渣。可他不准,他究竟是怎么算计的?不知为什么,她想起了前年的一桩旧事。皇上在庙堂上与臣下议论前朝政纲得失,忽提出改立储君之议,意欲废黜刘盈,册立如意。叔孙太傅为之谏净,皇上不睬,众在朝大臣多不置喙,只有前御史大夫、汾阴使周昌激烈反对,迫使皇上寝其议。当时她感激周昌,并且为之下跪。迄今一想起来都为之脸红。当年跪于项王面前,她并不以为耻和辱,而以皇后之尊跪于臣子面前却是奇耻大辱,始终不愿再见周昌。今,周昌为赵王如意之相。据她所知，如意与周昌如今君臣相得，有如鱼水。如果现在皇上再提出废立之议，周昌还会像当年那样激烈反对吗？肯定不会的！仔细想来，当时周昌以三公之一的御史大夫高位而为王国之相，似为左迁；其实不然，很可能是皇上的远谋深虑。这两年他绝口不谈储位之事，但却阴阴阳阳，谁能说他不是在暗中有所谋划，至少不能排除其可能性。昨晚回到长安，一头又扎进那"妖精"的怀里！一想起这些，她就益发觉得自己刚才的想法不是没有道理的了。她甚至觉得这便是一种征兆。

凤辇到达两宫之间的武库前，太子驱马到车旁告诉她说，他要回北宫换衣服去。

"急什么？进宫！"

她一走进长信殿的中殿，脚步未停，只稍一偏头，随之进殿的随从们立即刹住步。她带着儿子一直穿过中霤大殿进入总章内室。

这里是她的起坐之处。当初未央宫未筑起来时，皇上除在长乐宫的临华前殿举行大典和朝会之外，日常起居、与股肱大臣议事皆在长信殿，犹如在今天的未央宫宣明殿一样。未央宫成，太上皇驾崩，皇后不屑与诸妃为伍，遂迁回长乐宫。监国期间，时或于临华前殿接见臣工，长信殿则是其寝殿。长信殿三进院落，正殿在中院。日常诸妃请安，臣工奏事皆在前殿，中殿非一般人可涉足。这里的一切装潢和摆设都是巧夺天工的精美。总章内室用镂空的铜胎盘龙云纹、夹纱的挂落飞罩与中霤大殿隔开。嵌着明瓦的三交六椀菱花隔心窗户使室内特别明亮。靠东墙设置御座，座前是两幅紫色蜀锦大帐幔，从天棚一直垂落到织有莲荷盈盈河水涣涣的色彩艳丽的厚软的毡氍上，中间用金帐钩斜吊起来。御座上安放漆几，几上的白玉花瓶里插着忘了凋谢的菊花。御座前一个有托架的博山铜香炉里飘浮着一缕不断不乱不散的檀香，香味充满室中。用黄杨木根雕成蟠龙形的花盆架上，一株提前了时序的蜡梅正含苞待放。北墙巨幅壁画是用重彩描绘的后妃行乐图。壁画前一张矮长条几上摆着十来件稀世罕见的珍宝：妲己的玉簪；褒姒在骊山被俘时失落的翡翠镯；骊姬潜杀太子申生时夺下的玉佩；鬬縠於菟的虎尾；西施的奁匣；郑旦的团扇；吴王夫差的宝剑和吴钩；赵太后的宝镜；宣太后芈八子的羽冠；秦始皇的金爵和骊山陵里的金马等。每一件金石玉器和文玩都配以雕镂神工的紫檀或黄檀的底座和托架。另外还有几件始皇宫中的遗物：挂落飞罩下两具真人大小长跪不起的金女俑，彩绘天棚下的四盏明角宫灯和一脚独立嘴叼油盘的青铜仙鹤落地灯等，这些象征权力之物，当然只能由她占有并使用着。

她刚走到室中心，旋过身来对刘盈说道：

"你老大不小，说话就十七岁了。该懂点事情了吧！"皇后说这话时，态度已经和缓多了。

"妈妈……啊……母后陛下！"刘盈不知道母亲要对他说什么，心里仍然有点怯，"儿臣年幼无知，凡事都望，望母亲教诲！"

吕雉向挂落飞罩外睃了一眼，又说道：

"你进宫太晚了！"

"儿臣在校场走马射箭……"

"就知道你的箭！"吕后不耐烦地提高了声音说。

刘盈默默地低下头去，说：

"儿臣本以为父皇陛下在这里休息，待进殿之后才……"

"门司马没跟你说我叫你直接去兰林殿吗？"

"儿臣未见门司马。"

"该死的！"吕雉咬着牙骂宫门司马。又说："你父亲不愿来长信殿休息，这意味什么你想过没有？"

"这——"他本要说没想过，但又怕受斥责。再说父亲去哪殿休息，他做儿子的又怎么能干涉呢？他沉吟不语了。

"你太不明事理了！"母亲恨恨地说。

她颓然地在御座上坐下来，盯盯地审视着已经移步到她面前的儿子，心里想到，现在该是叫他明白事情的时候了，请最有学问的儒家大师叔孙通教他读书不是为了叫他糊涂！光知道走马射箭，要成为项羽吗？项羽还知道要学万人敌！

这时，绮雯从幔帐后的一个小门——那是通向左耳室的一扇暗门——进来，手里端着一个小漆案，托着两只精雕细琢的玉杯，盛着参汤。她把一只杯子轻轻放在皇后身边的漆几上，然后转过身来把托盘举到刘盈的面前，那深情的眼睛偷偷地向他张望了一下。她托着空盘退到幔帐后边时不禁又向他瞥了一眼。

刘盈木然地端着玉杯，既没敢抬头也没敢抬起眼皮。这时听见母亲又说道：

"从我去庸城前线，我就疑惑你父亲对我们母子的态度。我担心他改储的心没死，我想我这猜测是不会错的。"

"父皇陛下在兰林殿里说了什么吗？"

"要等他亲口说明怕是什么事情都完了，你怎么这样糊涂！"

"可是父亲没有说明又怎么能知道呢？如果猜错了，不是要使父亲生气吗？"他嗫嚅地说。

"你是条扶不上墙的癞狗！"皇后突然暴怒起来，使劲儿把杯子往几上一蹾，参汤洒了出来。

绮雯闻声又跑了进来。她见太子跪着，急把杯子接了过去，这时才发现皇后的身上溅上了参汤。她顾不上去取巾帕，便跪下用衣袖擦拭。越擦拭，湿的面积越大。她惊慌地跑出总章内室，穿过中雷，到青阳内室去取衣裳。

这时皇后伤心地哭了起来，咬牙切齿地骂道：

"遭天杀的一群混账女人生出这些个孽子来，怎不都遭五雷殛了！你又偏偏是个不中用的东西，叫我依靠谁呀……"

绮雯和宫长绮雪赶了来，急忙给皇后更衣。绮雪劝慰道：

"请陛下息怒！太子殿下英才勤奋，天资聪明，孝顺尊亲。一时有不到之处，请陛下训诲。陛下保重御体要紧！"

吕雉慢慢擦去眼泪，长叹了一声：

"你还不赶快回去换衣服吗？"

刘盈默默地噙泪退出了长信殿。

7

未央宫中到处都是节日景象。从长秋门到内谒者署门的甬道两侧遍插彩旗，每面彩旗下肃立着一名服饰鲜亮的三署卫士。金碧辉煌的各殿也都是红灯高悬，彩旗飘扬。

众朝臣以御史大夫赵尧为首已先入端门登上未央前殿去候驾，萧何、张良、叔孙通、吕释之等一干老臣则去长秋门恭迎皇帝陛下。

这时，刘邦在皇后和太子及一帮太监、宫女的簇拥下，来到了长秋门。刘邦一见在那儿恭迎他的老臣们，急忙下了茵舆，互致问候后，便一起向未央前殿走去。

刘邦的心情是愉快的。从贫穷质朴的家乡沛县一直到雍容华贵的长安皇宫，他都一直沉浸在这种心境之中，虽然他也有过一时的不安和忧郁，然而在这隆重热烈的场面中，他还是抛弃了烦恼。

众人走近金华殿，刘邦注意到那里的栋梁门窗都漆画一新。萧何告诉他，在接到圣驾回銮消息的当天，皇后就令人彻底清扫两宫，组织工匠将各殿及宫中各处亭榭台阁维修粉饰一新。特别是未央前殿和圣上日常起坐、处理国务的宣明殿，更是刻意整饰。刘邦感慨道：

"唉！我每次出征归来，总是有劳诸卿，真是教我感激不尽啊！我是得诸位贤卿辅佐，才能创此帝业。而定鼎关中，建设两宫，制定律令，行政天下，更赖诸卿。"说罢，刘邦还向萧何、张良、叔孙通等大臣拱手致了谢意。

这时，他们来到了巍峨的未央前殿。

楚汉战争之后，刘邦在汜水之阳即皇帝位，因关中残破而打算定鼎洛阳。这时有个叫娄敬的车夫路过洛阳，听说其事便求见刘邦，献策说，秦地被山带河，四周有关塞之固可守，猝然有变，百万之众立可具备。凭借秦之基业，利用其肥沃的土地，此即所谓万物所聚的天府之国。陛下入关建都，即使山东发生叛乱，秦之故地仍可保全，有如扼住天下的咽喉。刘邦的主要大臣都是山东人，主张在洛阳建都，所以都反对娄敬之论。但张良却认为娄敬之说有理，他向刘邦进言，洛阳四周虽有山河之固，但地区狭小，土地贫瘠，四面受敌，非用武之地。而关中左有殽山、函谷，右有陇山、岷山，沃野千里；南有巴蜀之富，北有边塞畜牧之利。三面可凭险而守，只需从东面控制诸侯。诸侯安定，可沿黄河、渭水运输物资供给京师。诸侯有变，顺流而下，足以输送军队和辎重。这就是所谓的"金城千里，天府之国"。刘邦纳言，即西入关，定秦之长安乡为其都城。起初，刘邦住在残破的秦朝栎阳离宫。两年后，便在蓬蒿塞途，蛇鼠栖止的兴乐宫废墟上建起了由临华殿、宣德殿、长信殿、长秋殿、永宁殿、永寿殿、鸿台、钟室等十四座楼台殿阁组成的长乐宫。这给天府之国的关中地区重新添上了富贵盎然的绚烂色彩。但是与秦始皇帝的四百座宫观殿阁相比，甚至就是与原来的兴乐宫相比，长乐宫也仍然显得规制太小。有几座旧殿基址，只不过是去除刺眼的断梁斜柱、碎砖乱瓦，以小小亭子充数而已。它不足以壮帝威。于是，便在长乐宫西侧一里外的地方，疏浚旧塘，开挖新渠，铲平小路，铺垫通衢；栽奇花异树取代荆榛蒲草，畜珍禽贵兽顶替蛇鼠狼虫，终于矗立起一座气势宏伟的未央宫。在未央宫之北，又利用前朝的一座殿址修筑了太子宫，又称作北宫。建筑不多，但院落不小，还有一座小山，可供太子瞻顾全城。山前是太子走马射箭的小校场。在两宫及北宫拔地而起的同时，贵族宅邸、勋臣公馆、官寺监狱、市井民居、商店列肆、工匠作坊等纷然杂陈于两宫之北，直达渭水之滨。

未央宫位于城西南隅，高踞龙首山，瞰临整个长安城，是一个巨大的建筑组群。其主体是未央前殿，巃嵸崔嵬，气势磅礴，与秦皇的阿房宫一样雄伟壮丽。围绕着前殿，一座座宫殿、台榭、楼阁、堂观，如众星之与皓月，金碧辉煌；而池塘渠湖与山林园囿、直道曲径巧妙配合，相得益彰。嘉木树庭，芳草如织，花开四季，飞鸟如云。

这个庞大的建筑群分成三部分。举行朝廷大典的未央宫前殿这一组建筑位于最南端。前殿矗立于高台之上，东西长五十丈，进深十五丈，高达三十五丈，以木兰为棼橑，文杏为梁柱。金铺玉户，华攘碧珰，雕楹玉碣，重轩镂槛，青琐丹墀，左城右平；黄金为壁带，间以和氏珍玉。前有端门，后有内谒者署门，东建宜明殿、玉堂殿，西筑清凉殴、广明殿。中部以麒麟殿和三重檐的麒麟阁为主。其东有承明殿、金华殿，西北有沧池，池中有渐台；又有天禄阁、石渠阁隔池相对，藏有大量图书典籍。沧池北流，从长秋门西侧进入后宫，即未央宫的北部，是为飞渠。飞渠东西建有椒房、眙阳、飞翔、增城、合欢、兰林、披香、凤凰、鸳鸯等九殿。

两陛下及太子殿下和元勋大臣们还没走到端门前，站在门前的太祝令丞的属掾便高喊着："圣驾到！"在第一层平台上的乐队立即击鼓奏乐。庄重的《永至》乐声使刘邦为之一震。他停住脚步，扶一下竹皮冠。皇后立即回头示意绮雪，她立即上前给皇上掸了掸龙袍，把衣服的下摆抻抻平。刘邦由太子搀扶登上端门的台阶。郎中令首先在殿门里向两陛下及太子殿下礼拜，两厢卫士也都插手扶戟敬礼。郎中令作为前导，每走几步，两边的官员们就有一批人下跪礼拜，山呼万岁，《永至》乐一遍又一遍地反复演奏。当刘邦踏上最高一级雕着花纹的御阶时，乐队又奏起了《登歌》。直到刘邦与吕雉先后登上了君临天下的宝座，乐声才止。

首先是太子趋前礼拜，然后是元勋大臣礼拜。太子上了高台，侍立在父亲的身旁。元勋大臣受到赐座的殊荣。接着以赵尧为首的文武百官齐刷刷地跪下，在太祝的口令下行三拜九叩首并山呼万岁的大礼。

赵尧向皇上做了一篇洋洋洒洒的歌功颂德的奏章。这是奉萧何之命并代表百官而做的。

待赵尧念完奏章，刘邦便起身离座。按照程序，他现在要到玉堂殿去。他要在那儿接见诸宫夫人，和众臣欢宴。

玉堂南北两殿相向。南殿如轩，飞檐高昂，平台宽敞；北殿为堂，峻宇雕墙，深阁回廊。殿内、院中，甚至散落于花间树下或渠旁池上的亭榭皆以白玉铺地，故此得名。等候接见的各宫夫人、美人、良人等早已在玉堂殿院中排了班次。

两陛下及太子在相国等众位勋臣及文武百官的陪同下，来到玉堂殿，妃嫔们行大礼参拜，山呼万岁。

在皇上和皇后走近妃嫔们时，她们一个个又伏地磕头礼拜。皇上向她们点着头，皇后也微笑着，偶尔还和她们中的某一人说上一两句话。她注意到戚姬也在人群中。

这时，皇上在人群中看到了管夫人和赵子儿夫人，不禁记起了早年在馆陶时和她们的几夕欢爱。如今她们都已年老，仿佛多年没有见过了。他走到她们两人面前，问道："你们还都好吗？"

"好……好！陛下！好……好！"两位夫人嘴唇哆嗦着，一下子就激动得流出了泪。她们从未得过专宠，几夕欢爱之后，就被他忘记了。如今总算听到他的一句问候，知道他还记得她们，怎么能不激动呢！

"薄夫人呢？她怎么不见？"他忽然记起和她们在一起的薄氏。当时她们是三个形影不离的少女。

"圣上好健忘啊！"吕后在旁笑说道，"我可是向圣上奏禀过，薄夫人随我们四皇儿刘恒去了晋阳。"

"噢！是的！是的！"刘邦这才回想了起来，他又转向管夫人和赵子儿夫人说道，"你们有空可常到宣明殿走走。"

在接受石美人的礼拜时，皇上深情地注视着她："你，你还好吗？"

"谢陛下眷顾之恩，臣妾很好！"石美人平静地回答。

她曾一度得宠，并也曾有幸侍奉他于军中。不过因她没福享受做母亲的欢乐，已失去夺宠争胜之心，更不希望使自己平静的活寡生活卷进烦恼的波涛中去。她不叫自己流露出任何企盼的神情。

这时，吕雉也问道：

"啊！石美人，你的老母亲还好吗？"

"谢皇后关怀！臣妾老母尚好。"

"有什么难处，可随时告诉我。"

"谢陛下！"

在皇上和石美人说话的当儿，皇后又一眼瞥见了站在人群中的唐山夫人。她衣着淡雅素洁，极少华饰，但那一双眼睛却明如秋水，两条细眉弯如新月，双鬟高髻油黑发高，姿色鲜艳，风流俊雅仍然不减当年，仿佛岁

46

月的流逝对她不起什么影响一般。她十二岁时就被选入齐王宫里，两年后，齐国灭亡，她流落于历下，后来得幸于沛公，却又历尽了悲欢离合。刘邦看到唐山夫人，不禁抚今追昔，心里又有了一番感叹。唐山夫人却是躲在众妃后，低头不语。

这一切，都让跟在皇上身后的吕后看在眼里，禁不住心里一动。她又瞟了一眼站在人们后面的戚姬，然后回头低声吩咐绮雪：马上去知会大乐官制氏，待会儿在庆典上安排《房中乐》这个节目。这是唐山夫人早年的杰作。

绮雪用不解的眼神望着皇后，她不明白皇后何以想到要这样做。

"快去！"皇后用不容置喙的口气吩咐道。她这么做是有目的的，但她却不想告诉任何人。

宴会在欢乐的气氛中开始了。

上菜的太监和宫女们在各个席次之间来往穿梭。

刘邦举杯对萧何和张良说道："真的凯旋是在哪一天呢？"

萧何举杯答道："今天臣等能与陛下同席共饮就比什么样的凯旋都更重要！"

张良也说道："臣闻舜命九官，济济相让，和之至也。众贤和于朝，则万物和于野。故诗曰：'有来雍雍，至止肃肃，相维辟公，天事穆穆。'相国之言是也！"

刘邦拊掌大笑起来。

遍斟之后，刘邦就叫儿子坐在他的几前。刘盈立即离座跪在白玉石板地上。皇后身后的绮雪急忙拿了两个圆绣垫，想悄悄递过去。恰在这时，皇后身旁的戚姬已将自己的坐垫送给了刘盈。绮雪又忙把坐垫送给了戚姬。

这时，刘邦对萧何说："不是准备了节目吗？那就开始吧！"

萧何就向侍立在一旁的大乐官制氏示了意。一片急鼓慢祝的击乐声响了起来，接着金、石、丝、竹、匏、土、革、木八音骤起，四十名戴赤帻、蒙熊皮、披玄衣、着朱裳，手持干戈戚扬①弓矢的雄壮武士跳跃上场。这是大乐官制氏为颂扬皇上削平区宇的赫赫战功而编排的《武德舞》。

刘邦振奋了。就如一匹久经沙场的老马，一闻咚咚战鼓便奋鬣长嘶，仍欲驰骋一番再显身手一样。他高兴得拊掌大笑，满面生辉，不时捧杯。文武官员们应和着他的笑声和掌声也大笑和鼓掌。他们绝大多数毕竟也是征战沙场的老手，久藏金屋的妃嫔们，平日所见多是高髻长裳的裙钗或黄衣拱肩的阉宦，此刻亦为这雄壮健美的赳赳武夫而尽情地欢笑。

笑声和掌声鼓励了舞者。舞者随着乐师们的钟磬鼓柷节奏的加速和琴箫笙缶旋律的激扬，奔腾、旋转、交锋、啸叫得更加有力和豪放了。他们奔腾时大厦震动，旋转时舞殿生风，交锋时武器铿锵作响，呼啸时春雷滚过太空。他们一下子就仿佛把观众带到声振江河势崩雷电的战场上去。

刘邦笑对张良说道：

"贤卿！看这《武德》之舞颇有九里山十面埋伏之势，真令人感奋！"

"是！陛下！臣亦有同惑。不期于庙堂之上竟能复见滔滔乌江之水。"

"嗯嗯！不错！滚滚乌江水，哀哀重瞳子②。此乃子房先生运筹帷幄之功也！盈儿！跪请先生浮一大白！"

张良逊谢，不敢接受太子的敬奉，虽三让亦未尝沾唇。他回答皇上说：

"秦皇迫人之危其间不能容发，终致陈涉作难而天下影从。楚王自矜功伐，奋其私勇，轻用其锋，虽百战百胜而一败涂地。陛下法天弘道，包罗万象，养其全锋，平定海内，卒践帝祚。六合之中，非大圣孰能当此受命者乎？臣何功之有！"

"卿过谦了！拨乱世反之正，不待贤人一事无成！"

张良感谢皇上以贤者视己，道：

"诚然，自古圣人皆待贤者而成名。但仆不过是牛马走卒而已，并非……"

"何需'但'书呵！"刘邦笑说道，"子房不受吾儿敬奉是怪我未亲自

---

① 干，即盾；戚，本为镊，像斧；扬，钺的古称。

② 指项羽，据史载项羽为重瞳（眼仁）子。

捧盏啊!"

刘盈又重以学生之礼给张良敬酒。他只好勉强饮了。这时头戴假面身着玄衣,手持籥翟鹭翢①的舞伎跳起了《文始舞》。这是象征皇上在武功之后要提倡文治了。节奏舒缓的颂德之声代替了追亡逐北的战马嘶鸣。皇上看了一眼之后又向张良布让列鼎中的佳肴。张良敬谢不迭,却又不肯动箸。

"子房确已不食五谷了吗?"刘邦故作惊讶地问道。他指的是旧事。张良在洛阳时几次辞朝,欲效法春秋时的范蠡,功成身退,或随赤松子游。进入关中之后,服辟谷之药,静居行气,做导引功夫,自称不食五谷以养其浩然之气。赤松子,据说是神农时代的雨师,长生的神仙。张良愿弃人间事,随仙人远游。刘邦不准,勉强拜为太子少傅。他经常托病,不予政事,刘邦只好听之任之。

张良知其隐含嘲讽之意,却泰然答道:

"蒙皇上赐食,臣一月之间尚能食得数升五谷以养马齿。"

"哈哈哈……"刘邦爽朗地大笑起来,可是突然又收住笑声,竟有些伤感地转对萧何说道:"相国!看今日相聚远不如在洛阳时的盛况呵!朕异常思念远在各郡国及尚在征战的各位股肱啊!"

萧何安慰说:

"陛下!在外诸将虽未能于今日与陛下聚首欢宴,终是为陛下为朝廷尽职,他日自有相聚之期,可计日以待呵!"

"噢,对了!"刘邦忽然想起一件事情,"我等在此欢宴,远在外地者无可奈何,近者如安国侯仍不能相聚,实为憾事。当派人给安国侯送去一些肴馔才好!"

萧何颇为激动:"是是是……陛下隆恩浩荡,泽及万众,倒是老臣有所忽略了……"

赵尧在一旁心说自己费了大力气颂扬圣上的文治武功,圣上几无一语之褒,倒是念念不忘在外诸将和久不上朝的安国侯。他心里虽然这么想,表面上却还是抢先叫来了大官令,传达了皇上的旨意,命他准备一笼佳肴

---

① 舞者所执道具。

美馔及席上的各色点心和陈酿，即刻派人送去。

刘邦又高兴起来，赵尧的行事敏捷，善断庶务的才能也给他的豪兴又添了一份喜悦。他命令刘盈："给相国和先生们敬馔!"太子立即站起来向相国、留侯、太傅、舅父、御史大夫等一一敬献。大官令又捧上一案肴馔，太子不待吩咐便给父亲和母亲敬献。吕雉又示意他给戚夫人、管夫人等敬献。几位夫人都慌忙起坐拜谢。刘邦又睃了一眼侧席上的妃嫔们，吕雉敏锐地揣测到皇上的心思，即吩咐儿子代表皇上和她本人给各位夫人敬酒。绮雪和绮雯立即抢前陪着太子到侧席上去。太子只给最前边的一位夫人敬了一杯酒，其余的便都由两个宫女代劳了。但各宫夫人却慌不迭地向两陛下和太子礼拜谢恩。注视着这一切的刘邦拈须微笑，微微地点着头。

吕雉从宴会一开始，就一直在注意着皇上的举动。昨晚皇上宿驾兰林殿一直使她怏怏不乐。皇上这次从前线归来，她还没有找到一个与之谈话的机会，对皇上心里所想她也无从探查。越是不知，便越是想知，而使她预感不祥的那些征兆，更教她寝食无味，忧心如焚。今日的玉堂殿盛宴，是她原先的安排，可此刻她也全然失去了欢乐的情绪。不知为什么，越是在这种欢乐的气氛中，她便越是感到潜伏着一种杀机，想到这一点，她便不寒而栗。刚才，她注意到皇上与留侯的谈话，她知道，皇上是器重这位已经退隐的老臣的，这倒也给她一点儿启示：若是想影响皇上，须得借重这些特殊人物才有用处。她在心里暗暗地记下了这一点。萧何的举动，使她很不高兴。她本来就很讨厌这个老头子。皇上出征，命太子监国，可那萧老头子却自恃权重，不听她的指挥，什么事都自作主张。最最使她气愤不过的，便是他竟决定将上林苑列为开放区，以笼络百姓。上林苑是什么地方？那是前朝皇帝的御用花园啊！可任凭她怎么反对，那老头子只是不理。皇帝归来的消息传来，她令人整饰各宫，筹办盛典，那萧老头子表面上不说，可心里说不定有多么反感哩！刚才他在皇上面前左一个这是皇后吩咐的，右一个这是皇后安排的，这究竟是赞扬她呢还是向皇上告状呢？她在心里痛恨着这个老头子，她在心里暗暗思忖着，得想个对付他的办法。

"哈……"传来一声欢快的笑语，打断了吕雉的遐想。她抬头望去，只见是众夫人在向皇上敬酒。吕雉在心里骂道："贱货，瞧你们轻浮的!"

可她却又注意到，独独那个"妖精"一个人坐在席边，不声不语。她知道正是那"妖精"在大庭广众面前装出来的正经稳重，她也就是凭着这本事才骗得皇上的专宠的。

这时，场上出现了一小队歌舞女，舞女们身着轻纱，飘然而至，在丝弦轻弹，竹管缓吹，檀板慢拍的细乐声中载舞载歌：

大孝备矣，休德昭清。高张四悬，乐充宫庭。芬树羽林，云景杳冥。金支秀华，庶旄翠旌。……

吕雉直着腰，聆听着这首当年唐山夫人在栎阳宫时所作的长诗。这个节目是她专意为皇上安排的。

皇上此时正在和相国说话，忽然听到这首熟悉的乐曲，不禁停下来盯着场上。他想不到在今天这样的盛宴上会出现这支歌。歌声使他想起了多少年前的一段生活，他下意识地侧过头去，瞟了过去的宠妃唐山夫人一眼。

唐山夫人本来对皇后召她到主宾席上陪坐就感到意外，现在又听到这首出自自己手笔的诗作，更是暗暗吃惊，她不知这到底是别无他意的安排呢，还是有什么特殊的用意。她感到很是紧张。她分明感到是有一股无形的力量在拉扯着她，逼使着她去参加一场她并不愿意参加的争斗。作为后宫失宠的女人，她熟知那种为争宠夺爱而想出来的各种各样的绝招，她知道这种斗争可以决定每一个人的命运，但同时又是残忍的、危险的、不择手段的。然而，她不同于后宫中几乎所有的女人，她知书达礼，更理解女儿们那特有的价值有时其实就是杀人的利剑。饮鸩止渴，她正是看穿了这一切之后才远避情场，离群索居的。想不到，今天这一曲幽歌，又将她硬扯了进来。但是想再叫她到皇上面前搔首弄姿，逞才献艺，唤起皇上旧情，分戚姬之宠，却未免看错了人。

皇皇鸿明，荡侯休德。嘉承天和，伊乐厥福……

歌舞仍在继续着。

坐在一边的吕后，细察着皇上脸上闪过的每一个表情。这时，她对皇上说：

"圣上，唐山夫人的歌诗辞藻华美，文意深奥，曲律流畅，舞姿典雅，且又温柔敦厚，富贵雍容，不单有我皇家气魄，亦远胜雅颂。那些乐工所制词曲怎能与此相比？以臣妾之意，从今日起应将此曲列入庙堂之作，让其代代流传，永不绝响，以彰后世！"

刘邦默默地点了点头。恰在这时，歌舞已阑珊，刘邦却有怏怏之感。吕雉忽回头对绮雪盼附道："通知大乐官：重奏一遍！"

刘邦却止住了绮雪，说："歌曲既已消尽，何必再作重复！"

吕后听了这话，心头不禁一颤：皇上这话是何意思？我本要借这一曲测知他的内心的，想不到他竟真的说出这样的话来。想到这儿，皇后不觉脊背上直有一股阴气向她袭来。

这时场上乐止舞停，上来两个扛短梯的人，将一条手指粗的红丝绳拴在两根大柱子的半腰上。一个小女子出来报节目：《踩丝绳舞》。人们热烈地鼓起了掌。

在钟钲丝竹的优雅乐曲声中，两名十五六岁的绳伎好像滑行一样分从两侧上场。她们穿着纯素雪白的蝉翼纱衣，一对翅膀从袖头连到裤角。她俩袅袅婷婷翩翩，轻盈如仙，满场飞旋，翼张翼弛似雪舞流风；羽飘羽㲈若云追练；转目四顾，光润玉颜。

突然旋律骤止，而急鼓如雨暴风狂，慢枞似闷雷惊天，编钟若潜龙出海，云磬像凤翔九重。观众正惊愕于音乐节奏的突变时，两少女忽如云雀腾空，倏然弃梯矗立于丝绳的两端。然后从丝绳两端颤颤悠悠地迎面走向中间。这时，乐队只剩下箫在低吟，琴在轻弹，仿佛那急管繁弦也能使她们坠落尘埃。她们两人在中间相会了。丝绳低垂，仿佛承受不住，离地面只有一人多高。她俩相对张臂，羽翼飘飘而剧抖；明眸顾盼，神态恍恍而难持。突然间，两舞女猛一回旋，丝绳剧烈摇晃，像风雨中一株柳丝，海浪中一条细绳。顿时琴瑟伴着箫篪，簇管和着笙竽，楚筑配着编钟，秦筝随着悬磬，竹笛横吹，箜篌竖弹，如大海波涛汹涌而来。她们运力摆动丝绳，推波助澜。她们应和着旋律的快速节奏，翻腾跳跃，振翼奋飞，若浪花堆雪，如流风追月。

满堂的文武百官一个个都瞠目结舌，都为这两个踩绳少女的绝妙舞技所震慑、所倾倒。连皇上和皇后也格外对她们赐以青睐。

这时人们突然不约而同地"啊"的一声惊叫,原来踩绳少女暗暗控制丝绳的摆动,一刹那间,一个将另一个托起而交换了位置。她们在掌声中,在急鼓慢枘和剧烈摆动的丝绳上突然像鹞子翻身一样跳落地面,并像一对蝴蝶翩翩飞舞到两陛下面前,齐颂万寿无疆!顿时传来满堂的掌声。

当两个绳伎向皇上叩谢恩赏时,吕雉的脑海里忽然闪过了一个念头:凡事要想取得成功,大概都得像这走丝绳一样,需要冒一些风险:风险愈大,获利也就愈大!

8

萧相国进了麒麟殿的东暖阁。掌管麒麟殿的晁太监慌不迭地赶来叩见请安。小太监们有的去挑亮大殿的吊灯，有的擦拭几案，有的拖擦桐油浸过的砖地，忙得团团转。一阵风似的收拾完了，晁太监歉疚地说："小老奴今日失职，把洒扫之事都耽搁了，真是罪过！"

"呵，不打紧！是我来得早了些。"萧何说。

这时两个小太监抬着一个还有烟气的大铜火盆进来。晁太监一见便尖着嗓子斥责道："刚生起的炭火就端进来吗？"小太监怔住了。他又命令道："把我房里的炭火换上！"

"其实稍候片刻也无妨，不用也可以，天还不算冷的时候呢！"萧何说。

小太监还是把火盆抬走了。

相府长史钟离进和司直李左已伏案开始审阅文牍了。萧何瞥了一眼案上成堆的文牍，心说，不知又有什么要事，只一天多的时间就积了这许多。也不知代北方面周樊二将有没有新的情况。他在心里惦记着。

小太监抬来了没有烟气的炭火盆。晁太监在火盆前的毡㲜上又铺一块厚厚的坐垫，伺候萧何就座。钟离长史给萧相国又送上一卷竹简，并摊在座前的几案上。晁太监急忙起立说了声："相爷还有什么吩咐吗？"

"呵，稍坐。"

晁太监，五十开外的年纪，原是秦宫的一名阉宦。因熟知秦宫掌故，萧何特意把他留在身边，安排在麒麟殿供职，以便偶尔有所咨询。

萧何在秦帝国时代为沛县主吏掾，为人廉洁，与布衣刘邦友善。刘邦为亭长时，又时时拥助之。刘邦起义，萧何劝说沛令迎刘邦入城。沛令不从，萧何等与县中父老杀沛令，拥立刘邦为沛公，招沛子弟三千人，组成了刘邦的义军，萧何为沛公丞，专督众事。刘邦进咸阳，诸将皆争进藏金帛财物之府，萧何却将秦丞相、御史府中的律令图书全部收之，因而使刘邦具知天下关塞，驻兵强弱，郡县户口，民所疾苦。项羽背约，不令刘邦王于咸阳，而以险道难通的汉中地封予刘邦，是为汉王。刘邦大怒，欲攻项羽，萧何强谏："臣愿大王王汉中，养其民以致贤人，收用巴蜀，还定三秦，天下可图。"刘邦纳谏，进汉中，立萧何为丞相。萧何引荐韩信，留收巴蜀，镇抚关中，侍太子，治栎阳，立宗庙、社稷、宫室、县邑，以关中士卒、粮饷支援刘邦与项羽的逐鹿之战，从未使前线中缺，终致项羽自刎乌江。此后诸侯王举兵叛乱，萧何仍居关中循抚百姓，制定律令，支援平叛，逐步使大汉帝国有金汤之固。

萧何年届七旬，须发涂着迟暮的晚霜，皱纹刻上古稀的印迹。但他背不驼，腰不弯，体不胖，走起路来毫无滞重之感。一双眼睛炯炯有神，清癯的面颊显出一种刚毅之气，但同时又使人觉得温和而亲切。他峨冠博带，宽袍大袖，麻鞋高屐。但色泽黯淡，佩饰不多，很少更换朝服，朴实无华。

他每日闻钟辄起，卯正进殿，掌灯之后方才回府。今日上朝更早些。他坐在几后，微红的炭火映照着萧何的炯炯有神的眼睛，显得更有光泽，就连三绺苍髯也映射着红润的光。他看了晁太监一眼，说：

"稍过一会儿，叫少府令襄章派人去东宫长信殿启问皇上，今日是否要过宣明殿来，然后给我回话。"

"皇上不在长信殿，在兰林殿。"晁太监答道。

"什么？皇上在兰林殿？"萧何不禁心下暗暗一惊。

皇上妃嫔成群，夜宿何处本与他相国毫不相干。但皇上出征只携戚姬一人伴驾，这件事本来就使皇后反感，现在归来了，仍置皇后于不顾，心目中只有一个戚姬。这样做显然会使帝后之间的矛盾更深。他深知这些矛盾不可小觑。宫廷内讧、朝权不稳，多源自后妃争宠，帝后不和。

萧何心里虽然这么想，却又不想在下属面前露出隐忧。他装作没有什么事儿的样子，吩咐晁太监："御史大夫进宫时，关照一声，说我在此候他。"

晁太监退出之后，萧何似乎自言自语又似乎对钟离进喟然说道：

"唉！祸因多藏于隐微而发于人之所忽者，故明者应远见于未萌，智者应避危于无形。"

钟离进仰望着相国，暗暗诧异着。他不知相国指的是什么，但他留意到相国得知皇上居于兰林殿而露出的惊讶神情，恍然觉得相国额头上的皱纹似乎更深了些，脸色更黯了些，目光更显得深邃了。

钟离进从入汉中时起就在相府中任事，直到前不久才被擢升为相府长史。他深知相国。相国之尊位使他唯命是从，相国之为人使他如事父君。每当圣驾出征时，相国在处理政务上就更加谨慎小心。相国从无休沐之日，他也从不敢偷闲休沐。他见相国整天审阅批复奏牍实在太过劳累，就与司直李左商议，一般奏牍，他们能发往各卿大臣处理的就直接发出；他们能处理的两人相应处理，不过要详细记录在案；只有重要文牍才上呈相国。相国对他们处理的奏牍多次查问，未发现大问题才算放心。此后算是形成一套制度，立了一套规矩：一般奏牍，相国只阅读处理过录，不当者即时纠正处理。这多少给相国减轻了一点劳累，而且处理得也稍快一些。但就是这样，每日需要相国亲自处理的奏牍也还是够多的。但这能有什么办法呢？

他见相国在看奏牍，自己刚拿起另一卷，却忽然瞥见相国在怔怔地看着他。他有点诧异，心想有什么事吗？可是相国并没问他，只是沉思着。奏牍是经他手综合整理的，几个地方的水旱灾害的情况和地方上请求减免赋税的要求，汇聚到一起，事情就严重了。这关系到岁入减少的问题。他知道因两线战争耗费巨大，相国为支付此项费用，多方设法开源，而源不多；多方节支，而支在扩大，伤透了脑筋。相国此刻是不是在想这件事情呢？或者这篇奏牍有不当之处？他再看相国，只觉得他是在出神。相国在想什么呢？他觉得摸不着相国的思路了。

是的，他无法知道相国此刻的思路。相国一直在想，假如皇上虽然未去东宫，却也没去戚夫人处，而是随便宿在哪一殿，如唐山夫人或石美人那里，那问题也会简单一些。但假定终究不是事实。皇上去兰林殿，至少预示两件事情。其一，因皇上偏宠必将引起皇后更大的不满；其二，皇上偏宠也许会与几年前皇上曾经盘算过的储君一事有关。如此则国事何以处之？自己又何以处之？"唉！听之任之吧！天意若此，则非人力可强求！"他在心里这样说。但他马上又否定了自己的想法。"眼下，南北两线战争俱未平息，皇上所倚重的许多股肱大臣多带兵在外征战或在藩国为相，自己孤掌难鸣了。"他想把他的想法告诉张良。但又一转念，他知道张良即便是把这事看破，也未必会有什么举动，而必定是置身事外，更加不常上朝了。"唉！留侯啊，留侯！太超脱了吧！"他忽然眼睛一亮。他想起昨晚在轵亭前皇上问到王陵。"唉，他在病中。不！病中也罢，应当关照他一声！"

"钟离长史，有桩事情烦你亲去一趟。越快越好！"

"是！请相国大人吩咐！"

"前晚郊迎时皇上曾问起王大人。你代我去看望一番，并代达圣上眷念老臣之情。王大人若能强起，能有一篇祝贺圣驾还朝的奏章以谢陛下岂不是好？"

"是！下官就去！"

"呵——"他沉吟着并盯视着他，慢慢说道，"奏章之事不可勉强。"

钟离长史急匆匆走了。

这时李左司直又向萧何呈递一篇竹简。他看了看便放在几上了。他连连摇头，皱紧双眉，下意识地用双手摩挲着脸颊。他把几案上先前的那篇竹简又睃了一眼，不禁长吁了一口气。代北前线军中请求解饷，这可真是要叫他做无米之炊了。他看了一眼李左，李左又在埋头阅读那成堆的简编了。他暗想那些简编中不知还有什么令人扰心的事情。他方才对晁太监关照过：御史大夫一进宫就请他到这里来。这是什么时辰了？他向窗外望一眼，估计已是辰中之时。可他还不来。他要将这些事情和副相及同僚们商议解决呀！

李左又呈递一篇奏章。这是周勃和樊哙联名呈给皇上和相国的，另外还附有周勃请罪的奏章。文中报告了云中、雁门大战的经过。这是既胜利、又失败的战役。说是胜利，是因为此战消灭陈豨军队近十万人，使陈豨遭受重创。然而自己的损失也很大，更重要的是陈豨东进成功，不日就有东山再起之势，他的嫡系主力基本未受损失。这就不能不说是失败了。造成失误的主要原因，周勃说明是因为他用人不当。他现已将叛将斩首，但自己请求圣上给予惩处：取消封号和封邑，撤其三军主帅之职，允其戴罪立功。

周勃的诚恳态度使他感动。但是战事何日是了期？再加上军费问题，使他感到国事日益艰难。现在虽然不像楚汉战争时期那样紧迫，那样提心吊胆，但是天下何日可以承平？怎样使百姓真正得到休养生息？皇上御驾亲征黥布，黥布虽然狼狈南逃，但战事并未结束，皇上却身负重伤。这南北两线的战事使他难以应付。他眉头频蹙，嘴角蠕动，心中黯然。他不能指责周勃。治看相，战看将。他对周勃是完全信赖的。他也要向圣上建议，不能惩处周勃。但自己能拿出什么可以立见功效的决策呢？没有！他一生唯谨，从不敢弄险以求奇功，也从不敢马虎以致误事。他相信业精于勤的格言，恪遵坚韧不拔的精神。为了最后消弭战争，他要努力把战争支持下去，同时，既不能使士卒枵腹而战，也不能使百姓衣不蔽体。然而国库如洗……如今更增加一层忧虑：帝后不和！

一线阳光射进了明角窗。小太监进来吹熄了灯，并将灯盏挪至墙根下。他在等待的御史大夫进来了。

在朝廷重臣中，江邑侯赵尧最为年轻，只有三十二三岁，地位仅次于萧何。他在任符玺御史时，有人曾对前御史大夫周昌说："君之史赵尧，年虽少，然奇士，君必异之，是且代君之位。"周昌不以为然："尧年少，刀笔吏耳，何至是乎！"不久，赵尧见皇上心中闷闷不乐，独自悲歌，揣摩皇上心意，趁机谏议说，只要委派素为吕后、太子及大臣所敬惮的周昌为赵王如意之相就可保无虞。刘邦然其言，左迁昌为赵相，赵尧就一跃而取代周昌，升任现职。他眉清目秀，面如敷粉，体态轻盈，潇洒风流，穿一身湖绿色锦绣朝服，头戴法冠①，足蹬粉底朝靴，倜傥不羁之状跃然可掬。他上朝本来也不算晚，辰初就进宫了。在宫门里他遇见了晁太监打发来的迎候他的小太监，但他仍然径直去了内谒者署。他任符玺御史时与襄

———————————

① 《汉书·舆服志》谓法冠本为楚冠，又名柱后。秦汉之际，专为执法的御史官服戴。

章日日厮处，相交甚笃。在轵亭前和在金华殿，因皇上眷顾老臣，他不便越班趋前，昨天宴会那种场合也不是他愿意说话之处。他告诉襄章，想单独谒见圣上。他相信他会曲为安排的。他是善于利用身边一切对他有用的人和事的。

自从他被破格擢升为御史大夫那天起，倒仿佛添了块心病。百尺竿头了呀！他幻想有朝一日会在其前程上出现某种机会。什么机会呢？他从不肯让自己有时都感到害怕的潜意识明确地浮现出来，并且觉得应该藏得越深越好。皇上在庸城负伤后，他的这块心病似乎加剧了，曾有几次在沉睡中被噩梦惊醒。醒后，他常问自己：一旦山陵崩，他这备受殊宠的御史大夫将依附于谁呢？凭他数年观察，如果太子顺利嗣位，皇后成为太后，毫无疑问，大权必为东宫独揽。彼时，备受殊宠者非但不是他，恐怕保此禄位亦不可得。前天在轵亭前和昨天在宴会上，他冷眼旁观，皇上接见太子时，眼神左右逡巡，意甚怏怏；太子拜谒皇上时，行动拘谨，言语讷讷。皇后在旁，少言寡语，神情不安，心不耐烦。他还特别注意到戚夫人在参拜皇后时的疑惧神态，甚至皇后指责戚姬衣服寒素的话他也隐约听见了。什么事情似乎都逃不脱他那鹰隼般的寻隐透微的眼睛。他对宫闱秘密深有所知，观察事务亦格外细致，并善于搜求个中原因。当他得知圣上未去东宫时，更想谒见，欲趁奏明国事之机揣摩皇上的真意，使自己今后的行动更有所依据。但是相国有什么事要找他呢？

寒暄叙坐后，萧何说道：

"有件事情须请赵大人明示。"

"下官不敢当，请相国大人赐教。"赵尧拱起手来毕恭毕敬地答道。

"年来，圣驾北逐陈豨，南征黥布，军旅振兴，耗资巨万。老臣已请阁下命有司于各郡及长安九市增课赋税以应军需，而今不知办理得如何？特请大人明示！"

赵尧一听是关于没紧要的课征赋税之事，颇不以为然。心说，什么大不了的事儿，竟派人惊惊慌慌地找他！值得吗？他也未免老得过于迂腐了！他回答道：

"军兴之初，下官已遵相国谕旨责成少府按律课征。据报：洛阳、邯郸、临淄、宛城、成都各郡，淮阴、淮南、吴郡、平阳、莲勺、襄平、北海诸市亦皆课征。各地解至少府之款有数十万万吧！"

萧何一听这些陈年旧账，心中暗暗叫苦。显然他并没有认真执行他的指示。他是深知这位少年权贵的来历和为人的。他担心，朝政当中，像这样华而不实的人物要是一多，且得揽大权，那于帝国大业必定是灾祸。他心里这么想着，嘴上还是客气地说道："好！好！有劳大人了！"

"有相国钧旨，下官敢不尽心竭力！"

"愿得详闻。"

"这……"赵尧沉吟了。心说这等事情何必急于一时！但他知道他的脾气，心想不能让老头子在这件事情上把自己纠缠住，他说："这须问有司。不过——如今皇上刚回长安，正有许多紧要事情要办，为臣者恐需急于……"

"呵！呵！是！是！但不知圣上交办何事？"萧何追问了一句。

赵尧有点心虚，他觉得自己的话有点失策。他本来想拿皇上来压萧何，却不料，老头子早有准备，反来探他的虚实。他深感老头子手法高妙。忙道："下官正等候相国传达和吩咐。"

萧何把几上的两篇奏章推给赵尧：

"请赵大人过目。这淮阴出现涝灾，襄平又有旱灾。此两地是近日解得款来，抑或是从前之事？周、樊军中欠饷数月，陈、灌军中亦需军资。淮阴、襄平百姓有啼饥号寒之灾，朔北、江南士卒有枵腹而战之危。如依大人所言，已解来数十万万钱，这可谓之巨款。但如今物价腾跃，石米近万钱，匹马则百万钱。如此计之，这数十万万钱不过杯水车薪而已。且此款若系从前所征怕早已开销，近日何时解来，我不得而知。故愿得大人详示。"

"相国大人！国家非此一项税入。"

"虽有其他税入，离所需怕也相去甚远。这应该尽快商议出一个办法来。"萧何说着又吩咐候在室外应答的小太监去请各卿大臣议事。

赵尧暗自叫苦，心想果然还是让老头子缠住了。在课征赋税等问题上他与萧何早就意见相悖，但他并不想去与之理论，更何况是在现今——皇上刚刚返回长安，大计未定的时刻。他心里明白，萧何理政多年，对治理财政税收，自有一套办法。所谓"议事"，不过是装装样子、走走过场而已，而实际上是要按他那套办。他觉得他现在还不能落入这个泥潭。一切的一切是在权。只要权的问题一解决，什么问题就都好办了。他一边想着，一边一目十行地阅读萧何推给他看的奏章，同时也在琢磨着当如何摆脱他。他希望此时能有大太监派人来通知他说皇上要召见他。不过他知道这不大可能。

几位大臣陆续进来了。但因不是正式举行会议，像太子太傅而兼奉常的叔孙通、郎中令冯无择、典客卿又兼长安内史的西门无忌等人，也就没派人通知。最后治粟内史骆甲也进来了。萧何看看他们，才想起兼任少府令的中大谒者襄章应当到会，可由于自己的疏忽竟请他去兰林殿谒见圣上去了。他叫来晁太监派人去内谒者署传个话：如果襄章从兰林殿回来了，就请他来一趟。

萧何叫李左把两篇奏章中的紧要地方给大家读了一遍。赵尧这才意识到萧相国是借此机会在同僚面前故意张扬他的失职。不禁有些愤然。但他却恭谨地说道：

"根据相国大人的指示，下官与有司曾多方设法，并三令五申知照地方官员，但列肆课税终有极限。不知相国大人对此是否曾仔细考察过？请相国大人试想，征税过重必致物价腾跃，商工末业亦必凋零。其受害者非只百姓，国家或将更甚。相国方才所述，下官管见，可谓抑商恶果已经显现。故下官以为唯有从农赋上着眼，即改变什五税一为什一之税方是根本之策。若一味从列肆上着眼，不唯军费、大库之需不能敷用，他日亦必贻害地方，下官实不敢……"

萧何这时已经明白了赵尧骨子里的意思是反对什五税一制。当初实行这一税制时，从皇上到内阁各卿大臣都是同意的。作为政治家的萧何在提出这一税制时，是源之于对历史和现实的充分考察及其基本的政治哲学思想。秦始皇聚敛无度，黔首每收一石粮，官家则取五六斗之赋；又好大喜功，征全部人口百分之十五以上的百姓服各种兵役、徭役，或把百姓变成刑徒供其奴役，以致村无丁壮。看来国似乎富了，可百姓却活不下去了。而在这个基础上建立起来的新帝国首要之务是让百姓活下去。如刘邦的故乡，壮年农民仅数人而已，余者皆是老弱妇孺。因耕牛缺少，籽种不足，虽土地广袤，而人口稀少，生产落后，产量极低，百姓十分困难。不采取轻徭薄赋政策可以吗？未闻有民富而国弱者，只见民穷而国必毁者。即为相，则必以民得生而后国存、民既富而国自强为务。如后世之治国者能做到亩产三石只收一斗之赋即三十而税一则国必更将强大。只可惜现在做不到，但万不能再增一厘一毫的税！因此他针对赵尧的议论果断地回答道：

"一毫为微，一铢为轻，但不能增之。秦末之乱为前车之鉴，不可等闲视之。"

赵尧立即接过话茬说：

"相国大人！什一之税乃古代成法，仆未闻有变。而秦末之乱乃什税五什税六或更有过之之税所致，且其乱尚有他故。"

萧何觉得自己已经把话说得很明白了，但没想到他竟如此强词夺理，却又一转念，今天既是讨论到治国大计，想必也是有一些己见，何不借这机会，谈谈自己的主张以求得众大臣的襄助呢？想到此，他也就消下气来，平静地说道：

"夫民有余，仓廪足，什一之税亦不为轻，何况民无余。春秋战国数百年间，征战不止，干戈不息，民困国疲，渴望一统，以求生息。秦皇不恤民艰，无视舆情，好大喜功，横征暴敛，强取泰半之赋，终至天下大乱，户口流亡，关中残破，他地更甚。圣上入关，约法三章，百姓箪食壶浆以迎王师；父送子，妻送郎，节衣缩食，支援圣上中州鏖兵。使天下又重一统，以期三章约法永成定制。但叛乱迭起，军兴不止，兵有战危之险，民有倒悬之苦。因此，给耕牛，贷籽种，更减税，解民困厄，兵方可战。舍此别无上策，故什一之税万不可行！"

"那就只好铸钱！"赵尧低声说，可那赌气的口气却很明显。

萧何看了他一眼，心说，争之无益。这时治粟内史骆甲说道：

"铸钱亦不可！夫谷少钱多必致物价腾跃，吃亏者仍为天下黎民。此乃剜肉补疮之策，非但于事无补，且益发伤及百姓。"

赵尧狠狠地把骆甲白了一眼：

"请问骆大人，改税不行，铸钱不可，是否还有别策？如无别策，是否就如相国大人所指出的，只好让前线士卒枵腹而战了？"

官大一级压死人！骆甲把头低了下去。

廷尉王恬开不愿看赵尧那种盛气凌人的样子，只对身边的卫尉王岐说：

"还是应从列肆课税上筹谋之。"

"国家幅员如此之大，生息之道只此一途吗？"赵尧把话又掷给了王恬开。

王岐仿佛没听见赵尧对王恬开的训斥，只是对王廷尉说道：

"权且变通一下，允许周、樊、陈、灌诸将将缴获的军资暂时充做军饷……"

赵尧马上接了过去：

"战事尚无了期，此等见解虽然高超，亦不过是望梅之论，于事何补！"

萧何明知赵尧这些话都是针对他的，既不想与之争论，也不愿再指望他。他睃了一眼在座的其他人，也不希望他们再争论下去。他想还是找来少府令，先把大库的情况摸清再说。另外他还想到王岐的办法是可行的。于是他吩咐李左，再派人去请襄章。

就在这时，晁太监掀起门帘探进头来说：

"圣上有旨：宣各位大人到宣明殿见驾！"

9

　　宣明殿是刘邦日常起居和处理国事的殿堂。它是由相国亲自监造的,风格独具,与众不同。如果从未央前殿的高台上俯视,其用红黄蓝绿各色彩漆绘成几何图案的瓦顶呈不规则的"工"字形。前殿西边五进有一道两丈多宽高敞的前出廊,一到夏天,这里阳光不入,凉气习习;东边四进没有前出廊,到了冬天,阳光可直射进室内的北墙,使室内异常温暖。称之为明堂的中霤大殿设有御座,桐油浸过的方砖地上铺着厚厚的毡罽。奉召到这里议事的股肱大臣都能得到赐座的殊荣。东侧为总章内室,是大书房,靠墙之处摆满书架和文玩壁橱。刘邦虽不喜文翰之事却亦需经常省览文书。有时还会在这里接见重臣秘议军国大事。西侧为青阳内室,是小书房、小餐间和专供午间休息的小寝间。从明堂御座后巨型屏风两侧绕过去是通向后殿的十分宽敞的过厅。过厅有九对文杏大柱。每根大柱前都摆一个大花盆,按时更换奇花异卉。两侧全是落地的明角窗,若全部敞开就是长廊。要是遇到刘邦高兴时,便可在过厅中点起明灯亮烛,叫妃子和宫女们为之歌舞侑酒,这里又成了演出歌舞的大厅。

　　刘邦在襄章等大小太监的簇拥下进入宣明殿。他扫视着大殿,一切都粉刷一新,同时又一切如旧,不增一物,不减一物,仿佛不曾离开过这里,这使他觉得亲切。他站上脚踏摸一把御座上的锦缎褥垫,松软、光滑、一尘不染。他仰望从天棚上垂落下来的紫地织金锦缎的幔帐,富丽堂皇,五彩缤纷。他又向总章内室走去。襄章命小太监抢先一步在毡罽上铺设锦团褥垫，他却没有去坐，而是在室内漫步踅了一圈。他走到平时批阅奏章的几案前，从洁如明镜的几案上看见了自己瘦削的面影，不禁联想到始皇嬴政日夕阅读百斤竹简之事。心说他是伏案劳形，而自己却是伏鞍劳形，是马上皇帝。

他瞥一眼挂在书架上的那柄精光锃亮的宝剑，立即走过去摘了下来，顺手抽出半截，用手指轻弹了两下，宝剑发出铮铮的声音。这是当年他斩白蛇而起义的宝剑，虽非出自名匠之手，但却一直随他鏖战沙场，终至夺取天下。刘邦亲切地抚摩着那剑，在心里喟然叹道："将来你跟谁去守卫四方？"他想起在这里最后一次接见爱子如意时的情景。当时汾阳侯周昌也在。周昌被命为赵相，等于贬职。如意礼重大臣，故能得大臣忠心辅佐。不过他忽又想到王陵、周昌都太憨直，不能像陈平那样对上下左右都善交游。他们都不宜独任，太可惜了。赵尧会不会兼而有之？不行吧！咳！他暗自叹息一声，还没征询萧何、王陵、周昌等人的意见哪！不过他又自信地想：凭他和他们几十年生死与共的君臣关系，从公从私，都会得到他们帮助的。至于萧何之后谁可为相的问题，留待以后再慢慢地想吧！

"记下我的话"，他对随侍身后的襄章说，"这把三尺宝剑赏赐给如意，它是我斩蛇首义之剑，非比其他！"他看着襄章从随身携带的小口袋里正取出铅椠准备记录，却想起方才出兰林殿时戚姬对他说过的话。当时她痛苦地恳求他：为了消除皇后对她的猜忌，为了他们的爱子如意，为了将来，多去东宫休息。他问她为什么有这种痛苦的心绪，她却低下头去避开了他的目光。

"什么事使你不高兴啊？"他又问。

"臣妾没有什么不高兴的事，只是有一句话不知当说不当说？"

"什么当说不当说的，说吧！"

"臣妾想，皇后陛下……"

"是想关于加封号的事情吗？这，我不是说过了吗，现在不……"

"不是！不是！臣妾不要封号！"戚姬急得掉下了眼泪。她觉得皇上误解了她。

"你这是怎么啦？"刘邦有些诧异。

"臣妾希望陛下多去东宫……"她好不容易说出这句话，抽泣得更难以抑止了。

刘邦皱起了眉头，似乎有所悟："难道皇后说了什么？"

"启陛下！后德皇皇，厥声载路。解衣衣我，赏赐有加。臣妾感恩戴德，永生难忘。只是为了如意，为了减少猜忌，恳请陛下就听臣妾这一句话吧！"

"是的，是的！你的顾虑是对的。我也有许多事情要问一问她。"

这时传事太监进来启奏道：

"相国、御史大夫、宗正卿等奉旨来到。"

"宣上殿来。"刘邦放下手中的宝剑说。

萧何、赵尧等人上殿时，刘邦有些诧异。他本来是想只宣召他们二人上殿的，但现在却来了六个人。可是一想他传旨时是叫在麒麟殿的公卿们都来的，怪不得传旨太监。当他得知他们本来都在相国的东暖阁里开会时，不禁问道：

"卿等有要事会而议之？"

"常时如此。"萧何答道，"各位大臣每日辰时集于臣处，将各署之事循例磋商一次。"

"哦！太好了！太好了！诸位爱卿平身！"刘邦高兴地说，上前扶起萧何，"啊，都请坐吧！"

刘邦也在毡罽上坐定后，和颜悦色地问："方才诸卿所议何事？"

萧何不想把方才那些烦人的事情告诉刘邦，因为他知道这只会使皇上不安。皇上归来三日，加之箭疮尚未痊愈，这样的事，还是使其暂时不知为好。待日后再作计议也不为迟。他就简单说了淮阴和襄平的灾情，至于国家财政的艰难，他更不便开口了。

赵尧正欲插言，他倒是想说出一点实情，他有他自己的打算。却不料萧何占了先，而且说得如此轻描淡写，他在心里忍不住"哼"了一声，表面上却装作没事儿一般。他知道皇上与相国的关系，他要动作，尚须相时而动，且不可贸然而言。

刘邦似乎是理解了萧何的心情，他虽然在外征战，但对国家诸事也还是知道一些的。他知道萧何是有意避重就轻，不让他为此生忧。他不禁在心里产生了对萧何的敬意。

刘邦告诉相国说，他已经决定把沛县作为他的汤沐邑，永远蠲除乡亲们的赋税；又说，他根据父老所请，丰县乡亲的赋税也同样予以免除。他正说着，兰林殿随侍的小太监受戚夫人之托，已把中宫史佩芷所记的皇上在沛县的起居注从袖筒中取出呈递给相国。相国连声说"好"，甚至对那起居注也连声说"好"。但心中同时也在想着"源"在缩小"流"在扩大的问题，唯一的出路仍得在列肆市课征赋税。

这时皇上把目光转向御史大夫赵尧。襄章已悄悄把他请求召见的话告诉了皇上。皇上一向喜欢这个聪明睿智的年轻人，就像爱重年轻的灌婴一样。因此这两个年轻人都获至高位，一是三公之一的御史大夫，一是有称号的大将——车骑将军。皇上对他点了点头，又把眼光转向了延尉王恬开："如今狱谳之事多否？"

"启圣上，不多。"他肯定地回答。

"重大案件多否？"

"也不多！"

"好！好！古人说，道之以政，齐之以刑。政简方能刑清。"

"是！陛下！臣铭记在心。"

刘邦把大家扫视一眼，他想应该与萧何单独推心置腹地交谈一次，倒不必先召见赵尧。但赵尧却急于想单独谒见皇上。他没想到皇上偏偏是召见大家。不过也好，他想，应该借这个机会让皇上知道他的一些意思。他向前膝行一步：

"臣启陛下：圣上御驾亲征，镇抚四海，救民水火，以使百姓安居，家人团聚。今陛下凯旋，除太子外诸皇子皆在藩国，反不如百姓得享天伦之乐。按向例，远在藩国之诸皇子本应于十月岁首来朝。而今年岁首御驾尚在庸城征战，诸皇子皆不得朝。以臣愚意，如今可改向例，请圣上宣召诸皇子来朝长安，彼时若南北战事能胜利结束，一线而有劳旋饮至①之宴亦可谓本朝一大盛事。微臣冒昧陈言，伏望陛下允臣所请！"

刘邦手捋苍髯频频点头，心说，前在沛县只召如意进京，却未召其他诸儿。这倒真是一个疏忽。如果刘肥等都来了，许多事情更好处理了！他

---

① 古代朝、会、盟、伐诸事，既归而饮于宗庙，谓之饮至。

把目光转向了萧何。

萧何对赵尧所论暗暗有些吃惊。他不知这是授意还是出于其谋。按常情，其论自然毫不为过。他不唯不能反对，且必须立表赞成。从皇上这方面来说，长年征战在外，难得与子孙常聚。如今年高体弱，伤病在身，以其至尊之位，应享天伦之乐。可是从皇后那方面来说，只要太子留在长安，其余诸子她是绝不愿见面的。皇后从庸城探视皇上回京后，他就察觉到皇后对皇上的疑心。皇上昨晚回到宫中未去长信殿必使皇后产生怨恨之心。于此时召诸子来朝，恐怕皇后首先会想到刘肥等不过是给如意做陪衬的。这会不会使两宫更生嫌隙呢？现在皇上在看着他，显然是要他表态。他既不能说出他心中的顾虑，又不能沉默，只好轻声说道：

"御史大夫所论甚是。陛下久历戎马难得一日之安，诸皇子远在藩国不能膝下承欢，臣等亦于心不安。今岁首已过，莫如于正朔来朝。且去岁韩信伏诛，彭越授首，陈豨远遁，黥布南逃，其国皆除。今或设郡，或重新分封诸皇子，或部分设郡部分分封诸皇子，亦可于正朔朝会时露布天下，并命皇子就封。不知圣上意下如何？"

赵尧未等皇上首肯，抢先说道：

"相国大人深谋远虑，策议周全。务望我皇陛下俯允臣等所请，即传旨宣召诸皇子来朝。但所除之国皆系中州之地，只宜加封诸皇子，不宜设郡，望圣上裁可。"

赵尧说着，但心里对萧何却颇为不满。他认为萧何明为赞成，暗为反对。第一，他是限制了诸皇子来朝的时间；第二，他规定了诸皇子来朝后仅限于接受重新分封王国，而且并不是全封，因为显然他是强调设郡的。他觉得皇上似乎没有看透相国的用心，应当找机会向皇上说明这一点。

刘邦确实没有细致分辨相国和御史大夫两人言辞上的差别。他心情很激动。他觉得他们都很能体会他的心情，实在是历来君臣之间难得有的。他不但要点头"俯允所请"，而且还联想很多。自己从被萧何举荐为沛公，直至定鼎关中，践祚帝位，治理天下，平叛诛逆，都与他的忠心辅佐有关。他德高望重，一言一行皆是自己的鼎助。在废黜刘盈册立如意的问题上，若能得他率先倡导，赵尧鼓吹，诸卿大臣附议，即或有一二大臣反对亦可不虑。至于他的妻子——皇后陛下在满朝公卿文武大臣的公议下，他要和她好好商议，应当以天下长治久安的根本大计为重。要明白，君无臣何以为君？储不善何以继统？君明储善，后贤臣忠，则国家安定。若得如此，自己百年之后无所忧矣。至于所除之国，可由盈儿自选，亦可由皇后指定，使之超过刘肥所封之地也不为过。

他对未来充满了信心。他又看了看其他几位大臣。王恬开、王岐、骆甲等都表示赞同，他站起来微笑着说道：

"诸卿皆朕之股肱。诸卿公议，朕自当允从。那么就由宗正卿拟旨并发出吧！"

宗正卿刘信即答道：

"是！臣即拟旨并发出。"

"至于所除之国，或分封或设郡，或部分分封部分设郡，由诸卿早晚议之，朕自然也要权衡一下。"

他想询问一下骆甲关于全国收成的情况，可是传事太监急匆匆进屋跪呈上一封竹简：

"禀皇爷：安国侯王陵派人送进来一道手本，请陛下过目。"

"嗯？"刘邦立即接了过来，一看果是王陵的手笔，他把奏章顺手给襄章：

"念！"

襄章接过简编，清了一下嗓子，念道：

臣陵诚惶诚惧，顿首顿首！伏唯皇帝陛下有虞舜之圣，达大禹之智，继成汤之功，续文武之德。圣上居万乘之尊，勤求俊杰，大拯横流，将士勠力，削平区宇；以四海之富，体天法道，克勤克俭，经武修文，渐臻至治。年来，陛下两度御驾亲征，使叛贼伏诛，建立万世之基业；逼逆臣授首，永垂天下之殊勋。而臣老耄，疾病羸身，不能为圣主之前驱，披挂临敌，诛擒元凶；亦未鏖战于沙场，马革裹尸，以报知遇，致使陛下身受重创。老臣闻讯，五内俱焚，恨不能助生双翼，飞归战阵，生擒敌酋，食肉寝皮。臣在京中又未能辅佐太子，襄理政务，躬耕劝农，以慰陛下勤政之心。今陛下凯旋，臣却如伏枥驽马，既未能躬迎于轵亭，又未能朝拜于九重。臣罪该万死，死有余辜。今唯一表以报圣君，无任惭惧战汗屏营之至！臣陵诚惶诚恐，顿首顿首，再拜再拜，伏枕谨言。

汉十二年十月十九日

刘邦又接过奏章从头看了一遍。他心情很激动，站了起来踱到窗下，想象着王陵伏在枕上写此奏章时的吃力情景，一时之间竟心潮起伏。他在早年躬耕垄亩之时，一向事王陵如兄。因其性情率直倔强公正不阿而尊之。他入咸阳后，王陵亦率子弟数千人转战于南阳等地。成皋鏖兵时，项羽为逼王陵归降，竟俘其母。王母为砥砺王陵之志，伏剑自杀后又为项羽所烹。消息传到汉营，刘邦及身边诸将皆唏嘘流涕，而王陵却已率军出战了。如今看到他的颤抖的笔迹，怎不令人心弦震动？他又转回来，问襄章：

"安国侯何时得病？现病势如何？"

"圣上负伤消息传回长安之后就病了。现在已大安了。"他想他能写字就是病愈的证明。

刘邦立即联想到这位患难与共、生死不渝的老臣在他负伤之后几乎是肝胆俱裂的震惊与焦急情景，眼睛有些湿润了：

"安国侯病后，谁去看望过？"

"相国与留侯等去看望过。"

"宫中谁去看望过？"

"嗯——"

"太子去看望过吗？"

"可能去……也可能没……"

"什么话！你去看过吗？"

"奴才未去看过。"

"就知道养尊处优，却不顾及国之千城，哼！派人叫太子来！"

襄章应了一声，急忙转身出去传旨。

萧何为太子遮掩道："呵，陛下！安国侯并非大病，只是年老体衰，偶感风寒而虚火上升。老臣看过之后没让太子去，因为太傅对太子要求甚严。太子一向晨起射箭于校场，日间课读于北宫，武艺、学识都大有长进，并勤于政务。"

刘邦长吁了一口气，说：

"什么课读甚严？王者莫高于周文，伯者莫高于齐桓，皆待贤人而成名。人主不交，欲其长久世世奉宗庙亡绝①可乎？"

襄章传旨回来，刘邦又吩咐道：

"命御膳房预备一笼各色点心，立即派人送去以表吾意。"

"遵旨！"

刘邦又坐了下来，把奏章摊在几上看着。王陵写此奏章本无什么深意，不过是在接见了钟离长史之后遵萧何之嘱，勉强草成这段文字以报皇上眷顾之情。不曾想这却引起了皇上对太子的不满。萧何有点暗暗后悔，心想自己多此一举了。但赵尧却似乎从中看出一些端倪来：圣上对太子不满！刘邦却想，相国及各卿大臣兢兢业业处理政务，特别是提请诸皇子皆来朝长安，实在是个很好的建议。如果两线战争能很快胜利，帝国江山固若金汤，天下一统，就不愧这一生了。他又联想到如果在萧何之后，王陵若能为如意傅相，周昌及其他大臣佐之出现太平盛世的新景象。这万世一系的基业肯定会永存。刘邦虽然因为在场人多，没有把这些心思都讲出来，但就他在出征期间国家政务的交谈，君臣之间谈得却很融洽。一直谈到中午。

刘邦的心情是振奋的，同时也是愉快的。然而煞风景的是去宣召太子的太监来禀报说：他没有找到太子！

---

① "王者……亡绝"，语出《高帝求贤诏》，中有删节。伯通霸；亡通无。

10

刘盈按照惯例，在北宫箭亭前走马射箭，又舞了一阵剑，就带着随从到东宫去给母亲请早安。此时已交辰刻，母亲还未起床，他就在殿外候着。快到巳刻时，才被召进殿去。他不明白为什么，无端受到一顿斥责，噙着泪退出来。在廊下遇到绮雯。"殿下，别难过。"她悄声说。刘盈的眼泪唰地流了下来。"殿下，"她几乎耳语似的说，"樊璞他们还候在殿门外哪！"意思是说别叫人看见他哭了。刘盈点了点头，边擦泪边下了丹墀。走向前院时，意外地发现东厢房房山后的角门敞着，他不假思索地从那里溜了出去。

角门外是一片幽静的竹林。他沿着林中空地漫无目标地向前疾走。让眼泪流吧！哪怕洒遍竹林。要哭就出声地哭吧！竹林也在飒飒地呜咽着啊。

蓝的天，白的云，绿的竹，还有青的草，甚至还发现几朵小小的红的花。这里叫人分辨不出季节来。淡淡的竹叶的清香和腐草的气息混合在一起，枝头的画眉啾啾地叫着。他穿出竹林登上一座长满雪松的小山。从山头向北看去，山下更是大片竹林，一过竹林，就是酒池。对岸是钟室。每天都是钟声唤他起床的。

母亲一向对他很严厉。他怕母亲。他常常觉得很孤单。习武的晨课是北宫司马单越和舍人樊璞陪着。但他们怕他的紫骝马跑得太快，怕弓太硬，怕戟太重，怕剑太锋利。他有时索性不理睬他们，自顾自地练着耍着。太傅授课时，他是唯一的学生。一个讲，一个听。讲者津津乐道，听者昏昏欲睡。三皇五帝、公羊春秋、商颂周颂、大雅小雅、礼记论语，盛衰兴替……不理解吗？那就背下去！去东宫晨昏定省，母亲高兴了，接见他，总是盘查来盘查去；不高兴了，拒之门外，只好伏阙磕头而去。他有时去麒麟殿，这多半是在太傅因奉常寺署有公干时。他喜欢萧何。萧何向他禀报政务，或因政务牵涉律令，便给他解释。他觉得他随和，但相国公务忙，因此他去麒麟殿的次数最近越来越少了。父皇不在长安，他名义上是监国，是父亲所留下的三万长安守军的最高统帅。但事务由舅父和两位大表兄掌管，日常政务自有萧相国、赵御史大夫及各卿大臣处理，重大问题得由母亲决定，他在母亲面前是不敢说话的。

　　他在酒池南岸的竹林中穿行着。这片竹林很丛杂，很茂密，多是细小的水竹、高挺的紫竹、花斑的潇湘竹等。竹丛中新冒出一些冬笋，在腐乱的竹叶中或是杂生的灌木丛中争夺着生存的地方。空气中有腐草的气味，但并不难闻。他攀住一根紫竹，竹梢都要触地了，猛一撒手，竹竿弹了回去，整丛竹子都晃动起来。邻树上的麻雀突然受惊，扑棱棱地全都惊飞了。他喜爱这片丛杂茂密的竹林。他信步在林丛中转着。忽然从前边传来仿佛是鼓瑟的声音。他诧异了。仔细谛听，又好像是鼗鼓的声音。阵风过处，空中充满了水气。他不禁向发出声音的方向走去。才发现那是酒池的水闸泄水之处。他顺手撅断一根竹枝，向闸下走去。但靠近水闸的岸边太滑，他不敢靠近。这时他发现下游不远处有一块巨石半卧在水中。他爬上巨石，才发现是经过雕凿的。心想这大概是修水闸时多余被弃置在这里的。他坐在石头上，下意识地用竹枝抽打着水面。

　　在这丛林环绕、溪水淙淙的大自然里，他第一次感到头上再没有那使人觉得压抑的高大的屋顶，耳边再没有那令人心烦的不停的教训，鼻子里再闻不到那令人气闷的刺激人的檀香。除了周围的树木，脚下的淙淙流水，他不再觉得有别的存在，甚至自己也不存在，一切都融进大自然中去了。他随手扯了一茎小草，含在嘴里，然后找到一块绿草茂密的坡地，在那儿躺下。抬头眼望着蓝天，耳畔是淙淙流水和鸣啭的鸟叫，真使他犹如坠入了一种如梦的境界。很自然，他又想起在洛阳南宫和在栎阳宫中与弟兄们在一起时的事情。

刘盈有一兄六弟和一姊。他本来还有几个妹妹，有的还未见过面却都先后早夭。但是除了姐姐鲁元公主外都是异母所生。他的稚童时代，比他大九岁的姐姐算是他唯一的玩伴，而姐姐只是他的照顾者。他是孤单的。在他刚能记事儿的时候，父亲就躲进芒砀山里。逃亡罪犯的家属也是有罪的，常受到官吏的监视，连小孩都不能跟他玩。在秦末汹汹大乱时，父亲虽为沛公，母亲带他们避难犹恐不及。由于母亲的嫉妒，他不仅不能与哥哥刘肥见面，连他的名字都不能提。有一次在街上碰见刘肥，刘肥带他耍了一阵，还给他买了块狗肉吃。结果被母亲发现，不单打了他，还到外家门上把刘肥生母曹氏斥骂了一通。曹氏丢了脸，又被丈夫毒打得死去活来。刘邦入汉中，刘盈被封为王太子。彭城之战，母亲和祖父在逃难中被楚军俘虏，他们姐弟则由夏侯婴救护到军中。在洛阳南宫，起先由管夫人和赵子儿夫人照管他，他还可以任意与小弟弟玩耍。可有时又因思念母亲而玩兴索然。直到战争快结束时，母亲与祖父得释。心总算放下了。可他是尊贵的储君，母亲给他安排了一大堆宫女、太监、舍人、师父，把他紧紧包围起来。他和兄弟们难得见面了。

　　师道尊严，使他惧之，属掾唯诺，使他厌之。刘肥逐渐成人，和他玩不到一块了。他不知道为了母亲的缘故，父亲封刘肥为齐王，远去临淄。唯一的姐姐鲁元又远嫁到邯郸。他更孤单了。在栎阳宫时，宫室狭小，他与诸弟反得常相聚游。父亲高兴，差不多夜夜欢会，急管繁弦，歌舞达旦，倒无人拘管他和弟弟们的玩耍了。先是四个弟弟，即如意、刘恒、刘恢和刘友，后来又有刘建和刘长。刘恒怯生，寡言少语，年岁太小，又居于较偏僻的殿舍，刘恢、刘友等更小，无法成为他的玩伴。只有如意，性情活泼，聪明伶俐，从南宫到栎阳宫，从长乐宫到未央宫，足有六七年的时间，和他虽不能朝夕相聚，厮会之时总是很多。他们是真挚的玩伴和相亲的兄弟。尽管有时受到母亲詈斥，但是小孩子贪玩，就如一口小猪崽记吃不记打，他们还是要玩到一起，兄弟情谊更笃厚了。

　　然而，随着年岁的增长，更随着他地位的变化，童年那充满幻想与欢爱的生活渐渐地消失了，兄弟们都去了各自的封国，从此难得相聚；而他，则进入了另一种他所不愿意的生活。在这种生活中，他除了按照母亲和严师的旨意，循规蹈矩，预习着一切他未来所要履行的生活方式外，没有一点属于他自己的选择与爱好。更使他感到难受的是那种无法抗拒的孤独感。他甚至已经多少觉察到这种孤独感对自己性格的破坏。有好几次，他真想逃离这高墙深宫，到那天涯海角，去寻找自己的世界，然而，一切的一切都是那么的冷酷，那么的严峻，而更使他感到沮丧的是自己的懦弱。想到这一点，竟不禁伤心地落下两串热泪。

"太子……"

"太子殿下……"

"殿下！我的活祖宗！不想叫人活了！"

樊璞等人跟踪循迹，终于找到了刘盈，他们拨开草丛时气喘吁吁地说。刘盈一听说是父皇宣召他时，不禁感到了恐怯。

当他跨进宣明殿的门槛时就听到父亲"不准进殿"的怒喝声。他本能地收住了脚步，一哆嗦便跪了下去，蜷缩着身体把额头触到地上。

萧何急步迎了出来，拉着他的手进了殿中。这时不单叔孙通，连几位卿大臣也跪在刘邦面前。

叔孙通不禁说道："启奏陛下！太子能扶病赶来觐见陛下足以见其孝心。请陛下息怒！"他又侧身问太子："你服过药了吗？退烧了吗？"

吕雉也说道："病了为什么不说一声？吃了什么药？现在……"

"你呀！有病就叫人传召太医，怎么自己去太医院呢？"建成侯责备外甥说。

刘盈慢慢抬起头来，看着父亲和母亲，也望一眼相国、师父和舅父，嗫嚅地说：

"启奏父皇陛下和母后陛下！儿臣不曾有病，也未发烧，更不曾服药，只是在酒池附近坐了一忽儿。儿臣迟到，罪该万死，愿受鼎镬之惩。但万不敢托病以欺父皇陛下和母后陛下，也不敢向先生谎言。"

吕雉愤怒地看着他，本以为他应该明白她的暗示。叔孙通也吃惊地侧过头来。

原来传旨太监先去了东宫。皇后当时以为儿子已回北宫，就叫太监到那里去传旨。但她不放心，不知皇上叫儿子什么事儿，越想越觉得蹊跷，寻思一阵子，便带着绮雪、绮雯等四个贴身宫女坐上凤辇到宣明殿来了。到内谒者署门时追上了太傅叔孙通，这才知道太子并未回北宫，便又打发人去寻找。据绮雯的估计，太子没出东宫。在内谒者署的建成侯闻讯也很焦急，便随着妹妹和太傅一同进了宣明殿。

皇上一见他们来了，很客气地赐座。皇上轻慢儒生是出名的，但自从见了叔孙通之后却格外礼遇。对内兄也很尊重，他毕竟是首义之臣啊！对皇后，他在表面上从来也没怠慢过。他本以为儿子跟他们一道来的，可是却没见。不禁问道："盈儿呢？"

吕雉一时语塞，低下了头。

萧何担心皇上当众责难皇后，便说："此乃老臣之罪！"

"哦？"刘邦冷笑一下，"太子不知何去，倒是相国之罪！或许因他正勤于政务，或有政务缠手，不得脱身吧。"

"只怪老夫没有及时关照……"太傅说。

"啊哈？据太傅之意，此刻太子是正在宫中课读喽？"刘邦讥讽地说。

萧何对此深感意外。离开座位跪到刘邦面前，深深地埋下头去。叔孙通效法相国也跪在刘邦面前了。站在一边的赵尧也赶紧低下了头。他没有料到会发生"太子失踪"的事，更没有料到皇上会如此大动肝火。他已经分明地听到皇帝动怒的弦外之音。

吕雉简直恼羞得难以自已。从皇上到轵亭的那一刻起，她赔尽小心，曲意迎合，甚至低三下四地讨好戚姬，讨好那不值一瞥的管夫人、赵子儿夫人、石美人等。结果，他却为了儿子迟到这么一件小事当着公卿及太监和宫女们的面如此大动肝火。她听得出皇上话中的含义。她实在不能忍受下去了。她刚要站起来，却瞥见兄长吕释之对襄章递着眼神，仿佛是说："还不赶快找去！"而绮雪却拽住她的后襟不让她发作。

皇上发现了向外溜的襄章喊道："回来！不要去找！"

这时皇后的中宫史绮雯忽然落落大方地慢慢跪下去，异常平静地说道：

"小奴死罪，恳请陛下息怒！早晨太子只穿箭衣到宫中请安。出殿时，小奴正在院中。对殿下行礼时，小奴发现太子脸色异常红润，好像发烧一样。小奴顺便问了一句：殿下是不是不舒服？殿下只说没什么，仍向殿门走去。小奴见殿下手扶前额，走路缓慢乏力出了殿门。小奴当时没有介意，因此也没回奏皇后陛下。小奴罪该万死，但所言句句是实。因此小奴想来，殿下是否因为不舒服而顺路去了太医院，服了药因此来得慢了。"

刘邦怒视着她，觉得她是撒谎。但绮雯平静地看着皇上。

萧何接说道："陛下息怒！太子体弱，早晨走马射箭，偶然感冒风寒完全是可能的。"

吕雉没想到绮雯会有这样的胆识，怒气消了，不禁淡然说道："咳！都是我教子不严之过。"

"嗯哼？"刘邦瞥视一眼皇后，旋又转对相国："这么说，太子不是忙于'政务'了，而是忙于发烧服药喽！"

萧何不便回答。皇后觉得皇上又在揶揄她，她的脸红了。

就在这时，殿门口喊起了传呼声："太子殿下到！"

刘邦咆哮道："叫他出去！不准进殿！"

太子随萧何进了殿。他跪在父亲面前，并且明白了母亲和师父对他的暗示，也看见了几位卿大臣似乎都在为他求恕。但他不肯撒谎，却心甘情愿地接受惩罚。

刘邦瞥了一眼皇后，同时怒向绮雯。但绮雯仍然平静地低着头，并无求恕之意。刘邦诧异了，刚要责问她，萧何低声说道：

"陛下！薄物细故，安能责小过如大恶？小宫娥识大体，善委曲求全者也！"

刘邦沉吟一下，对刘盈喝道："还不扶起师父！"

吕雉看出了皇上对她的疏远和淡漠，索性告辞，她示意绮雯来搀她。出了总章内室时才感觉到绮雯的小手湿漉漉的，而且有些哆嗦。她深情地望着她，她噙着泪，急忙把头低了下去。

11

俗谚"十月小阳春"，这在关中地区尤其显得突出。节气已过小雪，仍然温暖得令人觉得甜润，夜空中还不时传来南飞的大雁的鸣声。早晨，刘邦在宣明殿院中散步，忽然发现殿基脚下有几丛新鲜的草芽，嫩得非常可爱，绿得非常青翠。他不禁蹲下身去抚摩，觉得那么爽手，那么舒畅。他还发现在殿基和铺地砖接缝处几簇枯萎的黄草根部也出了新芽。随侍在身后的太监藉孺以为皇上嫌院中生了杂草，便怯生生地说道：

"皇爷！这都怪奴婢等疏忽，回头小奴就都铲去。"

"嗯？为什么要铲去？这个时候这里还能长出青草来不是怪好的吗？"

"皇爷！这不算什么。潏水、沣水岸边的阳坡上新生的野草到处都是，多着哪！不过也再没有几天活头了，天一转阴，来一场风雪，就得等到开春以后才能长出新芽来。"

"那是自然！不过潏水、沣水岸上真的到处是新生的野草吗？"

"年年如此，今年更暖些，新鲜的野草也就会更多。"

"嗬！有意思！"

这时襄章来到了皇上的身后：

"启陛下！相国省问陛下早安，启问陛下是否设朝？"

刘邦在藉孺搀扶下慢慢站了起来，沉吟着反问道：

"嗯——相国说有什么重大事情要在朝廷上启奏吗？"

"相国没说。"

"噢！那就不设朝吧！"

玉堂殿宴会之后，刘邦觉得很疲倦，想休息几天。他没有回兰林殿，但也没去东宫。他爱宣明殿。他叫戚姬在宣明殿侍寝。

"是！奴去传旨。"襄章说着，却又并不马上离去。稍沉思一下，又凑上半步说道："御史大夫两次请求陛见，都因圣上有事未能如其所请。"

刘邦想起来了。他原打算接见他，就是没工夫。"那就宣他来吧！"他说。

襄章急忙退走。

"回来！"刘邦忽又叫住了他，"嗯——那还是去宣萧相国来吧！"他觉得还是应当先见见相国。他是有好些事要与他商量哩！

"陛下！赵御史大夫就在殿外候旨。"襄章想为赵尧争一下。

"不！宣相国来！"

"是！"襄章急速退去。他是个聪明精细之人。他也怕让皇上看出自己的亲疏。

萧何径直被太监引入总章内室。刘邦恰好刚用罢早点，正在喝参汤。戚姬殷勤地礼拜相国，然后便与佩蓉悄悄把几上食物收拾下去。刘邦看着她们的背影，忽感慨地说："相国！家乡的青梅煮酒和冷撕狗肉什么的，还能记得吗？"他仿佛在经过豪华的宴会和恢复了正常的宫廷生活之后，又缅怀起故乡来了。他又信口吟道："苕之华，芸其黄矣。心之忧矣，维其伤矣！"①

萧何也为他的情绪所感染，引起了淡淡的悲凉的乡思，也脱口吟道：

"我徂东山，慆慆不归。我来自东，零雨其蒙。我东曰归，我心西悲。"②

刘邦有些黯然。他借古人的杯酒浇自己心中的块垒，以抒忧伤之隐。而相国却萌思归之念。"唤！俱老矣！"他心中暗叹道。他向挂落飞罩下侍立的佩蓉吩咐说："拿酒来！"

佩蓉迅速端来，先在两个杯子里斟了半杯酒，又在杯子里兑了些清

---

① 《诗经·小雅·苕之华》。

② 《诗经·豳风·东山》。

水，使酒变得清淡一些。

刘邦悠闲地啜着淡淡的水酒，不经意地瞄了相国一眼，坐在一边的萧何却完全是另一番心境。他所忧虑的是，国家当前的困难，何以解决。更使他感到担心的是，皇上自从回宫，一直未去长信殿，在宴会上因太子迟到的一点琐事，责备太子，冷落皇后。这件事朝臣中已有议论。这样下去，后果殊为可虑。他今天来，也是想摸摸皇上的想法，设法阻止事态的发展。

刘邦对萧何是深知，深交，但亦有深疑，深惧。多少年来都把国事委于他，从不怀疑他的忠心，但有多少事情不是以其所为是呢？他不愿在病榻上托孤。到那种时候，不过只是几句哀伤的话，说者说之，听者听之，然后便是烟消云散。可是现在来谈，他也有难以启齿的隐痛。

"代北战事进展如何？"刘邦没有直说自己的想法。

这正是萧何要向刘邦禀明的。萧何向刘邦介绍了前线的战况。

刘邦确实感到为难了："两线战争，军需甚巨。如相国所说，这可如何是好？"他沉吟着。他不指责陈平或是周勃。他常年征战，对其大将既是君臣亦是挚友。他深知他们，也信赖他们。"战场胜负在于将士，而战争胜负则在于财力。项羽乃常胜将军，终至兵败者，财力不继当亦为其主因之一。如今朕亦处此境遇，这……唉！"

"陛下！此责在老臣！臣当尽力不使功亏一篑。"

"有何良策？"

"臣无良策，开源节流，点滴积聚而已！"

刘邦默默地点了点头。

楚汉战争时期，萧何在关中苦支苦撑，从未使前线在兵源、粮秣、辎重及军饷等方面有所匮乏。现在当然也只能由他统筹安排了。

"此事只有仰赖相国了！"

"老臣愿肝脑涂地以报陛下！"

"唉！你我都肝脑涂地倒使叛臣贼子拍手称快了！只是云雁之战不该出此纰漏，致使功亏一篑哟！"他惋惜着，而并非指责。

"是的！是的！周勃将军也深自谴责，并且要求处分……"

"处分什么！致书周勃，予以嘉奖吧！"

"嘉奖倒也不必。绛侯会从中吸取教训，奋力而战的！"

"唉！"刘邦长叹一声。他始终在想着一件事，如果太子是个有为之人，能代他将一路之兵，云雁之事或许可以避免。何至于使他南北奔波，导致北方战事功败垂成，自己又从南方负伤而归。

"如此重大事情，太子和皇后知之否？可有何策以解之？"刘邦忽然问了这么一句。

萧何心中不禁一惊。他不知道皇上这问话的含义，便谨慎地说：

"此事责在老身，未能将此事及时向监国太子和皇后奏明。"

"那么太子在监国期间勤于政务吗？"

"呵！太子一向，呵——"萧何一时有些语塞，"太傅悉心教诲，课读甚严；太子潜心研习，亦不点武事。监国以来更留意经史，勤于政务，关心律令。老臣于诸事皆奏禀太子，并请东宫决策。"

刘邦对萧何答话的反应有些冷淡，在麒麟殿，萧何和御史大夫异口同声提议诸子来朝曾给他巨大的希望：为使他历尽千难万险所创建的大汉帝国永远屹立在寰宇的中央，必须慎重选储，方能继统永嗣。现在太子不孚所望，如能由他相国率先倡导改立国储，会使他在群臣及皇后面前有很大的主动性。群臣拥戴，即或皇后反对亦无可奈何。刘盈若能欣然将储位禅让其弟，自己将把比刘肥的齐国更大的地方和更多的人口给他作为封国，绝不会亏待他。那时举朝上下精诚团结，剖符丹书的大臣们尽心竭力辅佐如意，国家必能出现太平盛世，永旺不衰的局面。可是他今天的态度怎么又含混起来？难道他就看不出、也听不出他的意思吗？

刘邦舀了半勺水兑到杯里，使酒更淡些。他轻轻啜饮，借以掩饰自己的沉默。他想直白地向萧何说明他易储的考虑和决心。他放下酒杯，但一刹那间，他又犹豫了。他看萧何一眼，竟然又重新端起酒杯。

对于一个政治家来说，在处理一件未决的事情时，往往同时使用两种截然相反的办法。一种是明明白白地说明其意图，以动员其臣仆们贯彻执行；另一种是故意将其意图弄得含糊其词，显得高深莫测，然后设法驾驭或者设置圈套整治其臣仆以达到目的。刘邦宣召萧何，本想推心置腹地与之坦诚相见，现在忽然不愿那样做了。

他再次放下了酒杯：

"如相国所言，太子潜心研习，留心经史，勤于政务，关心律令，亦不忘武事。一旦学成，文可经邦济世，武能开疆拓土，必将是一代英主，胜过乃父多多。吾百年之后，自应安心墓穴永远无忧。"

萧何是深知刘邦其人的，他从皇上的话中，已经听得出对他的不满来了。但他没有悔意。他知道这或许也是不可避免的，只不过比预料的早些罢了。

他对这个问题的几个方面都有所考虑。他非常清楚：太子仁弱，皇后专横。这在监国期间他体会尤深。他禀政于太子，太子一则年幼，一则顾念老臣，对政事从不提出异议。皇后则事无巨细皆欲干之，对臣僚们常有不放心之意。一旦太子即位，国家政务可虑之处恐怕不可逆料。但若废黜，显然是轻而易举的小事，一来赵王年幼，其母正富年华，后妃之间的龃龉事小，两宫不和，以致酿成祸乱，臣仆何以应之？二来国家正处在内忧外患的境地，多年战争，民不聊生。要使大汉帝业稳固，唯有采用轻徭薄赋、与民休息的政策，"君轻民贵"，方为良方。在这样的时候，要是决定易储，势必民心不定，破坏大业。还有一点，也是深埋在萧何心底的，他觉得，君可立不可废，自古皆然。况且刘盈尚幼，前途如何，尚难下断语。倘若开此废君易储的先河，必为后世人所耻笑。正是出于这些想法，萧何觉得，要他同意皇上的易储之心，实在是办不到。他想倾力说服皇上。他说道：

"圣君正年富力壮，如日月之明。教子成龙，来日方长，如旭日之初升，方兴未艾，何虑百年后世！"

刘邦见萧何这么说，更知其意。他不想绕圈子了。他呷了一口杯中的酒，然后放下酒杯，说道："今我愿听卿一言，望坦诚相告，不知可乎？"

"臣智不过常人，才不过庸人，资乃小吏出身，德未救倒悬之民。其言也，不过剑头一映，何足道哉！"

"卿不愿对我坦诚？"

"臣岂敢！"

"好！我只问一事：依卿看来，朕诸子之中谁为储君合宜？"

萧何慢慢伏下身去，以额触地。

刘邦左手拄于股上，右手的食指和中指夹着胡须盯盯地看着他的脊梁。

对刘邦的提问，萧何已有所料，但尽管如此，他还是感到震惊。他迟疑了一下，说道：

"此……此乃陛下家事，老臣驽钝，焉敢置喙！"

刘邦突然弹起了苍髯，霍地站了起来，在毡罽上踱着步。他的脚步是轻的，然而却叫人感到是沉重的，仿佛一个登山者拖着吃力的双腿，艰难地攀登着。突然间，他三步并作两步冲到萧何身旁，仿佛有一股风。可是那脚步又猛地止住了。

总章内室死一般地静。

伏在毡罽上的萧何一动不动，仿佛是一堆没有生命的衣物。

那脚步慢慢地远去了。

在青阳内室的小书房里，刘邦颓然坐在一张蜀锦绣垫上，臂肘倚着通明锃亮的漆几，手托腮帮，痴呆呆地望着明角窗，茫然若失。直到戚姬跪在他面前连喊几声"陛下"，他才醒悟过来。

"陛下！相国已经出殿了！"

戚姬的声音发颤，眼里噙满了泪，显然她已什么都知道了。她方才看着萧何在中雷大殿里对着空空的御座行了三跪九叩大礼，退出殿外。

这时刘邦突然喊道：

"宣赵尧！"

12

不论春夏秋冬，吕雉都要有一场午睡。这是必不可少的，因为她夜里常常失眠。但是绮雯惊破了她的甜梦。

"什么事？"她懒懒地眯着眼睛问。

"张大谒者引来辟阳侯请求召见。"

吕雉睁开眼睛坐了起来。不知是因为传禀的内容使她高兴，还是因为唤醒她的是绮雯，她听了一点儿也没感到不快，相反，倒显出很感兴趣的样子。

"他俩这时来有什么急事吗？"吕雉把双脚磨下床来问。

"宫长姐姐叫我来传禀的，可能是急事。"绮雯跪着给她边穿鞋边答道。

吕雉站了起来，绮雯叠着被子。她又问道："他俩进殿了吗？"

"已经候在中霤。"

吕雉出了青阳内室的寝间，在正殿的御座上接受外臣的朝礼如仪的礼拜。

"臣有两事特来启奏陛下。"辟阳侯审食其俯伏在地仰望着吕雉说，同时睃着持羽扇和团扇的宫女们。

皇后会意了：

"那么到总章内室去吧！"

皇后和她的嬖幸审食其由张释引导着穿过了中霤。

辟阳侯审食其是个漂亮的中年人。三绺长髯黑得油光锃亮，脸上搽着薄薄的一层粉，显得白中透红。大约为了避免过分显眼，他的衣着的色彩较暗，是墨绿色。但却一点儿都不妨碍他那匀称的高矮适中、肥瘦相宜的体魄，既不像赳赳武夫，也不像文弱书生。他是一个很会保养自己的人。张释却很年轻。为了充分显示他是阉官，把胡须拔得干干净净，永远不会再生长了。因此他面如敷粉，身材纤瘦苗条，既富有女性的阴柔，又具备男性的刚健。

女主及其臣仆聚坐在总章内室中间那块有着莲荷盈盈、河水涣涣的图案的毡罽上。审食其小声地说道：

"臣已得知，相国和御史大夫在麒麟殿向皇上谏议：命诸皇子来朝长安。现已派人分头前去宣召。"

"嗯?"吕雉吃了一惊。

"此间道理，不问自明。陛下!"审食其诡谲地答道。

"说说看。"

"皇上御驾亲征刚刚归来，倦容未去，便忽然要召诸位王子来朝，其中含义，诚如陛下英明预见……"审食其说到这儿犹豫了一下，没敢往下说。

"你是说皇上要?……"吕雉也不想说出那个不吉利的字眼。

审食其看着皇后，点了点头。

吕雉颓然地坐在椅子上，就好像是浑身泄了劲一样。

"可恶的是萧何!"审食其又说道。

说到萧何，吕雉又抬起了眼睛，露出一种痛恨的目光来："这个老家伙，独揽朝政不算，竟把手伸到我的头上来了! 试问今日大汉帝国是谁家之天下?"

过了一会，吕雉又问道："还有什么?"

"今日头晌，皇上在宣明殿先接见萧何，后接见赵尧。"

"单独接见?"

"是!"

"所谈何事?"

"小奴曾向襄大谒着打问"，张释插言道，"因皇上不准他人侍候，中霤中又有戚夫人的宫女佩蓉侍立，襄大谒者和小太监们无法近前探听。"

"好哇！防贼一样啦！"吕雉咬牙切齿地说。

"陛下！臣以为既然皇上宣召诸皇子来朝，说明事态已经明朗，皇后何不也宣召公主殿下及宣平侯来朝呢？"审食其谏议道。

鲁元公主早年下嫁赵王张耳之子张敖。张敖袭王位，因其相贯高谋刺刘邦，几遭连坐诛戮。后削其王位，贬为宣平侯，迁徙于曲阜一小邑，既未授官职，食邑也不太多。翁婿之间不甚相得。

"她来又能起什么作用？"

"臣固然知其难起决定作用，但一则可慰陛下；二则可向皇上直谏，多一人多一分力量；三则还可代陛下访几位权臣，以晓谕陛下之意。"

吕雉看了眼审食其，觉得他这个点子还有道理。她很喜欢他的机敏多谋。她说道："那就通知宗正卿，命其宣召。"

"陛下，何必多此一道麻烦。就请张大太监派人前去宣召，有何不可！"

"嗯！你去妥善安排。"皇后对张释努了努嘴。

张释会意。即刻站了起来。

但就在这时绮雪紧张地跪了进来：

"陛下，快去接驾！"

吕雉听了大吃一惊。她来不及细想这到底是怎么回事了。站在一边的审食其面色发白，怔住了。

"圣上离此多远？"张释问。

"快到殿门了！"绮雪答。

"传齐院中宫女、太监殿门接驾。"张释吩咐绮雪。

吕雉随在绮雪身后出殿去迎接圣驾。

刘邦在召见赵尧之后，心情更加不愉快了。当然不是对赵尧。中午进膳之后，虽有戚姬侍候他休息，却怎么也合不上眼睛。萧何反对易储的事，使他感到十分痛心和愤怒。本来，在宣萧何来之前，他就思考过究竟要不要现在就把自己的想法告诉萧何。他之所以犹豫，就是因为他似乎已经知道了萧何的态度。但他后来还是说了，那又是因为他没有想到萧何竟然会如此地驳了他的面子，他那句"陛下家事"的托词，难道还不足以表达他的态度吗？他感到异常愤怒。在以往，他对萧何一向是尊重并且也是放手的，即使有些小分歧，那也不足挂齿的。风风雨雨几十年，他们是同舟共济，休戚相关，想不到他竟在这"择君大事"面前，做了自己的反对派。一想到这些，他便感到阵阵心痛。

然而，即使在这样的时候，他还是保持了一些清醒和理智。他的易储之心是铁定的，而且现在又有了萧何的反对，他的决心似乎更加不可更改了。不管是什么人，谁要反对他易储，他都不会原谅。但是，他也知道，易储之事不是反掌之举，此举牵涉到的干系，真不知有多少。而他要这样干，又势必招来皇后的反对。他多年征战在外，朝廷京城大事，皆请相国皇后掌管。现在自己的主意，已经失了两派的支持。赵尧虽愿效力，却也势力单薄，况也挟带私心，乃为占相位，这一点他是早就明察的。他之所以要安插赵尧，目的之一，也是为了借助这点心理矛盾，来牵制相国皇后，以防万一。只是他的这个想法从来也未对任何人说起罢了。再则，代北方面战事一直未定，周勃、陈平也远在边戍，真要是拉下脸来干，从力量上讲，他实在是感到单薄。一想到这些，他就益发感到不安，甚至烦躁。午睡就在这瞻前顾后、左思右想中过去了。起身的时候，他直感到脑子有些发胀、发疼。这时，他忽然想到，自己自前线归来，尚未到东宫去过。应当去一次。他这样做，有他自己的目的。

他在中霤大殿又受到吕雉及其四名贴身宫女的正式礼拜。起立后，他忽然注意到中宫史，略一沉吟，问道：

"你是叫绮雯吧？"

绮雯猛一哆嗦，急趋前一步跪了下去。她知道皇上不常来长信殿，未必能记起皇后身边宫女的名字。现在既然叫出她的名字，显然是因她在玉堂殿当面说假话了。

"你的胆量不小啊！"刘邦说道。

"小奴知罪！"绮雯磕着头答道，然后又慢慢抬起头来。那天在玉堂殿毅然出面为太子也为皇后遮掩，她是想到后果的。她不敢希望皇后保她，因而恐惧也是无用的。

吕雉的脸色变了。不过她也略感放心，因为总章内室里早已静悄悄的。而她方才还在担心会不会有什么耳报神，皇上是得知审食其在此才来的。现在看来不是了。她在心里松了一口气。说道：

"圣上！绮雯终究是个孩子……"

刘邦没有理她，继续问道："欺君之罪是什么罪？"

"死罪！"绮雯泰然答道。

刘邦有些诧异，惊奇地审视着眼前的这个瘦弱的宫女，不禁又问道："为什么要欺君？"

"圣上凯旋，不是宫中之喜，而是举国之喜。太子偶有细过，若因此使陛下不快，责及太子，会使吉日良辰失去声色。小奴宁愿一死以报两陛下豢养之恩，亦不愿看到圣上在喜庆之日伤神。今小奴愿请死以报陛下！"

刘邦万没想到这个十六七岁的女孩子竟有如此见识和胆量。他轻轻地摇了摇头，说道：

"真如老子所言，'民不畏死，奈何以死惧之！'赏！"

皇后万没有想到皇上竟作出如此举动。她吃惊地望着皇上。绮雪立即跪进青阳内室取来一饼黄金呈递给皇上。皇上掂了一掂："给！"

绮雯猛地伏到地上，抑不住地哭出了声，连谢万岁的话都说不出来了。

绮霞代她谢恩并接赏。

吕雉微笑着亲自把刘邦从御座上扶起，一直搀进总章内室。

一抹斜阳投射到毡罽上，室内显得异常温暖。绮雪招呼着宫女们迅即给两陛下摆上丰盛的果品和水酒。绮雯受到特殊的恩宠，成为跪坐在几旁的侍酒者。

当斜阳移到东墙的幔帐上时，绮雪已为两陛下整治上烹犊炰羔的山珍海味。她暗中为绮雯意外得到恩赦和赏赐而高兴，更为皇上能驾幸东宫而尽心竭力地献殷勤。但同时也没忘记在她禀报皇上驾到时皇后与审食其在一刹那间的惊慌失措。在从厨房到正殿经过回廊的暗门时，她甚至想到自己也正在犯着"欺君之罪"。当然她必须牢牢地保守着皇后的机密。她从来没忘记过她的前两任宫长的下场。

当她亲捧上刚烹调好的一盘鲄鱼①进入总章内室时，正听到皇后在回

_____

① 鲋鱼的古称。

答皇上的问话：

"圣上不提到相国，臣妾本不愿多说。臣妾已届暮年，只愿能有像戚妹妹那样的人代替臣妾侍奉陛下，臣妾便觉放心。但臣妾时刻不敢忘怀陛下交托给臣妾的监国重任。你我八个儿女，除刘肥年长，余皆年幼，且唯盈儿留于长安。孩子们都顾念老臣，盈儿尤其如此，因此臣妾更觉监国之责重于泰山。因此思虑亦多。"

吕雉说到这里便戛然止住了。她轻摆一下下巴颏，绮雯已站立起来，绮雪也招呼绮云和绮霞，便一同退了出去。

刘邦暗暗觉得有些诧异，心想赵尧奏禀了一些关于相国的情况，不曾想她对相国似乎也有微词。他拈着胡须，眼睛盯着她，等她说下去。可皇后却回头看了一眼，知道宫女们都已回避了，便曲尽柔情却又有些娇嗔地抱怨道：

"陛下！你就没想过臣妾是怎样思念和等待着你吗？你多年在外征战，回到长安，也另居他处，难道连看我都不愿看一眼吗？"

吕雉用巾帕擦着眼泪。

妻子的柔情和眼泪使刘邦有些愧恶："我这不是来了吗？怎么说我连看都不愿看你一眼呢？我太疲倦了呀！"

吕雉放下巾帕，伤感地且又妩媚地含笑说道："我知道，我知道，我比谁都更知道你的伤病倦劳，无日无夜不在惦记着呀！我相信你是会来的。喏！唯一的一条鮰鱼，从夏养到秋，从秋养到冬，就等着你呀！快！尝一口吧！趁新鲜，趁热！"

她夹起一块，并用左手端起盘子，把鱼一直送到刘邦的嘴边。

"噢！很，很新鲜！"刘邦品嚼着，赞美道。

柔情蜜意对高阳酒徒是起作用的。她又把酒杯捧到他的嘴边。当他要接时，她却缩回了手，"嗯——"再次伸给他时，他明白了，在她手里慢慢啜饮了一口。"嘶——"他倒吸一口气，"啊——好酒！"

吕雉挪到方才绮雯侍酒的位置，膝盖几乎触到他的膝盖了："还知道是好酒呀！可知道这是我亲手为陛下存放的呀！"她嫣然一笑，却不想说明酒中有几味香料和名贵药物。她喝了杯中的残酒，又捧献第二杯。

绮雪带人送上四架多支烛台，拉上两重窗帘，室内立即显得灯火辉煌了。在小宫女更换几样菜肴时，绮雪附耳告诉皇后，太子来省问晚安，已被她挡驾了。

当室内又只剩下夫妻对酌时，刘邦沉吟着说道：

"前个时期，朝廷上可曾有什么重大事情未曾禀报我吗？"

"若说把什么重大事情隐瞒下来，不派专使到前线禀报圣上，据臣妾所知，大约还没有。我所虑者不在这里，倒是……"

吕雉突然把到了舌尖的话又吞了回去。

"倒是怎么？"

"嗯——圣上容妾直言吗？"

"自管直说。"

"圣上想没想过大权操于谁手的问题？"

"怎么？"

"圣上不觉得大权旁落吗？"

刘邦默然地审视着妻子，不禁暗想，大权要不"旁落"，难道由你入主麒麟殿担任相国吗？

吕雉似乎从他的眼神里听到他内心中的声音：

"太子年幼，妾身女流，而国家多事，圣上不得已，连年征战，驰骋沙场。相国受托，秉政执纲，纲举目张，可谓贤相。故妾身一向敬之重之；其具体施政，则听之任之。即使偶有不合圣上之意者，妾身念及相国受圣上重托，后宫不宜干预。不仅如此，臣妾也总要约束太子，敬重相国如父如师；并诫告太子对身边重臣，如太傅对国家政务有何谏言，不得通过太子转达，可由本人直接呈告相国，以免太子中制政务之嫌。……"

刘邦有些惑然地看着她。暗想相国对他表白的一切上禀皇后决策，而此刻皇后又对他表白不干涉相国行政。这中间难道有什么奥妙吗？他还想到赵尧陈述的事情，目前国家在财政上、各地方上的诸多繁难，远比相国奏禀的情况要多得多，也困难得多。实际上一言以蔽之是政务措施不当。

"你监国日久，若许事情都应看得透彻。你说下去！"刘邦说。

"圣上！你还愿意听我的话呀？"吕雉见刘邦求知心切，故意卖个关子，反将一句，那眉目之间似乎既充满了深情，又隐含着怨气。她又指着几上的佳肴说："你也好歹拣上一两口，不然的话，你点出名来，我下膳房给你做去。"

终究是结发之妻，刘邦深受感动了。他又拣了一块鮰鱼，而且又喝了一口妻子杯中的酒。皇后放下酒杯时，顺势倚在丈夫的肩上："你是用不着想我的，可我什么时候不想你！"说着，竟落下泪来。

刘邦忙伸出手臂搂着她："唉！国事在肩，身不由己，监国重担，舍你怎行？我也从未忘记你呀！"

吕雉破涕为笑，仿佛她只需要这一句话，那一切恩恩怨怨便都冰消瓦解了。其实，这时吕雉的心里正在思考着究竟应当怎样回答皇上的话。她得利用这个机会，一来摸摸皇上的底，二来给那些出坏点子的人一点厉害。她暗暗决定不点破审食其和张释向她密禀的召诸子来朝的事。这件事只要他不坦然相告，她就装作不知。而她所要做的，是挑起皇上对相国的矛盾。对萧何，她早就不满了，再加上他现在又向皇上谏议诸子来朝，支持皇上易储之心，岂不更是昭然若揭！她深深地记恨于他。

她从他的手臂下挣脱出来："圣上！你可曾想到关中百姓，特别是长安百姓怎样看待相国的吗？"

刘邦皱起了眉头。赵尧也曾含含糊糊地提到这个问题。

"怎么看？"

"恕臣妾说一句直截了当的话：关中百姓怕是只知有相不知有帝！"

"怎讲？"刘邦震惊道。

"据说……咳！说这做什么？贤相爱民，民爱贤相，也是人情之常。"吕雉突然又把话缩了回去。

"不！你要说！"

"不说吧——你会不高兴的！难得你来我这里一趟，高兴还来不及呢，何必说些不愉快的，说不定还是望风扑影的话。"

"不！你一定要说！"

"嗯——那得依我一个条件！"

"什么条件？"

"第一不要动怒；第二不可传出去。"

"那到底是什么事情呢？"

"说来……"她的眼睛有些乜斜，酒似乎已在发挥效力。刘邦也似乎如此，他打了个哈欠。"话长着哪，让我慢慢地说嘛！"

"那就慢慢说。"

只有酒才能使人清醒。吕雉尤其如此。她蒙眬着眼，看着皇上正在等她叙说时，她唤了一声：

"绮雪！"

"在！"

"给圣上预备洗沐！"

"已经预备好了！"绮雪答道。

主仆一左一右把刘邦搀进了青阳内室。

13

绝好的天气。没有一丝风，没有一片云。蓝得透明的天上挂着一弯残月，仿佛它在夜晚尽职之后，白天也不愿隐去。

太子循例在晨课之后来长信殿拜问母后陛下早安。他的衣着整齐了，不敢再穿箭衣进殿了，看见父皇也在，神情稍有点紧张，立即行了山呼舞蹈的大礼。在刚刚起立之后，刘邦突然问儿子：

"你不再服药发烧啦？"

刘盈像被蝎子蜇了一样，立即又伏身跪了下去。"儿臣从不敢欺蒙父皇陛下，望父皇陛下恕儿臣之罪！"

"哈哈哈……"刘邦声震屋宇地大笑了，"你一向晨起走马射箭于校场，想来技艺大有进步了，是吗？"

"启父皇陛下，儿臣无甚进步。校场终非战场，箭靶不过一死物而已。儿臣……"刘盈胆怯，言语有些讷讷。

"好！好！能明白校场终非战场，箭靶是一死物就是进步。"刘邦赞许地说。他的声调、语气，消除了人们的紧张情绪。"学书，记姓名；学剑，一人敌；学兵法，万人敌……"他重复着自己曾经说过的话，"但首先必须学！什么时候我去看看你的技艺？"

"儿臣如咿呀学语，越趄学步，实不足观。只要父皇陛下稍有闲暇，儿臣随时奉命以待父皇陛下。"

"好！好！起来吧！"刘邦微笑着说。老牛舐犊，他还是爱儿子的。

"那就现在去吧!"吕雉插言道。她要利用一切机会来拉住皇上。"预备车驾!"她对绮雪吩咐道。

"嗯——"刘邦沉吟着,"改天吧!去宣明殿设朝!"

吕雉立即想到皇上是不是会在朝廷上指问萧何?她的枕边耳畔之言起作用了?不过她也怕把事情弄大,弄巧成拙。她说道:

"陛下!何必急于一时?再说,事情得慢慢查明。还是在这里多休息几天吧!"

"是啊!我会慢慢查明的。不过,也不宜再'旁落'了呀!"

夫妻俩像说隐语似的,刘盈不明底细,呆呆地看着父母。

吕雉不好再多说了。但使她意外的是刘邦叫儿子陪他去宣明殿。

刘邦父子一进宣明殿就有了意外的事情。大谒着令襄章从内褐者署跟着他们进来,到了小书房,就呈上一篇奏章。刘邦示意儿子接过来:"念!"

刘盈只看了个标题,脸色立刻变白,双手也有些颤抖:"父、父皇陛下!相、相国要、要辞朝……"

刘邦一下子夺过奏章,一目十行地看了一遍,呼呼地喘着粗气。接着又看第二遍,可是没看完就愤而掷于几上:

"宣萧何上殿!"

"是!陛下!"襄章应着,却又不动弹。

"怎么不去?"

"陛下!为相国事,御史大夫赵尧急欲请求陛下召见。"

"我要见萧何!"

"是!陛下!只是容许奴婢斗胆进一言:请陛下息怒。"

"请父皇陛下息怒!"刘盈跪下发着颤声说,额头上沁出了汗珠。

刘邦走到窗前停了下来。他感到一种难以忍受的痛苦。相国要辞朝显然是冲着他的易储决心来的。到底是他不容相国,还是相国不容他?他万万没有想到萧何会用这一手。他看了看刘盈和襄章。他想相国已经表明他不赞成改储,故以辞朝相威胁。突然他暗暗冷笑一下,心说,凡不为我所用者,不论是谁……

"陛下!"襄章打断了他的思路,说,"陛下,相国辞朝之事,除赵御史大夫之外，朝臣中大约还无人知晓，事情可以从长计议。"

"好吧！宣赵尧！"

襄章退出去之后，刘邦突然问太子：

"我曾命你监国，你认为相国辞朝之事应当怎样办？"

"儿臣启父皇陛下，相国勋劳卓著，功冠群臣。儿臣奉父命监国期间，相国日理万机，兢兢业业，忧国忧民，全力支援战争。长安百姓有口皆碑，儿臣亦奉相国为师为长。今因年老要求辞朝，虽属合情合理，但儿臣却以为当前两线战事未结，国中不可一日无相。儿臣敢望父皇陛下饬旨挽留才是。儿臣年幼无知，不谙政事，但心中实在不愿相国去职。"

刘邦看着刘盈，心仿佛被剑刺痛了：什么"国中不可一日无相"？那么说，国中可以无君了！他猛一挺胸，不由得也握紧了拳，忽又镇静下来？不禁冷笑了两声。心想昨天他还认为相国之所以反对易储，说什么这是我的家事，他不愿置喙。现在却应该明白了：太子名为监国，其实根本不过问政务。设若将来君临天下，政柄不更是完全操在相国手中吗？原来他反对易储，骨子里的原因倒是在这里！皇后说大权旁落，这是有道理的。不论将来谁为储君，这都是不能允许的。但将来不论谁为相，刘盈怕是都不会把权力揽于己手的。从他话里可以看出，他已完全为相国所驾驭。哎！不肖子，哪一点儿像我呀！

他想了想，是的，用不着发怒。他觉得自己已经有了对付的办法。"不为我所用者，不论是谁……哼，试试看！"

这时襄章已陪着赵尧进殿，他就命他进了小书房。他耐心地听着赵尧的苦谏。赵尧颂扬了相国的德政。他一直不说话，让他一个劲儿地讲下去。他还特别留心刘盈，在赵尧颂扬萧何时，他总是暗暗点头赞许。但他却从赵尧的长篇说辞中悟出了几件事情。第一，当前国家多事，急需解决；第二，相国威望素重，突然去职，难免政出无门，朝臣不安，甚至影响南北战事；第三，相国失政之处，必须使朝臣都能明了。

他心想赵尧虽无一句明言，但他所流露的和提示的都很重要。他知道应当怎样解决了。他看到赵尧俯伏在地，除了挽留之词外，他的话似乎已经说尽。于是说道：

"相国辞朝之事使我深为震惊，想来是我有不当之处，致使相国生怨。

我就依卿言，请代达相国：奏章留中，望相国悉心任事，我倚重之处正多！如若不然，我刘邦则负荆亲去麒麟殿或是相府向相国请罪。现在朝臣都不知此事，那么不论相国，也不论他人，都不必提起了！"

赵尧去麒麟殿传达圣旨去了。刘邦估计萧何可能前来谢恩。他不想见他，更不想设朝了。他吩咐襄章：

"宣郿成侯、郎中令、右署中郎将率二十名右署卫士即刻前来见我。"

"陛下——"襄章吃惊地叫道，"有什么急事吗？"

"噢！全部备好战马。我想看看太子的箭艺。我也几天没骑马了，边看太子走马射箭，也边遛遛马。"

襄章走后，刘邦和刘盈出了内谒者署门。襄章派人传旨后就追了上来。他斥责跟随的小太监："为什么不给陛下和殿下预备茵舆？"小太监没人敢答话，他又命令："快抬去！"

"慢！回来！"刘邦回过头来制止。

"请陛下稍候片刻吧！"襄章又说。

"去！去！都回去！"刘邦不耐烦地说。

襄章无可奈何，却也没有回去，只是尾随在身后。他不解皇上明明是心中有事却何以会如此从容？

周缫和冯无择大步流星地赶来了。他们先是奉旨去宣明殿，后来才知要出宫。

"董宴呢？"刘邦问。

"已去未央厩备马。"

"你的马匹呢？"刘邦问儿子。

"在东司马门里。"

董宴率二十多名卫士牵马来到。刘邦上马之前拍了拍马脖子："喂！老伙计！几天不见我，想不想？"黄骠马咴咴嘶鸣几声。刘邦上马后，命襄章率太监们回去，还说了句："别声张！我去遛遛马。"

在东司马门里。太子命其舍人樊璞等人迅速跑回北宫准备迎接圣驾。刘邦看在眼里，听在耳里却不吭声，任其前去。刘盈欲为父亲牵马，余人自然也不便上马。刘邦硬是督促儿子和周缫、冯无择等都立即上马，可一出阙门，他竟带转马头向南而去。周缫、冯无择一愣，看一眼太子，太子也正惊奇着。他们急趋马上前与之并辔。周缲问道：

"圣上！这是去——"

"啊！我想出安门去散散心，看盈儿演习演习箭艺。"

"父皇陛下！儿臣并未带得弓箭弩矢。"

"啊！那也无妨！在郊野中随便走走。"

冯无择也说道："陛下驾幸郊野，臣等毫无准备。东宫不知，大臣不晓……"

"算了，别啰唆了！谁不愿去，谁自便！"刘邦更不耐烦地说，并提了提缰绳，黄骠马平稳地小跑着，显得格外精神。

冯无择还想诤谏，周缲示意他不要再说下去，快派人回宫报信。他知道刘邦的脾气，微服出行，才会觉得自由。他与刘邦并辔，保持着马头平齐。太子也驱马上来，与周缲一左一右护持刘邦。

冯无择命董宴急驰回宫。

这一行二十余人控马缓行，蹄声杂沓，倒也不太引起行人注意。出了安门，城关外民户不多，街道也不甚整齐。些许商家，生意冷清。因非农忙时节，田里也不见几个农人。过城关，刘邦拐上西去的驰道，默默地浏览郊野景色，完全像一个骑马散步的人。

但他心中是抑郁的、黯淡的。许久以来他就有一种预感：自己快要走到生命的尽头了。如果说原燕王臧荼、韩王信等人初叛时，是直白地向他的皇权挑战，而韩信、彭越等人的存在本身就是对汉家天下的莫大威胁，而不论他们是否举兵叛乱。但他不愿在他们没有明显反迹时举兵加之，真若交锋，鹿死谁手，难得知晓。然而皇后却兵不血刃地除此隐患。他默许并且在心中赞扬，但同时也感到妻子的谋略不可等闲视之。不过她毕竟是他患难与共的结发妻子。另外有一种潜势力他是早就感觉到的，这个潜在的威胁就是萧何。但他又很不愿意相信这会是真的。然而，人心难测，如今皇后也感觉到了，可见此事不假，并且十分突出。是脓包总得叫它出头。他知道，政治上的影响，远比有形的力量要强大！德高甚于权高，望众胜于兵众。他承认，在他忙于征战时，萧何所提出和采取的一些措施，确实保证了战争的胜利和政权的巩固。但这同时也使他的无形的力量更加增长。自古以来，天无二日，国无二主。皇后说"大权旁落"，赵尧说百姓供相国的长生牌位，他们看到了问题的尖锐程度，却未必能看透这一事实的长远影响。如今在他要相国帮助自己的时候，他明不拒绝，却以辞朝相要挟。问题的严重性再也不能低估了。但他要亲自搜验。在搜验之前，他是不能向任何人泄露的。若是用皇帝御驾出行，那就不会看到任何实情。

　　刘邦驭马走得从容不迫，好像是信马由缰的样子。他还想起昨天藉孺告诉他的郊野到处有野草的新芽，如今看去，果然的。

14

刘邦父子在驰道上漫步时，萧何在麒麟殿的东暖阁里却是坐立不安。

昨天，从皇上那儿出来的路上，他想了很多。他当然能听得出皇上言辞中对他的试探，他也知道皇上要他怎么做。然而，他没有那么做。他实在不能那么做啊！当时，他没有直眼去看皇上，但他从皇上那重重的脚步声中，已能看到了他那不愿更改的决心。他是了解皇上的。他觉得那令人忧虑的事终于还是发生了。昨天晚上，他辗转反侧，夜不成寐。他想得很多，很远。他知道自己已入暮年，做事爱瞻前顾后，爱思念过去，但今天这桩事的确是不能不使他想到过去——那火红的年代！真是没有想到，这一切，这以多少民众的生命换来的一切——大汉帝业终于也出现了裂痕。他甚至觉得，只要他把眼睛一闭，就可以看见大汉帝业崩坍的惨景。他实在不忍心这么去想。他是多么想再去劝说皇上。然而，他也知道，这是不可能的。强烈的责任心和深厚的创业的荣誉感又不容许他袖手旁观。他真是不知如何才好。最终，也不知是怎么的，他想到了辞朝。他这么想的心情是极其矛盾的，一方面，他是想以此来阻遏或延缓皇上易储的决心；另一方面，是他害怕这一切是发生在自己当政之时。在这样的时刻，他觉得，唯此才是他可采取的最好的办法。他真的这么做了。当他听了赵尧向他传达的皇上旨意后，他又去宣明殿求见皇上，然而，皇上避而不见。他感到揪心的痛苦。皇上的态度不言自明了。为不使属掾察觉，他仍然回到麒麟殿，继续批阅文牍。这样做，或许也还可以排解心中的烦乱。第一次报进来皇上未去北宫而是出了安门的消息。他有些困惑。他无法猜测皇上出行的目的。他问赵尧，赵尧也无所知。他派人去东宫给皇后报信，同时命卫尉王岐点二百名三署卫士准备随他前去追赶皇上以为护卫。赵尧见状，也不敢怠惰，随同前往。

在东司马门，萧何遇见董宴，知道皇上已踏上西去的驰道，即命登宴带路，同时嘱咐赵尧：等候皇后懿旨，或亲去东宫请旨，再做定夺。他来不及等候王岐了。

萧何有七八年没跨战马了，平日往来宫中府邸只是一辆牛车，因此那烈马使他觉得难以驾驭。董宴看出来了，驱马与之并辔，抓过缰绳，控制住了他的战马。但萧何心急如焚，恨不得立即追上。董宴说："相国，不用急，我们抄近路。"

他们俩趑过未央宫城墙角，奔西安门而行。出城之后，沿田间小路，斜着向西南方向追赶。所幸皇上一行是缓行，快到三里桥时，就已经看到那一队人马的踪影。

刘邦见萧何追来，不禁皱起了眉头。但看到董宴陪同，知道是他回去报的信，自然怪不得萧何。萧何趑到刘邦马前，由董宴扶着下了马，吃力地跪了下去：

"老臣不知圣驾出游，未能及时预备车驾，今特前来请罪！"他磕下头去，长吁一口气，又说："圣上有事于郊野，老臣不敢谏阻。但如此简行，请以安全为重，故恳求陛下恩准老臣牵马扶鞍。"

"朕不过是出郊随便走走，何劳相国大驾追了上来。盈儿！快去扶起相国。"

在刘盈跳下马背搀扶相国时，刘邦心想，既已出行，当好好逛逛。现在他来了，也好。于是又说道：

"相国！即使我需要人来牵马扶鞍也不能劳动相国。请上马吧！看这天气多好，关中景色宜人，气候也宜人，我等并辔缓行，浏览浏览郊野风光，岂不更为惬意！"

萧何嚅动着嘴，似乎还想说什么。刘邦又说道："相国不想上马！盈儿！扶我下马，我陪相国步行。"

"陛下！请不要下马！"

"那么我搀扶相国上马吧!"刘邦说着仍欲下马。周缫已抢先跳下马背。他先扶住了刘邦,然后又到萧何面前。董宴牵马,把萧何扶了上去。萧何只盼望着王岐快些追来,以便护卫圣驾。

萧何方才为追皇上,心急嫌马慢,跑出一身汗。此刻按辔缓行,冷汗落尽,衣凉透脊。在踏上桥面时,就感觉濡水的凉气和迎面而来的阵风颇为凛冽了。他猜测不出皇上此行究是何意,但他想,多少总和对他的辞呈不满有关。他希望能当面解释一下。

刘邦见桥下流水清澈,柳叶般的鱼群在水底游动,濡水上游雾霭升腾,秀色氤氲;堤坡上草芽嫩绿,生意盎然,突然勒马伫立,扬鞭指点着说道:"这关中确是暖和无比,颇类江南。如今这个季节还有阳春之意!"

萧何答道:"入冬已久,奇暖必有奇寒,毕竟是节令已到了。"

刘邦乜斜着眼看着萧何,觉得他语含双关,不禁揶揄地说:"节令中有小寒、大寒,未闻有'奇寒'呵!"说完便催马过桥。桥前是岔路。循大道西行,过渭直通庸县;沿濡水南行,则径入上林苑。刘邦毫不迟疑地向南拐了下去。伴驾随行诸人,甚至包括卫士在内,都莫名其妙。真是上意难测,只好簇拥相随。待萧何又与之并辔时,他说道:

"相国不我爱,竟欲弃我而去,何也?"

"陛下待臣恩重如山,臣愿终生为陛下牛马走。但岁月如梭,臣已老耄,终至牛溲马勃①为无用之物,故应……"

刘邦突然勒住马,因为他听到有如闷雷滚动的马蹄声。凭经验,他判断出这是一支不小的队伍。他回头望去,果然一溜烟尘迅速移动着,距此能有二三里远。

"相国,那是……"

"哦,陛下!老臣曾命卫尉王岐率二百名三署卫士前来护驾,想来定是彼等。"

"啊,多谢相国考虑周密!郎中令!"

"臣在!"

"传我旨意:对来人说我恭候在此,有欲取我首级者,敬请前来;不

---

① 牛溲,牛溺,一说是车前草;马勃,马屁勃,担子菌类,比喻为无用之物。

欲取我首级者，从速返回！有一人一骑滞留途中者，一旦查明，概不宽贷！"

冯无择看着太子、周緤等都面面相觑，他不知所从了。

"陛下！请罪老臣一人！"

那支队伍跑得很快，离桥已经不远了。

"郎中令！不去传旨吗？"

"臣去！"

"不论何人，无一例外！"

冯无择掉转马头，疾驰而去。

刘邦不顾萧何，径自策马疾行。周緤只得跟了上去。余人的战马也都是烈性子，只要一马疾驰便不甘落后。刘盈倒是细心，急忙控驭住紫骝马，靠近萧何，拢住他的战马，在后边慢慢追随。

萧何不时向后张望，见冯无择恰在桥面上与前锋相遇。不知他是怎样传达圣旨的，桥面上有些混乱，因为后边的人马继续往前挤，而前面的人马却是欲进不能，欲退不得。

这时刘邦一行已经缓了下来，似乎在等待着萧何，同时也在观望着桥面上的情形。当萧何和太子追上来时，刘邦突然又扬鞭策马奔跑起来。周緤无奈，只得紧随上去。在与之并辔时，说道：

"陛下！相国年迈，久不骑乘，请陛下缓行吧！"

刘邦"呵呵"地答应着，却又不勒马慢行，直到跑出很长一段路，才任马自动缓了下来。身后的骑士们亦步亦趋，全都紧随皇上，无人顾及相国。只有太子刘盈始终与相国寸步不离。刘邦侧过马来回头望着，嘴角上流露出一丝嘲弄的和轻蔑的笑意。心想如果不是自己态度坚决，定会为相国所动摇，因而不能畅然出行。同时他觉得儿子扶持相国之状，颇像当年秦王嬴政称吕不韦为相父时那样，不禁有一种莫名的反感。待萧何近前时，他说道：

"不知贤卿都通知了什么人来伴我漫步郊野？是否仍如在轵亭郊迎时那样，文武百官和长安百姓全都出动啊？"

萧何苦笑一下："老臣罪该万死，不知圣上之意啊！"

这时冯无择已经返了回来。他报告说皇后与御史大夫随三署卫士前来。

"好嘛,难怪有两辆车子!"刘邦纵声大笑起来。

萧何默然,众亦默然。

刘邦收住笑声:"走吧!停在这里干什么呢?等再来四百卫士追我们吗?"

萧何无奈,只好随刘邦走了。走了一程,萧何向前看了一眼。只见前边道路已逐渐被一片枯黄的荆榛蒲草所淹没,甚至荒芜得有些怕人。显然这里已经很久不通行人了。他恍然记起这里是什么地方了。当年秦王子婴投降之后,他曾随皇上来过这里。那时竹林果园交错,芳草甘木缭垣,枞栝棕柟掩绕,梓械梗枫连绵;嘉卉灌丛,蔚若邓林,吐葩扬荣,布叶垂荫;众鸟翩翩,群兽驱骙,散似惊涛,聚以京峙之处啊!皇上为什么要引太子来到这已经变成一片废墟的阿房宫遗址?

刘邦命卫士拨开荆榛蒲草,跨进了被火焚得面目皆非的殿门基址。

"相国!还能记得这里从前是什么样子吗?"

"依稀记得。"

"盈儿!你能想象出这里在当初该是什么模样吗?"

"叔孙先生曾亲登此庙堂,并向儿臣绘形绘影地描述过。但见此破败情景,惨不忍睹,儿臣难以想象当时的模样!"

"昔微子将朝周而悲麦秀于殷墟,周大夫行役过宗周而叹黍离。今日你见此先朝遗址有何感想?"

刘盈在父亲面前虽然一直有些胆怯。但同时也有一个少年人想表现自己的愿望。因此他说道:

"儿臣年幼无知,只是平日听太傅讲史、留侯谈兵、相国论政,才略有所知。相国曾说,七雄并争,竞相奢靡,鞭民如牛马,挥金似土泥。楚筑章华于乾溪,赵建丛台于邯郸,终为利觜长距之嬴政所吞噬。秦皇专擅,以天下之人莫己若,故威以三夷之刑,劫以泰半之赋,构阿房,起甘泉,结云阁,冠南山。三百里方圆,禽兽处其间;四百所宫观,民不可窥望。昆山之玉、隋何之宝、明月之珠、夜光之璧,聚如山积;泰阿之剑、纤离之马、翠凤之旗、灵鼍之鼓,等闲视之。犀牛之角、白象之牙,有如粪土;江南金锡、西蜀丹青,烧砖涂地。始皇蔑称民为黔首,尽收天下利器珍奇，以致男子力耕不能饱腹，女子纺绩不足衣裳。百姓嗷嗷，犹殴以就役；赭衣塞途，囹圄成市，水深火热，怨声载道，犹称天下太平，莺歌燕舞。民弗能忍，终使阿房亦做殷墟。故叔孙太傅主仁，留侯谓以兵止兵，相国称民为贵，实行与民休息之政，庶几可免宋微子与周大夫之悲之叹。"

刘邦惊异地看着儿子，他没有想到儿子居然能讲出这么一大通宏论。他还发现儿子的言辞不但有文采，而且也有思想。然而这一发现并没有给他增添多少喜悦，相反，却使他产生了一层新的忧虑：他在刘盈身上看到了萧何的那种无形而巨大的力量。不但是关中之民受相国教化，刘盈的思想也已经完全为其所左右。他这时才觉得，皇后的担心是有道理的。刘邦虽是这么想，但他还不愿意把自己的这些想法露出来。他面带微笑，一语双关地对萧何说：

"未曾想盈儿能如此深知前朝掌故，此是相国平日教化之功呵！"

"不不！"萧何连连拱手，"太子仁德，天资聪颖，又有名师稷嗣君与留侯教诲，故能深知前朝历史。老臣无功可谈，无功可谈！"

"相国过谦了！不知相国对孺子之论以为如何？"

萧何对刘邦的话自是有一些警觉，他也听得出皇上话中的含义。但他也觉得，这不正是向皇上说明国情，规劝他放弃易储念头的机会吗？于是，他便说道：

"太子所言实乃至论。始皇酷虐百姓，役民使负重物而永不得息肩，兵加其颈而不准呻吟，至如芟草积之而放火焉！民弗堪，适逢吾皇陛下顺天行诛，杖朱旗而建大号。民如九死之得一生，久旱之见云霓，履薄冰之傍陆地，乃解衣衣我，推食食我，送子弟立于吾皇麾下，应徭如趋列肆，就役不遗余力，使我大汉所摧必亡，所固必存。《尚书》曰：'推亡固存，邦乃其昌。'此之谓也！故焚阿房者乃始皇也。秦人不暇自哀，而太子能以为鉴，实继嗣创业垂统长久而世世奉宗庙亡绝之论也！"

刘邦默然，良久才说：

"相国之论又胜太子十倍百倍！吾得此继嗣垂统之子，又得贤相辅之佐之，当告庙退位而为民矣！"

相国愕然，瞠目结舌；太子讶然，顿觉汗流浃背。

刘邦突然拊掌大笑。笑声在残垣断壁中回响。一枝悬松上猛地跳出一只受惊的小松鼠，它紧张地看着这些人，然后蹿到另一棵松树上去。

皇上向一座树林掩映的小村寨走去。董宴急忙策马先行，却被皇上叫住，命他走在队伍后边。待相国和太子赶上来时，皇上问道：

"相国知道那是个什么村子吗？"

相国答不知。

"父皇！儿臣先去打问一下。"

皇上制止了，但却凿补一句："一律不准用官称！"这才并辔进村。

这是个只有七八户人家的小村落。一眼望去，各户人家显然是任意选取一片林中空地，夯土垒墙，柴草盖顶，竹枝编篱，自成一院。在小路边上一棵老柳树下有一口公用的井，桔槔的杠杆就挂在柳树的粗壮的横枝上。刘邦率先下马，余人也跳下马背，只有相国吃力，一个卫士抢先一步扶他下了马。

就近的一幢茅草屋里出来一位老人，见这许多人驻马井前便打开柴扉迎了上来。

"老哥你好啊！"刘邦趋前一步拱手问候道，"借你的柳罐用用，饮饮马。"

"好说！军爷！好说！"老人旋即返进柴扉取来一只柳罐，并拴到桔槔上。

刘邦见打上来的水清凉得很，忽然想要喝一口。老人急忙制止道：

"喝不得，军爷！你等走路甚急，井水太凉，让我老汉来烧一锅开水大家喝吧！"

"好！多谢老哥！你贵姓？"

"啊！百姓家免贵字……啊？"老人突然撇下刘邦，趋至萧何面前怔怔地审视他。好一会儿，不禁失声喊道："啊——这不是相国大人吗？"

他扑身跪在萧何的脚下了。

喊声惊动了茅屋里的人们，一个中年人跑出来，随后一个男孩一个女孩跟了出来，最后一个拄杖的老婆婆在一中年妇女的搀扶下也抢步出来。

"相国大人啊，"老人声音发颤地说道，"做梦也想不到你老人家会下降到这个偏僻小村啊！这是真的吗？我该不是做梦吧！"

萧何呆住了。

一家人全都跪下磕头，惊喜地哭着笑着向萧何问候。

村寨中的其他人家闻声也大呼小叫地奔拥过来，似乎根本就没看见其他人，纷纷扑地磕头，欢叫着向萧何问候。那个拄杖的老妇人还抽抽噎噎地说不清是哭是笑地叙说着什么，在鼎沸的人群中叫人无法听清。

站在一边的刘邦瞥一眼身边的儿子、周缫和冯无择及董宴。他们似乎都为这场面很感动。

萧何搀扶起借柳灌的老人。老人听不清萧何对他说什么，把耳朵凑到萧何的背边。老人似乎还没听明白，后来迟疑地看刘邦父子，又向萧何打问什么。萧何很焦急，又大声说。这老人才向邻里们挥手：

"别说话了！快别说了嘛！相国大人说，皇上驾到了！"

众人突然鸦雀无声了，看着老人趔趔趄趄地向刘邦面前慢慢磨过膝盖，并随着老人向刘邦父子口呼"万岁"，磕头礼拜。

刘邦与萧何等应邀进了老人的茅屋，在中堂里第一眼看到的就是供奉在显眼地方的萧何长生牌位。那木牌有两尺多高。牌位前的香炉还剩有残香在燃烧着。

刘邦得知那老人的名字叫闵圭。在喝了水还吃了一点儿粗粝的干粮之后，刘邦兴致勃勃地访问了同样供着相国长生牌位的另外七户人家。

刘邦看到了他想看到的一切，除了太子的箭艺。

15

赵尧从三里桥随皇后回来，就陪着皇后一起去了东宫。皇后说，有事要问他。

赵尧在皇后面前一向格外小心谨慎。据襄章私下透露，他升任御史大夫曾引起皇后的不满。皇后本来是希望其胞兄建成侯吕释之和辟阳侯审食其能有公卿之职的。赵尧对此深感恐惧和忧虑：皇后的为人他是知道的。所以，他又很想找个机会向皇后作番表白。

"圣上为什么不带扈从出郊？能否估计出圣上欲去何处？"皇后问道。

对刘邦的突然出游，赵尧本来的估计是，因为相国突告辞朝，皇上心中愤懑才带太子出郊的，后来又忽然想到皇上会不会微服察访上林苑中百姓，否则为何拒绝大批卫士扈从？他觉得一时还难以说清。他斟酌一下，觉得无论是哪种结论，都不应贸然回答，所以他说道：

"今日天朗气清，犹如重阳之秋，想来是圣上一时高兴，携太子出游，信马由缰，任兴之所至随遇而安吧！"

"嗯——"皇后沉吟着。

"微臣未能常随圣上左右，殊失臣子之礼，以致今日出游郊野，事前无所知之，又未能亲随侍奉，于心甚为不安。"赵尧又补充说了一句。

"可是皇上今晨曾说欲设朝接见群臣，何以忽又改变原意？"

赵尧暗自一惊。他没料到皇后对朝政情况知道得这么快、这么细。

"臣不知圣上有设朝之事。"

"噢！御史大夫竟不知道。"皇后暗暗讽刺了赵尧一句。然后，又把话题一转，问道："当前朝廷上有什么较为紧要的事情？"

赵尧深知皇后这么问，绝不表明皇后对政务不知情，恰恰相反，皇后对朝政的了解就像她对设朝一事一样了若指掌。现在她这么问，不过是借机要盘查他的看法。他迅速地思考着判断着，同时又装作不假思索地据实而答。他叙述了当前财政上的困难，和南北两线战争的情况，说明相国为克服财政困难所做的巨大努力，不过却可以使人感觉到相国不明下情而又坚执己见是加剧这一困难的直接原因。

皇后并不专心地听他的叙述，忽然，她打断了赵尧的话，问道："听说大臣们谏议圣上宣召诸子来朝又是何意？"

赵尧听了，更是一惊。他从皇后的问话里听得出，皇后已经知道这件事了。但他料定皇后还只是知道了事情的一半。于是，便答道："萧相国揣知圣上思念诸子，又曾考虑韩信、彭越、黥布诸逆臣封国或是设郡或是重新分封，故极力主张诸皇子来朝。其中是否还有深意，圣上在宣明殿单独召见相国，微臣无由知其详。……"

赵尧说完了，就等待着皇后的回话。

皇后没有言语。她觉得赵尧的话，大致可信。

赵尧在仕途上信奉的是李斯哲学。传说李斯关于仓鼠之论，他是奉为箴言的。他认为一个人能不能获致高位，不在于才能大小，而在于能否接近上峰，尤其是最高峰。他自认为自己对两宫情况要比相国看得清楚，也看得远。他看得出，皇上易储之心既定，便坚不可摧，而最终必成事实。皇后虽然厉害，却未必能阻止皇上。至于萧何，他更认为是爱出风头、不识时务的昏人。怎么能在这个时候去表示反对易储呢？他觉得萧何这个人，这么干也是人品使然，罪有应得。但是，他多多少少也从萧何辞呈这件事中看到了皇上易储也非易事。所以，他的宝究竟押在哪儿，还得看看风势，可不能大意。正是出于这些想法，他在皇上和皇后面前各显一套，或者干脆装作不知。他还要看看形势，相时而动。

皇后也在审视着赵尧。对这位能言会道的年轻人所引经据典阐述的改变税制的主张，皇后没有表态，但私心里联想到妹夫舞阳侯樊哙，希望他能早日得胜还朝。为了胜利，改变税制也未为不可。再说，国家不向农民征税又向谁征呢?

此时宫女来报:戚姬等几位妃嫔来请安,赵尧便借机告退了。

赵尧在院中的甬道上遇见了戚姬等几位妃嫔。他退下甬道,躬身拱手让路。他忽然想到,何不找一个机会也面晤戚姬呢?

他回到未央宫,径直去了内谒者署。没想到满朝大臣聚在内谒者署里等候皇上的消息,他当然地成为这里的中心。内谒者署是群臣待诏之处。这里有一些是老资格的勋臣侯爵。他彬彬有礼地应酬与周旋着。他要大家放心,一切应做的警跸措施,都尽量做了,一定会确保圣驾与太子的安全。

群臣陆续散去之后,他与襄章密商会见戚姬的事情。襄章立即派人打探戚姬是否从东宫回来。小太监很快回报说戚姬刚进东司马门,大约要回兰林殿。襄章没有怠慢,急去迎接。

戚姬本不愿也不宜单独会见外臣,但还是随着襄章来到宣明殿。她斟酌着不宜在总章内室接见,便决定在小书房的外间小餐室里接见。

在襄章示意佩兰等自动屏退之后,赵尧说道:

"臣斗胆请见夫人,因有一言相告,望夫人审听。夫人试想:满朝文武大臣之中,功德威望最高者莫过于相国。故相国左祖右祖对朝廷、对圣上都有巨大的左右力量,其干系之大,夫人可曾想过?"

"赵御史大夫的意思是……"

"皇储问题,夫人请想——"赵尧有意把一句话分开来试探着说。

"怎么?"戚姬惊疑地看着赵尧,她的最敏感的那根神经被触着了。但她并不想让别人看出自己的想法。于是又说道:"这与相国有何干系?"

"夫人!干系极大。相国自恃其无比之功德威望,刚愎自用,全不察圣上忧虑千秋万代之苦心孤诣,讵能不使圣上深感失望?以微臣观之,这其中必有不可告人之心。"

"你是说相国……"

"夫人,这道理是不言自明啊!微臣只是出于对皇上的敬重,才斗胆向夫人进此一言的。"

赵尧这番话,真使戚姬听了十分感动。她平时无权结交大臣,不知大臣中尚有对己有如此忠诚之人。她感激地说:"敬谢大夫,愿有以报也!"

"臣不望报，唯感捧献忠心！"

这时殿外丹墀上传来脚步声。襄章在格扇门外站着说道：

"皇后陛下驾幸金华殿，宣召御史大夫前去见驾。"

"皇上可已归来？"赵尧问道。

"还远着呢！刚才斥候回报，圣上与太子及相国等人游览秦墟又去一偏僻村寨落脚。"

"夫人！微臣浅见，姑妄言之，望夫人不必留意。臣请告退。"

16

刘邦郊游归来，在金华殿里借用皇后为他专备的便宴，宴请了萧何。作陪的臣僚不多，除了周緤就是御史大夫、卫尉等一直候到皇上归来的臣子们。席间，刘邦称赞萧何在民众中的威望和功德。这使皇后、太子及所有作陪的臣仆们都暗暗称奇。坐在一边的赵尧却似乎听得出皇上话中的弦外之音。他在心里暗暗地估摸着。

掌灯之后很久，欢宴才告结束。

刘邦乘坐皇后的凤辇，一同回到了长信殿。但他似乎太疲倦了，洗沐之后就要皇后扶他进内室休息。

他没有认真回答妻子关于郊游情形的询问，也没有认真听取妻子叙述她这一天的焦虑。他什么也不想说。

吕雉不得已，叫来宫女宣偃给他捶肩，捶腿，直到他睡去。吕雉一时之间难以入眠，她还在思索着这一天中发生的事情。

他们各自做着自己的梦。

第二天刘邦起得很迟，而且心情很好。在儿子来请安时，他说道：

"昨天本欲看你射箭舞戟，到底没看成。今天看你的吧！"

"是！儿臣即命人去准备。"刘盈说着就欲退出去。他以为父亲要去北宫箭亭。

"慢！"刘邦又转向妻子，"你看在哪里好？"

吕雉见丈夫高兴，自然也满心欢喜。想了一下，说：

"在鸿台吧！"

"好！那就在鸿台。"

刘盈又胆怯又高兴，又要去吩咐人设靶、取弓箭等武器。父亲却又叫住了他：

"光看你一个人射箭也没意思，设个彩头，叫几个人来陪你一道比试比试！"刘盈还未想出应该叫谁一道来练武时，刘邦又说道："只有比的，没看的也不好。你说是不是？"后一句话是问妻子。

"是！是！"吕雉忙应道。

"传赵尧和周缧来，另外叫董宴来和你比试！周缧可以指点指点你的武艺。"

刘盈亲自在殿门外向樊璜吩咐，叫他速去准备，同时又打发太监去未央宫宣召赵尧等人，嘱咐他把话说清楚。吕雉则吩咐绮雪派人去鸿台洒扫，预备果酒点心。

两天来，长信殿入夜灯火辉煌，而今日此刻，整座长乐宫似乎都充满了欢乐，一扫其长期冷落的空寂的气氛。

皇后更是觉得她没有白白曲尽柔情。

鸿台本名射鸿台，是原兴乐宫中两座高台之一。当年秦始皇置两台，一为射鸿，一为走狗。刘邦修建长乐宫，复建射鸿台，但去其射字，走狗台则没有复建，只清除其残梁断柱，广植松竹，变成一座小土山。

鸿台高十余丈，重檐攒尖的亭子周围是宽敞的庑廊，既可从亭子四周仰观飞鸿，俯瞰宫院，又可遥望全城。这种高台亭阁是大建筑群中的重要组成部分，除供王者游览休憩之外，宫廷的保卫者日夜都在这里瞭望放哨。

儿子引路，刘邦夫妇在一大群宫女和太监的簇拥下穿过两座花圃夹持的甬道登上鸿台。在鸿台的入口处，张释已率领几个小太监跪迎在那里。亭子中早已铺设好毡罽、几案和镶嵌着螺钿、贝壳的黑漆屏风。

刘邦没有直接登亭入座。他右手搭在儿子的肩上，左肘弯由妻子挽扶着，沿着回廊的白玉雕栏漫步。他眺望鸿台北部的长乐宫主殿——临华前殿，见落叶乔木多已凋零，但苍松翠柏仍是郁郁葱葱。不禁想起长乐宫初落成的情景。当时诸侯群臣朝贺，竟朝置酒，无敢喧哗失礼者。他曾慨然抚掌："吾乃今日知为皇帝之贵也！"如今事隔五年，异姓诸侯王多先后叛逆不臣，虽已伏诛，但是……但是关中百姓只知有相不知有帝……

他被簇拥到亭子西侧。当他向下俯视时，才注意到方才经过的甬路两侧混杂栽植着大叶冬青和小叶冬青的灌木丛，原来是用墨绿和翠绿的深淡色调组成了八个大字：长乐未央，万寿无疆。人在近处只见一片葱绿，难见全貌，只有在这鸿台上才能看出端倪。但他心想，人无百年寿何谈万寿！一味只知长乐未央哪知灯火将阑珊！他一定要预先做好安排。

"父亲！周将军和赵大夫来了。"

刘邦顺着刘盈指的方向看去，见他们在稀疏的落叶乔木树干下急匆匆地向这里赶来，可旋又被苍松所遮掩。随后又见董宴等牵马赶来。

刘邦与妻子一同进入亭中坐下，刘盈在亭外脱下墨湘色的袍服，重新把箭衣束紧，把箭袖上的纽扣扣上，伸了伸胳臂，试试腋窝下的裆是否有不舒展之处。这身月白色的箭衣把刘盈衬得面如敷粉，唇红齿白。他多么想在父母面前显露一下自己啊！

刘邦和吕雉在接受赵克和周缫的拜谒时，小太监们已经抬上了果盒和酒馔。董宴登上鸿台之后，皇上亲赐酒馔，然后就命刘盈在鸿台上舞剑。

刘盈早已拴束停当，一听吩咐立即起步，先面对父母握剑抱拳，旋即做个起势，然后剑倒到右手，舞了起来。他在闪转中点刺，腾跳中砍削，或是在进攻中连击，或是在后退中搪磕。有时在进击时又有招架，而在招架时又有反击。他闪转腾挪都注意到手眼身法，一招一式都注意到准确舒展。

刘邦拈须含笑，注目观看。吕雉看丈夫如此专注，心里很高兴。她往常从未留心儿子在这方面的进步，如今想来有时倒是错怪了他。皇后的心腹宫女们日日都见太子，可是看他舞剑这还是第一次，似乎都看呆了。

刘盈收势，剑交左手，又向父母抱拳鞠躬后才悄悄退向一旁。他放下宝剑，来到亭中侍立。

刘邦问周缫：

"你看，还像个样吗？"

"噢！太子的剑术何止是像样呵，当刮目相看才是！"

"咳！我看不过是花剑而已！"

"花剑也难能可贵。花剑是第一，熟练地掌握了套路，熟悉了剑的特点和要领，能使之与心意合一，然后才能是第二，即力度！太子年幼，力气不足，得渐进才行。"

赵尧插话道：

"知器而后知兵。太子不是要做冲锋陷阵的战将，能识器，则进而习兵法韬略。"

"董宴，上！"刘邦命令道。

董宴的剑术则完全是力的体现了。这是实战所要求的。因此他的点刺准狠，劈削带风。他的进退缓慢，可是剑一出手便闪寒光，每招每式都有流星突现的特点。

当他舞完剑时，刘邦转对妻子说道：

"不给赏赐吗？我可说过要有彩头的！"

吕雉忙应道："有有有！"她急忙站了起来，"我倒是忘了！"吕雉格外高兴。皇上要给儿子颁赏。赏是轻，义是重啊！她急忙起身去叫绮雪去了。

"不拜拜老师吗？"刘邦指着周缫对儿子说。

周缫急忙谦让，并起身与太子同到回廊上对他说起剑术来。

刘邦从屏风脚下向皇后望了一眼，只见皇后和几个宫女在白玉雕栏前说着话。他是故意把她支开的。这时，他看了一眼站在他身边的赵尧，小声问道：

"我听说相国广置田土，贱买贵卖，以势凌人，巧取豪夺，究竟是怎么回事？"

赵尧猛一震，他没有料到皇上会在这个时候突然问他这个问题，他一时难以回答：

"启圣上，臣也只是略有所闻，并非详知，可否容臣……"

"迅速查明，即时报我。"

刘邦这句话，使赵尧心中顿时坦然起来。他高兴得真是心花怒放。

这时，皇后愉快地回到了亭上。皇上并没问她准备了什么赏赐。只说：

"等他们比完箭，一道赏赐！"

箭靶设在甬道尽头的百步之外。太子的紫骝马、董宴的枣红马都候在山下。刘邦兴致勃勃地下了鸿台，吕雉随侍左右。

刘邦规定：刘盈和董宴两人各以百步为距立射三箭，然后靶位远移五十步再各立射三箭，最后比试骑射。

在立射百步靶时，刘盈和董宴各不相让，六箭分别中于两靶靶心。但在射百五十步靶时，刘盈可就弱了，一箭中靶，但却偏离靶心；一箭中靶即脱，真所谓强弩之末不能穿鲁缟；一箭未达而落地。董宴则全部中的。刘盈有些沮丧。但刘邦却还是高兴地鼓励说：

"不错！不错！这不是箭艺问题，只是力气小罢了！"

他接过刘盈的弓，试了试，弓太软。他又拿过董宴的弓掂了掂，递给了儿子。刘盈接过来试着拉一下，没有拉满。

"这可射二百步！"刘邦说着接过弓来也试着拉一下说，"咳！我也拉不动了！"

刘盈骑射的成绩也算不错，只有一箭略偏靶心。功夫不负有心人。董宴则全中靶心。

在重新登上鸿台时，刘邦叫儿子去搀扶母亲，叫董宴来搀扶自己。他故意走得很慢，在半腰上停下来喘息。在这里，他密嘱董宴一些话。董宴连连点头表示遵旨。当周缲走过来时，刘邦小声嘱告说，灞上驻军由周缲掌握，今后要随时去灞上，着手整顿军务。

在鸿台上，刘邦褒奖和赏赐给儿子和董宴各一柄镶金嵌玉的宝剑。当长乐宫大太监张释亲率小太监和宫女为两陛下重新铺设上冷点果酒时，刘邦仿佛完全沉醉在与妻和子及三名近臣僚佐的饮宴之中。

他现在对谁都不愿意太坦诚了。长安的宫廷不是故乡的场院！

17

　　将交卯时，长乐宫的钟声仿佛催人离开黎明的残梦一样"铛铛"地响了起来。萧何一乍惊醒，觉得那钟声似乎有些异样，仔细谛听，又觉不出什么，只好像不似往常那样清脆而悠扬，而显得苍劲而悲凉。他悄悄起坐披衣，不想仍然惊醒了老夫人同氏，她也跟着坐了起来，拽住了他的衣袖：

　　"你又是一夜不曾好睡。就再多睡上一会儿，晚些时进宫不行吗？"

　　萧何边穿衣边有些忧伤地说："唉！在位一天谋政一天，有朝一日不在其位了，也就不再谋其政，那时我就长睡不醒，也算心安理得了！"

　　萧何摸黑磨下床，把脚伸进鞋里。

　　这时外间已有人影晃动和轻微的脚步声，一个小丫鬟推开门举着蜡烛进来。她先点亮悬在梁下的灯盏，这才放下蜡烛来服侍老爷穿衣。

　　同氏夫人又说道：

　　"当然是在位谋政。可是也别忘了：凡谋政者亦必有失政之处，只有不在其位亦不谋其政者方保无虞。富贵与我如浮云，算了吧！"她看了丫鬟一眼，没有再说下去。

　　老夫人同氏早已年逾花甲，历尽沧桑，饱经世故。她一目已近于眇，但这并不妨碍她对事情的观察与思考。她从长史钟离进那里得知相国最近在朝廷上多有不顺心的事儿，老伴言语间也曾流露出辞朝的打算，使她心里仿佛生了个疙瘩。萧何从不在后堂议论朝政，她自然也从不干预公务。

她看着老伴这几天辗转反侧，寝不安席，今晨怕是交了寅时，才蒙眬睡去，她总感觉着似乎要发生什么事情，因此也难以入睡。暗夜长思，她希望他还是早些辞朝归隐为好。她有心劝他几句，又可怜他，想叫他多睡上一会儿。

萧何穿好了衣裳，丫鬟继续服侍他洗漱。另一丫鬟也赶过来服侍老夫人。

院中不时传来说话声和脚步声。

相府后堂是由夫人"执政"的。多年积习，一交卯刻，合府上下便都活动起来。早饭后，相国一上朝，后堂仆妇丫鬟便开始各司其职，织者上机，耕者入园，读书者进入书房。相国不治垣屋，没有产业，除皇上赏赐的这座相府之外，别无退避之所。相国俸禄与封邑岁入至丰，但俱移作他用。相国有言："后世贤，师吾俭；不贤，毋为势家所夺。"因此老夫人不得不俭约持家，花园几成菜园，房屋修缮从不雇工；合府上下百口之人的衣物，除相国官服之外，几乎全由儿媳、侄女、孙媳及孙女儿与女仆丫鬟等自家织缝。就这样，府中支出尚感拮据。但老夫人从不将此下情上达相国。她希望老爷能够早些退隐林泉以安度晚年。

相国由丫鬟搀扶去前院。在走到天井中间时，不禁抬头望一眼天空，没有星，没有月，昏暗至极，显然已经布满了彤云。心说，果然天变了。

前厅是相府的主体建筑，三明两暗外带两耳房。当年皇上赏建相府时，赐地十顷，他取不足半；允建五进院落，下房不计，他只建三进院落，零星建些跨院和下房；允建有台阁亭榭的大花园，他只手辟数圃，现在已变成菜园了；允建雕梁画栋的七进大堂，他只是建了座没有彩绘的五进前厅。

此刻前厅里很阴冷，只有一个捻子的吊灯半明半暗，不停地摇曳着。丫鬟点亮了几上的半截蜡烛。他在几后坐了下来。掉了毛的老羊皮坐垫冰凉冰凉，他不由打了一个寒噤。随之进来的两个仆人抬来一个陶制的炭火盆，一个女仆送上来早餐：一钵粥，一块酥饼，两样荤素，一碟小菜。他刚喝了一口粥，幼子萧延就进来给他请安。

萧延已将弱冠。按照惯例，他已可出仕。但相国不准，想打发他去南阳。相国认为长安贵公子太多，不宜混迹其中。长子萧禄任南阳令，可以给他一点小事情做。老夫人念三子两女已都在外地，舍不得再让小儿子远离，故而因循下来。相国怕他在长安市上冶游，为他特意请一教席，早晚都要按例查问功课。萧延倒也听话，有生以来，从未给父亲惹过一次是非。他太文静了，像一位小姐。父子刚谈论几句功课，长史进来了。萧延立即告退。

长史禀报道：

"相国大人！昨晚周樊二帅从代北发来军报，令侄萧诚也乘便捎来一封家书。"

萧何急接尚未揭封的一卷竹简，见有"伯父大人"字样，便掷于几上了：

"军报呢？"

"在司直李左那里。"

"昨晚为什么不送进来？"

"并非紧急军务。"

"所报何事？"

"陈豨盘踞代城，甚为嚣张，有呈再造之势。周将军拟从平城东进，樊将军将沿长城向东迁回……"

"这还不算急事吗？"他担心的事情果然发生了。

"暂时处于相持之势，相国急也无可奈何，还须从长计议。"

"萧诚什么事？"

钟离进迅速解开皮绳，把那只有七片竹简的书信扫视一遍，简单复述道：

"萧诚现在伤已痊愈，并被周将军提升为都尉……"

"为什么要提升？"

"前次已报过，他在云中雁门大成时立有军功。"

"有军功，有军功，都有军功，可是战争并未获胜……"萧何嘟囔着。

萧诚亦是汉三年时被萧何送入军中的，当时他将及十八岁。现在这些子侄已有五人牺牲，余下的或转任地方官，或隶属于各将麾下。他们都是靠自己的军功而得擢升的。

"还有"，钟离进继续说道，"他在军中情况甚好，周将军有意让他留在地方。"

"什么地方?"

"未曾说明。他说士卒疲惫,并因欠饷数月,颇有烦言。地方贫穷,百姓艰难,要为明年的生产多想些办法。"

萧何沉吟了。他忧虑的就是这些事情。

"周樊二将军在军报中亦有详述,并请示可否动用雁云大战时所缴获的部分军资,以解燃眉之急。"

"前次发去的文书不是已经指示他们可以这样做吗?"

"估计现在可以接到上次的指示了。"

"来使还在吗?"

"在馆驿中。"

"好,通知来使等候。我们现在进宫去,先拟一封回书,允准周樊二将军所请,能解决多少军饷先解决多少。在这次战争结束前都可以这样做。然后你亲去馆驿,详细讯问前线情况,不拘巨细,了解得越清楚越好。"

"是!"

萧何推开餐具,刚欲扶几站起,钟离进又说道:

"相国!前日大人命下官所查之事已见端倪。长安不法商人在铜钱上做鬼之事甚多。下官还有一个预感,此事恐怕会牵连一些官员,一时之间恐难以查明……"

"啊!是什么人如此大胆?"

钟离进默然不语,似有难言之隐。

萧何凝视着钟离进,钟离进也并不回避他的目光。好像他们上下之间有用言辞难以交流的东西便只好用眼神来交流了。

萧何低下了头。夫人所说凡在位谋政者亦必有失政之处,不谋政者方保无虞。这是妇人之见!可这恰恰又是客观存在的事实!

"一定要查明!"萧何想着并且说出了声,"一定要查明!"

"是!下官去设法查明。"钟离进小声说道。他既不愿违背相国的意愿,又深知此间里勾外连,上下其手,远比相国想到的要复杂得多。他应当权衡轻重,不使相国为难才是。

钟离进搀扶起相国。

牛车已等在大门外。上车时，一阵寒风袭来，萧何不禁又打了个寒战。

同氏夫人由小丫鬟搀扶着亲自给他送来一件皮裘，但是相国的牛车已经走远了。

"入冬已久，奇暖必有奇寒，节令毕竟到了。"萧何坐在车上想。

18

萧何仔细阅读过周勃、樊哙派专使送来的战报后，更使他增加了忧虑。战争拖延，给百姓更增加负担，而战区的人民更遭受兵燹之灾。

他是文官，从来不参与谋划战争的具体韬略，但他体谅将军们的苦衷。他们用生命去格斗，忍受着艰难困苦。他不能指责他们。他只能指责自己。但这也使他更加痛恨那些不法商人，在这非常时刻搞这些不法活动，应当罪加一等！

他看了看司直起草给周樊两帅的信件，对"望加紧进攻，早日报捷"一句，略一沉吟便提笔勾掉了。他深知在此时对将士们只是敦促并无多大好处。弄不好，反而增加他们的压力，把事情弄坏。

"不给萧诚回一封信吗？"钟离进又问。

"无甚要事，不回了！"

他叫来晁太监，吩咐他去请御史大夫。

"回相爷的话，"晁太监用尖细的嗓音轻声说道，"御史大夫两天未到麒麟殿来，今天能否来，老奴不得而知。"

"派人去府上请来。"

"赵大夫不会待在家里，想是圣上委他另有公干。他是每天都进宫的。"

"哦！"萧何沉吟了。

"相爷！小奴去看一看吧，如果赵大夫在的话，就……"

"啊——"他从思绪中醒悟过来，"不！去请少府令襄章、治粟内史骆甲和长安内史西门无忌速来议事。"晁太监刚转身想退出去，他又叫住了他："呵，还有，通知大库主计带上总账和新近缴入库中的几十贯钱来见我。马上就来，不得拖延。"

连年征战不歇，军疲民困，军费开支浩大。萧何为筹措军费伤透了脑筋。他曾把自己的家私捐输做军资，却无奈宦囊羞涩，且个人的财力与国家、战争相比，实在只是杯水车薪，无补于事。其他侯爵无效其行者，且多抱怨物价腾跃入不敷出。御史大夫关于税收情况的说明和长安不法商人活动猖獗的情况使他深为不安。他不得不派钟离进去做些调查。

汉帝国的基本财政政策是什五税一制和严格征收商税。这几年因军费浩大，除征算赋之外，又命诸王、侯缴纳献费。算赋是从汉四年开始征收的。当时规定凡年十五至五十六岁者，无分男女，年缴百二十钱，此谓之一算。汉八年又补充规定，凡商人及其所蓄之奴婢加倍征收。去年，因军费开支有增无减，他奏请圣上批准，命诸王、侯从封邑人口所征的二百钱中分出六十三钱作为献费上缴大库。他的本意是让有余者多做贡献，而不是损不足以贡献有余。但是秦末大乱以来，人口锐减，城镇户数不及秦时十之二三，农村也多荒芜，人口稀少。虽然从汉五年开始，即陆续采取士卒复员、招集流亡、解放奴隶恢复其自由人身份等一系列措施，以恢复农业生产，使人口略有增加，荒芜田园得以垦殖。编入户籍的百姓或称作编氓的人口总数约有七百万，达到秦时的三分之一。但这户口总数毕竟还是太少了，而政府能直接征税的地方不足全国之半，只有十五个郡①。因此他感到捉襟见肘，困顿异常。萧何经过反复思考与盘算，认为在不增加农民负担的情况下，要达到岁入增加三分之一的目标，只有增加各地商税和严格征收商人及其所蓄之奴的算赋及献费。他曾通令诸王、侯的献费分文不能减免。此外，随着战事的进展，可将部分缴获暂时充做军资，亦可补岁入之不足。各卿大臣对这些措施都表示赞同，并曾奏禀圣上。赵尧也说一切都按指示执行了，但根据钟离进了解到的情况，他的指令并未完全执

---

① 汉代实行封国与郡县双轨制，帝国中央仅辖十五郡。即：陇西、北地、上郡、云中、河东、河内、东郡、颍川、南阳、汉中、巴郡、蜀郡、南郡、河南、内史。

行。第一，商税及商人和其奴婢的算赋没有认真加倍征收；第二，献费收入记在未央内库的私账上；第三，赵尧提出改变税制的问题；第四，商人从中捣乱。因此情况益发复杂了。

钟离长史还告诉他，不法商人一事，似乎与朝中一些官员有关，并暗示他凡涉及法所不达之处，应当慎重处理。他从政一生，这个浅显的为官之道，当然是明白的。譬如献费记在未央内库的私账上，叫他向谁去问？向谁去讨？可这样一来，他的盘算也就要落空了。

此外，还有钟离长史不知道的，老夫人也根本不知道的，而他这几天却为之长夜难寐，一直思虑的问题：皇上正在怀疑他！

皇上在宣明殿接见他，已经明确无误地向他提出了易储问题。他对这个问题的来龙去脉很清楚。皇上打算易储有多种原因，可以说既有深谋远虑，也有偏私。但却没有考虑易储之后可能引起动乱的危险。这危险不发生在皇上生前，就必然发生在百年之后。他觉得国家再禁不起动乱和内讧了。因此当皇上问他对这事的看法时，他没表赞同。他知道，正是这，招来了皇上的不满。他最终决定辞朝退隐。但是圣上不准。可皇上郊游时对秦墟的那番议论，讽喻之意已经溢于言表。更令他不安的是，上林苑的百姓给他立长生牌位的事，这是他过去所不知的。但是在这样的时候，皇上会怎么看？他感到真是有言也难以说清了。

这时晁太监又进了东暖阁："禀相国大人！中大谒者襄少府令正在宣明殿侍候皇上，不能来晋见相国。"

"赵大夫呢？"

"在内谒者署。"

"治粟内史和长安内史呢？"

"大约也在内谒者署待诏。"

"皇上设朝吗？"

"没有传旨。"

"那么何以都在内谒者署待诏？"

"老奴再去问一问？"

"嗯——"萧何沉吟片刻，对晁太监摆了摆手，"算了吧！只不知大库主计是否也在内谒者待诏？"

123

晁太监还没来得及回答，一个小太监却探进头来。晁太监示意他进来，他一跨过门槛便跪下来：

"大库主计派人送来十串钱，说请相爷过目，如不够还可以再派人送来。"

"钱哪？"晁太监问。

小太监急站起来，没跨出门槛，就从门边上接过一个漆案，然后送给晁太监。

"大库主计呢？账簿呢？"晁太监又问。

"主计没来，也没送上账簿。"

"为什么不来？"

"小奴不知道。"

晁太监努了努下巴颏，小太监退了出去。他把漆案放在萧何的几案上，有些狐疑地说："老奴亲去一趟看看吧？"

萧何默默地摇了摇头。他觉察出事情的蹊跷，甚至有某些背着他的事情在悄悄地进行。他摆了摆手，示意晁太监可以走了。晁太监迟疑地退了出去。

坐在一边的李左小声地问："相国，莫非有什么重大的事情吗？"

萧何看着他，没有回答。

过了一会儿，他又转头望着窗外。明角窗是半透明的，看不出窗外的景色，只觉得一片雾茫茫。他收回了凝视着窗外的目光，下意识地用双手摩挲着脸。

他的眼光无意间落到那一漆案的铜钱上，才想起他调这批铜钱来的目的。他顺手抓起一串，但又觉得调这批钱来已经没有什么意义了，不禁又把它放了回去。可那粗糙的丑八怪似的滥铜钱突然又吸引了他。他重新抓了起来，一个个查看。他的眉头凝聚成一个大疙瘩，丢下这串，又抓起另一串。连看四五串之后，气愤得胡须都抖动起来了："这这这……这是什么东西？岂有此理！快叫大库主计来！"他把手中的一串钱猛往几上一摔，串钱的细麻绳断了，撒了一毡罽。

李左急趋过来，小声提醒他："晁太监去传召主计去了。"他说着便捡拾散落的铜钱。李左一边拾着铜钱，一边心说，难怪相国动怒。在他拾起的这串铜钱中，多说也没有百十个是完整无损的，其余的就都是被剪了边或磨了面①的。他平时也偶有所见却未留心，更没想到会有这许多。

李左把散串的那串挑捡出四十枚，其中完整的和做过手脚的各占一半。其中有两枚的剪边碴子似乎还是新的，显然是刚被盗磨和剪边之后就流入了市集。他把钱在手中掂了一下就递给了萧何。萧何分在两手掂量着，不禁有些发抖。他估计两者的重量少说也是四成差了一成。萧何恨恨地说道：

"唉，想不到啊！这怎么了得？百姓们怎么活下去？国家还怎么征税？"

他有多年没摸过铜钱了。官做大了，琐屑之事自有他人料理。钱财出入，大宗的不过对他说一声，小宗的管家分派，朝廷中自有主管部门。其实他没摸过的事情多着哪，何止此一桩。

当李左重新串起那些铜钱时，萧何从几下又拾起几个散落的。这时他才注意到有几枚是新铸的，铸工很拙劣，毛边还没打掉，很不光滑，钱孔大，钱面薄，可是颜色却很旧。他想这大约是私商在偷铸之后来不及修整就埋入地下，以便使之快些生出锈来掩盖新铸的铜色。而这新铸的钱就是缺边的。

汉初流通两种铜钱，一是先朝的秦半两，一是新铸的汉半两。两者价值相同。由于萧何制定了重本抑末政策，长安及各郡和诸王国的市肆都派有官吏严加管理，稽查征税。税率加重后，不知何地的奸商从何时起的头，也弄起巧来。这种不足分量的钱，因铸字皆在，官府不察，民人弗知，便逐渐在各地流通开来。钱益轻薄而物益贵。大商人不仅以此应付重税，且因此更获重利。他们神不知鬼不觉地把抑商重税转嫁给农民了。

萧何很想知道这十贯钱是从哪里征收来的。可他要召来当事之人一个也不见。李左又想起一件事，他说道：

"下官曾听人议论，长安有许多富商巨贾，财力雄厚，专司放贷。有的彻侯或官员因一时拮据，竟不得不向他们借钱。"

---

① 《汉书·食货志下》："今半两钱，法重四铢，而奸或盗摩钱质而取鋊。"鋊音浴，铜屑。如淳曰："钱一面有文，一面幕，幕为质。民盗摩漫面而取其鋊，以更铸作钱也。"今传世文物中称此为剪边半两。

"有这等事？"萧何更吃惊了。

"还听说利息很重。"

萧何瞪大了眼睛："可知有谁向其借贷？"

"不得而知。"

"定要探根究底，穷本溯源，不论是商，不论是官，一切不法之徒，一律严加惩处，杜绝后患！绝不能让圣上千难万险所创建的大汉帝国毁于此辈之手……"

"相爷！"晁太监一反其不慌不忙的矜持神态，掀帘进屋，喘着粗气，急趋至萧何面前。

"出什么事了？"萧何吃惊地问他。

晁太监又趋前一步，几乎耳语般的小声说道："麒麟殿外突然增加了五官署卫士①，不知何意？"

"噢！"萧何吃了一惊。

这时，院中传来一阵杂沓的脚步声。晁太监趋至门边从缝隙向外张望，转头对萧何低声说道："少府令襄大谒者来了！"

他的话音还未落地，从大殿的门口传来了襄章的尖细而高亢的声音：

"萧何听旨——"

萧何一跨出暖阁的门槛，就见襄章在左右两名卫士的护卫下已经站到御座前了，两厢还有八名卫士。

萧何向虚设的御座跪了下去。

"皇上有旨，萧何即刻到宣明殿见驾，不得有误！"

大殿四壁荡起了回声。

"遵旨！"萧何俯身磕头。

仍在东暖阁的李司直和晁太监惊呆了。往常皇上宣召相国，只派太监进东暖阁知会一声或直接派来茵舆。这时倚在门框上的晁太监嘟囔着，"糟了！糟了！"

相国在五官署卫士们前后左右的挟持下出了麒麟殿。

---

① 五官署、右署，左署是皇上三署近侍卫士，各署中郎将由郎中令统辖，但有时也只受皇上直接指挥。其中五官署卫士人数不多，权力更大。

萧何一进宣明门，殿前丹墀上的太监就一迭声地传呼："圣上有旨，宣萧何上殿！""宣萧何上殿！"

当萧何踏上丹墀刚要随襄章进殿时，两支戟突然封了殿门，把他挡住了。萧何猛一震，下意识地退了半步。殿门前通常没有卫士，这显然是为他而设的。

一个卫士近前搜了他的身。

萧何一向奉有特旨：剑履上殿。但他一向不带剑，然而此刻被搜了身。他脱下了葛布单鞋，脚上只剩了一双布袜子。

襄章又返了回来。两支戟斜着交叉在殿门上，萧何从戟下低头跨过了门槛。

中雷大殿里空荡荡的。他不管襄章走得是快是慢，只是缓缓地步入过厅。皇上站在过厅的中心，只有赵尧跪在他的面前。他没有像往常那样走到赵尧的右上手，而是在其后侧几步远的地方便慢慢跪了下去："老臣见驾，祝吾皇陛下千秋万岁，万寿无疆！"

刘邦一摆手，命襄章退出去。

难堪的沉默。沉默压得人难以喘过气来，好像整个房顶都压到人们的背上。

"哼哼……"刘邦从鼻子里发出来的声音，仿佛是早晨长乐钟室发出来的嗡嗡响声，"先生道播天下，德布九州，士民众庶誉先生如日月之经天，江河之纬地。只不知阁下欲把朕置于何地，朕可向阁下求教乎？"

萧何沉默不语。

他的沉默使刘邦觉得不堪忍受了。他又说道：

"吾之上林苑，不准他人随心所欲辟作耕田，不准他人随便送礼刁买人心，更不准他人巧立名目，名曰利民实乃出卖，受贾之金而中饱私囊！……"

"陛下——"赵尧膝行到皇上面前转回身对萧何说，"相国大人！你就说一句话，请圣上息怒！"

萧何听见了，又仿佛没听见。沉默更激起刘邦的愤怒。

"尔立即派兵将上林苑中百姓全部驱逐！不！全部拘捕！全部拘捕——"刘邦的声音似乎已经有些嘶哑了。

"臣昧九死，只陈一言！"赵尧膝行至皇上面前说。"相国萧何位居枢府，九重之下万众仰望，拘民之举或逐民之举皆不可行。相国萧何勤政至诚，宵衣旰食，忧国忧民。微臣昧死愿为相国承罪以息天威之震怒，见龙颜之悦色。"

直到此时，萧何才第一次抬起头来，用眼角瞥了一下赵尧，然后又慢声慢语地对刘邦说道：

"老臣无颜乞骸骨，只求赐死以彰吾罪，以报明君，以谢圣上！"

"不准！赵尧！"

"微臣在！"

刘邦猛一挥手，转身便向后殿疾步走去。

萧何望着刘邦的背影：

"谢吾皇陛下隆恩浩荡！祝吾皇陛下千秋万岁！万万岁！"

萧何的苍凉的声音在过厅里回荡着，和卫士的脚步声交响在一起……

19

　　相国萧何下狱的消息像风一样传进了长信殿，使正在进午膳的吕后大吃了一惊，倏地站了起来，挥手命宫女撤去了残席。

　　张释把听到的消息详细地叙述了一遍。

　　吕雉略微偏着头，仔细地听着，不时地蹙紧眉头。

　　对萧何下狱，吕雉事先是没有料到的。尽管她早已知道皇上在怀疑萧何，并且也预感到萧何将要失去皇上的宠幸，但是，她实在没有料想到，皇上竟作出将其下狱的旨令。事情来得突然。她总觉得这样的结果未必就是什么好兆头。另外，她还是对皇上的易储之心满怀忧虑。她忽然发现，这些天来，皇上似乎有点一反常态，既时常来东宫息驾，又时常带着太子出游观剑。"难道他真的不想易储了吗？这处置萧何的反常举动中，会不会有什么……"她不愿，也不敢再想下去了。

　　这时，建成侯吕释之偕两个侄子交侯吕台、郦侯吕产和辟阳侯审食其匆匆赶来。也是听到萧何下狱的消息才特地赶来的。他们没有补充更多的情况，只是描述了群臣目睹萧何槛车经过内谒者署时多有不解，且还有人要向皇上死谏等情形。这并不使她感到惊讶。她是可以料到的。

　　"其实萧老儿落得这个下场也是报应……"吕台见众人皆不说话，就说了一句。吕产捅了他一把，他抬头一看，姑妈吕雉的脸正板着。

　　辟阳侯审食其看着建成侯。他对萧何早就非常反感，甚至仇恨。他恨萧何一人专权，而且靠笼络百姓下臣的办法，使自己威望日盛。有萧何在，他想当卿大臣的愿望就不可能实现。至于皇后在这突然事变时表现出来的忧虑，他也早有预计，但他的看法是，在没弄清真相前，皇后的有些担心也是多余的。事情也可能很简单。所以他倒觉得萧何下狱未尝不是一件可以高兴的大好事。他对吕释之说道：

"国舅爷，如以汉中时算起，相国秉政已有十余年，以至权倾天下，权倾人主。此亦可谓太过了，正应了物极必反的话。但天下者刘氏之天下也，并非萧姓之天下。皇上采取断然措施，只不过是收回政柄而已。"说完，他又向吕后瞟了一眼。他的话也是说给吕后听的，他见吕后正在注意地听着他的话。

"可是将相国下狱，最后怎么了结呢？"吕释之仍然忧心忡忡，对其妹妹说。

"这个嘛"，审食其代答道，"其实也无须多虑。相国虽然不同于一般人，一成阶下囚，也会叫他百口莫辩。但在下估计，皇上不会走此极端，因为萧何毕竟是所谓'功居第一'。不过，可以肯定的是，断不会有狱中相国。即使他不自裁，并有若干威望素著的大臣们联名请赦，也不过是苟延残喘于林泉的一庶民而已。"

建成侯还有顾虑，迟疑地说："那么圣上突然降罪萧何，对妹妹、对外甥是否有益？"

吕雉对其兄长点了点头。她转向审食其："你以为怎样呢？"

"陛下！国舅爷！以臣子看来，此事不言而喻。陛下与舅爷试想，人皆谓汉有三杰，韩信已做狗烹；张良如今也是只用其名而不用其人也。以此类之，萧何被贬势所必然。再则，当今圣上已非昔日可比，降罪萧何，实乃自残己之股肱，株连所及，亦必伤及其他臣工，以致心怨腹诽。若趁此机会，皇后陛下借为萧何说情，还可得息事宁人，与人为善之美名，于日后太子即位，岂不也是一种准备吗？"

建成侯吕释之默然。两位少侯吕台、吕产向与辟阳侯交厚，现聆听其高论，大为敬佩，不住点头称赞。张释见不及此，心中也暗为叹服。

吕雉仍然疑惑不定：

"就如贤卿所言，但皇上以何事为借口可知道吗？总不能没一点原因吧。"

"臣即设法去探听。"审食其按礼如仪地磕头、起立、躬身、告退。他不愿在青天白日之时，在后宫中长久流连。

两位少侯亦愿随之而去。

张大太监亲自陪送出宫。

吕释之早年无战功，远不如其胞兄，即吕台、吕产之父，周吕侯吕泽。但他与萧何共事久。楚汉战争最紧迫之时，吕释之多次奉萧何之命往来于函谷关道上，给前线输送粮秣、兵丁、军饷等。他深知萧何"镇国家，抚百姓，给饷馈，不绝粮道"的甘苦。那时，萧何一辆老牛破车，一身破衣烂衫，终日奔驰关中道上，十日不知洗沐，三月不知肉味，宵衣旰食，支援战争。不期今日反成罪愆。设若当年他不如此勤劳政事，今日自然也就无罪了。不过有没有今天的大汉帝国也很难说。他总觉得审食其之论有点儿令人毛骨悚然。

"妹妹！萧相国之事，若得劝谏皇上的机会，还是以赦免为上。失民心者失天下。我等荣华富贵事小，帝国江山事大。失天下易，得天下难，保天下更难。望你留意！"

"兄长之论也是正理。那么我此刻应去宣明殿问问他？"吕雉回答。她的顾虑和疑问也始终未完全冰释。

正说着，太子突然急匆匆闯进殿来。他神情沮丧，两眼通红。见到母亲和舅父，忙说：

"母后陛下！舅父大人！相国之事……"

"要等你来通知，可就什么都晚了！"

"儿臣还听说，相府被抄，还捉了人。母后陛下！舅父陛下！请救救相国！"刘盈哽咽着说。

"不要哭！"母亲不耐烦地呵斥了一句。她讨厌哭声。

刘盈不敢哭了，却还在抽泣。

"盈儿不必难过。"舅父劝慰道，"你父皇陛下正在盛怒之际，一时难以劝转，你去见也无益。若再对你也不满，倒是讨了无趣。你暂时莫如不去见父皇陛下。我设法多与朝臣们往来，再想想办法，看着谁宜出面去劝谏你父皇陛下。你母亲也可试探着当面问一问。"

建成侯告辞之后，吕后反复思忖，越想越觉得不放心。她仔细回想丈夫这些天来的举动，她觉得他表面上接近她，而实际上，并没有和她说过什么贴心话。而郊游一事，更使她疑心不定。

游秦墟之后，丈夫曾对她说过儿子言语失当，但主要讲的是相国。她当时一心只认为自己说萧何有野心和皇上大权旁落的话已为他所接受，但现在想来，却似乎又不尽然。她问儿子：

"随你父亲郊游时，你还说过什么不得当的话吗？"

刘盈说不出有哪些话是不得当的。他只是重述父亲、相国对他说过的那些话。

听着儿子的叙述，吕雉的脸色逐渐变得煞白。她恍然大悟，在秦墟上，相国当着皇上的面一再赞扬太子，这会不会是相国在曲折地向皇上表明自己的态度呢？如果是的话，那么，相国也是反对易储的了。而今，皇上将其下狱，又意味着什么呢？吕雉这才感到后悔。她后悔不该在这个时候去向丈夫告萧何的状。她真是有苦难言，后悔莫及。

这时张释急步趋进殿内，来不及行礼便说道：

"圣上启驾奔东宫来了，此刻可能已进司马门了，快准备接驾！"

吕雉惊呆了。皇上来干什么？莫不是……她头脑中闪出一连串的问号。

绮雪拽了一下她的袖子："陛下！请更衣准备接驾！"

她猛醒过来："更衣？对！更衣！盈儿，快随我接驾去！"

吕雉母子及随从人员在长乐厩前迎到了刘邦。刘邦似乎怒气未消，铁青着脸一句话不说。恭请圣驾换乘茵舆的张释被四名五官署卫士挡在一边了。吕雉暗暗一惊，只好自己坐上茵舆，催太监紧随圣上的车驾。到长信门前，吕雉搀扶他下车，他也不说话。对跪地恭迎的宫女们，他似乎根本没看见，径直进了殿。

刘邦在断然处置萧何之后，心中几乎不能自持。他在后殿的起座间里来回踱步。曾有那么一刹那，几乎要喊人来，立即追回萧何，赦免萧何，但愿什么事情都没有发生，权当作一场噩梦！但他没能那样做。戚姬从兰林殿赶来了。她的惊惧、疑虑、惶惑和不安的神态和言语，倒仿佛成了他的镇静剂。他觉得自己不应像女子那样，优柔寡断，反复不定。事情既然已经做了，就不应该去否定它。况且他这么做，也是迫不得已。他在最初问及萧何对易储的意见时，萧何没有表示同意。当时，他是反感的。但他却未曾想到要将其下狱。后来，他一再地听说了关于萧何笼络臣民，意欲树立自己威望的情况，尤其是他亲自到农舍私访时所见，这才使他真正看清了萧何反对他易储的私心所在。这使他万分恼怒，也万分痛心。他没有想到，这个自从起义那时起就跟随自己的相国竟对自己怀有如此叵测之心。他也没有想到，欢迎他的莺歌燕舞之后，赞美他的华丽颂歌之中，竟包含着向他篡夺皇权的阴险杀机。想到这一点，他就恼怒异常。他再也不相信萧何了，也不再对他抱有什么留恋宽容之情。他作出了决断。他的决断是对的，不论是对维护自己的权力与威望，还是对他铁心要做到的易储。不过，他也透过萧何这件事看到了易储并非如他所想的那么简单，反对他的潜势力也并非只有萧何一人。同时，还有三件事不能使他安心：一件是他已两度明诏，命如意来京，迄今却毫无音信。第二件是他已暗派密使宣召陈平来京。陈平是他的爱将，有勇有谋，是取代萧何的合适人选。如今使者已经上路，就不知陈平能不能抽身？何时可以来京？对北方的战事，他也十分忧虑。倘如两线战争有一处失利，那漫说是易储，就连局势是否能得以巩固也很难说；再有一件就是对皇后。他知道皇后不似萧何，萧何之罪，可以明言；而皇后反对易储，当治何罪？而且，他所放心不下的是，他离京这么久，皇后这个人一向专权，不可能不结成一点力量。他回长安以来，已经有些风闻了，只是一时尚顾不过来而已。但不管怎么说，他必须对她采取措施。他思之再三，决定暗锁东宫，以防不测。他今天来东宫时，带来了五官署卫士，他并且还要告诉她，萧何已经下狱，看看她有什么反应。

他在位子上坐定之后，只见吕雉神色坦然地对他说：

"臣妾祝贺圣上收回政柄。"

刘邦不禁在心里暗暗吃惊。他看了眼妻子，他反而对她的态度有点摸不透了。他没有答话，只听吕雉在说：

"圣上一生英明卓识，明察秋毫，对居心不良之人向有戒备。是我汉室之荣耀、大业之保证也。"

刘邦暗忖着妻子的这番话，心里其实有点不爽。他看不清她的真心。

这时，绮雯款款地走了进来，先向刘邦磕头行礼，然后对两位陛下说：

"小奴启奏两位陛下，宴席已经安定，请两位陛下入席。"

吕雉起身，对刘邦道：

"臣妾为圣上明断略备薄宴，请圣上赏光。"

刘邦这才起身，与妻子一道入席。

绮雪率一群小宫女各捧漆案献上佳肴美酒。绮雯则帮助皇后安排列鼎，斟酒布菜。

刘盈自从父亲突然来到，便一直未敢讲话。他还在忧虑着萧相国。此刻，他坐在父亲身边，默默地看着桌上的酒菜发呆。

刘邦品了两三样菜肴，便长叹一声："唉！不行了！胃口不行了！撤下去吧！"

吕雉心里不免一顿，但她脸上仍然挂着微笑。

她命令宫女们把东西全都撤下去，吩咐重新献上清酒和水。

刘邦往总章内室睒了一眼。窗帘已经挡好，宫女们都已退出。

他先饮了一口兑水的酒，这才慢吞吞地说道：

"有人曾对我说，我于马上得天下，不能于马上治天下。此话似乎有理，我也照着做了。但结果不行。这些年来，我一直在外征战，托天下于相国，让他于马下治之，但却落得大权旁落。相国貌似忠贞，实则叵测，天下之半，恐早已非刘氏所有。其为祸之深，韩彭之辈望尘莫及。故于今日决心采取断然措施，我现已决心亲政，恢复于马上治天下之纲。"

吕雉欣然应道：

"陛下远见卓识。只是如何杜绝群臣之议，使百姓能知相国之恶，亦望皇上缜密思考。"

"是的。皇后所见，正与我同。望你能助我共持国政。"

"臣妾有何德能，唯命是听！"吕雉答道。

坐在一边的刘盈糊涂了：母亲与舅父本欲救助相国，此刻母亲非但不提一句劝谏之话，反欲杜绝群臣之议，使百姓知相国之恶，这不是同意和帮助父亲将相国置于死地吗？他真想当着父亲的面，替相国说几句话，可是他又没有这个勇气。他把头深深埋在手掌里。

刘邦看了看丧魂失魄的儿子，心中突然非常着恼，甚至要抓住他的发髻把他揪起来，但隐忍了。他又说道，但眼角却在瞥着刘盈：

"萧何还有隐而不露的一桩大罪，这大约是你所没有察觉的……"

吕雉警惕地看着丈夫，揣摩着。刘盈也慢慢抬起了头，但刘邦偏又不说下去，只是默默地啜饮着水酒。老半天才说道：

"秦皇在日，以奢靡为务……"

又是一句半截话。

吕雉吃惊地看着皇上。她不明白前一句话和后一句话是怎么联系的。他心里想什么？他要说什么？他为什么这样迟疑？为什么这样吞吞吐吐？噢，他在瞥着儿子。啊，明白了！明白了！她心说。

"圣上！萧何那桩隐而不露的过错，其实与臣妾也有关系……"

这句话使刘邦感到吃惊了，她知道我的心思？她猜透了我的心思？那么她打算怎么样？他想。

刘盈更加惑然，相国究竟是什么罪？他的头脑里装了先生讲史时叙述的很多故事。他不敢把父母亲的言行和历史人物做类比，但萧何可以和列朝列代的名臣贤相类比。

"我总以本子年幼，当以习学为主，故常时课读，令其熟记诗书史策，研读诸子律令，不欲其干预相国及诸大臣行政。臣妾终归是女流之辈，妇道人家，对相国及诸大臣行政，除非是明显违背圣上所教或所嘱者，有时虽或感觉有不当者亦不愿横加干预，更不愿有所指责。是臣妾在监国期间使大权旁落，是臣妾教诲太子名虽监国，却不得干涉相国与诸大臣行政，故而使相国独揽大权，反视国储为附庸……"

"你之所见不差。"刘邦截断妻子的话，他益发感到皇后明智了，"适才我说秦皇以奢靡为务，子女虽多，养而不教，因此各王子之宫也竞相奢靡。我无暇教子，只好委诸傅相。好在有你课督，卿大臣辅佐，譬如盈儿，学问大有长进。然萧何不思你我依托之重，除独揽政柄之外，且以民贵君轻之论以教太子。太子非不察，而是深信不疑。此为治国抑或是为让国？君不治国，民不能自治，譬如牛羊，牧人不牧，或归山林为野兽，或为他人所驱策。今日态势亦是如此。盈儿勤奋可嘉，但其天性懦弱，不辨其伪，不明庶物，不知兴替，不察隐微，不谙世故，不树威权，仁者有余，霸者不足，一味屈从于相国，实与偶人、傀儡同。今午，萧何下狱后，听太监言，盈儿惊慌失措，气急败坏奔进宫中。我有心宣你上殿，想来想去，不愿深责，让你回宫自思己过吧！结果又来东宫哭诉，是不是？实在不类我也……"

吕雉在想着各司马门的五官署卫士……

"……萧何貌似忠诚敦厚，实已拔太子之骨，抽太子之筋矣……"

……五官署卫士只听皇上一人的命令……

"……我说萧何此罪更甚，此心更毒，其谋深远……"

……他何必兜这么大的圈子！就干脆使用五官署卫士吧！不！不能任性！她告诫自己。天鹅能飞，因为它有一双巨大的翅膀。但如翅膀被剪了呢？不能让人把翅膀剪掉！

她接说道：

"圣上深谋远感，见微知著，如今已采取断然措施，如快刀之于乱麻，除近忧，杜远患，使臣妾略感心安。至于盈儿不肖，不类陛下，终是你我的亲骨血，不会被人真的拔骨抽筋。如果圣上真的以为他不堪……"

刘邦瞪大了眼睛看着她。

刘盈想到了申生，暗暗有些发抖。

吕雉真的伤心地要哭了，但立即控制住自己，继续说：

"……真的以为他不堪，你我除一女之外共有八子！只要保得我炎刘永旺，继统永嗣，不使大权旁落……"

刘邦喜不自胜，觉得其妻真是天下第一奇女子！他来东宫之前，首先想到的是她会大哭大闹，寻死觅活，弄个鸡犬不宁，所以第一不能召她去宣明殿；其次想到的是她要告庙，诉诸朝臣，闹得上下沸腾，举国议论，所以第二不能准她出长乐宫。岂知她却如此。尤其使他深为感动的是她认刘肥等皆为其子。这就一切都好说，一切都迎刃而解了！她是真正深明大义的，不愧为天下主母！他想。吕雉又说道：

"但臣妾所虑者却是近忧。陛下试想：如今天下归心，百姓思治，或一异姓王举兵，则国人皆曰可杀。故灭一异姓王易，而治一卿大臣难。一卿大臣劣迹昭著，相国或廷尉治之易，因有律令可循，而朝廷直接治之难。今萧何劣迹极隐，百姓不知，朝臣也多不知，其不单不可治，且有隐患。陛下可不深思？今两线战争未结，如因相国之事措置失当，使两线战事功亏一篑，则得不偿失。故臣妾以为当务之急是大权不可再旁落，是使群臣与百姓不因萧何之事而背圣意，是使两线战争胜利结束，而后重商国事，厘定国策，以期长治久安。臣妾妇道人家，不愿干预国政，一切听凭圣上旨意，使我炎汉如磐，千秋万代继统永嗣，臣妾之愿足矣！"

皇上欣喜地点着头，但心中却暗想，她真的就这样痛快地同意了自己的决定吗？还应等等看。皇后也在暗想，不能叫他把自己的翅膀拴住，能不能找个机会见一见留侯呢？得想点办法！

这时，绮雪和绮雯抬上一个大铜火盆来，火炭炽红，却没一点烟气。皇上看她们一眼，绮雯急忙跪禀道：

"启陛下，雪已落了多时，地上已经积得很厚了。"

"哦?! ……"

20

一阵阵寒风在丹水河谷里呼啸盘旋，猛冲乱撞。铅色的彤云罩住了熊耳获舆山①的群峰，在山谷里腾涌翻卷。交申末酉初时，天色便黑了下来，风势也逐渐变缓。空气潮湿阴冷，雪花像柳絮一样飘飘扬扬，看来一场大雪将会彻夜不停。

坐落在丹水左岸的商县②城围有七八里，城垣不高，一条南北大街连着两条横街和许多小巷和菜园子。县城有几百户人家，除了官府与商号，百姓们仍以种田和手工生产为业。这在汉初已经是个很不小的县城了。

人们似乎被这场风雪吓住了，都躲进了各自的家里。家家户户的炊烟从屋顶上哆嗦着向低处散去。因此街上行人寥寥，店铺多已提前收歇，只剩下几家招商客栈和酒店还敞着门。门里的灯光洒在人行道上，摇摇曳曳地映照着飞舞的雪花，煞是好看。

这时有几个骑士在一酒家门前停下来。一人指着摇晃着的幌子说："就是这家，丹屏客栈！"另一人已跳下马来。正在招呼酒客的店主这时已迎了出来，笑呵呵地躬身说道："各位军爷，里边请！"他又探头向里边喊："伙计，看马！"

几位骑士随他进店后，他立即殷勤地挨个儿给他们掸雪。借着掸雪的

---

① 我国各地名熊耳山者多处，皆因两峰相竞如熊耳状。今商县、陕县东至宜阳、渑池诸山，总称熊耳山脉。商县境内者，秦汉时称熊耳获舆山。

② 在今商县东南二十余公里的庭村附近。今之商县是西汉时的上雒。

机会，把来人都细细打量一番。他认出一个年轻英俊的骑士好像是这五个人的头儿，因此待他格外殷勤。

年轻骑士问道：

"店家贵姓？房屋多吗？"

"军爷！小人免贵姓赵，叫赵洛。房舍不算多。"店主笑答着，赶紧去招呼一个要走的顾客："客官慢走，天黑雪大路滑，多加小心，有空常来坐。"他又急转身趋了过来："小店虽然简陋，包五位军爷满意。"

"不！我们有五十多人，马匹也这么多。住得下吗？有上等房间吗？"

"行！勉强可以招待。只是这上房……这上房嘛——"店主说到这儿有点迟疑，最后还是说："有倒是有，只是被一位先来的客官都占用了。"

"多少间都占用了？"

"小店只有九间上等房，是个单独的小跨院，那位客官全包了。"赵洛边说边用小围裙擦着手。"军爷，先请坐！其他军爷还远吗？"

"请先来的那位客官把上房让出来！一个人何须用九间房？"年轻军官又说。

"这——"店主颇感为难。可他忽然对正收拾几上的残杯剩盘的伙计说："快拾掇，叫伙计们掌灯，把北边两处跨院的房间都架上火盆。"他又转对军官说："军爷！您老先看看，还有马厩，别处再找不到这样地方了！"

年轻军人没有说话。

大队人马的到来使店主更忙了。他跑前跑后，跑上跑下，对每个伙计都作了吩咐，对每个房间都照顾到。

这支队伍没有辎重，没有行李，一律轻骑，一样打扮。可是凭阅历，他特别注意了两个人。一位是额下飘着三绺长髯，只配长剑不执长戟的人。他有四十来岁，面如白玉，两道剑眉，一双大眼，高鼻梁，厚嘴唇，显得又威严又敦厚。另一位是面目黧黑的将近三十岁的壮汉，仅是那挓挲着的络腮胡子，看着就叫人害怕。不过他俩也都穿着普通骑士的战袍，同样的钜铧和行腾①，看不出官品。一般骑士们在他俩面前也不苟言笑。他

---

① 即裹腿，秦、汉时代的通称。

估量着虽然发令的是那位年轻军官，掌事的怕是这两位，尤其是那白净面皮的人。从那年轻军官叫让上房的话看来，这人说不定来头不小。他在他俩的房间里搭讪着说：

"二位军爷！小店简陋，请多包涵。"

"好说！只住一晚上，能将就。"络腮胡子的骑士说。

"咳！几间好房全被一位大老爷和从山里请来的四位老汉包了。那四位老汉若把年龄加在一起怕有四百来岁。另外还有一大群随员和仆从。因此小人不敢说请他们让房的话，委屈了二位军爷！"

"店家，他们是从哪儿来的？"年长的面白如玉的骑士显然对赵洛的话有兴趣。

"哈哈！军爷！您老要知道这个，好说！"赵洛笑着，"那一天是十一月初……初六，"他扳着指头算着，"今儿是初九，对，就是初六，那位吴大老爷一人乘坐三辆双马辎车，由一群骑马的随从前呼后拥地来到小店……"

"一个人怎么坐三辆车？"络腮胡子的骑士截断他的话说。

"哈！小人话都不会说了！可不，就是一个人坐了三辆车……"

"赵掌柜——"院中有人喊。

"来了！"店主高声应道。出房门后又转身探进头来，"军爷！小人过忽儿再跟二位学说。小人叫伙计们给列位爷们儿宰了两腔羊，吊了一条狗，捅了一口猪，想是他们收拾差不离儿了，列位跑了一天，明儿还要赶路，早吃完早歇着！"话毕，一闪身就没影儿了。

"将军！肚子倒真的是饿了！"络腮胡子的骑士说着，还打了个哈欠。

被称作将军的原来就是曲逆侯陈平。络腮胡子的骑士是他的爱将、右庶长西门苍利。陈平是在接到刘邦的密诏后，赶赴长安的。为防泄密，他化装而行。他的随从也一律着便服，让人看不出是自前线归来的将士。

"刚才店家说的那些人，究竟是什么人，应该打听清楚！"陈平对西门苍利说，"立即通知左庶长彭勇：大门立即撤岗，少惹是非！"

陈平所说的左庶长彭勇即是那个年轻英俊的军官，是他的卫士长。

西门苍利对门外一名什长传达了命令。

很快，店主就来招呼人们吃饭。还亲自把酒菜饭食端进了陈平和西门苍利的房间。这时，大门外忽然传来了一阵吵闹声。西门苍利忙走了出去。

"他妈的！狗仗人势的昏官！"门外传来卫士长彭勇的声音。

原来彭勇按照西门苍利的命令，撤掉了大门外的哨兵不久，一大群高擎火把、手持灯笼的骄仆悍吏们簇拥着三辆车子进了大门。在进南跨院的二门时，忽然发现北跨院的门前有岗哨，就嚷了起来："是哪里来的野杂种？"

"反了天了！反了天了！你们敢冲撞县令大人！"

骄仆悍吏们把县令护在中心，倒退着，好像那些卫士要冲上来一般。

"叫你们的长官出来！"县令又抖着威风喊。

彭勇跨出门外："我就是！"

"你们是谁的队伍？到这里干什么？"县令见其年轻，又穿的是卒伍服装，便喝问道。

彭勇轻蔑地瞥了那县令一眼，没有回答。

赵洛从卫士中间抢步出来，不顾湿漉漉的雪地，向县令磕头请求恕罪。县令似乎找到了出气的对象，喝令仆吏对店主"掌嘴"。彭勇把店主挡在身后。但店主却自己掌起嘴巴来了。他想要平息县太爷的怒气。彭勇喝令他"住手"，转对县令说道：

"敝军路过宝地，投宿店中。宿营的规矩自然要站岗放哨。我住我的店，你走你的路，碍着你大老爷什么事了？与他店主更没关系。耍什么威风？"

"抓起他来！抓……"县太爷恼羞成怒。

骄仆悍吏们刚嗡嗡地一起哄，彭勇把宝剑抽出了半截，身后的几支戟也都抖动了一下，那群人便立即往后倒退。

就在这时，一位锦装侍从模样的人来到县令身边说道："老爷有请县太爷！"

"呵！是是是！"县令狗颠屁股地跟那人走了，仆吏们当然不敢再待在这里。

陈平听了彭勇的叙述，沉着脸说道：

"你也忒操之过急了！不过，那三辆车里到底是什么人呢？"

"人没露面，一直进了南院。"

"大概就是店主说的从山里请来的四位老汉了！"西门苍利插话说。

陈平又说道："这个我知道。我是说那位大老爷是什么人？"

"将军的意思是……"西门苍利沉吟着说道，"意思是那位大老爷来自长安？"

"是的！因此我们不能糊里糊涂……"

他们相对沉思着。

这时，店主手里端着木案撞开了门，身后一个小伙计捧来一坛未抠封泥的老酒，又添了两个菜。

从店主口里得知那四位老汉原是大名鼎鼎的隐士——商山四皓！

店主又细致描绘了那位吴大老爷，并且还说出了一个很值得怀疑的细节，就是他亲耳听到仆人又叫吴大老爷是"沈大人"。

这使陈平感到不安了。

他让西门苍利赏给店主一些钱后，就草草吃了饭。待店主和仆从收拾了桌子后，陈平对西门苍利和彭勇道：

"看来情况有点异常。刚才店主说的那个沈大人，我怀疑会不会是审食其。要是的话，为什么又要这么隐姓埋名，偷偷摸摸的呢？再说，皇上这次要我回来，又是密召，是不是长安发生了什么事？我看得多加小心。"

"是！是！"两位部将都深深敬佩这位以谋略高深、机警过人闻名的将军。

过了一会儿，陈平又说道：

"明天我们早早动身。但彭勇多辛苦一趟，先返回长安，当天就要返回，我们在峣关候你。"

21

陈平在皇上负伤以后便受命全权指挥大军作战。汝阴侯夏侯婴、颍阴侯灌婴、信武侯靳歙、曲周侯郦商、武疆侯庄不识等将军皆受其节制。皇上在授命时说了一句特别伤心的话："吾将不久于人世，卿要早回长安。"起驾前又传旨嘱咐他：只要觉得可以稳操胜券，对诸将妥善部署后即早日回京报命。前数日，右署中郎将董宴间行返回前线，向他口传皇上密旨：妥善部署前线军务，迅速返回长安。

陈平这时面临的形势已大有好转。

原来黥布于甄乡兵败后率部南走，在当涂渡淮，整顿残部，待汉军半渡而击之，以挽回败局。陈平挥军强渡淮水，杀得黥布仅剩百余骑狼狈远遁。

陈平在渡淮之前即派遣左庶长彭勇扮作行商，只身潜往长沙国上书成王吴臣。吴臣，故长沙王吴芮之子。昔日，陈涉、吴广起于大泽乡，吴芮自立为番君。黥布率数千人往投，吴芮以女妻之，结成秦晋之好。吴臣与黥布有郎舅之亲。吴臣得书后数日不决。彭勇在觐见吴臣时以言语挑之，问其姊安在？其甥安在？答曰项羽杀之。这是指楚汉战争，布背楚向汉，羽破九江杀布全家的事。彭勇又问成王：其封土长沙国安在？太子吴回安在？于是吴臣不再犹豫。恰在此时，当涂消息传来。吴臣决定按陈平所授密计派人诱布，约与同心反汉，胜则裂土而王，败则同走吴越，郎舅之亲，生死与共，请与布会于鄱阳。黥布得此约会喜出望外，连忙走合肥，过舒县，下枞阳，掠身逆江而抵彭蠡泽。黥布人少，皆为轻装，熟知地理，适应水土，行动迅疾，飘忽即逝，如今已弃身登岸逃至鄡阳①。陈平人马众多，都是北方军士，如今深入江南水乡，不服水土，难以适应，行动自然迟缓。彭勇在枞阳向陈平回报下书长沙的经过，陈平与诸将计议，决定穷寇勿追，明示汉军不习水战，不适应江南潮湿的气候，多有生病者，以固黥布之志。

前不久，陈平得吴臣密报，他已如约行动去鄡阳以会黥布。为固其志，特卑辞厚礼，赠军馈粮。陈平又得细作密书：吴臣深恐黥布鸠占鹊巢，养痈贻患，故势必除布，倾心向汉，以固己位。陈平据此推论，黥布必败无疑。但为防止中变，稳操胜券，又暗遣数支小股部队迂回接近，防止意外。恰于此时，董宴来了。陈平与夏侯婴、灌婴等诸将商议，又重新将武事与文治做了一番补充部署。因不便张扬，他的大纛旗仍留在营中，由灌婴居中指挥。他换上卒伍服装，只带上五十名亲随卫士潜离军旅、轻骑上路，倍道兼程。不曾想在商县丹屏客栈会遇到这一行人。

鸡叫头遍，陈平及其卫士们都已起床。幸好风停雪止，行军较为方便。由于店主人的盛情，早饭不但及时开上，且多给预备了不少干粮。右庶长关照过，卫士们在吃饭时都是静悄悄的，没有一点儿声息。直到牵马离店，南院上间的贵客们都不曾发觉。

出城后，陈平又关照彭勇："到长安后，先去相府禀报相国我即返回长安，然后回府关照一声。他处不必露面。"

彭勇策马急驰而去。陈平和西门苍利却压住马步缓缓而行。

吃了一夜好草好料的战马被早晨的严寒刺激得精神抖擞摆鬃甩尾，咴咴嘶鸣，不肯安静。有几匹调皮的儿马子似乎按捺不住了，不时想挤出队列狂跑一阵。一些骑士也希望放开缰绳，像头三天那样，纵马驰骋。

大道上积雪很深也很松软，除了彭勇丢下的马蹄印似乎还没人走过。山岭上云笼雾罩。山腰上的林木被大雪压弯了腰。觅食的山雀在林中横冲直撞，弄得雪花飞飞扬扬。这雪后山林的早晨到处闹意纷飞，充满了生命

---

① 鄱阳湖在汉代尚未形成，仅是沼泽地。古鄱阳在今波阳东北。舒县在今桐城东北。鄡(qiāo)阳，高帝六年置县，在今江西都昌东南。江水(长江)两岸的彭蠡泽逐渐南浸，形成鄱阳湖后，鄡阳遂没于湖中。

的活力。有几只疾飞的山雀横掠过马头，惹得不能恣意驰骋的战马狂躁起来，如果不是被缰绳勒住，定会撒蹄奔腾起来。离大道忽远忽近的曲曲折折的丹水奔腾呼啸，劈岩闯谷，带起一片雾气，把这条雪白的山谷轻轻抹上一层青色。

陈平眯缝着眼，把缰绳搭在挂着弓矢的鞍鞯上，双手操在战袍的袖筒里，信马由缰，徐步缓行。眼前的景色对他来说，是难得的。多年紧张疲乏的征战生涯，使他已经没有机会去领略大自然的风貌。然而今天面对这神奇迷人的雪后美景，他却又兴致全无。他正在思索着昨天在客栈里的那段奇遇。

昨天，那店主说出四个百岁老人时，他几乎没费思索就猜出那必定是商山四皓。这不禁引起他的警觉。说到这商山四皓，倒也确是不凡的人物。这四皓在前朝就有很大的名声。秦始皇曾派人礼聘他们。在朝廷上，他们觐见始大皇帝，晤谈数次。后来竟不惧始皇的淫威，毅然拂袖而去，因而名声更噪。刘邦定鼎之初，也慕其大名，曾数次派人礼聘。皆因传闻皇上倨傲，数慢儒生而杜门未出。使刘邦深以为憾。现在皇上回长安不久，政事冗杂，身衰体弱，怎么会又突然想到这四皓呢？而更使他感到警觉的是那位"沈大人"。倘是圣人的使臣，何必要冒名顶替，躲躲闪闪呢？这件事会不会同皇上召他回京有关？对审食其其人，他有一些了解，并且也风闻过他同皇后关系密切。他的出现会不会同皇后有关？这使他不由想起，刘邦在庸城养伤时，有一次召见陈平，言语中流露出对皇后及太子的不满。现在这商山四皓的出现，会不会是为东宫所请？而东宫请这四皓又要派何用处呢？他越想越觉得心下不安。

与陈平并辔的西门苍利斜睨主将一眼，见他心思沉重，情绪黯然，不由心头也有些沉重。

他与彭勇都是陈平擢于行伍中的猛士，他们两人的性格很像陈平，有勇有谋，故深得陈平的器重。而他们也深深地敬爱着陈平。时以他的忧虑为己之忧虑。自从陈平接诏返京那时起，他们就觉察出将军心绪不爽来。他们真恨不能生出翅膀来，先飞回长安去，摸清情况。现在眼看就要到了，却又遇到客栈里那些可疑的人物，怎不使将军又添新忧呢？他们俩商议着，应该想个法子让将军振作起来。

西门苍利在路左逡巡一阵，发现丹水这一段地形很特殊。这时，一名骑士跑了过来，向右庶长禀报：

"骑长命我来请示，前面是上雒，队伍穿城而过还是在城里打尖？"

"打什么尖啊，谁饿了就先吃点干粮。也不要穿城而过，从城外绕过去，免得再碰上麻烦。另外传命骑长，派几个先遣骑士，寻个小村庄准备饭食！"

"是！"

队伍在靠近城关时，绕上城外的大道，同时传来了"跟上"的命令。憋着劲儿的骑士和战马冲锋似的大跑起来。片刻工夫就把上雒城丢在身后了。

道路忽起忽伏，虽然路面仍然很宽，但失修的状况比比皆是。战马不能急驰了。但又像没跑够似的，不时地喷着响鼻，冲出队列。队伍有点松散。山腰上的雾气已完全消散，娇艳艳的太阳格外耀眼。大道上被马蹄溅起来的融雪似乎有股热气，和马汗混合的气味给这些过惯马背生活的人一种特别舒服的刺激。马匹的喘息声、喷鼻声、嘶叫声，骑士们的呼哨声和山谷中的流水声，松涛声交响在一起，给骑士们带来了愉快。碰见路面好时，马儿失控似的又大跑起来。

队伍又上一个大坡。道路逐渐狭窄，碎石也多起来，战马不得不放慢速度。路右侧的山腰上除了灌木丛之外几乎全部是松柏。队伍惊起了正在灌木丛下的浅雪中觅食的山鸡。陈平用马鞭指着山林对西门苍利说道：

"看！这里的风景真是不错！"

西门苍利浏览一阵，说道：

"将军！再找不到有这样好的雪中围猎地方，我们打一次猎吧！"

陈平笑了。

西门苍利命一骑士去前边传令：队伍停下，骑长来见将军。

这一场偶然兴发的雪中射猎给战士甚至也给战马平添了极大的乐趣。在战场上，谁的剑戟不沾血，弩矢飞了个无影踪，谁就没有光彩。现在也是一样，谁的鞍鞯上不挂着猎物，哪怕是只野鸽子，谁也没有光彩。一个时辰之后，猎物最多者走在最前边。他们仿佛攻克了一座城镇那样兴高采烈。

原先派遣的一名伍长及其四名骑士在一个小村庄里准备了饭食。这里坐落在丹水上源岸边又紧靠大路，只有十来户人家。一见大队带有许多獐子、狍子、山兔、山鸡或野鸽子等猎物，高兴得不得了。西门苍利邀请村民们一同整治和会餐。陈平还特意选了几对山鸡和山兔作为礼物亲自奉献给村中的老人。在拜访第三家时，一位老翁在堂屋里迎接了他：

"军爷！些许猎物何必送我这村居野人？真是却之不恭受之有愧了！"

这老人衣着虽旧却很整洁，几上有一架秦筝。陈平恭敬地说道：

"老丈！我等并非专为射猎而来，只是路过山场，偶然兴发，略试几箭而已。些许微物以谢叨扰之罪，望乞笑纳。"

"多谢军爷！"老翁接过了山鸡，"呵，好弓法！这一箭断颈，这一箭贯胸，好弓法！"

"老丈过奖！不过碰巧罢了。"

"军爷！有句话我不知当问不当问？"老翁低声说道。

"老丈，请说无妨！"

"军爷从何处来到何处去？"

"奉上峰之命，从武关去长安。"

"上峰是哪位将军？"

"陈平。"陈平照例隐瞒了身份笑答。

"呵！难怪军爷这等仁义，原是陈将军麾下。"老翁叹了口气，用袍袖擦了擦眼睛，"军爷不要怪我有刺探军情之嫌。请问军爷去长安欲见何人？"

陈平觉得话题严肃了。看这老人态度诚恳，谈吐不凡，或有事相告，便使个眼色叫随从卫士回避："我等奉命去觐见萧相国。"

老翁一下子控制不住情绪，抽泣起来：

"你——不知长……长安之事吗？不知萧……萧相国之事吗？"

"什么事？"陈平惊问。

"听……听说相……相国被捕下诏狱，如今……"老人泣不成声了。

"啊？"陈平万分惊愕，一时说不出话来。

"如今可……可能已……已死于狱中！"老人哽咽着说。

"老丈怎生得知？"陈平两眼发直地问道。

147

"老汉有一亲戚去长安经商，如今返回，就在前一个时辰路过寒舍报此噩耗。"

陈平又略问数语，老人所知有限。老人的话像一块巨石压在他的心头。他嘱告老人：此事真假难辨，请勿再传。

山村野宴在强颜欢笑中草草结束。日已傍西，他们直奔峣关，投宿在与彭勇约好的悦来客栈中。但直到亥刻，彭勇才到。

那一真假难辨的消息为彭勇所证实。不过，萧何还没有死。

陈平冷静了。他决定派彭勇返回前线，嘱告灌婴、夏侯婴等，不管发生什么事情都要坚持原来的部署，力争彻底消灭黥布，不留后患，以免南顾之忧。战事结束后，军回洛阳驻扎，由灌婴节制。夏侯婴、靳歙早回长安报命。庄不识驻军鄱阳，郦商去长沙观察再定行止。

两位爱将休息后，陈平比昨夜更加难以入寐了。

长安哪，长安！

22

从峣关到霸原，一路上乌云压顶，似乎一伸手就能拽下一块来；冷雾弥漫，把山山岭岭都遮掩得不见踪影。长安在望了，但陈平的心却越揪越紧，就像这愁云惨雾越积越浓一样。

陈平及其骑卫刚跨上驰道，突然看见两个庄稼人在疯跑。那两人一见他们便怔住了。一刹那间，两人甚至来不及对望一眼，便连滚带爬地跳下大路。陈平看了他们一眼。与之并辔的西门苍利说道："好像有人追捕他们，难道是两个坏人？"西门苍利的话提醒了陈平，他猛然闪出一个念头：又发生什么意外的事情了吗？他努了一下嘴："派人把他们叫回来。"

两个骑士纵马将那两人捉了回来。陈平和西门苍利也下马来到路边。

这两个庄稼汉面如死灰，浑身筛糠似地抖动，一见陈平和西门苍利就伏地磕头，却一句话也说不出来。

陈平审视着他们，看不出他们有什么歹意，便和颜悦色地抚慰几句，才逐渐使他们略定惊魂，结结巴巴地说出了一段情由。

原来这两个老实农民在今晨进城去卖干果。于集市上听说安国侯扶病上朝，人们纷纷猜测相国出狱有望，后来竟奔走相告，说相国今天能出狱。于是人们就向监狱前街拥去。他们两人也赶去了。只见狱前人头攒聚，却什么消息都听不到。他俩就往前挤。在快到狱门前时，不知怎么着，监狱门阙上、高墙上突然出现了戍卒，大街上也出现了北军士卒，刺杀和捕捉围观的百姓。他们两人拼命奔逃，总算逃了出来，捡了两条命。

究竟死伤多少人，抓了多少人，他们都不知道。

陈平做梦也想不到长安会发生这种惨案。他靠在树干上，闭着眼睛，一句话也说不出来。

西门苍利叫身边一个卫士传令：卫队到便道下马候命。他又安慰了那两个农民一番，给他俩一些钱，叫他们好生回家。那两人千恩万谢，磕了几个头，才顺着大路走了。

陈平目送着那两个农民，鞭梢在手指间缠来绕去，心里有说不出的痛苦。心想自己拼命奔波赶回长安难道就是为了这个吗？那还不如驰骋沙场，马革裹尸，死也痛快！

"将军！朝廷多事，情况不明，如今又发生了狱前惨案，将军打算怎么办？"

"怎么办？自然是回长安之后再做打算。"

西门苍利微微晃了晃头。陈平恍然意识到自己有些失常，这颇不应该。他不再靠着树干了，一下子抖开鞭梢，问道：

"你的意思是——"

"将军不记得董宴曾说的话吗？他说周缧将军奉命兼管守卫京师的灞上驻军，如果此刻能见到周缧将军不是能了解到许多情况吗？"

陈平思忖一下，觉得他提醒自己一件重要事情："好！马上派人去打听一下，看他在不在？"

守卫京师长安的除直接隶属皇帝的三署卫士之外还有三支部队，一是南军，守卫两宫；一是北军，守卫长安城；一是灞上驻军，警卫畿辅。南军、北军统由卫尉王岐掌管，灞上军由吕释之掌管，实则由吕台和吕产掌管。但灞上驻军不能进城，除非有最高统帅的命令。刘邦出征前，这三支军队的最高统帅是监国太子。太子不问政，实际也未干预军务。卫尉是九卿之一，得对相国负责。相国通过卫尉也掌握灞上军事。但建成侯是听命皇后的。所以皇上才命周缧去整顿灞上驻军。

奉命去打听周缧是否在灞上的骑长很快陪着周缧跑来了。灞上军的中营离陈平驻马的地方约有两里路。

"陈将军！你来得好快哟！"周缧一跳下马背就说道。

"你也来得好快哟，我还担心你不在这里呢！"陈平急忙迎上去与之携手说道。

西门苍利上前拜见，周缫说道：

"噢！你随董将军回来了，太好了！彭勇怎么不见？"

周缫对陈平身边的人都是熟悉的。听到西门苍利回答后，他悄声对陈平说道：

"我不能请将军到中营里去，找个地方说话吧！"他想了想又说："前边不远就是新丰镇。到镇上去找家饭馆，叫弟兄们吃了午饭，慢慢回去也不迟。"

新丰镇上很冷清，行人寥寥，而且都用恐惧的眼光看着这支人马。临街的小户人家惊慌地关上了门，甚至有的店铺也惊慌失措地关起门来。陈平有些诧异。周缫悄悄对陈平说："百姓们是让那狱前惨案吓怕了。"

他们找到一家较大的饭馆，先付了钱才使主人消除了紧张心情，并给陈平、周缫和西门苍利安排了一个单间的雅座。

陈平和周缫一向交厚，虽然分手时间不长，但事多意外，这次晤面益发感到亲密，而且重要。周缫叙述了从庸城分手之后一直到今天他在皇上左右所经历的一切事情。特别是关于狱前惨案。他告诉陈平，本来事出偶然，狱中正监惊慌失措，谎报军情，北军一校卫率所部赶到，一判明情况便立即约束住部队。除守监狱卒最初造成的伤亡之外，大约没再伤亡。但赵御史大夫欲命王卫尉戒严全城，命灞上军四乡搜捕。王卫尉要请示圣上，为赵尧所阻。王岐虽命北军加强戒备，却未戒严。他怕灞上军奉矫诏，便匆忙赶来，按住兵柄，唯恐事态扩大。他说：

"我已出城多时，出城后的情况却不知道，是否报给圣上，圣上有何旨意亦不得知。陈将军！你这一回来，真好比及时雨。萧相国下狱，百姓闹事，这只是第一步。说不准朝中大臣们还会有些什么反应。要是也闹起来，那就糟了。您要劝谏圣上，以大局为重。"最后他又小声说："我觉得灞上军有些不稳，三吕对我插手灞上军务颇多戒备。灞上军虽然不多，但初步了解，中级军官却有不少人是吕侯的亲信。"

"想当初约期相会是准备喝一杯胜利酒的，怎能想到长安城里会流血？"陈平感慨地说。

陈平告辞了周缫，率卫士上路之后，心里仍然十分痛苦。他想，皇上在家乡流连期间已经派人去召回赵王如意，而游秦墟和上林苑时就已决定处置相国了。原先他以为皇上几次暗示他要早些回京，是为了准备辅佐赵王如意；董宴秘密回京，以为是让他襄理政务，协调南北两线的军事行动。现在想来，显然是有意或有可能让他取代相国！一想到此不由得倒吸一口冷气，心说，这长安难进哪！

大约已过申中时刻，陈平等才进了城。街道上行人稀少，店铺大多关门，仿佛是座死城。偶尔遇见几个路人，也都面带惶惑不安的愁容，目不旁顾，惊惊慌慌急趋而去。陈平这一行人没有敢在街上多流连，径直向尚冠前街驰去。当他们在府邸前下马时，守门苍头几乎没认出来。他万没想主人竟不派先遣骑士禀报就径直回来，更没想到他们的叱咤风云的将军竟会穿着普通士卒的服装。他兴奋地伏地跪接。西门苍利命骑长引卫士们直接去跨院休息，又嘱咐苍头：主人回府的消息切莫传出门外。

当长史、舍人闻讯赶来迎接时，陈平等已进了书房。他们又赶往书房拜见，当时夫人却早已与主人见过礼了。

陈平来不及更衣便问长史胥生：

"午刻之前，监狱门外的惨案死伤多少百姓？"

"事情传进府中不久"，舍人邓禹代长史答道，"详细情况还不知道。"

"百姓惶惶不安，内史官员奉御史大夫之命正在清查。"胥生长史补充说。

"清查什么？"陈平愤愤地说，"圣上知道吗？"

"朝廷动静不得而知。"

陈平沉吟了，觉得无可奈何，而且不能责怪他们。因为他虽约束府中属掾，无事不得多与朝廷官员有所交往。一是免生嫌隙，二是防止属掾打着他的名号行权滋弊。胥生在这些方面对府掾管理甚严。然而有利也有弊，长安发生了这许多事情，他们却关起大门，只长着隔墙耳朵。不过这样也好，无论如何不能让他们像某些侯府的属掾那样狐假虎威，惹是生非。他又问："萧相国在狱中情形如何？"

"详情也不深知。"邓禹回道，"昨日奉夫人之命去打探消息，在府后偶遇一熟人，是狱卒，名叫雍浩。据他说，相国在狱中捧莘戴械①，异常凄苦。"

胥生、邓禹和陈协是陈平府上的主要执事人员。陈协还是他的远房堂弟。他们主要管理府中内务。另外几位幕僚尚留在军中。

邓禹继续说道："正监曹兢督察甚严，相府长史钟离进多次遭到刑讯拷打，备受荼毒。"

陈平明白了：有人想在钟离进身上做文章，以便罗织相国罪名。他又问：

"相府情况又如何？"

胥生说："传说刚查抄时，同氏老夫人和钟离长史受了不少苦楚。王卫尉赶到后，五官署卫士撤离。又听说郏成侯也赶去了，就四面围住相府。现在情况也不清楚。"

"大臣们有没有上朝向皇上谏诤呢？"

"不知道。"胥生晃了晃头说。

陈平肘依漆几，手托腮帮，凝目深思。他想从这纷纭变幻的情况中理出一个头绪。

一个丫鬟进来传夫人的话，请他去洗沐更衣。他才想起身上的士卒的棉战袍和穿在里面的金裲裆还没脱卸呢。他对丫鬟摆了摆手说："稍候一候。"他一直还没顾上和妻子儿女多说一句话呢。他转对邓禹沉吟着说：

"你认识的那个叫雍浩的狱卒可靠吗？能不能找来见一面？"

"此刻怕有困难。"邓禹面有难色地说。

"将军要见狱卒做什么呢？"西门苍利问。

"我想请他好好照应相国。"

"将军！狱卒位卑言轻，走漏消息反为不好。莫如请邓舍人相机行事。"西门苍利谏阻说。

陈平命胥生起草一道本章，向圣上报告他已奉命归来，请求谒见。但又嘱咐胥生说于天黑之后再送进宫里去。

---

① 《史记·萧相国世家》："乃下相国廷狱，械系之。"械即桎梏。《周礼·秋官·掌囚》："凡囚者，上罪者梏莘而桎。"郑玄注："莘者，两手共一木也。"莘音（gong）。

当丫鬟二次来请他去洗沐更衣时，他对西门苍利说：

"你沐浴之后，换上便装吧。今晚无事了。"

"将军！不等候皇上召见吗？"西门苍利问。

"我想皇上不会召见。"

西门苍利有些诧异，心说将军怎么会知道皇上今晚不会召见呢？但凭着他随陈平多年的经验，他相信将军的估计是准确的，虽然他不知为何准确。

沐浴后，陈平没有在后堂夫人房中多事停留，接见了两个成年的儿子之后，便又到书房中坐下。这时，夫人张氏亲自带领丫鬟给将军和右庶长摆上了接风酒宴。

23

刘邦在戚姬襄章陪同下来查看总章内室的布置情形。他要在这儿接见陈平。

一架八扇火齐①屏风布置在距离北墙六七尺远的地方，墙壁上都披挂上色彩绚丽的新锦绣，御座前换上用鸿雁羽绒织成的幔帐，从天棚上直垂落到地面。原来的毡罽换上了罽宾国②进口的地毯。一架九层博山铜香炉，从镂着奇禽怪兽的眼鼻口耳中冒出袅袅香烟，屋中充满了香气。东墙御座两侧的两座壁炉都已生上炭火。刘邦问戚姬布置得怎样，她认为很好。但刘邦还在审视着，觉得有点欠缺。他觉得皇后送来的那四架宫灯吊得低了些，书架摆得有点不是地方，而且缺少文玩。另外盛着果品的漆器也嫌不好，叫换上吕释之贡献的有铭文的夹贮漆盘。襄章急忙传来杂役太监重新吊挂富灯、添置文玩等物。这些东西有的是新近贡献或制作的，有的本来就有。但刘邦总嫌太奢侈，不愿意用。今天为了接见陈平，特意为他布置起来。他太需要陈平了。他想叫陈平在这里能感觉到一种安定的、一切都欣欣向荣的气氛，倒不是为了让他看到皇宫的华丽与奢侈。他要用这种气氛向他表明一切都非常平安。

只是宣召陈平的时间不得不又推迟了。

---

① 如云母的石料。
② 汉代所称的罽宾国在今克什米尔一带。

155

他看着并且亲自指点太监们布置，但他总觉得还有欠缺。还欠缺什么呢？他又说不出。

他欠缺的是他内心的平衡。

自从将萧何下狱之后，他心中总觉得不踏实。回长安之前和到长安之初，他认为易储的主要障碍是皇后；群臣中会有反对者，但不会是萧何。结果两者都相反。萧何不但是他易储的最大障碍，而且还威胁着他的权力。这几天，他一方面命赵尧查清萧何的罪行，一方面亲自过问政务，想要兴利除弊。不问则已，一问，几位卿大臣则详细说明当初施政的原因、条件和施政的结果。特别是治粟内史骆甲，在奏明各郡国的旱涝灾害、户口增减、聚散流亡的情况时，列举了许多事例，具体翔实，归结到最后是相国的政策不可更改。刘邦面对这样庞杂的政务有些不耐烦了。他是协统万邦的皇帝，并非一郡一署的官吏。他觉得萧何益发难处理了。但是他不能收回成命。他要设法安抚臣工，使之忠心不贰。他希望并且相信再有十天八天的工夫，萧何所有不法之事一定能查明，能弄个水落石出。那时人们就将知道他罪有应得，就不会有任何怨言。他要等待如意和陈平的到来。他对陈平寄予着厚望，希望他不但能帮助自己协调南北两线战争，而且能帮助自己协调各卿大臣的政务。当然更重要的是，要他辅佐如意。

可是，迟迟不见他们的到来。他等得心焦了。

就在这时，他害怕发生的事果然发生了。昨天，安国侯王陵为相国事扶病上朝，指责他是罪除功臣，弄得他心绪烦乱。王陵不同于别人。责之不可，顺之亦不可。他不能打击所有的老臣，不过他也决不会听他的话改变自己的决策。

王陵走了，他的心却怎么也平静不下来了。

傍晚时，突然接到陈平已抵京的奏报。他立即振奋起来，仿佛一个在海上遇到风浪的人，正在精疲力竭时，看到了来救援他的船只。他即命传旨宣召陈平进宫。但是戚姬却婉言向他提了个谏议：

"陛下！宣召曲逆侯时，还没发生相国下狱的事情。曲逆侯回来得这样快，会不会已经知道了相国的事情？如果他也像安国侯那样，可就不好了。莫如让他稍候一候，圣上想一想用什么方式召见他，怎样叫他知道当前的情况，理解圣上的苦心孤诣，然后再考虑委他什么样的重任才好。臣

156

妾无知，考虑不周，只怕的是再让圣上烦心。"

没有想到戚姬还有这么一番细心。刘邦听从了她的劝告，召回襄章。

昨夜，他把这些问题翻来覆去在心里作了掂量。最后得出一个结论：凭他对陈平的了解和特殊恩宠，他相信陈平是会听自己的话的。

刘邦正在想着，曲逆侯已经进入宣平门。这时戚姬告退，刘邦则出殿门下丹墀相迎。

刘邦手携陈平一同登阶。在总章内室里，他又制止了陈平的正式礼拜。这时，佩兰率领小宫女们开始敬献果品酒肴。

刘邦与陈平对饮了一小杯酒。在饮酒的时候，刘邦用眼角注视了一下陈平。发现他十分平静，好像很轻松的样子。他思索了一下，然后咳了一声，试探地说：

"贤卿可知相国之事？"

"臣昨日已听家人说起。相国下狱举国震惊。臣曾询问原因，各说不一。使臣也有所不解……"陈平说着，看了刘邦一眼。

刘邦的脸慢慢沉下来了，心说果不出戚姬的预料。

刘邦沉默了一会儿，说："贤卿，你，你知道我的心啊！……"

刘邦叙述了游秦墟的前前后后，以及他所掌握的萧何不轨阴谋的材料。

陈平细细地聆听着刘邦的述说。事实上，在此之前，他对这件事情的前前后后已经了解。他也看透了刘邦今天的用意。他想了一下，决定还是以稳住皇上为大局。其他的事情容后一步缓缓图之。想到这，他就对刘邦说："相国之罪，自有公论。臣是陛下的牛马，愿听陛下驱策。"

刘邦一听，万分高兴，他觉得陈平到底不负所期。一刹那间，甚至想立刻封他为相。

这时，忽见奏事太监急匆匆穿过中霤大殿进来奏禀道：

"陛下！安国侯不听襄大谒者劝阻，又进宫了！"

刘邦听了，心里不禁又是一紧。还没等他说话，王陵在殿门外的吼声已经传了进来。刘邦站了起来。陈平立即想到这准是安国侯为昨天狱前之事在斥责襄章。他也站了起来，并急忙趋入中霤去迎接王陵。陈平单膝跪地向王陵拱手作揖。王陵先是有些诧异，细一审视方才认出，他说道：

"呵呵……陈将军！你回来得好！回来得好！长安不得了了！我朝竟出现了屠杀百姓的事情！"

陈平站起来去搀扶王陵，这时皇后在绮雪等四个宫女的簇拥下也进殿了。陈平急趋身拜见了皇后。这时刘邦已出了总章内室，大声问道：

"哪里屠杀了百姓？"

王陵向皇上叙述了事情的经过。刘邦听后瞠目结舌，如闻霹雳，如惊山崩，顿足捶胸地喊道："襄章——宣赵尧来！宣赵尧来！天哪！"话未说完，刘邦突然感到一阵眩晕，身子有些站立不稳。陈平手疾眼快，一步上前扶住。皇后等人刚一围上来，皇上猛咳一声，一口鲜血吐了出来，身子猝然倒在陈平的臂膀里……

吕后的嘴角向下撇着，愤怒地瞪了一眼王陵。襄章一迭声地向门外的太监喊着："传太医！"

24

风雪透过窗棂，撒进了牢房，靠窗下的地面一片白。萧何被冻醒了，吃力地坐了起来，觉得两个膀子又酸又麻。他看一眼靠墙戳着的厚重的挛械，不禁痛苦地转过头去。墙洞里有一盏像鬼火幽灵般扑闪着的长明灯。这是守夜者用来监视犯人的。

监禁萧何的这间牢房位于监狱最深处西北角上一所小跨院里，与普通牢房远远隔开。牢房里弥漫着一种发霉的气味，连风雪严寒也无法驱散它。矮脚床前有只边沿残缺的破炭火盆，里边还有几块伴死不活的火炭。这是夜班狱卒给他添的。他弯下腰伸手烤着。没过一忽儿，他又把冻得发麻的脚贴在火盆肚上。不知是清鼻涕还是一丝涎水顺着胡须淌到衣襟上。他似乎没有察觉，竟打起了盹儿。突然他打了个寒战又醒过来。他摇了摇头，双手褪在袖筒里，夹紧双臂，又闭上了眼睛。他知道天明后会有人再来给他戴上挛械的，现在还可以休息一会儿。

休息这个词儿多少年来在他的生活中似乎已经消失了。就像一个做田的农夫，一年三百六十天天天有做不完的活儿。他虽然不扶犁不做工也不戎马征战，可是按例规定的"休沐"也从未享受过。国家草创，百废待兴，偏又军兴不止，国困民疲，他怎敢希图片刻安逸。多少年来他节衣缩食，坐着牛车颠簸在宫廷与府邸之间，几乎没有例外。好啦，现在他可以不必惦记四更的梆子声，也不必再冒五更的寒风赶进宫中去了。

他根本不怀出狱的奢望。他知道皇上将他下狱的根本原因，并不是听信了某位大臣对他的指责，他是问心无愧的。皇上指责他让百姓开发上林苑是收受了贿赂，他当时就明白那指的是百姓们为他所立的长生牌位。天知道这是谁开的头，竟给他写了夺命符！他知道皇上希望于他的是比干剖心，子胥鸱夷，昌拘羑里，斯具五刑，要他"走"在他之前。如今去就之分已定，何须长太息以掩涕，肠一日而九回呢！

萧何功居第一，位极人臣，望如泰斗。但功大无以加封，位高则遭妒恨，望众人主见疑，故势在必除。今日之所以在朝廷受辱，身遭荼毒，械系囹圄，是必除之势在主观上已经具备。但如果他迎合皇上的愿望，此次危机或许也可以得到缓解，不过那也只能是暂时的！命运早被注定，只要一生无愧于心，他就于愿足矣！因此他无可悔，亦无可怨。

这时，他听到门外有人在走动，过了一会儿，有人来了。萧何还未及细看，就听见来人说道：

"萧大人！赵尧特来参见并致问候！"

萧何还有些发蒙。再细一看，与赵尧同来的，还有正监曹兢。他彻底醒过来了。他磨下床，伸出双手，等着戴上刑具。

"萧大人切莫误会，请坐，请坐！"赵尧慌忙止住萧何，一边又回过头来对曹兢说，"还愣着做什么？快去把火盆加上炭！萧大人！下官特来拜见大人！萧大人受苦了！"

"我不是大人，我是犯人。"

"萧大人误会了！下官是专程来拜见大人的！"

赵尧这会儿确实是专程来监狱的，而且要赶在上朝之前。

这几天他代行相国职权，在权力欲和心理上都得到了一种特殊的满足。他成为事实上的一人之下万人之上的权臣。他很想大展一番抱负，故踌躇满志地一反常态，日日赶早进入麒麟殿，要把相国的弊政来次大刀阔斧的改革，让皇上和百官们看一看他的作为。但事情千头万绪，异常棘手。更重要的是他看明白了卿大臣们并不是他驯服的工具，只攫取到权力还是不够的。他想把追随相国的卿大臣们都予以撤职查办，即使不能都叫他们来与相国做伴，也应设法把他们放逐或革职。为此他曾去宣明殿见驾，却发现皇上正在接见治粟内史骆甲和卫尉王岐。他这时才意识到皇上是在亲政，他不过只是看看相位而已。这使他心里凉了一大截。前天王陵哭朝，狱前闹事，更像一股阴风、一团浓雾，他仿佛有一种迷失方向和站立不稳的感觉。他想把狱前惨案隐瞒过去，不让皇上知道，然而竟落空了。

就在这时，意外的事情又出现了：陈平回来了！皇上在宣明殿隆重接见。这简直把他惊呆了，简直不敢相信这是真事！后来又听说王陵二次上朝，把狱前的事嚷嚷开了。这更使他感到万分不妙。一直等下朝时，襄章突然来传达密旨：迅速查明萧何罪状，同时也要萧何的供词。他明白了皇上的意图，仿佛吃了颗定心丸一样。他认为皇上并非完全信任陈平。不过他又觉得自己对陈平不能掉以轻心。他立即派人知会曹竞连夜审讯钟离进，又知照王卫尉彻底查明相府财产，哪怕是掘地三尺。回府后又命幕僚加紧查明相国巧取豪夺的证据。他忙了大半夜才休息。今日一大早就赶进狱中。他要叫萧何自己认罪，叫他自己给自己掘坟！但同时也想到要给自己留后手。

"萧大人！"他避免称呼相国，对萧何的境遇，他既幸灾乐祸，又暗存疑惑，所以表面上，他仍装得很诚恳地说，"下官久受大人教诲，常怀报效之心。因圣上震怒，使大人受缧绁之苦。下官曾上奏本，请圣上恩典首功之臣，圣上对大人爱才怀德，表功志劳，连日来心常快快。下官昧死于此凌晨来见大人，是为了报效大人啊。望大人能察此微忱。下官欲联络朝臣齐向圣上请恩，以期大人早出囹圄。下官人微言轻，望大人能体谅下官难言之苦，务允所请！"

"啊！啊！"萧何平静地应着。

赵尧不禁在心中恨恨地骂：老鬼！装什么样！你死到临头了！他看这时，一绺雪花从窗棂中飘了进来，落在地上，赵尧抬头一看，天色大亮了，他想了一下，见萧何那副模样，心里也不是滋味，就起身走出了监房。

牢门外边是曹竞亲自代替卫士站岗。他对曹竞做了个给萧何戴上拳械的手势，曹竞立即招呼退到跨院门前的狱卒进来。

在通向大门的阴沉沉的死寂的路上，赵尧对用衣袖给他遮雪的曹竞低声地说道：

"钟离进怎样？有招供没有？……怎么？还是不说？"

"大人，小的不会轻饶他！"

"对被捕的闹事歹徒更要严加审讯，并随时把情况向我禀报！"

"谨遵台旨！"曹鉽连声应着。

他搀扶着赵尧坐上辎车，然后又亲自把车帘搭扣扣好。他望着消失在风雪中的辎车的背影，嘴角上的肌肉抽搐两下，暗暗感到自得。这时一个狱卒匆匆忙忙进来了：

"曲逆侯陈将军有请正监大人！"

陈平昨天下朝很晚，觉得皇上身体显见羸弱，心中焦虑万分。起来想快些赶进宫里。吃早饭时，邓禹来禀：刚下夜的狱卒说，御史大夫和正监于凌晨时去相国牢房探监。陈平觉得很奇怪。是皇上要开释萧相国，还是有特旨？他立即决定：他也去探监，而后上朝。他带上西门苍利就赶到了监狱。

他们等候在监狱的正堂，这里通常是正式审讯和宣判犯人之处。正监曹鉽不敢怠慢地赶了过来。由于顶头上司王廷尉不理事，关于相国之案，他直接受命于赵尧。特别是方才赵尧的指示使他有了主心骨。而此刻陈平是以什么身份和地位来的呢？他疑心不定。陈平看出了他的心理，心想，如果王恬开果真是正直的，他拒不理事就是一大失策！不过他马上又联想到皇上对赵尧可能有特旨，漫说是王恬开，就是自己也无力改变现状，又觉得王恬开的举措是可以谅解的了。

陈平问："犯人萧何住在哪一间牢房里？"

曹鉽见陈平这么直说了，也不敢拒绝。他就引着他们到了萧何的牢房。

"将军大人请进吧，下官不奉陪了。"在萧何的监房门口，他对陈平说。

陈平进了牢房。

这是一次什么样的会见呵！猛然间，陈平几乎控制不住自己要哭出声来，扑通一声跪倒在潮湿不平的土地上。

坐在屋里的萧何没有接受陈平的礼拜。他对陈平的到来大感意外，但又马上想到了战事的进展。

陈平向他叙说了前线的战况。萧何听后，说：

"将军回来得忒急了些。无论如何也应将元凶彻底揣平，不留后患。圣驾伤病交瘁，南北战事未平，朝廷政务繁难，此皆萧何之罪也！吾愚而不明，政有所失，行而有过，此身赭衣囚服不足以彰吾罪！"

陈平听萧何这么说，心中不禁替这位至死忠于圣上的老臣感到难过。他不想引导他这么说。便改口道：

"安国侯也要来探视相国。"

萧何截说道："请代达安国侯和各位大人，彼等来探监之日就是我立死之时！"

"大人之言何意？"

"将军有何不明？老朽愚而无能，既未使南北战争早奏肤功，亦未能创出一天下承平、百姓安居的盛世。只望今后为相之人注意百姓休养生息，轻徭薄赋，抑止豪强，政清刑简，则帝国千秋万代之基业可永葆繁荣昌盛，怎可为我一罪囚扰攘圣心，混乱视听，废弛纲纪，毁坏法度？"

陈平听他这一说，心下更是一阵酸楚，便说：

"本侯牢记相国大人指示，定要设法说服执政之臣贯彻相国与民休息的大政方针。只是百官与黎民多盼相国早日复政……"

"不可出此言！"萧何截断陈平的话。

"相国大人一身系得天下安危……"

"毋庸多言！"

萧何说罢，慢慢闭上了眼睛。陈平向萧何深深一拜，然后便退出了牢房。

25

　　雪花飘舞的藁街上一片泥泞，行人稀少，两旁的店铺里冷冷清清，有的商号索性就关了门。自从狱前出事后，人心惶惶，百姓中一直有传言，说内史派出吏员要搜捕出事那天去过狱前的人。

　　陈平和西门苍利两人并辔而行，心情都很压抑。两匹战马不时仰起头来抖一抖头上、鬃上的湿漉漉的雪片，仿佛它们也有一种压抑得不得施展的感觉。

　　"将军！如果长此下去，倒无须罗织任何罪名就可以无声无息地把相国折磨死，钟离进和那些无辜百姓说不定有的就难逃今天的风雪。能不能立即想出点什么办法以解燃眉之急呢？"

　　是啊，用什么办法先解决燃眉之急呢？陈平也正在心里这样问自己。进宫向圣上说明情况请求恩典？这话该怎样向圣上启奏？难道去和赵尧商量吗？赵尧也许巴不得假手于天公置萧相国于死地呢？再说自己以什么身份和赵尧商量？他又想到王恬开，为什么在这个时候不见了呢？他和王恬开一向没有什么交往，不知他对此事作何想法。然而他也没心思想下去，要解燃眉之急，他忽然想到了周缫。他对西门苍利说：

　　"你辛苦一趟，到灞上去一次！"

　　"是！将军，请吩咐！"

　　陈平说了他的想法。如果周缫了解王廷尉，最好能请他进署理事，以其职权，先解决燃眉之急；如果不可能，问他是否有别的什么办法。他说:"我这是舍近求远,但在目前怕是唯一的办法。"

"是!下官即刻前去。"西门苍利举起了鞭子。

"慢!"陈平急招手喊住西门苍利,因为他忽又想起一件事,"关于商山四皓有什么消息?"

西门苍利放下鞭子,又驱马靠近陈平,说道:

"据下官派人了解,辟阳侯审大人确实多日不见其出入府门,肯定未在府中。另据了解,各门皆未见有如四皓之状的老人进来。"

西门苍利掉转马头急驰而去。

陈平一进入内谒者署门,大谒者襄章就迎了出来:

"噢!将军,来得正巧。这里正准备打发人到府上传旨呢。请去见圣上吧!"

任何大臣进长秋门到后宫,都必须有特旨并由大谒者陪同。路上,襄章又告诉陈平:东宫派人来问过他上朝了没有?后来又小声说:"将军恐怕需要抽空去东宫一趟吧!"陈平唯唯。但心中却不禁思忖道:这位大太监是个什么样的人呢?他知道襄章和赵尧私交极好;他深得皇上的信任,是皇上的近臣;但为什么他又替东宫传话呢?他暗自提醒自己要特别多加小心。

皇上在正殿中霤里接见了陈平。皇上的气色不好。在陈平礼拜之后,他赐了座,然后他告诉陈平,他已经传旨给御史大夫和各卿大臣:自即日起,陈平在麒麟殿襄理朝政。他眼里流露着炽烈的渴望和不安的神色。

"曲逆侯啊,我现在只能依靠你了,望你能和御史大夫精诚团结,调护诸卿大臣,务必为朕分忧!"

陈平谦逊地表白他对政务情况多有不明之处,一定协助御史大夫,哪怕是肝脑涂地,也要把事情做好。他没有提萧相国的事,因为他已经发现,现在不是说这件事的时候。弄不好,反而事与愿违。

刘邦踱了几圈后,突然站在他面前说道:

"你替我拟旨,催促绛侯、舞阳侯迅即对逆贼陈豨进击,务求全歼,传首京师,我要亲自问问那颗头颅为什么要举兵叛乱!"

"是!陛下!"陈平应道。

这时,宫女佩兰给刘邦捧上来汤药,刘邦不接,示意她退下。然后走近陈平，对他说：

"我要你匆忙地赶回来，还有一项重要的事情，那就是易储。这件事我主意已定，谁阻止也没有用，就是皇后阻止也没用。望你能助我一臂之力，完成这桩大事，将来好好辅佐如意！"

陈平静静地听着刘邦讲着这些话。易储的事虽然他已经知道，并且他也多少有些怀疑，萧相国下狱，亦同此有关。刚才皇上的话里不是说了"谁阻止也没用"吗？这话中是有话的。尽管如此，他亲耳听皇上讲这件事，还是感到了震惊。他没有回答。

"江南之战，我不再考虑。代北之战，务必代我谋划，速战速决！"刘邦又对陈平说了一句。这次陈平已经听得出，原来皇上急于结束战争也是为了易储啊！

陈平从刘邦那儿出来后，心情郁闷。他想还是应当先去会会赵尧。他要设想下一步应当如何走法。他一进麒麟门，早已得到小黄门禀报的赵尧立即迎了出来。陈平与他坐定寒暄了一阵后，赵尧说：

"将军在这个时候归来恰如及时雨。当前最繁难之事莫过于萧大人囹圄之难。繁难之中又增加繁难，无知百姓又偏要聚于狱前闹事。圣上对此催问甚紧，本官虽曾多次恳请陛下开恩，俱未获准。听说将军已去过狱中，本官十分欣慰，望将军营救相国，并使本官息肩……"

陈平当然听得出赵尧话里的骨头，心下暗忖：这个人表里不一，耳目又多，以后更须防范才是，就顺口说：

"息肩一句，从何说起。我不过是初来乍到，以后还须得大人多多指教。"

赵尧深知陈平的才略，且也从他那软话中听到了些刺耳的杂音，竟也一时不敢恋栈。这时，陈平对他说，他要查看一下周樊二侯数月来所有送进宫中的奏疏和邸报。赵尧一听，忙叫来司直李左，让他将那些奏报取来，并吩咐人为陈平安排一个静处，然后便推说有事退了出去。

陈平一头扎进大堆的竹简中去，细细地读了起来。

直到小太监进来掌灯，他才注意到西山只剩下太阳尾了。他嘱咐小太监妥善收拾起那些简编，然后便走出了麒麟阁。

从麒麟门到东司马门有很长的一段路。他慢慢走着，他的思绪还沉寂在那些简编中，甚至驰骋在代北的战场上。他读着那些奏疏和邸报，知道了代北前线那困难的战局，他也深深地感受到周樊二将军肩上的重担。然而当他一回过心思来想到长安，想到自己现在所面临的这盘僵局，他就更加感到困惑和焦虑。他真是有点不知如何是好了。

"将军！请上马吧！"等候在武库门前的随从牵着他的马说。

他正要纵身上马，却又听见随从叫道："将军，太子驾到！"

他回头一看，见太子距他只有十几步远了。太子紫骝马后还有一匹带白花的枣红色小骢马，马背上是个刚刚总角的八九岁的小男孩。

"太子殿下。"陈平向刘盈行了礼。

刘盈告诉陈平，他是应母亲之召进宫去拜见姨母吕须的。说着，又拽过身后那男孩来对陈平说：

"这是我的侍读。"

陈平一看，那男孩一脸英气，两只水灵灵的大眼睛既透着聪明，又显得顽皮，心里倒也有几分喜欢。这时，那太子侍读忽然说："我想起来了，你是曲逆侯，我见过你！问候陈大人安好！"

"见过我？你怎会见过我？"陈平有些诧异。

"我在神禾塬见过您。"

"神禾塬？"

陈平猛然想起来，眼前这男孩不正是留侯张良幼子辟彊吗？这一发现，使陈平暗自吃了一惊。心说留侯是淡泊之人，何以会把幼子送入宫中作为陪臣？难道是为儿子将来跃登龙门的前程吗？他感到事情也许并不那么简单。他还想打听一下留侯，也问问这孩子是何时入宫的，太子把话岔了过去：

"陈将军！明日后晌可否请来北宫一叙？我很思念将军，只是今日天色已晚，多有不便了！"

"敬遵殿下谕旨！"陈平道。

陈平与刘盈分手之后，率仆缓行。行至家门时，看见门前停着一辆华丽的马车。这时，他见西门苍利赶来，说："是舞阳侯夫人来拜见将军。这会儿夫人正在厅中陪话呢！"

陈平正欲挪步进门，西门苍利又告诉他：

"将军，今天家中发生了一桩奇事。"

"什么奇事？"

"不知谁人送来一包东西，打开一看，里面竟是一包五味子。"

"五味子？"陈平沉思着朝大门里走去。

26

陈平乍从梦中惊醒过来，梦境便已无影无踪，而且没有给他留下任何印象。他很疲倦。他不知道现在是什么时辰。他想继续睡下去，可是却没有一点睡意了。

月光移下了窗棂，室内渐渐昏暗了。他知道这是黎明前的那段最黑暗的时刻。既然失了睡意，他就干脆起身披衣，轻轻地下了床，朝自己的书房走去。

进入书房，陈平一眼就看见了那个置于几上的神秘的包袱。心说，怎把这东西忘得一干二净。他走到几前，将包袱打开，里面只是一包五味子。他取出几粒放在嘴里品尝着，性温而味酸。他知道这药滋补肺肾，还有明目的功效。"真是怪事！"他不知道这到底是谁送来的，而且，是何用意？"我肺肾不虚何用补？不咳不喘何须治？无头晕目眩之症，有百步穿杨之明，用此药作甚？"

他把包袱随便地包拢起来，重新放进竹简里，把它推到一边去。但是他的手没有抽回来，忽然有一个闪念从他脑中滑过："这会不会是另有用意啊？！"

"五味子，五味子"，他在心里默默地念着它的名字，"酸甜苦辣咸！没进长安，我就尝到了五味，进了长安，更是深知这五味啊！这赠药人莫不是得知我的处境？"想到这儿，他不禁有些豁然。

然而他却并不知自己这究竟是胡思乱想呢，还是受了神的启示？他又陷入了沉思之中。

昨天晚上，他会见了舞阳侯夫人吕须。吕须是第一次到他的府上造访，这一举动本身就使陈平感到非同寻常，加之他曾听刘盈说吕须是到皇后那儿去过的，这就更使他对她的这次造访的目的不问自明。果然，与之晤谈后，他已经完全领会了她的意思：她是代表皇后来看他的。皇后对他的突然归来甚感迷惑，并且希望他能看清形势，"秉公执事"。

舞阳侯夫人告辞之后，陈平觉得她的那些话有如警钟之鸣，声声在耳。而且，有一点更是他没有想到的，那就是皇后、舞阳侯夫人这些不参与军事的人物，对战事非常关心和了解。这使他隐隐约约感到了一种不祥之兆。他这也才看清，皇上也许过于自信，易储的事绝非如他所说那么容易。想到这一点，他也才突然意识到，这场明争和暗斗的争夺事实上已经开场，而且，他也已经被裹入了旋涡。相国入狱，生命危在旦夕，朝权落入赵尧手中，皇上又要尽快结束战争，实现易储，这一切，都已经置于他的面前。他是难以避开了！

想到这儿，他有点坐不住了，忙唤人去召西门苍利，告诉他立即备马。西门苍利纳闷地问："将军要去哪里？"

"神禾塬！"

陈平说的神禾塬是什么地方？它是长安城外的一片荒野之处。陈平去那儿，是为了去见已经过起隐居生活的留侯张良。

陈平和西门苍利到达神禾塬时，已是戌末亥初时刻，天空上已是满天星斗。他们来到一处土丘上，只见那儿有一处房子，房子四周长满了常青的雪松翠柏，竹院外，也还混杂着一些杂树和灌木。他们在竹院外下了马，守门的老院公闻声出来开门，告诉他们主人刚刚采药归来，便引着他们进屋。

陈平和西门苍利在那屋里坐定后，便注视着屋里的陈设：只见一盏若明若暗的昏灯，地上铺着灰黑的毡罽和放着两张漆几，此外，便别无他物了。

这时，留侯张良由小厮们搀扶着，走了进来。

张良身材矮小，一块青巾罩在用竹簪挽着的发髻上，四周露出苍发。他额头上皱纹很深，寿眉很长，瘦削的两颊把颧骨和鼻梁显得高耸而有棱角。可是面色苍白，两颊松弛。一把苍髯垂落胸前。看上去，显得老迈而瘦弱了。但是那双眼睛却似乎不受岁月流逝的影响，不仅依然炯炯有神，而且似乎有两道能洞穿人的肺腑的奇光。他的衣服似乎太大，衣褶都打绉似的直垂下来。拄杖的手，手指纤长，手背布满网络一样的青筋，宽大的袖口几乎垂到膝盖以下。

张良一见陈平，便感到十分惊奇。陈平和西门苍利也忙起坐施礼。张良忙道：

"陈将军不必、不必！"

三人坐定之后，家人为陈平和西门苍利送上茶来，然后相对而坐，张良并无多语。

陈平也端坐在那里，注视着张良，不说一句话。这个沉闷的局面使得坐在一边的西门苍利直感到纳闷不解。他今天晚上被陈平叫起来到这乡野之地，本来就已经使他十分意外。他不知道将军何以想到要在这深夜匆匆地来探视这位已经"不问政"的老臣，而且现在来了，又一句话不说，似乎是两个人已经晤谈过了一般。不过，在他的心中，还是已经隐约觉察了其中的某些道理。他随陈平多年，深知陈平的睿智和老练，他知道他这么做，其中必有道理。他正这么想着，却听见陈平对留侯说：

"留侯真是好雅趣，学起医道来了。"

"老夫不过是虚度残年而已。"张良说罢，又瞟了一眼陈平。

"有一事陈平想请教留侯，不知可否？"

"将军直言。"

"这五味子可能安神？"

西门苍利听陈平这么一说，不禁心头一惊，五味子！不就是今天白天将军接到的那包药吗？莫不是……他偷眼看了一下张良。

张良仍然是那副安闲的样子，并没有什么特殊的反应。他听了陈平的话，苦笑一下，便命家人取出一包五味子，递给陈平，说：

"陈将军所说的五味子可是这样的？"

陈平低头一看，正是五味子。他低头沉思了一会，便说：

"我自回到长安以来，便感心绪不宁，烦闷难解。不想今日家中收到不知是谁送来的五味子，我可真是想知道，这位深知我病的人是谁？"

张良抬起头来，淡然地说："将军是圣上的重臣，有人送药，无人医病。"

陈平忙说："长安多事，深感意外，以致本侯举措不知所为，望先生有以教我。"

"南方战事已结束否？"张良问道。显然他想避开陈平提出的问题。

人们一向把留侯与曲逆侯的智谋并称为"良平之谋"。但陈平不敢以此自居，一向尊张良为师。张良见问，他谦逊地将征黥布之事扼要叙述，以期留侯能给他一些帮助。他不想提到见辟疆之事，希望张良能告诉他。

张良期望陈平的到来。举目长安，圣上股肱大臣虽多，可深谈者无多。有的他尊重，有的他赞誉。他并不以己志加诸他人。毕竟他也为这个帝国的创建流过血和汗。有的他当然鄙视，想远避他们。但一生弄智，不曾想却摔在宵小手中，他是痛苦的。他向陈平叙说了一件重要的事情。

原来前不久的一天早晨，他忽然接到传唤，说是太子突然害病，病得很重，在病中一直连声呼喊留侯，并且还叫辟疆公子。因此皇后陛下饬令他父子二人即刻进宫，以救太子。张良接旨后，不敢怠慢，便即刻携辟疆坐上来传旨的人带来的辎车，赶赴东宫。不料车出神禾塬好久，也未达东宫，张良禁不住有点纳闷，便问来接他的詹事闵翟。闵詹事只推说前方路多不平，要绕道而行，所以费时费力。张良将信将疑，又过了一会儿，车忽然停下，揭开车帘，张良望去，竟是一座五开间的大门，从大门道里铺出来的猩红毡罽一直延伸到台阶下的辎车前。张良这才恍然，这去的哪是东宫，而是让人骗到了建成侯府邸，不禁勃然大怒。可就在这时，却见仆人们皆伏于地，他再一看，竟是皇后吕雉迎了出来。张良竟也一时不好发作。皇后向他致以问候，便邀他登堂入室到里边安坐。留侯只好从命。不过他也在心里盘算，皇后何以要动这样的小人之计诓他来此地？

这时，皇后将辟疆搂在怀里，说："怪不得盈儿在病中一直念及公子，今天我一见，果然是一神童。"

"陛下过奖。犬子实在愚昧粗夯，殿下谬爱。"

"贤卿过谦了！生子如辟疆乃是福气。我想以后叫少公子做太子侍读，常随太子左右，使之立功而至显位，有劳而获厚俸，不知可否？"皇后说着看了张良一眼。

172

直到这时，张良才弄清了今天这出戏的真谛。事实上，他在刚才一下车时就已经意识到，今天的事不可能不与圣上易储之事有关。然而在当时他还看不清其中的奥妙。现在这一切都明白了。要他张良来，乃是为了要他加入皇后的营垒，虽然他只是一个归隐的老朽，却还是逃不脱。他们看重的是他的名望。而皇后刚才说的要辟彊做太子侍读，不过是一种托词，名为太子侍读，实为人质。这一点连半大的孩子都能看得清的用心，难道还能蒙住他张良？想到这儿，张良对皇后说：

"蒙皇后错爱，犬子怎可为太子侍读？若是弄出差池来，老臣可是吃罪不起。"

"贤卿不必过谦！从今之后，就使辟彊留于宫中为太子之手足，我将呈请皇上赐以封爵。"

张良看难以推托，不禁在心中暗暗叫苦。

当下，辟彊便接受了皇后的赏赐，皇后着人带其退去。

这时，太子、大谒者走了进来，让张良感到吃惊的是还有辟阳侯。他过去也听说过辟阳侯与皇后关系甚密，却不料他今日竟真的在这儿出场了，而且似乎是有意在他面前的亮相。

众人向张良致礼后，坐定。张良正欲问太子病情，却听皇后说：

"留侯，今日敦请阁下到此间会面，乃是我的主意。望留侯不要见怪，我也是出于无奈才出此下策的。"

太子在一边也说："母后陛下敦请先生来此，是望先生能出面救救相国。"

张良没有回话，他在思索着。

这时，皇后又说："贤卿可知道相国下狱的真正原因吗？"

"呵，臣不知。"

"圣上将相国下狱，明说是相国有反主之心，实则是为废黜太子。"皇后直截了当地说。

"臣不解，相国遭缧绁之灾，何故却是为废黜太子？"

这时，皇后对刘盈使了个眼色，刘盈忙说："父皇陛下久欲册立如意，如今似乎志意已决，先有命招诸兄弟……招如意来朝，后又威劫勋臣，竟不顾念相国有全社稷之功，令其锒铛入狱。请师父救助相国并教我以自全

173

之道。"刘盈说到这儿，忽然不说下去了。

张良忙抬头一看，太子竟跪在他的面前，他忙去搀扶。留侯这才真正感到自己是难以"脱身"了。

这时，吕后又说：

"太子所言，亦是我之所忧。朝廷上的事情，先生都是深知的，此事之利害，我不欲再言。废立之议，成与不成，虽决之于圣上，然卿实可左右。一言以兴邦，一言以危国，视卿之左袒与右袒罢了。"

张良此时已经冷静下来，他对皇后说：

"陛下不以臣为老耄昏聩，而托以心腹，告以隐忧。老臣当竭穷智以报陛下和殿下。老臣敢陈一言，为陛下明察。老臣不预朝政久矣，若今为太子之事唐突向圣上建言，势将引起圣上猜疑，弄得不好，求工反拙，坏了大事。臣有一计，愿告陛下，不知有无用处。"

他建议吕后为太子礼聘四皓。

27

陈平在麒麟阁里研究了周樊二将军所有的奏章和邸报，一回府就把西门苍利叫进了书房。还没坐下来，长史却来禀报说安国侯曾派人来请他。陈平略一思忖，决定立即就去。

他和西门苍利出了北城最东边的洛城门，沿着渭水南岸的小道向东急驰。

大约将近戌刻，他们到了灞渭交汇处的一个村庄。几条村犬围着他们吠叫着。战马竖起了耳朵，警惕地摆着头。

这个村子约有三十来户人家。紧靠渭水大堤有一座三进院落的大住宅。这就是安国侯王陵的府邸。

开门的是范老院公，在王府中的地位相当于总管。他与陈平是同乡。

"陈将军，"老院公说道，"你来得正是时候，你好好劝慰劝慰我家主人吧！"

"好！"

陈平在老院公的引导下，进了大厅。

"是曲逆侯来了吗？"王陵的发颤的声音从后堂下传了进来。

他们立即起身去迎。

王陵披着宽大皮袍，拄着手杖，由两名丫鬟搀扶着，从屏风后出来。他一头苍发，竹簪绾髻，面容清癯，眼窝深陷，长髯过胸，瘦骨嶙峋，更显得虚弱了。

"我怕我不能活着见你一面……"他哽咽了。

陈平单膝跪地施礼。他急去搀扶。

陈平的到来，仿佛使王陵服下了兴奋剂。连呼摆酒给他俩接风。

王陵是早期农民起义领袖之一，率数千里中子弟保卫乡土。楚汉战争时期，他独当一面，军功显赫。不过他与反对刘邦的雍齿友善，定鼎后，封侯却在后。他本人并不介意，反使刘邦觉得愧恶。因为起义前，刘邦事王陵如兄长，所以在朝廷上对之倍加尊崇。王陵性情耿直、坦率，而对权势、财富却又非常淡漠，萧何等重臣异常敬佩，私交甚笃。他不干预政务，但重大事情，圣上也好，相国也好，都向他征询意见。他在重大决策上具有举足轻重的力量。近年来，体弱力衰，不经常上朝，仅备咨询而已。

萧何下狱的消息一传进府中，他震惊至极，立即就要上朝，但为夫人和子女所劝阻。他三次上本，俱为皇上留中。他又两次扶病上朝，亦都无济于事。他忧虑相国，怨恨圣上。陈平的归来，使他又看到了一线希望。那天，他在朝廷上与皇上当廷争执起来，他看见陈平站在一边一声不吭。无声即有声。他不相信人都会不讲义气、不讲旧情。所以，他又找人去请陈平。他没想到陈平会如此快就来了，心中不禁一喜，那郁闷在心头的忧苦竟一时有口难言了。稍稍缓了口气，他愤怒地开口道："今天我请你来，就是要问你打算怎么办？如果你也拿不出办法来，从今而后，我王某不再顾问朝政，亦不再苟活于人间。明天我还要上朝，再次请求赦免相国，否则便以一死相报！"

西门苍利见安国侯如此愤慨，心情非常激动。数年来因深得陈平爱护，虽位卑爵低，却多次随陈平出入于诸侯府中或奉命与将军们交往。这些人中有的喜其勇，有的爱其智。如麾下战将如云的周勃对他也愿器重。但他还从未见过如今日安国侯这样直言不讳，痛心疾首猛批朝政者。他今天第一次接触了朝廷中最高决策集团的最隐微之处。过去他对一些人和事显然还不够理解，如对张良，觉得其智如神，偏要退隐采药，如今才知事出有因了；对陈平，他事事师法，尊之如父兄，但亦不解其某些举动，如不准府中属掾与有司多所交往，如今看来显然也是事出有因了。现在安国侯要以死向皇上谏净，这可怎么得了！他希望陈平将军能劝安国侯止悲。

但抬头看一眼陈平，他竟斯斯文文地贪杯恋看，不动声色。老院公也在惊诧地看着陈平，心里似乎急得不得了。此时，搀王陵进来的一个小丫鬟给他捶背，一个进入套间取来个引枕塞在抑制不住抽泣的老侯爷的肘下。他有点抱怨陈平了。心说难道这是喝酒的地方和时候吗？但他忽然想到这几天跟着将军去了几个地方，他如此行事想必是事出有因了！

陈平见王陵发泄了心中的怨气，略显平静一点儿才说道：

"如果王大人竟然在庙堂上以死抗争，下官不是益发孤掌难鸣了吗？再如果侯爷去死，我今天在这里赶上了，我也陪着去死，我们都去死，不说置相国于不顾，不说对不起皇上，倒是能使别人高兴了。黥布可以打过长江，陈豨可以跨过黄河，项羽若地下有知，说不定还会从坟墓里爬出来呢。高兴的还不只这些人吧！"

王陵看着陈平，觉得有些诧异。

西门苍利恍然理解了陈平的用意，他用冷静和机智平息了安国侯的激怒情绪。

陈平又说道：

"人之祸福虽然难知，天上风云却未必不可测。我奉召黄夜来拜见大人，即使大人不召，我也要来，就是想与大人从长计议国事，是否绝无转圜之机，王大人莫遽下断语哟！"

"好！说说你的办法吧！我就等你的主意呢！我已老朽，于国于家皆成无用之物，身不足惜，死不足惧，所以想到唯剩此头颅或可一用。"

这时一个小厮推门探进头来，意欲找人回话。王陵一眼瞥见，小厮急跨过门槛跪禀道："回老爷：廷尉王恬开大人来访。"

老院公陪着王恬开进来了，右庶长急趋前施礼报名问候。陈平也站起施礼相迎。

王恬开急忙闪过了才躬身还礼：

"呵！陈将军！西门将军！我无颜配称廷尉，我也不再是廷尉，不敢领受二位问候。"

被丫鬟搀起来的王陵不知所措了。

陈平从旁说道：

"请王大人不必客气。安国侯大人尚在病中，行动不便。"

177

王恬开急趋两步扑通一声跪在王陵面前：

"下官愧恶，无颜面见安国侯大人！"

王陵怔住了，因为他的语声呜咽，令人酸鼻。他急伸手相让：

"阁下请起，阁下请起！老夫有失远迎，望乞恕罪！"

王恬开仍然跪着不起，强抑住抽泣说道：

"侯爷贵体不爽，下官未曾登门拜谒叩问金安：将军久历戎马，得胜回京，下官未曾造府致贺。下官已不配在朝任职，昨日接到周缫将军手谕，今日才返回长安，又得到侯爷召唤，不知有何见谕？"

陈平和西门苍利这才明白，原来这位廷尉竟然远避外地，所以这两天不见消息。

王恬开年届五十，因军功赐爵大庶长。他早年隶属樊哙麾下，因腰股伤残改任文职，位列九卿。他参与制定九章律，在萧何熏陶之下，务求秉公执法，刑清讼简。数年来，经他手处理的案件，他自认为尚无冤狱发生。他深得萧何的信赖。可谁又能想到相国会下狱呢！因此便愤然出走，而王陵却不知道。他说："今日老夫请你来，是想知道相国下狱究竟缘何而起？也想请你来商量救助相国。"

他使王陵和陈平及西门苍利了解了相国槛车入狱的具体情况。他说，"下官人微言轻，上不能谏阻皇上天威震怒，下无颜面见相国于囹圄中受缧绁之苦。屈子有云，'黄钟毁弃，瓦釜雷鸣，谗人高张，贤人无名'，不期又于今日见之。吾吁嗟默默，无以为策。唯愿上乞骸骨，下归林泉。朝廷之事不敢预闻矣！"当王陵问他萧何及受其株连的钟离进在狱中情况时，他却知之甚少。

陈平想王恬开过去在戎马生活中亦是一赳赳武夫，未必熟读《楚辞》，今引《卜居》之话必有所指，而这正是他想知道的。他说：

"廷尉大人且请止悲。河水滔滔，泥沙俱下；正昼无见，风雨晦明。世所常见，何足诧异！莫谓蝉翼为重，千钧为轻，黄钟即或毁弃，不失金色；瓦釜虽能雷鸣，终是沙砾。但望为瓦釜，怎样进谗，大人当日亦在禁中，或可目击，或有耳闻，愿乞详示，以指迷津！"

王恬开这些天淤积满腹的苦闷第一次遇见了可以倾诉的人。当他正想把所见、所闻、所思一股脑儿都领吐出来时，范老院公引来了郦成侯周缧。他在得知王恬开已由其家人找回来时，便去拜访。结果却听说来了这里，他便追了来。

范老院公急忙率仆人重新排开了几案。

灯不拨不亮，话不说不明。几个人凑在一起，情况基本明白了。王陵虽然仍是愤慨难抑，却已经感到自己一味暴躁，不但于事无补，还有可能酿成不测之事。陈平对此看得特别透，安国侯头一次疾风般的上朝，似乎给百姓某种希望，以至于在狱前相聚；二次暴雨般地怒吼，骤然使皇上病倒。欲速则不达。正如五味子所暗示的。陈平不能明说，但他尽力使王陵制怒。根据周缧所说，现在查明狱前总计死了六人，伤了三十余人，捕了百余人。陈平要求王恬开去处理善后。他具体指示了方法，相国之事，急也无用。当前最重要的只能是使相国免受冻馁，妥善照顾，如此而已。王恬开深自谴责自己的"愚蠢"，仿佛又重新找到了自己生活的位置。周缧追王恬开，一直连饭都没顾上吃，他讨来了饭，而且还在最后痛快地干了杯中酒，说：

"天已三更，夜已深沉，不能再打扰安国侯了。陈平将军拨开迷雾，安国侯大人指示机宜，本侯不再盲人骑瞎马了。就此告辞！"

"慢！周大人，下官与大人结伴同行。"王恬开说道。"近来我度日如年，不曾想今夜却过得如此之快，仿佛瞬间。我虽不能解除相国囹圄之难，也断不能再使相国捧奉戴械。因我失职，亦使钟离长史备受荼毒。事不宜迟，我连夜就入狱中理事！今后下官愿逐日前来问候安国大人起居，听凭驱策！"

送走周缧和王恬开之后，陈平向王陵叙述了他带西门苍利去拜会张良的经过，还特别说到他收到匿名者赠送的五味子这封特殊的信。他不敢肯定五味子就是留侯送的，因为留侯本人始终没有说明。另外，这两天他在麒麟阁中研究代北情况，已经逐渐形成一些想法。他把这些一股脑儿做了说明。他希望在这样重大的问题上，王陵能帮他决策。他说：

"总观各方面的情况，皇上为废立大计，不欲大臣掣肘，借故大兴诏狱以威慑群臣，皇后大约为保太子而礼聘四皓出山。事情最终结局难以预见。此时若行强谏，圣上若能醒悟还好；若固执己见，一意孤行，可能不利于相国。他日即或悔之也已铸成大错，至多不过哀荣而已。现在南北两线战争俱在可操胜券而功亏一篑之时。如因此事而导致军心涣散，将士离德，甚至变生不测，那时主其事者恐怕是罪在千古了！百姓盼望相国休养生息的政策收到实效，不能因相国下狱而使宵小之辈得以改变与民休息之政。因此我想应使南北征战诸将明了此一形势，必使全胜方好。届时诸将凯旋，无论发生什么情况，总会使国家安定的……"

"嗯！嗯！嗯！应该是这样！"

"南方，我已打发卫士长彭勇返回，嘱汝阴侯、颍阴侯等加紧努力，务期全歼黥布。北方，我想亦应派人前去知会绛侯。"

"说的是！说的是！"王陵已经完全冷静下来了，心想陈平如能早回两天，情况也许会好一点儿，不禁在心里长叹一声。"那么派谁去呢？就是西门右庶长吗？"

"是的！"

"准备什么时候去？"

"事不宜迟，就是明天吧！此行务求机密。你我把生死置之度外之人，路途艰苦，无从计较，多用买路钱吧！北地天寒，你我早都经历过，自己保重，到了平城，应设法避开樊侯耳目，一切都自家斟酌而行吧！"

王陵也嘱咐道：

"你此行虽不说天下安危系于一身，也是任重道远，非比等闲。你久隶陈将军麾下，以智者为师，必不负我等厚望。事关机密，善自为之，我即修书一封致绛侯。至于朝廷诸事有陈将军努力维持，我也从旁赞助。而绛侯须你报效时当尽力为之！只盼你早传捷报，周樊二将军能早日凯旋！"

28

长乐宫的晨钟嗡嗡响过之后，陈平就到了未央宫的东司马门。进入麒麟阁之后，他发现几上的文牍全部收拾下去了。他看了左右一下，问小太监道：

"哪位管文牍的属掾在？"

"李司直在。"

"麻烦你请他来一趟。"

李司直和晁太监来了。晁太监非常胆小，摸不着陈平的脾气，大约被赵尧吓坏了，因此一个劲儿地向陈平道歉、讨好。陈平不好冷落他，但又急于和李左谈话。陈平边和晁太监应酬着，边请李左拣重要的奏牍取来。晁太监见陈平温和，喜不自胜，竟说起了萧何下狱当天在麒麟殿的情景来。陈平注意谛听并仔细地打问。一下李左告诉他，周樊二将军又有新的邸报于今晨送入宫中，不过已送到赵尧的几上。想来御史大夫一会儿可能将文书转来。陈平心说怎不先送这里，不禁看了他一眼。见他一直躬着身子，显得十分胆怯，便不好说什么了。他不知道李左自从萧相国出事之后，日日如坐针毡，每天上朝都随身携带一个小包袱，以防不测。他认为自己随时都可能和钟离进一样会下狱的。陈平继续探问关于列肆收税问题和税制的争论问题。当他得知十五税一制已经圣上御批，并已颁发了圣旨，他暗暗叫苦。与民休息的政策到此就结束了吗？他从李左和晁太监所叙述的情况中还敏锐地觉察出似乎存在另外性质的问题。他觉得相国下狱不完全是一个人促成的！但他向谁查证？谁允许他查证？又哪里有时间去查证！他左肘倚在几上，左手大拇指按着太阳穴，中指叩着脑门，眉头紧锁，双目紧闭，深深感到痛苦——无法言状的痛苦！事情复杂得令人头晕目眩。他知道自己目前无能为力！

李左看着他，吃惊得呆住了。但同时觉得自己多天来所悬着的心似乎踏实了。晁太监也不再饶舌了，收回了恐惧的心，觉得这位声名显赫的大将军原来这么亲切，这么容易相与。

突然小太监进来禀报：

"御史大夫驾到！"

陈平也一愣，立即从容地将周勃的邸报摊在几上。

赵尧进来了，一见陈平起身恭迎，脸上立即堆满了笑容。他直趋至炭火盆前，坐在几对面。他偷偷看了看几上，见是邸报，又索性拣起那推在几上的几卷竹简看了看：

"啊！陈将军！代北战争可望将军运筹帷幄而能早日告捷了！"

"圣上希望代北早获全胜，但两军对垒，无论是战役抗衡，还是战略决战，除兵力、战将、统帅之外，还有很多复杂的因素在影响战争的进程，凭空怎么可以在帷幄中运筹呢？"

陈平的话是真诚的，并且等待他把周樊最新的邸报给他看。但赵尧并不提起这件事，而认为陈平的话对他有所讥刺，不单是嘲笑他不懂战争，而且还在暗中指责他不给周樊有力的支持。他已经看过了邸报。那是对萧何指示的回报，说目前正在休整军队，严密监视敌人。当时他对这封既无战绩又无捷报的邸报很恼火，认为他们是按兵不动，不体时艰，消极怠惰。本想立即转给陈平，但忽然想到另外一面：征战诸将一旦全胜，载誉归来，立功受奖，加官晋爵，在朝廷上更具举足轻重之势。一个陈平就不好对付，周、樊、夏侯、灌、靳等，与己抗衡者更大有人在。因此他想莫如就叫他们在前线旷日持久地待下去。那时皇上怪罪的是他们，是陈平，对他来说更为有利。因此他决定把邸报压在那里，甭管它。他不是跟他来谈论战争的。他管不着江南代北。朝廷中有远比战争更为重要的事情。他脸上有意识堆出来的笑容慢慢在消失，就如一座沙丘在他内心的风暴中逐渐被吹走一样。他说：

"有一件事情，本官不解，特来向将军请教。"

"不敢！请赵大人指教！"

"不！请将军指教！"

陈平从他的脸色和口气中知道来意不善。他要洗耳恭听：

"赵大人请说吧！"

"据说，正监曹兢被监禁了。不知将军知道否？"

陈平一怔。他确实不清楚。不过这表明王恬开昨夜就进署理事了。他知道王恬开承受不了亚相的压力，得为他顶着一点儿。他说道：

"知道！知道！是我决定的！"

"呵！呵！那么陈将军何不同时迎请萧大人出狱？"

陈平面对着赵尧这种挑衅性的攻击，不由得产生一种厌恶情绪。他不知道这是皇上有意安排的，还是无意安排的。但看来在每一件事情上都不可避免地会出现明争暗斗。他想这大约也是"静作相养，德虐相成"吧！不过他不想把矛盾激化，就如不抱幻想一样。

"赵大人试想一想当前国家社稷的局面，圣上积劳成疾，伤病交瘁；相国因过下狱，中枢无主；南北两线战事，功亏一篑；国家疲弱不堪，民未解厄。赵大人目前权主中枢，若使民之怨望情绪加重，社稷危乎哉殆矣！窃为大人所不取也。将曹兢暂且受监，权舒民愤，使大人协助圣上，调理阴阳，得百姓载道称誉，扬名天下，大人可得百利而无一弊，何乐而不为呢？区区肺腑之言，望大人三思！"

赵尧知道陈平用高帽子压他，内心十分愤恨。但这样冠冕堂皇的理由是不能驳的。可是若不出现某种非常事情，他又怎能得以主持中枢呢？他左右为难了：

"但怎样回复圣上呢？"

"我之所思即我所为，我之所为即我所思。一切罪责，陈某绝不推卸。"

"那么有劳陈大人向圣上奏明！"

恰在这时，大太监襄章来传命：圣上特旨宣召陈平去兰林殿见驾！

赵尧感到压抑，宣召去兰林殿的是陈平，而不是自己。这样一来，他就更不便于驳回陈平的决定了。

皇后和太子也在兰林殿探视皇上病情。

皇上召见陈平，仍然坚持要他谋划代北战事，代他拟旨，督促周樊不惜一切代价务必一鼓荡平"乱臣贼子"。陈平知道现在无法说服皇上，唯一的办法是拖延时间，稳住皇上的焦急心情。他说道：

"臣启陛下，连日来，臣在详细阅读周樊二将军的奏章和从平城发来的邸报。请稍假臣以时日，力求知彼知己，而后寻求制敌而不致失敌之策。"

皇上首肯了。

这时老太医来了。他双眉紧蹙，哀怨地指责说："圣上真的不肯听老臣的逆耳忠言吗?"

老太医给他检查了旧创迸裂的伤口，亲自给他敷上金创膏，又示意戚姬给他服了白芨散。然后又说道：

"国事有天大，亦必须让圣上静养。眼下只要肯听老臣之言，旬日之内可保创口愈合，认真调护，期月之后可保恢复如初。如连此一期限都不给老臣，老臣或是退隐林泉，或是以死相报，不遑再问疾矣！"

刘邦不说话了，只看了一眼陈平。

这无异说，老太医要把皇上禁锢一个月。当然，以一月为期能赢得皇上的健康是值得的，代价也是轻微的。但在每个人心里引起的反响却是不一样的。

除了皇上，他们到了外间屋。

皇后悲悲切切地哭泣着："唉！想不到呵……那么一切……唉！一切由老太医做主吧！唉！一切托付戚妹妹！只要皇上能恢复健康，一月也好，两月也好，就是你我的幸福，比天还大的幸福！戚妹妹少不得辛苦了，请受我一拜！"

戚姬慌不迭地磕头以答谢皇后的一拜。

"我在玉堂殿，随时会来看觑皇上。妹妹有急事也即刻派人去玉堂殿报知。"

戚姬唯唯。她知道皇上有许多大事要处理，丧失这一月的宝贵时间会急疯的。她真是欲哭无泪。

"皇上托付陈将军，"皇后又说道，"望能体谅时艰，襄理国政，妥善处之!"

陈平也唯唯。

大太监襄章引来了宗正卿刘信。他想面见皇上,但为老太医所阻。皇后的眼睛紧盯住他,戚姬把头低了下去,太子诧异地看着他,陈平挥了一下手,告诉他一切得听太医的。刘信迟疑着,回头看了一眼襄章,襄章表示无可奈何。他从袖筒里摸出一封竹简呈递给皇后。

皇后一目十行地浏览一遍,这才又从头到尾地细看。她的面目表情是复杂的,先是眼角上出现了细密的鱼尾纹,眼睛仿佛在笑,只是嘴角却没有动。随后,眼角上鱼尾纹消失了,眼睛瞪大了,嘴角上的肌肉在抽搐着。"这是怎么说的?"她自言自语着,"我的儿呀——"她没有理睬刘盈探着身子的疑问的眼睛和他人的猜疑,"你到北部去巡边做什么呀!"

他把竹简递给了戚姬。

后来陈平也阅读了一遍。原来三皇子、赵王如意拜表启奏,说他已经见了两位来使,本拟即刻启程进京,甚至也做了进京的安排,但仍然决定到燕赵北部边境巡视。

陈平告退了。皇后命太子送他出兰林门。在步下台阶时,太子有些迟疑地说道:

"请将军能多为父皇陛下和母后陛下分忧。"

陈平当然又唯唯。

陈平回到麒麟阁后,赵尧以打问圣上健康为名又来了。他如实地回答,但赵尧还在转弯打问皇上召他何事。他仍然如实回答,但赵尧却明显地表示怀疑。

陈平暗暗地苦笑。他知道赵尧对他猜忌极深,知道自己在襄理政务上将面临多么艰难的局面!而各卿大臣及各郡国的地方官员则更将困于政出多门。想制止或者想避免也是不可能的。这种猜忌体现赵尧身上,也体现在皇后身上。皇后看到如意的拜表,大约心中所想的和面目所表现的恰恰相反。皇上两次下诏叫如意进京,皇后事先都知道吗?其目的是什么皇后也知道吗?然而皇后不惊不疑,且亲昵地呼为"我儿",这是做给戚夫人看的,并且叫她转告皇上。赵王如意不能及时应召前来,从皇后的角度来说应是高兴的，但表现得恰恰相反，其心机何其深呵！但赵王如意为什么要去巡边？他知道如意年纪很小，这取决于赵相周昌。前御史大夫周昌做此安排必有非常重要的原因，只是因为一般使臣不便携带特殊机密，故此不能详说。那么赵燕边境出了什么事情？是赵国内部出了事情？但这不会是在边界上。那么是燕王卢绾有什么不轨之迹为周昌所察觉？

他对自己的推论感到吃惊，但他抓住这个念头不能放下。他重新阅读了关于雁云之战的奏章和陈豨东窜成功的邸报，不禁一怔。陈豨能否暗中与燕王卢绾相勾结？周勃、樊哙在奏章和邸报中对此毫无反应，是无所察觉还是别有原因？朔北战事若如此复杂，怎能迅速克敌制胜？燕王卢绾果真不稳，则国无宁日矣！他额上和鼻尖上一刹那间浸出了汗珠。

他忽然觉得让西门苍利走得太匆忙了。他在安国侯府上能耽搁多少时间？他将走哪一条路线？不！现在得派人追上他！派谁去？宫中没有人可以托付。回府派邓禹去？亲自去？不！得先回府！

陈平内心有些紧张。他觉得事不宜迟，便喊来小太监叫他把简编全部送还李左，立即出阁而去。

但在他还没走到内谒署门时，却见东宫大太监张释正迎面走来：

"皇后陛下宣召陈将军到玉堂殿见驾！"

陈平的心往下一沉，心想，在宫中每走一步路都这么艰难，这么意想不到。但又觉得这是必然的。他还没来得及专门去觐见皇后和太子。现在皇后来召，昨天太子有召。而与彻侯及卿大夫们的应酬还未开始呢！可是西门苍利将越走越远了！

皇后在玉堂南殿的平台上伫候他。

玉堂南殿呈亚字形结构，东西有暖阁，用挂落飞罩以示间隔，挑起幔帐时，中雷显得又豁亮又敞快，垂下大幔帐时，东西暖阁皆可下榻。幔帐的流苏飘带琳琅满目，异常豪华。

皇后垂询南方战争的情况，及其回来的经过。陈平明白皇后希望知道的是后者。但他不能说明皇上派遣董宴密召之事。因此他只好详述前者，而他提前返回京师的目的是两件大事：安排和整顿江南吏治，恢复生产，发展经济，因为江南的地理气候条件优于北方，此其一；南越赵佗自从秦末自立不臣以来，现有迹象表明正在蠢动。他认为现在国困民疲，不能再扩大战事，欲与皇上及相国另谋他策以抚之。但朝廷上意外之事丛生，使他焦虑万分。

吕雉心想，陈平谈远不谈近，滴水不漏，疑不能疑，责不能责，人论其智与留侯并列，名不虚传，但留侯可为我用，他曲逆侯不能为我所用吗？趁皇上现正处在病中，不能理事，要争取他，不可错过时机。

话题转向了北方战事，同时也问到赵王如意巡边之意何在？

宫女们摆上了餐几和餐具。

"不是为将军劳旋，也不是为将军接风，这将俟之来日！今天只是便宴，不成尊敬大臣之意，望将军谅之！"皇后说。

西门苍利已越走越远了。他感到心烦。

除了两名心腹宫女绮雪和绮雯侍奉之外，在没有第三者作陪的便宴上，酒过三巡，菜过五味之后，皇后婉转地吐露了心曲。

陈平知道自己将面临左祖右祖的问题了。因为舞阳侯夫人已经招呼过了。

恰在这时，太子舍人樊璞奉太子之命前来谒见皇后。

"什么事情？"皇后漫不经心地问道。

"太子命小臣急来奏禀……"樊璞有些迟疑不知怎么说下去。

"快说嘛！"皇后不耐烦这种吞吞吐吐的样子。

"太子命小臣急来奏禀，辟阳侯审大人派先遣随从来报，四皓已到，太子和叔逊太傅已出郭前去迎接！"樊璞一口气报告完。

皇后有些尴尬。

陈平立即跪起来向皇后告辞。

皇后没再挽留。但在他已经站起来并躬身欲退时，皇后突然又改变了主意：

"太子礼聘四皓出山之事尚未启奏圣上，大臣亦皆不知，望将军暂时亦不必先向圣上或在朝臣中提及此事！"

"臣遵旨！"

"但我想这也该算是本朝的一桩盛事，请将军和我一同去北宫吧！"

陈平心中感到震惊：皇后又嘱他保密，又命他陪着去见四皓，这不明明是要把自己拴在她的裙子边上吗？他不敢拒绝，心里再次尝到了五味子的味道。

皇后一行刚在寿殿的青阳内室，即太傅与太子师徒授业的知不足斋落座，就马上又站起来去迎接已抵达阙门的四皓。

陈平真是幸者中的幸者，宠臣中的宠臣。从午刻直到戌刻，中、晚两餐都陪皇后宴饮，在晚宴上他瞻仰了四皓的风采，一个个都缺牙少齿。聆听了叔孙先生的高论，"四位高士远避暴秦，秦则亡之，今游长安，汉必兴也！"欣赏了审食其的风流倜傥和那惊人的口才，他背诵了皇上早年的求贤诏书："盖王者莫高于周文，伯者莫高于齐桓，皆待贤人而成名⋯⋯"看到了太子的兴奋，但同时又是迷惑的，小辟彊在辟阳侯背诵求贤诏时睡着了，皇后对四皓的老态龙钟却似乎失去了兴趣。

时交亥刻，陈平才得以出宫。他现在用什么办法，也甭指望再追上西门苍利了。听天由命吧！他相信周勃，也相信他的爱将。他无须策马疾驰了。

他仰天长叹，难以自抑。

陈平不禁有些黯然。皇上不念相国之功德威望及所行之政，竟将相国投入图圄。相国要以死报效圣上，以死消除两宫内讧，以死动员国人消弭祸乱。皇后认为皇上将相国下狱是为了钳制众臣之口，有一定道理。但两宫暗斗却只遗祸于天下。皇上不问战场具体情况，急于要求结束南北两线战争，愿望虽好，却偏又隐含杀机！而当他向皇后试探着表示欲亲去前线协助周樊及早结束战争时，皇后又何以要立即反对？皇后不希望战争赶快结束吗？这不可能！不！这有可能！他和自己辩论着。但这不是为了避免皇上的杀机，而是为了制造更大的杀机！战争必须迅速胜利结束，征战诸臣必须迅速回京，国家需要安定，百姓需要太平。以今日情势论之，倘若风云突变，皇上虽向他托以国事，他一己之力，赤手空拳无济于事。群臣在京，山陵虽崩，断可制止沙丘之祸；圣上健在，齐力谏诤，相国图圄之难必可免之，即使不再为相，诸大臣亦未必皆肯听命于赵尧。但如确定废储，册立如意，亦会如铁板钉钉，至少在圣上生前是如此！哦！他猛然悟出一件事：皇后大约也已想到上述的可能性，因此她不希望战争迅速结束。拖延下去，或是出现某种暂时的逆转，皇上的愿望就会落空，废储之事就断难行之。且其妹丈舞阳侯手握重兵，养敌自重，从来是一大谋略家，也是皇后的依靠力量。

一想到这里，陈平的后脊梁似乎浸出了冷汗：原来战争的胜利并不是朝廷内部每个人都需要的。

皇后能秘密派人去商县礼聘四皓，又何尝不可以背着皇上派人去干别的什么事呢？他想起了在皇上病榻前看见的舞阳侯夫人，想起舞阳侯夫人去拜访他，怕不都是无因的。皇后能否与其妹密商派人去见舞阳侯，设法拖延战争的进程呢？

老马识途。他发现自己的骏马已经载他进了尚冠前街。唉！他叹了一口长气。心说，西门苍利啊，西门苍利！你走到了什么地方？旅途上顺利吗？你能否助周将军一臂之力？绛侯何日可以转回？营救相国必待其归也！安定天下亦必待其归也！西门苍利啊，西门苍利！请你不要负吾与安国侯之厚望！

29

终年驾驭战马驰骋疆场的骑士，一旦离开马背靠两脚跋山涉水，就行动艰难了。化装成商人的西门苍利已失去了原先那颇有资斧的商旅的仪态，竟是一副蓬头垢面、虮髯脏乱的样子，在通往平城的土路上一瘸一拐地蹒跚地走着。

他在王陵府上只逗留一小会儿便动身，经新丰，过渭水，走夏阳，渡黄河，一路上晓行夜宿，纵马飞奔，不料在楼烦关遇到麻烦。他的战马和防身短剑几乎使之露出破绽。亏他随机应变，借用了商县丹屏客栈赵洛儿的全部身世，总算混过了关。可是他丧失了几天的时间和那匹骑乘三年的心爱的战马。他的行李和盘缠也被没收了，以至雇一条毛驴的脚钱也没有。他只要一想起审问并扣押他两天的"鸟县令"，他的火就不打一处起。

平城城头遥遥在望了，他的精神不禁为之一振。"啊！总算走到了！"可是他的腿脚突然不听使唤，腿肚子的大筋像断裂似的疼痛，一下子就摔倒了。

"呵！客官！你哪褡不舒坦了？"一个带着浓重鼻音的老人拄着手杖急趋来问。

"呵、呵，老丈！我不知怎的，好像抽起了筋。"

"呵！赶路赶得太紧了吧！让我看看！"一位老人拄着手杖，趋前扶他。"啊，鞋底子都磨穿了！不知道疼吗？"老人把他扶下大路。让他在一个石礅子上坐了下来。石礅之后是三间残破的石墙草顶的房屋。

"先喝口水吧。"老人从那草屋里给他端来一钵开水，"唉！哪有这么走路的。你是从哪褡来到哪褡去呀？"

"老丈！在下本是平城人，早在前朝就去关中谋生。前不久家里捎信说家兄病重，我就没明没夜地往回赶，不觉得就走急了些。"西门苍利编着谎话说。

"呵！呵！离城还有五里，本不算远。可你这双脚怎么走啊！"老人站起来向大路南端望去，"唉！不凑巧，连辆车也碰不上。你就在这里歇一晚上吧！明儿再走。"

"多谢老丈关照！"他说道，并捧起钵来猛喝了一大口，觉得比醇酒还要香甜。他感谢好心的老人，也真想在这里歇下。但一想离开长安已经整五天了，心情就有些焦躁。他想站起来继续赶路，却又挪不动步。他愤怒地捶了下腿。他看了眼老人，心想，这老人家住大道旁，何不向他打听些消息？便搭讪着说："两个来月前，我接到家信便想赶回，可听说雁门、云中有战争，迟迟疑疑不敢动身。后听说周勃与樊哙二位将军在雁门、云中打了胜仗，又接到家兄病重的消息，这才急急忙忙赶回。现在不知这陈豨老儿逃到哪褡去了，这仗可要打到哪年哪月哟？"

"唉！雁门、云中大战之后，陈豨就率军向东逃去，谁知道现在在啥地方？"老人说。

"陈豨军过平城，老百姓可苦了！"

"这次还算万幸啊！周樊二将军追得紧，陈豨不敢停留，老百姓总算少遭点儿殃。"

"如今周将军与樊将军军行何处？"西门苍利觉得和老人谈得很投机，"周将军是否还在平城？老人家可晓得吗？"

"这——"老人瞪起眼凝视着他，沉吟好一会儿才说道，"客官！争战之事何须管得许多？再说我老汉哪里晓得这些事情。"

西门苍利知道老人是怕谈这些事，但他想，老人说周樊二将军去追击陈豨，若在平城找不到周勃，可怎么办呢？这时，他又听老人说："百姓怎会晓得军中情况？我劝你还是不要打听好。实在要想知道，除非是问那官儿们，什么袁都尉咧，赵县令咧，就怕你不认识！"

西门苍利听老人口中说出"袁都尉"，心中不禁一跳，问：

"老人家说的袁都尉叫什么名？"

"听说叫什么袁——袁长龄啊……"

西门苍利听老人这么一说，真是精神顿时倍增，似乎一下忘记了痛苦和烦恼一般。老人有些吃惊地望着他。这时，突然从远处传来一阵嘚嘚的马蹄声，他急忙循声望去，是两匹马，正不疾不徐从南向北小跑过来。他那犀利的眼睛立即认出那是两匹匈奴骏马，再看骑者也是商人打扮。他心想，在这饱经战乱的朔北地区怎会有这样的富商巨贾？疑惑地注视着他们。

这时，那两匹马已经来到他身旁。他这才看清两匹棕色马的后臀一般高，一般宽，一样的辔饰，一样的鞍鞯，后鞯上都有着金扣子，在落日的最后一线余晖中闪闪发光，再加上马鬃和马尾修剪梳理的式样，他敢肯定那是一对宫厩马！

他暗想，商人怎么会骑宫厩马？莫非他们也是……他一时还拿不准。

西门苍利暗想，不能再耽搁了，必须尽快找到袁长龄。告辞了那热心的老人，还向那老人讨了一根手杖，才蹒跚地朝着平城方向走去。

天色完全黑下来了。西门苍利来到了城下。城门的轮廓清晰可辨。

他很熟悉这座雄踞北方的军事重镇。它和东去二百多里的代城，西约一百六七十里的雁门大体上连成一线遥相呼应。

他的双脚似乎完全麻木了，蹒跚着像个讨乞者一样挨进了城门。凭借大街两旁店铺里洒出来的灯光，向城中心十字街的鼓楼走去。

他来到尉官寺前，门卫还以为他是讨乞者，欲撵他走。他却报了自己的名字说是要找都尉大人。卫士们一时也不敢怠慢，就进去做了报告。少顷，袁长龄就匆匆出来迎接。

西门苍利和袁长龄都是成皋人，少年时代的玩伴，于汉四年尾一同投军，过从甚密。后因隶属不同部队，难得再见面了。袁长龄没有想到他何以突然出现在这偏僻的地方。

在客房，西门苍利顾不上叙说阔别和寒暄，劈面就说：

"快预备饭，我这两天没吃东西了，要饿死我了！"

袁长龄急叫左右去预备饭食。

吃罢了饭，西门苍利忙告诉袁长龄他所见到的那两个可疑的骑宫厩马的"商人"，请他立即派精干的亲信速去查明，并要求立即拜见周勃将军。

"周将军在横谷。"

"那就烦你给我预备一匹快马。"

"算了吧！听我的！"袁长龄又说，"你还要不要这双脚了？凭你这身打扮，出城不到十里不掉下马背喂狼，也会被士卒抓了回来。到了这里，就一切都听老哥的吧！"

"可这——"

"我亲自护送你去！"

30

在西门苍利和袁长龄商议如何去横谷的同一时刻，驻扎在平城东南百十里的狋氏①县城的骑将杨起接到斥候禀报：周勃将军已经抵近东关。这突如其来的消息使这位眉清目秀细高个子的青年将领十分吃惊。他在今天早上曾派人去横谷报告细作在灵丘刺探到的敌情，想不到将军会亲自来这里。他即刻传令所属的四名骑千人将和正在中营的几名骑都尉、骑长及亲随卫士上马出迎，同时还派人飞马去追刚刚出南门奔向平舒的骑都尉萧诚，叫他回来参见将军。因为有关灵丘的消息就是他的细作刺探到的。

杨起一行刚出东门就见周勃及其卫队徐驰而来，他们立即下马前迎。"骑将杨起等恭迎将军。"杨起单膝跪地高插手施礼道。

"不劳诸位远迎，请上马！"周勃在马上抱拳答礼。

杨起等人刚刚上马，萧诚已飞马赶到。他跳下马背，把缰绳扔给骑从便跪地施礼道：

"骑都尉萧诚问候将军！末将来迟，请将军恕罪！"

"我早说过，军中行动无须远迎，也莫行大礼。快起来吧！"

周勃骑一匹异常雄骏的匈奴铁青马，披了一件绛紫色的披风。披风宽大得连马臀都罩住了。因而显得他的肩和胸特别宽厚。他那双大眼流露出一道犀利的光芒。他的颧骨高，鼻梁也高，和那方方的下巴颏儿配在一起，显示

---

① 狋氏(yí shī)，汉置，在今山西省广陵县西。

出一种刚毅的精神和坚定的力量，使人觉得靠着他就像靠在磐石上那样稳当。他的浓密的络腮胡子仿佛是一排劲草，夜风越硬越显得坚韧。

　　周勃随刘邦起义之前原是闾左贫民，以编织苇席和蚕帘为生。他吹得一口好箫，楚歌俚曲过耳不忘。他有音乐天才却没有做乐师的运气。历史的浪涛把他卷进反秦大起义的旋涡中去。他以沛公身边的材官卫士身份开始了戎马生涯。从秦末大乱以迄于今，他随刘邦北战南征，喋血沙场，以他那善于把握音律的双手去舞弄长戟短剑，建立了卓越的功勋。因此，他深受刘邦的信任。随着战争的发展，他的职务逐步得到提升，因而责任也愈益加重。他善于从失败中吸取教训，从谋士那里潜心学习韬略。就像少年时学习乐曲那样，记得多了，就能编出新的乐章。长期战争的经历，提高了他指挥作战的艺术。

　　云中、雁门大战之后，他常审慎地回顾战争开始以来的得失。从皇上亲率大军至邯郸并于襄国首战陈豨时起，时过一年，大小近百战，终将陈豨迫于一隅之地，可谓获得很大胜利，但他自己也损失惨重，不经过长时间的休整几乎不能发动规模较大的攻势。而休整首先需要满足两个条件：兵员补充和军饷辎重的接济。但这两者，相国都有困难，因为在南方还有一条战线呀！因而战争不是一朝一夕就可以结束的。还有一件事使他特别感到内疚。雁门之所以久攻不下，旷时废日，而终使陈豨突围东窜成功，乃是因其部下主要骑将綦母荼的背叛。他与陈豨的大将宋最暗通关节，网开一面。如不是杨起死战宋最将其俘获几乎难以查明。綦母荼虽然已按军法从事，当众斩首，但大错已经铸成，损失难以挽回。

　　他不能原谅自己的错误和失职，反躬自责，觉得自己辜负了皇上的深恩厚泽，百姓的箪食壶浆。现在陈豨复踞代城、当城、灵丘等地，互为掎角。其大将赵既、赵利、王黄、陈武、都尉高肆等人的麾下尚有偏裨将佐逾百员，士卒将近十万。另有丞相冯梁、程纵及郡守孙奋、县令陈锴等文臣为其谋主。如果不是舞阳侯樊哙兵行迅疾，在其东窜之时，沿治水北岸麾兵向东迂回，抢先占据要津，陈豨则又有可能北上联胡或东出燕山。如今，防则防矣，但自己的进攻力量不足。他隐兵于代城之西的横谷，并在狋氏、平舒等地部署少量兵力，也是着眼于防，同时也为了休整和尽量设法补充。

　　今天头晌，他接到杨起禀报，说敌人在灵丘有增兵迹象。他觉得事有可疑，决定亲自前来判明情况。好在途程不远，他于未中动身，两个多时辰便赶到了。

在残破且不宽敞的县寺正厅里，周勃屏退左右，问杨起和萧诚两人：

"消息从何而来？"

萧诚答道："游骑斥候发现灵丘戒严，末将派进灵丘的细作传回密报说灵丘在增兵。"

"增兵多少？主将是谁？"

"不明。"

"何时得到消息？"

"斥候于丑时禀报，细作于拂晓前传到。"

周勃略一沉吟后又问："敌是何目的？"

"末将恐其窥我平舒。"杨起答道，"平舒城小，无险可守。彼若占我平舒则胁我横谷之侧背。但彼若增兵不多，其攻占平舒难，守亦难。故对其目的判断不明。"

杨起本是綦母荼麾下的骑千人将，爵为左更。新近才提升为骑将，并升爵为中更。

"灵丘原有多少敌兵？"

"据斥候侦知，灵丘都尉高肄原有人马近两千人，隶属陈镒县令者尚有数百人。军兴以来，彼等始终据守该城，是陈豨离宫所在。狡兔三窟，此是一窟也！"

周勃原先命杨起驻扎狋氏、平舒一线，一是监视灵丘之政，一是整军。后者是主要的。因綦母荼之叛，士气很受影响。杨起善接近士卒，同僚关系也极好。提升之后，很受将士拥戴，整军的效果很令周勃满意。但他还年轻，对灵丘敌人增兵之事还缺少缜密思考。不过他能将消息及时上报亦可见其细心之处。他又说：

"行军作战，制胜之道，贵在先知。你们能如此细心，不负所望。其增兵之事，不可等闲视之。灵丘城池坚固，东西与旧赵长城相连，背后以五行之山①为屏，形势险要。退可守，进可攻。陈豨增兵于此，若只为窥

————————

① 《汉书·地理志》载有两太行山，皆在今河南省境内。今名太行山者，《淮南子》称作五行之山，本书从汉代之称，谓太行山为五行山。

196

我平舒，并进而袭我侧背，有你们牵制，我不担忧。恐其谋不在此呵！"

"陈豨老儿善于西逃东窜，其谋也不过是东窜西逃，我怕他再溜了。"

"怕其再溜掉是对的。但不能轻敌，岂不闻骄兵必败之理？他能东窜西逃就是一个大谋略，不可小看。经年作战，我等未能获得全胜，就因为他善运动，并未全输。现在他欲北上或东进皆受舞阳侯所阻扼，西去有横谷之兵。但他如南进五行山，正是乘我之虚……"

"陈豨南进万山丛中还有何能为？"杨起不解。

"他若南进之后再向西迁回则可直下楼烦，那时我们再想求得云雁之战的包围形势已不可得，结果不是被陈豨牵了我们的鼻子了吗？"

杨起愕然。他这才知道将军接到禀报之后亲来此间的原因了。

但周勃将军又说道：

"就算我们能扼住他西去之道，他若遁入五行山中，其为患之烈，则更不可小觑。为将者须明地理，否则不能为战！五行之山绵亘千里，有八陉，即轵关陉、太行径、白陉、滏口陉、井陉、飞狐陉、蒲阴陉、军都陉。此八陉连接秦晋燕赵，出可如猛虎下山，退可如豺狼入林。我等略一疏漏，非但使战争渺无了期，且将为患中州。经年战争还有何胜利可言？"

萧诚、杨起听着周勃的分析和对地理的明了，心中不禁十分佩服。周勃又说："目前敌情不明，尚须再作侦察。"

"将军，既然这样，末将即赴平舒设法查明敌情，再请将军决定方略。"萧诚说。

周勃沉思了一会，说："那好，现在你只留一骑千人将所部防守狋氏，精选数股游骑斥候向崞县、繁峙、卤城一带详加哨探，但不可与敌交锋，尽量隐蔽行动；西与袁长龄联系，北守通向横谷大道；东接应杨起，备随时听调。其余，全部骑兵连夜行动，前锋要多派斥候侦察搜索，大队人马要人衔枚马摘铃兼程前进，务于寅末之前到达平舒城内，并立即隐蔽起来。城防仍由原在平舒的守尉担任。"

周勃吩咐罢，杨起便立即去点兵，周勃却叫萧诚通知卫士长韩豹迅即准备，饭后立即随他去平舒。

31

　　周勃动身去平舒不久，袁长龄西门苍利带着两名随从也赶到了狁氏。他们本来是不必走这儿的，但袁长龄看西门苍利那疲惫的模样，就私下决定绕道狁氏，小憩半天再走。不想却在这儿与周勃失之交臂，真使两人后悔不迭。但萧诚喜出望外。根据周勃指示，他正准备派人与袁长龄联系，却不料他自己送上门来了。他传达了周勃的指示，介绍了灵丘的情况，商定了互相联系和配合行动的办法。西门苍利见萧诚英俊洒脱，机警风趣，同时待人又非常热诚，毫不骄矜，心中反倒暗暗难过。他既不能告诉其伯父下狱之事，又不能表明自己身份。在萧诚眼里，他不过是袁长龄的一名属掾而已。饭后，西门苍利暗促袁长龄即刻动身。他恨不能插上双翅立即追上周勃将军。袁长龄无奈，只得依从。

　　大路上行人稀少，逢到要路口，有明岗也有暗哨，得知是袁长龄都尉便都放行。有时袁长龄还能遇见熟人，更是恭迎礼送。西门苍利说：

　　"若不是老兄亲自陪送，一路上不知会遇到多少麻烦。"

　　"若去见樊将军，我袁某也无能为力。一过治水，就须周将军的特制竹符。"

　　"那么那两位'商人'呢？"

　　"那当然——又作别论喽！"

　　他们相视而笑了。

　　昨晚他们动身将过半个时辰，县令赵平就派县丞飞马追上了他们。原来那两位"商人"下榻在城西北角一家较偏僻的客栈里。他们言语含糊，态度却骄横，竟与查宿者口角冲突。后来声言要见平城负责官员。赵平便命县丞来请示机宜。袁长龄叫县丞转告赵平：出面接待，套出实情。若事关重大，设法滞留，随时派人专程到平舒来禀。

天上无风无云，大路逐渐平坦。一行人不由又催了下战马。未末之时，平舒在望了。

平舒位于祁夷水①北岸，城周只有六七里。城中街道平直，多处兵燹火焚的残迹，都清理过一番，一些小店铺又在开张营业了。

根据北门戍卒的指点，他们径直来到位于东街的县寺。值房一名伍长认识袁长龄，急去后堂通报。周勃的卫士长韩豹出来迎接了他。他打量一眼西门苍利，觉得陌生。

"烦你禀报将军，有贵客。"

韩豹瞪大了眼睛惊愕地把西门苍利又打量一眼才转身走了。少顷，韩豹转来，引他们穿过大堂。一下台阶，便见周勃携杨起出了后堂房门。西门苍利不能急趋，只好立在那里，这时周勃已经看见了他，先是一惊，然后忙大步跨下台阶："啊，是西门……"西门苍利只高插手行礼，并不答言，眼光向两厢巡睬了一下。周勃不再说话，上前拉住他的手并行。杨起觉得诧异。在踏上廊前台阶时，周勃低声吩咐韩豹："加强警戒，来客之事不许外传。"韩豹即招呼两厢卫士随他集合到大堂的后廊下去了。杨起见状也欲回避，却被周勃叫住了。他随着进了二堂的东书房。直到这时西门苍利才正式向周勃行参见大礼，然后，又代王陵和陈平问候。

"怎么，曲逆侯已回长安？南方战事已经结束？"周勃有点吃惊地问。

周勃从一见到西门苍利那一刹起，就料定必有重大事故，否则陈平不会派遣身边的亲将远来朔北。他见过西门苍利，知道他在陈平身边的地位和受信赖的程度。这时西门苍利撕开内衣里襟的贴边抽出一长条帛书呈递给周勃。

周勃展开那帛书，看着看着，他的双手颤抖起来，额头上沁出了汗

① 《汉书·地理志》："平舒县南有祁夷水。"颜师古谓此为呕夷川，在今山西省广陵县南，名壶流河。

珠。站在一边的西门右庶长神情严峻。杨起和袁长龄已经能从将军的神情中感到某些紧张了。

"将军!"西门苍利轻声叫道。

周勃恍然醒了过来,抬起了头,他猛地睁开眼睛:

"请叙详情!"

西门苍利扼要叙述了长安发生的事情之后,又禀报了那两名骑宫厩马的"商人"的情况。

一波未平,一波又起。

"将军!以末将拙见,"西门苍利说,"那两人有可能是东宫派往樊侯处的使者。"

"何以见得?"

"相国下狱,赵尧专权。如有诏旨下,当颁给将军。即或为避免路上张扬而微服出行,到达将军防区后也应寻觅官员,何须投宿偏僻客栈?由此看来,若确系宫中之人来颁旨者,此旨绝非颁给将军。东宫对圣上疑怨甚深,为保储位,未必没有密谋。安国曲逆二侯为安定社稷,营救相国,殷盼将军,故派末将易服北上。以此类之,东宫又何尝不可派人密传懿旨于樊侯?"

周勃沉吟不语。他久在朔北,戎马倥偬,不辞辛劳,不惮征战,竭尽全力与陈豨角逐,一心一意要彻底消灭叛乱,上慰宸衷,安定国家;下慰黎民,休养生息。他做梦也难料到朝廷上会发生如此事变。如今不但尚未医治好秦末大乱以来的战争创伤,且因南北两线战争俱未结束,还在产生新的创伤。这错综复杂的局势,使他陷在深深的痛苦之中。联想到眼前的处境,益发觉得可怕。这个仗怎么打下去?

这时,韩豹来禀报,说已备好便宴。周勃对自己这位卫士的机智很是快慰。然后对西门苍利抱歉似的苦笑着说道:

"军中无甚可佐餐之物,不成敬意,吃饱为上吧!"

韩豹又报说便衣巡察在一家小饭馆里捉到一个形迹可疑的人,经审问知是敌人细作。周勃命杨起亲去盘问。

饭毕,韩豹叫人把酒宴撤了。袁长龄嘱咐韩豹给西门苍利找一名医师医治脚伤。

这时，在小书房里，西门苍利正向周勃谈着自己的想法：如果到平城的那两人确系东宫使者，他建议设法将其阻留，不让他们见到舞阳侯。

周勃沉吟不语。他一向敬重舞阳侯。樊哙有奇勇，更有奇智。征陈豨以来，他俩分军而行却配合默契，绝少龃龉。樊哙虽然有时恃勇骄横，但总还顾全大局。周勃知道西门苍利之意。舞阳侯见不到东宫懿旨，可一如既往，与之同心勠力共击陈豨。若反之，樊侯万一奉旨，或回长安，或有他谋，敌我形势必将逆转，经年战果付之东流且不说，长安形势可能出现更加难测的变化。但要阻留……他不禁有些不知如何是好了。

这时，杨起匆匆进来：

"将军！陈豨已抵灵丘！"

"什么？"周勃猛地止住脚步，问，"消息可确实？"

"确实。此消息是萧都尉所派细作探知的。"

"召细作来见我。"周勃说道，然后请西门苍利去书房休息，他来到外间。那名细作走了进来。周勃一看，是个二十出头的小伙子，青巾束发，面色黧黑，一副山里樵夫的打扮。

周勃着他快将实情说明。那细作便说道：

"陈武的先锋姚泉一到灵丘便宣布戒严，并命都尉高肄亲自率队巡缴，不问军吏百姓，凡无所颁腰牌者一律拘捕。县令陈镒——陈豨的族侄儿，今天头晌为给陈豨治办接风酒宴，派人向城中殷实人家征收佐膳的海陆之珍。小人探听此讯后，怕其中有诈，便将店家的木炭挑出一担径送县寺。遇到盘查，小人谎说奉县令之命遂得无阻。小人是雪中送炭。大司务说炭好，还要几担。小人得了供神机会，讨了腰牌，又送了一担炭，便一头扎进了灶房。以此得知陈豨携丞相程纵、王妃程姬及宾客六十余人于今日凌晨从东门进入灵丘。"

"噢！"周勃又问；"有多少人马？"

"小人估计超过三万。"

"何以为据？"

"伙房要筹办二百多人的宴会，明令赴宴者为都尉以上官员。小人当时估算：高官不计，代王宾客六十余，丞相官佐二十余，将军幕僚二十余，地方官员一二十，余者当是都尉以上的将佐，少说亦应有七八十人之多。照此推算，当超过三万之数。”

周勃赞赏地点了点头，遂令其退去，请西门苍利来到外间，问他和杨起：“此细作所言有无可疑之处？”

“末将不敢妄断，”杨起说道，“与敌奸细供词对照，倒也相仿。”

“西门右庶长以为如何？”

“客将不知底细。于暗中看此青年机警聪明，行止有据，胆识过人，判断合理，非信口开河之辈。倒是个难得的干练细作。”

周勃点点头，问杨起那细作叫什么名字，在萧都尉帐下多久。

杨起答道：“此细作姓田名钜，据说已在萧都尉帐下三年有余。”

这时袁长龄推门进来径向周勃禀报道：

“将军！赵平派人来报，那二人确系晋见樊侯之人。一是太子洗马胡母沙，一是樊樊。”

周勃长吁了一口气，眉宇间流露着难以言状的痛苦。突然他回过身来对袁长龄说：

“命来人迅速赶回，吩咐赵平好生款待。如果他们要走，即派人护送。不得怠慢！”

袁长龄惊愕地看着周勃，感到大惑不解。

这时，杨起又走了进来，对周勃说：

“将军！末将方才与卫士长商量，若田钜之言属实，则我军目前处境十分不利，甚至今夜就可能发生战事。平舒弹丸小城，仅一祁夷水，无险可凭，守兵不足敌人十分之一。陈武如若今夜偷袭，末将誓与周旋到底。但吁请将军与西门右庶长早些动身，或回横谷，或去犷氏。”

周勃没有理会杨起，却命令道：`

“眼前形势虽然险恶，却是天赐良机，良机难再，时不我待。传我命令：都尉以上将佐即刻前来议事。”

杨起还想劝周勃，却又止住了。韩豹立即出门去传令。

西门苍利站起来请求回避。

“我正希望你授我以灭敌之计呢！”周勃说。

“末将此行秘密，不宜抛头露面。”

“噢，我差点忘了。”

三名骑千人将和五名都尉到齐之后，大家席地而坐，杨起如实地介绍了敌情，对陈豨移兵灵丘的战略目的做了几种估计。然后大家便议论开了。

周勃坐在一边静静地听着诸将的议论。过了一会儿，大伙儿才发现坐在一边一声不吭的周将军，便也都不再言语了。他们等待着周勃的决定。

周勃见诸将静了下来，便挥挥手，说道："此刻陈豨正在大宴诸将和宾客。大家担心他会来夜袭，我料定他们此时是长途夜行，人困马乏，不明我军虚实，必不轻动。以敌在灵丘戒严和隐蔽情形来看，一是等待代城方面的守敌对我横谷发起攻击；二是养精蓄锐，以保其全锋。《孙子》云：'始如处女，敌人开户，后如脱兔，敌不及拒。'陈豨欲造成这一态势，其谋合于兵法。但陈豨失一筹，他给了我调兵遣将的时机。我打算趁他宴饮之际，从容设防。现在各将回营后严厉约束士卒不得出营一步以候调遣。所有游骑斥候逐步后撤，只要能监视敌人行动就可，万不准有所接触。袁都尉迅即返回平城，明日巳时，接防狋氏、繁峙一线，让萧诚所部在祁夷水北岸隐蔽防守。"接着他又命韩豹传檄给刘泽将军，命他分遣朱岳、武先等五骑将所部来平舒听调。其中朱、武为先锋，于明晨卯时前赶到，后续各部于午前赶到。然后刘泽即用他的旗号大举向代城进逼以示攻代决心。但无命不可夺城。同时又命韩豹传檄樊侯，请其向当城逼近。

周勃下罢命令，将佐们纷纷离去，袁长龄也来向西门苍利辞行。西门苍利很是不舍。

这时，周勃走了过来，对袁长龄说：

"狋氏以西以迄平城的守备曾委托于你。令我放心不下的是东宫密使。他们迟见樊侯一日，樊侯会与我通力合作一日。否则，朔北之战难以逆料。所以你回平城后，不必与之谋面，只命赵平与之虚与委蛇吧。"

袁长龄这才明白了周勃刚才的吩咐，他能体谅他的苦衷，说了声"是"，便告辞而去。

室内又只剩下周勃和西门苍利两人了。

"西门右庶长！你久隶陈将军麾下，以王者之师为师。今来朔北，是陈将军赐我以益友和臂助，当有以教我！"

"将军，我学尚且不及，怎可谓教！"

"西门右庶长怎样看此态势？"

"今晚敌之增兵是其余绪，或者只是运输辎重之兵，灵丘储备是有限的……"

"嗯！嗯！"周勃点头表示赞许。

"汉七年，圣上亲率七万之众而被困于平城者，因未侦知冒顿所聚之兵。一旦侦知，敌四十万众其奈何？故行事机密则能以少胜多；如事机不密，我军即或与之相等甚或倍于敌也难奏预期之效。现在，敌倍于我，但其行动将军了如指掌，将军行动陈豨却未必知之，一旦交手，他将失措。"

"虚虚实实，兵无常势，虚而不虚，奇而复奇。右庶长之论正合我意。"

"末将能在将军麾下受教是平生幸事。临来时，曲逆侯嘱咐末将转告将军，陈豨善运动是其长处，将军着意把握其运动，就可使其长化为短，于运动中将其消灭。适才将军所定方略，正是把握其运动而以奇兵劫之。如能成功，经年之战可毕于此一役。九重之望，安国之虑，曲逆之嘱，皆可得偿。"

"但愿如此！"

"只是，将军拟在何时何地迫使陈豨就范？"

"嗯，说下去！"周勃注视着西门苍利。

"将军！陈豨为人狡诈而又老谋深算，陈武剽悍而又多谋善断。他若不知我虚实，必不肯贸然进攻；若知我虚实，或攻或守或进或退皆为有据。故将军有备不可令其知之，而将军无备则应设法令其知之以坚定其西进之谋，从而使陈豨按将军的谋划进入彀中。若能如此，陈豨于何时就范就指日可待。不知将军以为然否？"

周勃听着眼前这位年轻军人的话，心中不禁有些激动，他为他的谋略所启示，同时，他也又一次由这位年轻人身上，看到了陈平的影子。此刻，他也才明白陈平将军不单是给他派来一个送信人，而是一个好谋士、好助手啊！战争的序幕就要拉开了！

32

战争的序幕悄悄地拉开了。

如何使敌人以为平舒是座空城，只有更卒和少量戍卒守卫，原是个颇为伤脑筋的事。周勃和杨起在商议时，韩豹想起了田钜。他的这名新部下说自己在七十二行中干过七十一行，只有一行没干过，就是打仗。攻打雁门那刻，他正在城里一家烧锅铺当卖酒的伙计。和田钜密谈以后，他向周勃献计：把他当作撬门爬墙的狗盗之徒，投到土牢里。他和敌人细作谭喜越狱逃走，穿街过巷，安排个僻静去处让谭喜顺手牵羊捞一把，然后逾城而去。这就等于把城里无备的情况都展览给他了。他回去之后，什么都敢吹，只有被捕坐牢一事不敢说，因为陈豨军中有规定，凡被俘被捕的细作必定是出卖了机密之人，重者死罪，轻者受责，他的一家老小可就完了。

计谋实施了。

周勃赢得了一夜又一个白天的时间，朱岳、武先两骑将所部准时于拂晓前抵达，并隐蔽于城北雀儿峰下的松林中，其余三骑将所部也于午前抵达，驻扎在雀儿峰北麓的山谷里。平舒城里则一如往日，城门洞开，集市过午不散。除了城门上懒散的戍卒之外，不见兵勇。

但是纵放出去的谭喜却如石沉大海。韩豹急得像热锅上的蚂蚁，他带两名卫士化装在集市上和城外暗暗巡察，发现几个可疑之人出入城关，但是他们不能跟踪。跟谭喜一起越狱翻城逃跑的田钜也是音信杳然。他甚至暗暗后悔。按军中规定，细作不得接近上层将领，更不要说三军最高统帅了。他们经常处于最危险的环境中，随时都有被捕的可能。他们云游在敌腹之中，独来独往，所传消息，往往在当时是无从对证的。他在萧都麾帐下三年，与他韩豹毕竟是第一次见面啊。

他返回县寺，想把他的疑虑察报周勃，必要时要做第二手准备，不能把战争的命运押在敌我的两个细作身上。他知道细作们都是鬼精灵，见人说人话，见鬼说鬼话，干过七十一个行当的田钜自然也是一肚子鬼心眼。眼珠子一翻就是一套计谋，脸一摩挲就变了一个人。昨夜推他下狱坐牢房时，他装出那个贼样子，天上的神明也判断不出真假。偷听他和谭喜搭语，时漏不过半刻，两个人就好得仿佛要穿一条裤子还嫌肥似的。后来暗中窥看他们翻墙越狱的情况，当面就把人哄过去了。这样的人能信得过吗？

周勃正在和六名骑将在前厅里举行会议。他的卫士们示意他不要进去。作为周勃的卫士长，通常，任何会议不禁他出入。既有指示，只好暂时不进。他绕到厅后，听西门苍利正和人说话。他进去了。原来医师又给他换完了药，他在屋里转圈子，脚步很稳。他说："敢用力了，只觉得脚底下又麻又凉，却不疼。真是神医！那个该死的县令害得我好苦，多亏你呐！""可要防冻啊，不是闹着玩儿的！"

医师走后，韩豹对西门苍利说出了自己的疑虑。他现在对西门苍利非常信任。西门苍利告诉他："疑人不用，用人不疑！将军阅人多矣，不会看错。我觉得这个田钜将来还会有大作用的！"

韩豹又返回了城外。他的两个卫士正等得发急。他们的任务是接应田钜传回的消息。

太阳挂在西边的林梢上。小北风吹得他透心凉。他把又短又破的棉袄用腰带扎得紧些，但无济于事。风越来越紧了。两个卫士动手砍起柴来，借以驱寒。他无可奈何，也动起手来。这时他又觉得当细作的可怜，他们是什么活都得干，还要干得像、干得好才行。

一个卫士突然发现大路南端有人来。他指给韩豹。他们立刻捆起柴火，待来人走近时就迎了过去。

啊，谢天谢地，竟是田钜。韩豹刚要上前招呼，他却悄喊了一声："别靠近我！"扔给他一块石头便隐入路对面的荆棘丛中，立刻就没影了。

原来是一张帛书裹着的小石块。韩豹看过之后，立即挑柴从树林的小路走了。走到树林深处，扔下柴火就跑。一口气返回城里。他顾不上回县寺，带着一名卫士向城西南角跑去，另一名卫士则回去送帛书。

周勃开完了会，朱岳等五骑将已返回驻地准备行动，他便来到后堂和西门苍利一道吃晚饭。这时杨起拿着田钜的帛书进来了：

"将军！田钜这小子已经引蛇出洞了！"

周勃接过帛书和西门苍利一起看。帛书揉得很皱，没有巴掌大，铅条写的字有些模糊，细辨方能看清。原来敌人已经开始出动，派来一名骑长，率领三十多人由他引着偷翻城墙，企图来个里应外合。下面是他通知韩豹撤防和接应的地点及方法。显然敌人已经认定平舒是座空城，想要不战而得，或者经过小战而得。不过敌人还是有所警惕，派了一名骑长来验证。

紧张的调兵活动开始了。杨起给韩豹派去了一百人。

原先设想的几步棋，现在一下都走开了。

酉末时刻，韩豹回来复命：敌骑长宋纯所率三十二名步卒无一漏网，全部逮住，就地看守。他请示如何处置。

"田钜呢？"周勃问。

"他还与谭喜、宋纯混在一起，也是被俘的一个。"

"为什么？"

"他示意的。"

"将军！我们走错了一步棋，"西门苍利恍然有所悟地说，"动手太早了一点。"

"为什么？"韩豹问。

"敌人怎样里应？怎样外合？时间、方法和联络信号都还没弄清楚啊！"

"审！我用棍子撬开他的嘴巴！"韩豹发狠地说。心想人落在他的网里还不由他摆弄。

但当他第二次来见周勃时，他的神情沮丧了。和他同来的田钜也有些紧张。

周勃已经接到各路斥候的禀报，平舒南原已经集结了敌人的大军，但行动十分审慎，都在十里之外驻扎，再不越雷池一步。

韩豹的棍子显然没有撬开敌人的嘴巴。他向周勃禀报说，谭喜是一切都招供了。但他只是引路之人，和田钜接上关系之后，他们一同率人越了城。然而进城之后的行动是宋纯负责，如何与城外联系，什么时间行动，只有宋纯一个人知道。然而他死不开口。

周勃沉吟了。他知道一个细节的疏忽，有可能导致全部计划落空。在瞬息间他想了几个应变的措施和办法：如主动出击，进行夜间野战；如一部出击，大部迂回去攻灵丘；如继续隐蔽，待敌来攻。但他都否定了。兵行诡道。如果失去了这个"诡"字，自己就丧失了一切主动权，而敌或龟缩，或强攻，或声东击西，在皆为主动，他则防不胜防。真是胜则一胜十胜，误则一误十误啊！他不禁浸出一身冷汗，眼看着敌人已经接近饵食，但这支脆若蛛丝的试探触角，却具有如此巨大的功能，使他感到束手无策了。

"将军！"田钜突然说道，"事情是我开的头，恐怕还得由我来了结。"

"怎么了结？"

"我大约还没完全暴露，宋纯对我有所疑，却未必能疑到我的全部底细。我揣摩他仍然不知我军虚实。死也要报仇恐怕是人之常情。现在要让他疑谭喜，信任我！或许能套出实情来。"

"嗯？说下去！"

"请谭喜为座上宾，对我用苦肉计！"

周勃沉吟不语，觉得这样做不一定有把握，而且使田钜白白吃苦头。

"将军！时不我待，迫在眉睫，事不宜迟。不行苦肉计，我无法放手做下去。"

西门苍利建议试一试。

"可这白白苦了田钜。"

"苦什么？将军！干细作这一行长了一身贼肉，能打人也能挨打，叫自己弟兄打个样子，不伤筋不动骨，有什么了不起！"

他的话倒把人们逗笑了，当然是苦笑。

杨起叫人急去找来一身县令穿的文官服装，带着一批换成县吏服装的人去那座民宅。他们现在没时间布置县寺大堂，这里驻军太多了。田钜又被偷偷送回看押的地方。

但是这次酷刑审讯几乎没有结果，田钜白遭了一顿打，虽然是出头棍，也还是见了血。得到座位的谭喜遭到了那一群人的痛骂，宋纯甚至把血痰唾到谭喜的脸上，但他仍然抵死不招。实际上这已经表明了一种信号：城中有备，他们落网了！

当杨起和韩豹换了装来到南门城阙上向周勃禀报时，军中更鼓已报了亥刻。周勃感到一阵阵痛心。留在城外的最后几个斥候，已经传回消息，敌人前锋离城不到五里集结。他凭着那双锐利的已经习惯了夜视的眼睛，借着点点星光，已能感觉出那里黑森森的煞气。但他无法猜测出敌人的部署，更无法知道指挥这次夜战的主将和他的应变的准备。他忧心忡忡地思念长安，满心指望抓住这次意外的战机，如西门苍利所说的在预定的时间和地点迫使陈豨就范，一举结束这场旷日持久的战争。但这是虚拟的悬想，还是独具慧眼的高瞻远瞩？他的心无法坚定下来。他一生经历过无数次战斗，每次大战在出马交手之前，心情总是平静的，从来没有像今天这样令他心焦。预期的这场战斗干系太大了，可是他觉得把握却小得不及一场猝不及防的遭遇战！

这时一个近侍卫士从黑影中摸索着向他走来："将军！请扶墙听一听，我觉得敌人在向这里靠近！"

周勃、西门苍利、杨起和韩豹等都向自己就近的墙壁贴上了耳朵。又走向箭窗向外瞭望。城下一片漆黑。除寒风掀动的树梢还偶能分辨之外，大地仿佛是无边无际的黑色的海洋，深不可测的深渊。仰望天空，寒星点点，似乎更增加了阴森的感觉。耳朵和眼睛都没有给他增加什么新的信息，除了不安。周勃觉得自己的心跳动得更厉害了。

西门苍利暗暗拽了一下韩豹的袖子，他们悄悄下了城。

"将军！"杨起靠近周勃附耳说道，"能不能采取一些别的措施？"

周勃没有回答。

难堪的沉默。

隐伏在雉堞后边的弓箭手们大约有些耐不住严寒了。有人在搓手，有人在跺脚。

"传出话去，"周勃对一卫士低声命令，"保持肃静！"

"将军!"杨起再次靠近周勃附耳说道,"可否命朱岳或武先先出动,从城西越过祁夷水向灵丘迂回,截断南原上这支队伍的退路,然后我出战……"

周勃挥手制止了他的话。

"将军!要等空了呢?"

"不能打糊涂仗!"

西门苍利和韩豹回到周勃的身边。

"将军!敌人是在向这里运动,在城门下伏地监听,可以肯定是大部队的马蹄声。"西门苍利轻声说道。

"可惜是北风,"韩豹插话,"不然的话,说不定还能闻到某种气味呢!"

"噢?"周勃略感一惊。

"将军!"韩豹又说道,"敌人细作于夜间联系的办法,通常不外是举火为号,我们诓骗他们一下不行吗?在各处烧起几把大火来,至少也闹个敌人六神不安,进退失据!"

周勃没有答言。

凭三星的位置判断,将近子夜了。

敌人前进的势头可以明显地感觉出来了。

几个人上城的跑步声。三个人被引到周勃面前。这是留在城外最后的三名斥候。

"将军!敌人前锋大约一二百人步行向桥头逼来。我等全部撤回。"

"将军!怎么办?"杨起问。

"将军!快拿主意吧!"韩豹同时在说。

"西门将军还有什么策谋吗?"周勃问。

"将军!你听!"西门苍利向城内的方向听去。他出了门,向面向城内的女墙跑去。韩豹先跟了过来,其他人也跟了过来。"快!下城去迎接!"

韩豹迟疑着。

"快去!"周勃也听到了声音。

远处传来了子夜的梆子声。

韩豹在城下的跑步声。

"再去两个人！"周勃命令。

韩豹把田钜背了上来，后边还有两个卫士帮着。

"将军！准备大战吧！什么消息我都得到了……"

"田钜——"

33

陈武率六骑将所部——灵丘兵力的六成，亲临平舒南原。

平舒，弹丸小城，不过是他驻马的一个驿站而已。占领平舒，只是先锋骑将姚泉的任务。但是兵贵神速，更贵奇。他要神不知鬼不觉地一举拿下平舒，并立即穿城而过，直抵横谷之侧，对周勃的后背猛击一槌，既解代城之围，又可从容西进。

由高肄对谭喜进行严格审查，甚至不惜以杀头来恐吓他之后，确信他侦察到的情况是实，就命其亲信宋纯率三十骑先行入城。这一行人到达前沿的潜伏哨所，谭喜寻着了杀人越货的田钜，他们弃马，一个个向城下靠近。天黑便陆续越了城。

在宋纯这批人出动之后，姚泉所部以每个骑百夫长为单位，分路搜索前进，到平舒城南十多里的丛林中隐蔽。并命姚泉每前进十里派遣斥候回报一次。落日衔山时，他已接到七八次禀报。最后一次禀报还包括宋纯一行顺利逾墙进入城中的消息。他这才下令：已经受命候在城外的五骑将起程。他本人进行宫陛辞。

为了给他壮行，代王陈豨、丞相程纵、大批宾客及守城将佐在行宫门外举行了仪式。落日余晖照耀着大纛旗下的五百骁骑卫士，显得这支队伍异常威武雄壮，旗帜鲜明，戈戟闪光，就连战马也都抖擞精神，高昂头颅，跃跃欲驰。

陈豨捻着长髯，笑容可掬地对陈武说道：

"望贤卿马到成功，早传捷报，毋使孤与丞相久候！"

"谨遵大王钦命！"陈武高插手行着军礼说，"臣定要马到成功，务期于明日凌晨逼近横谷，不使大王与丞相久候！"

"赐酒！"

一个卫士从陈豨身后闪出，高捧漆案跪在陈武面前。他捧起铜爵说：

"谢大王隆恩浩荡！祝大王千万岁！"醮天祭地之后，将第三爵酒一饮而尽。

程纵也上前一步，他身后的另一名捧着漆案的卫士也闪了出来。他亲斟一爵酒敬到陈武面前：

"将军夜战，务请保重！请将军满饮一爵胜利酒。"

"多蒙丞相厚爱，敬谢不敏，请丞相静候佳音！"他接过酒，又一饮而尽。

宾客的代表也是敬酒如仪。

陈武于阶前上马后，把高肆、陈镒、程纵的亲侄儿程济等守城将佐和代王的亲卫将军叫到马前再一次嘱咐说：

"夫兵凶战危，兵行诡道。战者皆望一鼓功成，可谁闻有一鼓将军之名？尔等妥保大王，善体吾意，守土之责，重担千钧，莫等闲视之！兵家之所以能攻城略地制敌而不制于敌者，贵在先知。先知者何？斥候耳目是也。故尔等必须多派斥候远哨四乡，并定时遣游骑至吾行军之处禀报守城情形，以使吾专心致力于前而无后顾之忧。至嘱！至嘱！军令如山，不得有误！"

陈武率卫队人马出灵丘北关时，已经暮色四合。混沌中，镶着白色牙边的大纛旗仍然清晰可辨，迎风招展。他行不过十里，二队骑将竺奎所派之游骑回来禀报说前部已到指定地点。他命卫队长陈全："偃旗息鼓，人马趱行！"此后，他于途中不断接到各部骑将派人来禀进入战位的情况。他心中暗喜，觉得出师顺利。他的骁骑卫队逐渐由小跑变成大跑。约在戌末时刻便到达了预定的驻马之处。

陈全在松林稠密的山头上插上了大纛旗，扎上一道幛子。陈武登上山头，先锋骑将姚泉就跟了上来。陈武由近侍骑卫搀扶坐在一张熊皮褥子上，接受了姚泉的礼拜。他正准备向姚泉面授机宜，一个卫士的吆喝声传了上来。他喝问什么事，命人传上来。

原来姚泉所部在山北麓林中隐蔽时间长，朔北腊月的夜晚无水不结冰，无气不成霜。骑士们都冻得瑟瑟发抖，一个士卒冻得受不住，对身旁的同伴悄声说，砍点树枝能拢上一把火才好呢，我都要冻僵了。冤家路窄，一句遐想的话竟被上司骑千人将听到了，照着他的脖子就是一鞭。他猛一颤，不由自主地往前一扑，把马吓得惊跳起来。他刚一扭头，第二鞭又劈头盖脸抽下来。他"哎呀"一声，用手臂遮挡，连叫"将爷饶命"，皮鞭又连续抽下，从牙缝里迸出声来呵斥："还敢出声！"他被反剪手臂押上了山。

陈武不待听完禀报，一挥手："斩！"

姚泉为部下求情，刚叫一声"将军"，陈武"嗯"了一声，那严厉的气势仿佛一股飓风噎住了他的喉咙。那士卒只喊出一声"饶命"，那骑千人将已飞出一脚将他踢出七八步远。他刚挣扎跪起，剑已落下，一股血腥气混着一股黑血蹿得老高。

"姚将军！你对部下约束不严致有此祸，要引以为戒！陈全！派人提此首级去至各部号令：有违军纪者概如此例！记下，授千人将军爵一级！"

姚泉遭到抢白，听完了所授机宜，立即下山，对那因升爵而扬扬自得的骑千人将一语不发。来到军前，提首号令刚传达完毕。这颗首级果然具有驱逐严寒的力量，不单没有人敢说冷，连战马都静悄悄不敢刨前蹄了。

陈武得知姚泉已率所部出发，便命人通知二队至六队所有骑千人将以上将领速来议事。他仰望三星，估计离子刻已经不远。四野茫茫，仿佛是个无底的深渊。先锋部队的马蹄声渐去渐远，归于一片沉寂，只有那阵阵的松涛声有节奏地在喧腾。这山头上确乎有些严寒，他下意识地把熊皮褥子卷起一角搭在腿上。他暗想，如果宋纯行事顺利，不费吹灰之力拿下平舒，一抵横谷侧背，局面必将立即改观，再造之势成矣。但这沉寂的黑夜也使他担心，不禁暗暗捏着一把汗。

各部将领纷纷向他报到。二队骑将竺葵及其所属略迟一步，当众受到申斥。当他凭感觉知道众将已经大气不敢出，都把目光集中到他这里时，便清了清喉咙，略提高声音说道：

"今晚夜袭平舒，北进横谷，望众位将军齐心勠力，功成之后，大王不吝封侯之赏。如若畏葸不前，军令如山，不论将士，立斩无赦。前车覆，后车鉴。吾已三令五申，莫谓言之不预。现众位已亲临战地，此间态势皆已目睹，讯号将起，战幕即将揭开。吾欲趁此时机重申前令，望尔等各遵所嘱不得有误。此刻先锋姚泉将军已率所部隐伏祁夷水之南，只待火光一起便开始攻城。二队竺葵将军所部立即跟进，攻城时为其策应，进城后迅速占据四城。三队赵绾将军所部即向祁夷水上游进发，城头火起立即渡河，一则防止狋氏之敌前来应援，二则不使平舒之敌西窜。四队董达将军率部随于二队之后，在城中不得逗留，务必穿城而过，占据雀儿峰，然后向北搜索前进，务期于凌晨前靠近横谷隐蔽。五、六两队在原地待命，以为后备。本将军将率领骁骑卫队随竺葵所部逐渐前移，亲自督战。各部要遣游骑随时来报进展情况。诸位对此部署有何不明之处或有异议还可提出，吾将择善而从。"

"将军！何以不顾东面？"五队骑将华毋解问道。

"哼！"陈武冷笑道，"东有祁夷水，彼若东去只有一路可通代城，是自投罗网！"

"是！将军明鉴！"华毋解缩回头去。

"将军神机妙算，各位皆有立功机会，只剩末将在老树林中受冻，无功可建，部下将士定会抱怨末将不才！"六队骑将虞翎阿谀地说。

"非也！夫战，瞬息万变，胜败常判于一呼一吸之间。为将者不置后备之兵以应付万一乃莽将军也，不足以论大事。后备之部虽无首战之功，却必有用武之地，其功亦不下于首战者，望尔以此勉励将士，不得稍有松懈！"

"是！将军！末将遵命！"

"还有何疑难不解之处？"

军中只需一个头脑，一千千人将们连出气都是谨慎的，当然更不敢提问题了。

陈武倏地站了起来：

"好！即刻行动！再申一遍：畏葸不前者立斩无赦；奋勇向前者升爵受赏！"

陈武谛听着队伍移动的杂乱的马蹄声与阵阵松涛之声应和，不由得感到一种力量和即将胜利的喜悦。但一刹那间，星移斗转的方位似乎又一下子提醒了他：子时已过！依稀可辨的平舒城头的雉堞犹如死城，但为什么还不见信号呢？他的心不由得紧缩起来，按着剑柄的左手不由自主地有些抖动。

他密嘱宋纯的联络信号是：斩将夺关，打开城门，则在城头举三堆大火；无法斩将夺关打开城门，但城中并无大军驻守，则于城中四处放火，由先锋部队强行攻城；如城中有备，还不足以抗击大军攻城，则选择两地举火；如只有一处火光，只能表明他们尚然存活，而情势大变，他必须考虑撤军问题；如不举火，此三十人的性命必危乎哉殆矣，而他必须撤军。最后的时限是子时正刻。他不能以全军为儿戏。大王的事业就是他的事业！现在平舒城头死一般的沉寂，莫非已有伏军？子时已过，显然已出现了最坏的局面！奉命出动的各部将士估计已抵前沿，一旦敌人出击将其咬住，他将无法撤出。他的头脑嗡嗡发响，猝然喊道："陈全！"卫队长应声过来。"传吾之命——"陈全又趋前一步。但他犹豫了。他暗暗告诫自己：要沉住气！一旦命令发出则难收回。万一各部后撤，敌人乘机而出，必然造成混乱，要有万全之策！

"将军！请——"

"慢！再稍候！"

"子时已过。"

"知道！"

"城中可能有变。"

"命华毋解和虞翎……"他想要把后备队调上去掩护撤退。但行宫前壮行的情景倏然出现，悄然而回，有何颜面向大王交代？商议出军时，丞相本有异议，谓不可轻信细作之言，候代城兵动，得手则击周勃之背，不得手则急下平城牵动周勃以解代城之围，此围魏救赵之法，行之有效。若用之得法，还可再次创造如桂陵擒庞涓的奇迹，劝阻他不可急功近利。陈武一向看不起商人出身的程纵，他不过依靠不知嫁过几个汉子的女儿在大王面前得了宠，才致高位。陈武并非急功近利，而是为了大王的事业，必须积极进取。但不幸若为其言中，他还怎样驾驭三军？要沉住气！他再次告诫自己。他两眼凝视着北方，身子一动不动。他那犀利的眼睛闪露着凶光。他觉得时间那样难挨，仿佛每一次呼吸都拖了很长的工夫。

山下传来一片急促的马蹄声，传来山腰上卫士们的吆喝声。但那马蹄声仍然不停，骑者连声喊着"报——将军——"陈全唰地一下子掣出宝剑迎了上去。斥候滚鞍下马：

"平舒城里有喊杀格斗之声……"

"将军！火！火！火……"几个卫士惊呼着，还有几个卫士甚至拥抱起来。

陈武下意识地揉了揉眼睛，清清楚楚地看到城中出现了四处火光，接着城头上出现了一堆火光。"怎么是一堆火光？"他的心头又是一紧，可马上就消失了。他看见一支火炬在移动，一堆新的火光在升起。他还似乎看到有人影在火光前晃动，接着又出现了第三堆火，火舌在腾跳着。他擦去了额头上的冷汗。这时他突然发觉嘴里有咸味，下嘴唇隐隐作痛，轻轻用手一摸，不禁长吁了一口气。他不知在什么时候竟咬破了嘴唇。

"火把！"陈全轻声喊道。陈武顺其所指看去，果然一支、两支……转眼间出现了一条火把的长龙，两条长龙，三条……

"迅速返回前沿，"陈武对报信的游骑斥候命令道，"传命姚将军：快速进城，如有反抗，即杀他个鸡犬不留！"斥候走后，他又命令陈全记下他的话："宋纯升爵三级，职为骑千人将！"陈全复述之后，他又说："中营前进五里！"

五百骁骑卫士随主帅向前移动。眼前道路开阔，并且无须再小心翼翼怕出声响。战马风驰电掣般地奔驰，火炬金蛇狂舞般地飞腾。

"将军，慢！"与之并辔急驰的陈全大声喊着，并将陈武的战马逼向右侧以免后军的冲刺。出了队列，战马缓行。陈全指着城头说，"将军！城下火把混乱，是否有变，不可不防！"

陈武勒住战马，翘首瞻望，又命给他照明的火把撤至远处，以免碍其视线。大约他夺胜心切吧，看过一阵子，说："城门狭窄，人人争先进城，势所难免。命后队快速前进！"

陈全急拦住刚要起步的陈武的战马：

"将军，请下令命人马缓行。"

"为什么？"

"城门狭窄，道路堵塞，若再蜂拥上前，人马必更混乱！"

骁骑卫队渐渐停了下来。陈全派人选一块台地，周围全是田畴，没有一点遮拦。他把队伍带进田垄中去，由五名百夫长率所部各占一个方位。大纛旗由旗将在马上亮了出来。

但就在亮旗的一刹那，一名游骑斥候飞马狂奔并大声喊叫着"将军——将军在哪里——"当他被指向这块台地时，他顾不上选择道路，奋力扬鞭策马，直奔帅旗。就在跃上高台的一刹那，马的后蹄蹬塌了坡坎上的松土，一下子便滑了下去。当陈全等几名卫士跳下坡坎，把他从马臀下拽出来时，他刚说出"大事……不……竺葵将……死……死于乱"。他的头便垂到一边去了。

陈武正在惊愕之际，近侍骑卫又发现城下火把混乱，退潮般地向后涌来，后续部队却根据命令一股劲向前冲。火把烧了战马，战马更加疯狂地冲撞。北风中飘过来丢在地上的火把的刺鼻的烟味和烧焦的人体的臭味。

"后退者斩！后退者斩！"陈武嘶喊着。他命令一百夫长率队前去督战。

"命华毋解所部飞速前来助战！"他又下了第二道命令。

"擂鼓！"

立马于其身后的一队骑士立即猛击起鞍上的战鼓，鼓声惊天动地，火把的长龙又向前冲去。他相信"两军相遇勇者胜"这句兵家格言，抽出宝剑，大声喊着："随我前进！"

陈全一倾身抓住他的马缰绳更大声地喊着："不能前进，将军！"

"什么？"

"雉堞后边有弓弩手！城头火光有诈！"

"啊？"

34

"将军！敌骑将已被俘获，彼自称姓姚名泉，如何发落？"手中还提着宝剑的杨起向周勃禀报说。他被城头上的火光映照得满脸通红，显然刚刚经过了一场激战。他把剑插回鞘里。

"哦？原来是他！虎将！"周勃高兴地说道。

"可却做了瓮中之鳖！"西门苍利说。

"韩豹，将他带来！"韩豹下去时，周勃又问杨起，"放进城中之敌杀伤多少？俘获多少？"

"杀伤三四百，俘获千余人。"

"妥善处理，不要虐待。"周勃说，他忽然瞥见还往火堆上添柴的田钜，不禁说道，"只是苦了田钜了！"

"苦了我什么？将军！反正我不是打仗的料，这次又捞不上了，我就看着打吧，蛮有趣儿！"

人们都哄笑起来。周勃不禁也苦笑一下："你不是打仗的料就不用你打仗。回去休息！"他还叫一个卫士送他，嘱咐卫士找到军中医师，迅速治好他的棒伤。

"将军！城南又有敌军冲上来！"一直在监视着城下动静的一个卫士报告说。

人们又纷纷到射箭的窗口上向外瞭望。冰河上倒映着杂乱的火炬的光影，还有不少人和马摔倒在冰面上，喊杀声和哭叫声混成一片。火把的油烟好像一层大雾。从城头上射下去的箭矢也有不中的。周勃立即传下话去："注意节省弩矢！"

杨起对周勃将军说道：

"经年作战，还从未有如今夜这种状况。从方才的隐蔽运动到突然亮出火把发动进攻，我估计陈武就在前沿，很可能就在擂鼓督战。将军！发起反击吧！擒贼擒王，末将就向擂鼓的地方冲去！"

"嗯？不要急！一鼓作气，再而衰，三而竭。现在敌正是一鼓作气之时，还没真正挫伤其锐气！派往祁夷水上游的人马有无回报？"

"还没有？"

"狃氏方面有无消息？"

"也没有。"

"现在三军的大纛旗是'杨'字，注意全面运筹，不要急于出战！"

"是！"杨起急转身派人去传令。

韩豹带着两名卫士押解着反剪双手的姚泉。他身材魁伟，两眼熠熠闪光，满面紫涨，宽下巴上的虬髯蓬乱着，戴护肩的铁裲裆有一处皮绳被挑断，甲片耷拉下来。方才他一马当先冲进城门，待发现并无战斗情况，情知中计，但他已被兵士簇拥着过了半条街。他刚欲喝止队伍，伏兵齐起，把他和队伍零星分割包围了。他和杨起没斗上三个回合，不提防马腿被人钩住，终致被俘。他见了周勃连头也没低，胸脯挺得高高的。韩豹怒喝道："跪下！"并对他后腿窝踹去。但他一较劲儿，腿没打弯儿。这可把韩豹惹恼了，唰的一声抽出宝剑："死到临头还敢犟嘴，我宰了你！"

"中尔等奸计，杀剐任之，啰唣作甚？"

韩豹发了狠，刚想教他见血，周勃制止了他，微笑着问姚泉：

"料我平舒无备，趁夜偷袭，想来是光明正大之举了！"

"凭尔弹丸小城何以自守？待我陈武将军一到，恐尔等束手犹为不及！"

周勃心中暗暗一喜，陈武亲来得到证实，应当从他口中知道敌人详情。既然陈武亲自来咬钩，西门苍利的预见就有可能实现。他笑指着远处火炬照耀下隐约可见的一面白边旗试探着说："看那里，陈武将军正在督战，鼓声震天。姚将军，在下敢问此城何时可破？"

姚泉向外瞥了一眼，"拂晓前必破此城！除非周樊二将军插翅飞来！"他不屑地说。

"何以见得？"

"我大军云集南苑，即将四面攻城，尔等还有何能为？"他认为他们不敢出战，只能凭恃这座并不坚固的城池固守。

"这小子肉烂嘴不烂，属鸭子的，给他点厉害瞧瞧吧！"韩豹忍受不了他的强横。

"不可无礼！"周勃制止韩豹，笑对姚泉说："我未曾插翅便到平舒，呵呵呵……"他全然不像在审问俘虏。

姚泉有些惊愕，紧盯着周勃在看，强硬的态度从脸上消失了，迟疑地问：

"你是——是周将军？"

"我无翅膀焉能是周勃！不算！不算！"他大笑道，卫士们也都哄笑起来。

"果真是周将军？"姚泉盯着问，并向周围的人们看去，仿佛要请他们来证实。

"没有翅膀者不算！"

"果真是的！"

"是又怎样？愿为友？愿为敌？"

姚泉猛然迈出左脚单膝下跪：

"我败在周将军麾下不以为耻，死在周将军剑下不以为恨！周将军愿杀愿剐，我皆以为幸！"他把头低了下去。

"何出此言！"

"夫良禽尚择木而栖，吾耻为尸居余气而欲窃国投胡者战。今得遇将军岂能失之交臂！得剖白此心，余愿足矣，别无所求！"

周勃上前扶起姚泉，亲解其缚，说：

"姚将军能如此深明大义，令人欣慰。适才有所冒犯，望能谅之！"

姚泉原是韩王信麾下神将。韩王信败死后，又随陈豨并升为骑将。年来随陈豨转战，多效死力，而陈豨却欲投匈奴，使之深为不满。他的父母兄弟皆死于匈奴铁骑之下。他与之作战的对手却始终抗击匈奴，私心里逐渐有些敬佩之意。但他知道自己多年随主反汉，其功于此则罪于彼，反不敢萌生异念。今夜战败被俘，心中本来十分懊恼，感到输得冤枉。现在才知道事情并非偶然，故剖白其心。他不敢求生，亦不想屈辱求生。此刻周勃将军不但不凌辱他，还能待之以礼，他感激得磕下头去。

周勃初见就觉得他与亡命之徒宋纯并非一类。此刻他正需要一个既知陈豨、陈武之谋而又能倾心归降之人，这比灭其一旅之师更为重要。姚泉尽其所知叙述了陈豨潜来灵丘之谋和陈武进犯平舒之策。周勃暗暗觉得他已经有了答案，大约可以设想全部战局的发展了。他偷看一眼西门苍利，他也正在看他，他们会心一笑。杨起也因得知敌人的全面情况而高兴。他暗想自己所崇拜的将军具有什么样的远见卓识，才能从一个自己认为是微不足道的消息中捕捉住这样的战机。他对西门苍利更加尊敬了，对姚泉也没敌意了："适才交手之际多有得罪之处，望姚将军原宥！"

"谢还来不及，否则怎得此机缘？"

城下的鼙鼓声和远处督战的战鼓声交织成一片。周勃拒不出战大约增加了陈武的幻想，城上只有招架之功而无还手之力。攻城的箭矢骤然猛烈起来，有的竟射中城楼上的窗框。凭借雉堞回击的士卒已有伤者，从垛口射下的弩矢有所减弱。突然一支箭飞进了城楼的窗口。韩豹与西门苍利眼疾，急遮挡周勃，两人撞在了一起。羽箭是向上的，从他们头顶上飞了过去钉在梁上。

周勃嫌从窗口向外瞭望的视野太窄，便率他们到城楼西侧的女墙后边去观战。那里离城上的火堆也远些。他见祁夷水对岸有一员战将在拿着火把的骑卫的护卫下，正亲自擂鼓督战，其身后的掌旗官还不停地挥舞着战旗。雉堞外边的墙缝里不知夹住了多少支箭。周勃问姚泉：

"此擂鼓督战者是何人？"

姚泉仔细看去，并从旗色上辨认出来：

"四队骑将董达。原秦降将翟王董翳幼子。"

"谁可射之？"

"容我一试！"姚泉抢先回答。

周勃向身边的一个卫士示意，那卫士立即将自己的弓递给姚泉。他接过来略一抖，却不接他的羽箭，把弓又还了回去："轻！箭不能过河。"韩豹不服气，马上把自己的弓递给他。他接过来一拉空弦也还给了韩豹：
"能过河，不能透甲。"韩豹一下子火了，伸手要来后边一个卫士的弓：
"请用这一张！"周勃和杨起、西门苍利相视一笑。姚泉用力一抖，弓身弓
弦丝毫不颤。他细看弓背上的雕刻就知道了："我能试将军之弓，真是有
幸！"他接过一支箭，刚走到垛口，偏巧飞来一支箭。说时迟，那时快，
他用弓背向上一磕，"砰"的一声，箭就被磕飞了。人们一愣，不禁为他
的手疾眼快叫好。他把箭搭上弦，但并不拉，只是向下看着那一阵紧似一
阵地击鼓督战的董达，箭镞此时也如飞蝗似的向上猛射，人们有时还不得
不略低一下头，而姚泉在垛口前站好了丁字步，慢慢把弓拉成满月形，略
一瞄准，"嗖"的一声。人们不禁惊叫起来，董达已经中箭落马，敌群立
时乱了起来。

"好箭法！"周勃由衷地赞叹道。

"将军过奖！"姚泉转身跪下，双手把弓捧还周勃，"谢将军宝弓！"

"取来姚将军的武器！"周勃命令韩豹。

周勃接过姚泉的武器，发现戟并不锋利而重得压手，宝剑除了剑尖侧
锋几乎没有开刃，雕弓和自己的不相上下，特制的刻有名字的羽矢却比自
己的长。

"请将军收回武器，多有得罪了！"

"谢将军不杀之恩！"姚泉扑到周勃脚下，声音有些发颤地说。

突然，已经哑了下去的河对岸的鼓声竟又意外激烈地喧响起来。火把
中照见另一将领擂着战鼓，但从原地退后了数十步。

"这是谁？"周勃问道。

姚泉凝视片刻："末将估计只能是董达副将董锷，此人比其从兄更狡
猾更凶狠残暴。他退到射程之外了！哼！"

"姚将军！可否借宝弓一用？"

姚泉怔住了。这位从没对他说过一句话的将领是谁？他这张弓是陈豨
军中第一，没有哪一个人借用过。他只料到周勃能拉得动，可他……他
把弓捧起："请！不知尊姓大名？"

周勃这才想起介绍。

"噢！西门将军，失敬了！"

"不敢！"西门苍利说道，把弓一掂，"啊！姚将军真好膂力，这等强弓军中不多见，拉到满处可以穿石，三百步也能透甲，末将唐突了，恐怕拉不满。"

西门苍利往垛口前一站，搭上箭却没举弓，只是凝视着董锷。看他大约是觉得已退出射程，稳住了阵脚，因而把鼓擂得更响了，其左右卫士们也乱击自己鞍上的鼙鼓，催得靠近河边的射手慌不迭地向城上射箭，多数在半空中便飘落下去。西门苍利觉得他既凶狠又心虚，不过是秋后的蚂蚱，等死罢了。他轻轻举起弓来，两膀猛一较劲儿，弓已成了菱形。弦声未尽，敌将已经落马。人们爆发出一片惊叹声。这时对岸的鼓声哑了。雉堞后面的弓弩手向下猛射，敌人的攻势立即被压了下去。

"西门将军真是神力！"姚泉惊叹道。

"否！将军的宝弓实为罕见！"西门苍利把弓捧还给姚泉。

姚泉不接，正要说话，杨起对周勃说道：

"将军！可否乘此机会开城出战？"

周勃沉吟一下，猛一挥手，说：

"慢！还不到火候！现在陈武是饿汉抓住刺猬，扎手舍不得扔。他还有余勇可鼓，要待其力竭……姚将军以为如何？"

"嗯——将军明鉴！陈武不知与谁在作战，就如末将上城以前一样，两眼墨黑。因此他决不甘心在一座小城之前输了面子。另外，他派三队骑将赵绾渡祁夷水从西侧包抄平舒，没见分晓之前他也不会罢手。将军对西侧倒是不可不防。"

周勃希望的是利用平舒从正面吸住陈武，侧面悄悄吃掉其一翼，并迂回至灵丘城下，使其西进之谋化作泡影。这时韩豹说道：

"将军！敌又有人马上来，陈武的大纛旗似乎也在向前移动呢！"

他们闻声都向女墙后跨上一步。姚泉仔细看了一阵，说道："将军！从旗色上分辨，显然五队华毋解已经上来代替董达、董锷。东边的大纛旗确系陈武。只是仍然不见六队虞翎所部。另外，二队竺葵何以不见，他是紧随在我后面的呀！"

韩豹插言说道："噢！我想起来了，把姚将军阻断在城里之后，桥前尚在混乱中，倒下了一面旗，此后就再没见到。莫非你说的竺葵已死于乱军之中？"

"若果真如此，将军！陈武就只剩下华毋解、赵绾和虞翎了。陈武作战一向都保留一支后备队伍，虞翎大约仍然隐在十里外的松林之中。他的力量快要衰竭了。"

"姚将军深知陈武底蕴，所见不差！杨将军，准备吧！"

"是！"

"杨将军，请慢！"姚泉说道，然后向周勃高高拱起手，"将军！末将请求随杨将军出战，不知能否见允？"

"啊？这……那可就委屈姚将军了！"

"末将从敌多年，只是今日方有赎罪之机啊！"

"将军至诚可感！"

西门苍利把弓捧还给他，但他迟疑着：

"末将曾有言：凡能拉吾此弓者，必以此弓相赠！此弓今得其主矣！"

"呵——不可！不可！将军如猛虎，不可无利齿长爪！末将万不能夺将军之所爱！"

"末将是借将军之弓一用！"姚泉接过了弓，便随杨起下城了。

35

　　丑时将过，陈武由其五百骁骑卫士保驾，风风火火地到达了前沿。他无论如何也不能想象董达会在距城二百多步之外，竟被一箭贯胸而死；他更不能想象片刻之后，董锷在三百步外也会被人一箭射死。第二个消息传来时，他瞠目结舌，鞭子坠地都不知道。他突然想到会不会是姚泉已经叛变？射中董达的箭经他验看，这个想法被否定了。他怕军心动摇，命令华毋解接管董氏兄弟所率四队的同时，便也驱马前进。

　　本来，当陈武发现城上火光有诈时，曾经闪过撤军的念头。但攻击既已开始，骤然撤军是不可能的。假如城中埋伏重兵，撤军那是灾难。同时，他还幻想以姚泉之勇能在敌腹中闹个脏腑皆翻，夺城仍是易如反掌。后来查明竺葵已死于乱军之中，而由副将代其指挥。他急忙调上华毋解，准备掩护撤退，又命虞翎坚持隐蔽。但是城中之敌始终没有出击，只靠城上的弓矢来防守。经过长时间的观察，他认定城中守敌有限，不过是坚守待援。只要连续强攻，这座并不坚固的小城是守不了多久的。他还估计敌所待之援，第一是来自狋氏，不过是一骑将所部。他有赵绾予以堵截。第二是来自横谷，拂晓之前不会到达。那时他已经能立住脚跟了。总之他不能毫无所获地回到灵丘，受丞相奚落、代王责备事小，西进计划落空，失去东山再起的机会事大。他要坚持！他只能胜利不能失败！他一定能胜利绝不会失败！他不过损失了三名骑将，总的人马损失并不大，优势力量逊于他，战场的主动权在他手里。

"将军！射中董锷的箭是姚泉的！"

"啊？"他愤怒和惊愕得不能自持了。他的牙咬得咯咯作响，"拿来我看！"

用衣襟把粘着血肉的箭捧托到他面前，箭羽间"姚泉"二字清晰可辨。

"该死的叛贼！"他咬牙切齿地骂道，我一定要生啖尔肉，碎尸万段！方解我心头之恨！来人哪，命令华毋解："弓矢掩护，云梯攻城，先登城者升爵五级，赏万钱！或杀或俘姚泉者升爵五级，赏万钱！"

命令传达下去了。但是他的年轻的卫队长似乎要比他理智一些。他驱马与之并辔说：

"将军！城中如果只有少量守军，随姚泉冲进去的千余人都会不战而降吗？即使城中守军不多，能降服姚泉者亦必非等闲之辈。观其守城之势，指挥若定，亦不当小觑。射中董达者并非姚泉，但亦可谓之神箭。敌有此射手，再加上叛变投降的姚泉，将军不可不防。现利用华毋解将军强攻的有利时机，末将以为应当安排撤退了。"

"这……"

陈全命令身后卫士熄灭一半火把，并离他远些，以免暴露目标，他又小声说道：

"将军！胜败乃兵家常事。再说这也不是失败，保住实力，这是大王事业，也是将军事业的根本。至于丞相和宾客的几句闲言碎语不值一哂！"

陈武沉吟着。

"将军三思！"

华毋解攻城的势头很猛。为了能把云梯运到城下，他把弓弩手分成三批，一射两歇，既免乏力，又免得失准。他已经压住了城上的反击，云梯已有多架运抵城下，特别是搬运巨木准备撞击城门的小队，尽管已经死伤累累，也已到达了城门前。

这时两名游骑斥候跑得马匹淋汗，一直被引到陈武面前，气喘吁吁地禀道：

"赵绾将军顺利渡过祁夷水，正向平舒迂回前进。"

"有无阻截之敌？"

"没有发现。"

陈武一喜。赵绾一攻击西城，就牵动了南城，破城便倚马可待。他指示道：

"速回传令：命赵将军迅速进逼西城，发起猛攻，先登城者，大王赏钱十万！"他把赏钱提高了十倍，可忘了升爵。

"是！先登城者，大王赏钱十万！"斥候复述着，飞马而去。

这时另一斥候又禀道：

"大王和丞相问候将军并询问战果。高都尉启禀将军，灵丘四野太平无事，请将军放心！守城之军如常巡逻，不敢懈怠，一切皆如将军所嘱。"

陈武对灵丘放心了。平舒之敌龟缩城中，不敢开城应战，当然不可能有余力分兵袭击灵丘了。他对夺城更有了信心，陈全之言不可听信。他吩咐斥候：

"回奏大王，拂晓前定可夺下平舒，请大王放心，不劳丞相惦念。告诉高肄，四野太平无事甚好，但不得有半点疏忽！"

斥候复述他的话还没完，他忽又说道：

"代向大王启奏，请再增派两骑将所部迅速前来……前来……本将军拟在攻占平舒后乘胜占领狋氏，打开通向平城之路！"

他不愿用"增援"或"援助"之类的词儿，他也不想说明受阻的真实情况，战场的主动权毕竟还是在他的手里，而且他益发坚信他能夺下平舒。

斥候走后，陈全更加感到不安。但陈武命令他派人把二四五各部骑将、代骑将和暂时统领一部的残余骑千将迅速召来。粗略计算，原姚泉所部损失最大，只剩下执行军纪最严的那个骑千人将所部；原竺葵所部损失三四百人，基本完好；四部除损失两名主将外并无大损失，现在全由华毋解节制，四、五两部共有七千余人，虞翎所部无须说，赵绾所部进展顺利。总计下来还有两万有余。他陈武还是大有可为的！根据二、四两队代骑将估计，南城上敌之守兵绝不会超过千人。就算四面城上都有守兵，而且都满打满算，充其量也不过四千人！五倍于敌而不能夺城，他枉为陈武了。当然现在集中在南城下的力量只是一万三四千人。但这不是普通的一万三四千人，是他亲手训练出来的呀！只有姚泉，他一向很器重，破格提

228

拔在众将之上，命为先锋，谁知那样忘恩负义！他的决心和信心不是臆想。他鼓舞了众将。他命令：一队残部由二队代骑将节制，担任攻城主力，听他鼓响就开始登城，鼓是命令，登城必须成功，前进则赏，后退者斩。华毋解所率的四、五两队全力掩护登城，务必压住城上之敌，不单使其无还手之力，且无招架之功，使登城及攻打城门者没有阻力！他最后重申道：

"众位将军！本将军在此以百面战鼓督战。鼓声不息，攻城不止。军令如山，畏葸不前者，不论将士，立斩无赦，莫谓本将言之不预也！进得城中，凡遇叛将姚泉者必使其受万箭穿身之惩，为二董复仇，也是叛主者戒！"

战场上的紧急会议迅速结束了。各将带着新的部署和命令回到了自己的战位，并向下级传达和发出相应的命令。

但是陈全更加不放心，他说道：

"将军！正面战场上，除虞翎外——他又太远——何以不留一点后备力量？"

"现在要集中力量攻城！"

"万一敌人有伏兵，突然开城……"

"攻就是守！真正的防守只能是进攻，只想守何以夺城？"

"末将是说万一敌人有伏兵？"

"他的伏兵在哪里？谁见来着？如果有伏兵早就开城出战了！"

"将军！不可不防万一……"

"攻也就是防！好！不说了，快派人察看各部准备情况，告诉他们：我的战鼓不能等待他们！"

陈全传令时，他叫一名骑士在他的马鞍上缚上一面战鼓，同时又回头看着百名卫士准备击鼓的情况。

当第一个回报的卫士说华毋解将军已准备完华，他高高地把鼓槌举在空中。他向城头上瞟了一眼，雉堞后边人影晃动，他认为他们已经惊慌失措了。

"咚！"他的鼓槌猛往下一落，百面战鼓一下子便如山崩地裂般骤然轰鸣起来。顿时，喊杀之声如海啸雷鸣，射向城上的羽矢如急风暴雨，城头上的反击立即被压了下去。二队士卒在督战队的锋刃前迅速靠近城下。撞击城门之声咚咚作响，攀城云梯林立城墙，以盾牌护头的骑士顺着城墙向东西两边延伸开去，偶有人马倒下，后边人马如豕突狼奔践踏而过。在掩护的弩箭停止的一刹那间，攀着云梯的士卒已经爬上了半空，捷足者甚至已到了垛口。但差不多也在同一刹那，女墙后面的守兵顿时冒出头来，戟刺、剑砍、弩射，使云梯上的人纷纷坠落，甚至有连云梯一同被推倒者。偶有一二杀上垛口者，不是做了剑下之鬼，便是束手就擒。

第一次攻城的浪潮退却了。

但是亲自擂鼓督战的陈武沉醉在这惊天动地、鬼哭神泣的鼓声中。他觉得他鼓舞了士气，同时也更鼓舞了自己。他越擂越有劲儿，越擂越听不到自己的鼓声，只觉得是一片持续不断的滚滚雷鸣，是千仞瀑布跌下山涧，是狂风掠过大地，是沧海横流人间。

他要一鼓作气夺下平舒，把平舒城夷为平地。

在他撕裂心肝的战鼓声中，第二次攻城的浪涛又如江潮一样涌现了。飞向城头的弩箭就像流星雨一样打破了夜空。

但陈全没有沉醉在他的鼓声里，驱马向前走了百余步，弃马攀上与城头等高的一棵苍松。一切都看清了，一切也都明白了。雉堞后面的弓弩手和执戟卫士不紧不忙、不慌不张，不论鼓声怎样鼓噪不息，震耳欲聋，他们都沉着应战。箭不虚发，戟不空伸。没有一个能靠云梯登上垛口的，城门前尸体枕藉，血流成渠，祁夷水的冰面再也映照不出火把的光影。凭经验，凭守城者的镇静，他似乎透过黑咕隆咚的城墙，感觉到了城门里边待命出击者的呼吸。

鼓噪声仍然不停。但已透露着慌乱了。

第二波浪潮事实上已经退了下去。

陈全从树梢下到一个横枝，一蹲身便跳到马背上，疾驰到陈武身边。

鼓声淹没了他的话语。他用手势命一百夫长指挥擂鼓督战，硬是牵着陈武的马缰到了五十步之外的一个坡下。他说了所见所思，"将军！再不急速撤退，会全军覆没！"他下了最后的结论。但陈武的耳朵里嗡嗡然。他不明白……他不理解……究竟发生了什么事情？一切不都是计划得好好的吗？进攻的威力不是越发显得猛烈了吗？他要亲自上前察看。他用鞭子抽打了陈全牵住马缰的手。

陈全纵马拦住了他的马头。

华毋解纵马到了他的面前：

"将军！攻城弩箭已经罄尽，引强士卒精疲力竭，纵有羽矢难抵城头；撞门步勇尸盖巨木，攀城之人死伤逾千，城上反击……"

"尔敢漫吾军心？"陈武唰的一声抽出了宝剑。

陈全刚要伸手拽他的胳膊，华毋解又说：

"末将意欲请将军传令……"

"传什么令？"

"撤下二队攻城士卒……"

"啊？你要撤……"

"换上我部生力军，由末将直接指挥登城。"

"啊——何不早说？太好了！太好了！"他把剑插回剑鞘。

"但请将军命令凡不担任攻城的各部士卒皆将箭镞集中交给四队，组成四批引强弓弩手轮番射击以免中断和力疲。"

"好！主意很好！陈全就派人去传令。"

"慢！"华毋解制止陈全，又说，"将军！替换下来的队伍不可任其松弛，是否令其列队集于桥前大路上？一旦破城，需要冲击的队伍；万一……也是阻挡之力！"

又是"万一"，陈武心想。但他已冷静得多了，作战总是有缓有急，谨防万一也是应当的。虞翎隐蔽于十里之外，就是为防万一呀！他接受华毋解的建议，批准了他的方案。已经占据的大路，是不可任他人驰骋的。

可是攻城队伍是没有掩护的撤退，因此立即就变成了灾难和死亡的撤退，冰河上盖满了中箭的伤亡者。哭号之声压过了虚张声势的鼓声，惊慌中，鼓声渐渐地沉寂了。侥幸逃过河的人冲击了准备攻城的和集中弩矢的队伍。陈武的督战队被冲垮了。华毋解发出了新的死亡的命令：刚集中起来的部分弩矢射向了抢渡冰河的人。

在混乱中和黑暗中城门已经打开，一队徒手步卒廓清了堵塞大路的尸首和撞门的树干，河对岸的人却几乎没人发觉。

突然，城楼上发出一槌沉闷的鼓声，黑洞洞的城门里像射出一支支利箭一般，鱼贯地飞出无数铁骑。为首的两员战将和身后的"杨"字大旗眨眼间便冲过了大桥。队伍风驰电掣般地前进，如入无人之境。敌人逢者亡，见者逃，前沿上的队伍立即崩溃了。

立马大纛旗下的陈武猛然间惊呆了。他还没来得及想这一切突变是怎么发生的时候，那支队伍已经撇开大路，岔上田野，径直向他这里冲来。一刹那间，他明白了：一切有效的抵抗都不可能再组织起来了。他想到了死！但是陈全扯住他的马缰，一下子带转了他的马头，对他的马臀猛抽一鞭，他的马向后飞奔而去。陈全大声吆喝他的骁骑卫队："丢下战鼓，跟上将军！"

他没有策马急逃，而是亲自断后。

满地滚的战鼓和鼙鼓给了他一个喘息的时间。他明白了：敌人巧妙地利用了将军重新组织进攻的时机，把整个战线冲溃。他还明白了：敌人在城上完全看清楚了将军的指挥，因而出城之后并不恋战，径直向将军扑来。

他策马疾驰了。他的匈奴骏马仿佛是他的翅膀，他飞快地追上了骁骑卫队。他边跑边向他们发出命令：除了武器，身上鞍上凡是可扔的东西都扔掉。

他追上了陈武："将军！跟我走！"他冲到陈武的前边。

这五百骁骑卫队是一色的匈奴骏马，他们的速度是惊人的。但是敌人的速度更惊人。陈全侧耳听到后面有惨叫声，他下意识地想敌人已经追上他们了，他保着陈武跑得更快了。他又听到殿后的士卒的惨叫声，但并没有喊杀声。他猛然间意识到敌人是射中了卫士，马上联想到具有如此弓法的人可能是姚泉！他追上一步与陈武并辔了。

"将军！直奔虞翎隐伏之处，命虞翎伏击追兵！我在后边压阵。"

队伍过去大部分时，他和后队的百夫长并辔了，并逐渐地把这一队人马引进路旁的林中而止住了。"预备弓箭等候敌人！"人人都弓上弦之后，喘息略定，他问百夫长方才损失了几个人。百夫长并不知道，最后从士卒口中才查明是七个人。陈全恨得咬牙切齿。可是过了片刻并不见追兵，他纳闷了。他跳下马背走到路上，把耳朵贴在冻得硬邦邦的土地上监听。老半天才似乎听出来沉闷的蹄声在缓行而且是远去。他猛然意识到姚泉知道前边有虞翎的伏兵，所以不肯上当。

三星已落，东方微露鱼肚白了。

他看见了虞翎，招呼他向陈武立马的高阜处走去。陈武正在等他，同时也想埋伏追兵，因为他又有了丝毫没受损失的一支可用的部队。他始终不明白他为什么输得这样惨？二队全完了吗？三队不是顺利地渡过祁夷水向平舒进攻吗？四队和五队始终没受到重大损失，队伍哪里去了？华毋解为什么不向他这里靠拢？为什么不从侧翼拦击追兵？他叫高肄的斥候返回灵丘之后，传命来两部骑兵增援，为什么不见踪影？他还想到追兵打的大旗是"杨"字，这是哪个杨？原先有消息说，守狋氏的是杨起。难道是他在守平舒吗？这个杨起是什么东西？两个月前雁云大战时还是个骑千人将，无名小辈嘛！他何以这样指挥若定？一骑将所部又怎能抗击住他的攻击？难道城中还有更高级的将领居中指挥吗？樊哙绝无来平舒的可能，周勃正在横谷整军经武准备攻代，无论如何没有率军来平舒的时间和可能啊？那么使之遭到败绩的对手究竟是谁？如果只是这个杨起，他的半生英名可就丢尽了！

他向北瞭望，见平舒城头上有许多火舌燎起，火堆上腾起的烟雾几乎连成一片。他忽然想到赵绾，是不是他在乘敌人出城时一举攻占了城池，正在纵火与他联络？

"你们看城上的火光……"他向陈全和虞翎说出了自己的想法。

陈全摇了摇头。虞翎不敢说不是，又不能说是。他只知道将军失败了。奇迹会发生吗？

"追兵呢？他们何以不见？莫非是因为听到了失城的消息而返了回去？"

陈全指着南原："将军请看——"

那里还有一些像萤火虫一样乱飞乱撞的零星火把，并且一个个地突然熄掉。凭这火把的情形看来，哪里还会有成形的具有战斗力的队伍，说不定正在被扫荡和追捕呢！

陈武意识到自己这一仗算是败定了，但他还不愿，也不敢承认。他还在希望或者幻想赵绾或是华毋解能创造出一个奇迹来，他要设法扭转这个局势。可是兵败如山倒，怎么扭转？

天开始蒙蒙亮了，远山的轮廓清晰可辨，大片的鳞状的絮云与山峦相接。平舒南原上出现了模模糊糊的大队人马。

"陈全！你看那会不会是华毋解的人马？"

"将军！我骁骑卫队被冲之时，敌必有后续部队出城。当时我军正在调动，猝不及防，必被冲乱，此刻焉能还有什么大队人马？噢！将军细看那正是向南而去的呀！将军！我军后有追兵，如再迟延，怕灵丘不保！"

"天哪！"陈武仰天长呼，颓然地垂下了头颅。

36

　　时交辰中，周勃和西门苍利由亲随卫队和一骑千人将所部护卫，到达灵丘城北一片密林之中，隐蔽了下来。这里有着粗壮蟠曲的老松树，也有千年古柏。地势高低不平，小土丘连绵不断。其中一处土丘上有许多石碰子，一棵长在石碰子缝里的苍松，树冠团如伞盖，罩着一块巨石。相传赵武灵王曾在此处与宾客饮酒谈兵，决定采胡服，习骑射，改革兵制，使以车战为主的战术让位于以骑战为主的战术，在战争史上写下了新篇章。

　　途中，周勃不断接到各部骑将派来的游骑斥候的禀报，他也不断派探马四下出动打问情况。整个战场态势，他了如指掌。夜战可以说取得了意外的巨大胜利，但同时也使他背上一个巨大包袱。他不得不用两部骑将的兵力看管战俘降卒，搜捕溃兵逃勇，处理战场后事，运输辎重粮草，另一部防守平舒、狋氏，而把熟悉此间形势的萧诚替换下来。现在攻守之势已变，狡诈的陈武因始终保有一支后备力量，不但顺利地逃回灵丘，而且守灵丘的兵力还是雄厚的，再加上深沟高垒，城池坚固，形势险要，周勃感到自己的兵力不敷分配了。他命韩豹派人去请杨起、朱岳和武先速来议事。萧诚因向崞县、繁峙、卤城方面运动，来不及叫他了。

　　周勃穿一身宽大的旧葛布战袍，把铁裲裆罩在里边，西门苍利差不多也是同样装束。卫士长韩豹率十几名卫士在十几步之外警戒着。

　　"西门将军，你料此战将如何进展？"

　　"末将对陈豨及其臣僚所知不深。他已知西进成为泡影，明则奋力死守灵丘，暗中还会有所运动。陈平将军谓陈豨善运动，我则应善于利用其运动。"

"是的！是的！陈平将军知彼知己，在关键时刻派你来助我一臂之力，太重要了。你料他会东出吗？"

"按理他将东出。东路荫蔽，畅通无阻，然后北上，或回代郡，或去当城，与冯梁等一会合，还是一股不小的力量。但他会知道那是入瓮之途。当初分兵西进就是为了摆脱被困的局面。那是高明而大胆的，也是出其不意的行动。只是没料到将军神兵天降而已。末将设想将军应当叫他东去，那样的话，不等他入瓮就会做鳖了。"

"叫他东去，他肯听命吗？"

"将军神威，谅他陈豨敢不听命吗？"

他们相视，一同笑了起来。但不是爽朗的笑，笑中夹杂着苦涩的味道。

"他若肯听命，当初就不会举起叛旗，使整个黄河以北不得一日安宁！"

"会听命的，现在会听命的。不过末将担心他还会生出什么意外的奇想来，就如当初意外地分兵灵丘准备西进一样。如果他暗中沿滱水移兵，窜入万山丛中，或分兵隐伏，或寻机作乱，此皆为棘手之事，不知将军在常山关一带有无戒备？"

这触痛了周勃最弱的一根神经。当初一听到灵丘增兵的消息他就有此顾虑，而且想得很深很远，但他实在无能为力。他眉头紧蹙，沉吟良久，才慢慢地说道：

"你所虑，我也曾想过。陈豨、陈武、程纵之辈若果如此言，战事则无了期！我何以回复安国、曲逆之嘱？且长安之事不可逆料……"

"长安诸事，将军急也无益。好在安国侯病已初愈，曲逆侯已回长安，可暗中斡旋，皇上或可省之。末将请将军暂不以长安为念。一心不二用，及早决策，灭陈豨于此役，即可确定回京之日了。"

周勃点了点头。

"末将愿凭将军差遣，虽赴汤蹈火亦万死不辞！"

"将军已立大功，回朝之日当奏明……"

"末将是秘密来此呵！"

"咳！疏忽了，但我必有以报之！"

"将军！"韩豹叫道，"杨起、朱岳、武先三位将军来了。"

尽管经过一夜激战、追击和行军，他们三人却都满面红光，明盔亮甲，显得虎虎有生气。所谓一胜解百劳，此之谓也。他们报名参见之后又和西门苍利互致了问候。

韩豹又说道："早餐已经送来，将军就在这里与众位一道进餐吧？"

"取来就是！"周勃说。但他又觉得这里不好坐，向周围看了一眼，见山丘上有几棵苍松，就向上走去，见一巨石可供数人共坐，透过树干还可隐约看见灵丘城头的东北角，它连接着灵丘山的旧赵长城，逶迤绵延，依稀可辨。他招呼众人上来，这里既隐蔽又可向外瞭望。他不知道这里正是当年赵武灵王酝酿胡服骑射，进行兵制改革之地。

韩豹叫卫士们送上来的早餐很简单：一笸箩冻得硬梆梆的大饼，一竹篮带着冰碴儿的狗肉，两条囫囵的羊后腿，还有一壶酒，都是凉的。只有一个扁形的大铜壶里的水还稍微有点儿热乎气儿。

"哦呵呵！"周勃笑了一笑，"我等若是五只虎，些许之物不够吃；我等是五个人，若许之物怎吃得完？来来来，大家一道吃！"

周勃经常同亲随卫士们一道吃饭，韩豹就先坐了下来，其他卫士们也就陆续坐下。

这些人都是好胃口，在周勃面前也不拘束了。周勃亲自用短剑把羊腿切成了拳头大小的块儿，大家抓起来就吃。酒就是对着壶嘴喝，一个人一个人地传下去。

杨起边吃边说道：

"将军！灵丘城池坚固，东西又与赵长城相接。这城如何攻之方为上策？"

武先接着说道：

"方才我与朱将军在西门挑战，龟儿子们缩回头，对射一阵，徒伤几名弟兄！"

"守城者何人？"

"听说是一骑将，还有个县令。"

"北城呢?"

"也是一骑将,还有个都尉。"

"你们怎么打算的?"

朱岳长得很细瘦,缺少大将风度。但他可是周勃手下的干将,是以攻城著称的。另外,他总爱和武先搭档。其实武先什么都和朱岳相反,武先是大块头,一说攻城就靠边站。因为他好野战。野战时,朱岳跟在他屁股后边,抓个俘虏什么的,捡捡便宜;攻城时,两个人就调了个儿,武先成了配角。不过两人一向配合得很默契。朱岳说道:

"他们经过昨夜惨败,犹如惊弓之鸟。这个时机不可错过,就抵消了城池坚固的长处。因此我想选一个地方架云梯攻城,但真正的破城地点却不在架云梯之处。不过这个准备比较困难,选了几个点,都还不十分满意。但我想让士卒略为休息之后,就干起来,让敌不得片刻安宁。"

周勃深知他的一剑一盾和真假虚实的攻城战术,在武先的巧妙配合与掩护下常奏奇效。但如今形势特殊,要求也不同。他说道:

"兵书有云:'凡先处战地而待敌者逸,后处战地而趋战者劳,故善战者,致人而不致于人。'昨夜之战我因敌之势以逸待劳,未损兵折将而胜敌。今敌我之势易位,敌以逸待劳,而我却以劳趋逸。敌夜战,直接攻城者即达一万数千人,另外有迂回者,有后备者。而今我等只有三部人马,损兵折将难以补充,故不能强攻。但不使敌人片刻安宁非常必要。"

杨起为陈武竟然在他手中逃掉,深深感到遗憾。而姚泉的负伤更使他觉得抱歉。凌晨前他和姚泉为避免遭到虞翎的埋伏,他们绕开了。在晨光微曦中,他们开始追击。但陈武得虞翎的掩护逃跑在前,虞翎并不恋战,亲自断后。姚泉一箭射去,合该他不死,箭出时,他的战马正踏上高坎。马中箭而倒,虞翎竟夺其骑士之马而逃。就在这一刹那间,不提防一支冷箭射中姚泉,杨起急去寻找,原是陈全,他已从树后纵马逃走了。

"伤势可重?"周勃问道。

"穿透左股外侧,未及筋骨。我已派人将其送回平舒。"

"何其不幸!"周勃叹道。

"末将抵灵丘城下,"杨起又说道,"未敢令士卒攻城。只佯作军疲,命人坐地骂战,以诱敌出城野战。敌人乖巧了,竟不为所动,因此,末将也为攻城无计所苦。"

周勃见大家都停止进餐，便叫人撤了下去。他说道：

"我所虑者非攻城之事。如若只是攻城，恰给陈武以报复之机。我们在平舒怎样对付他，他在灵丘也可以怎样对付我们。"

朱岳和武先有些愕然。本来拂晓前他俩在杨起之后出城，一个任务是冲散一切有组织的抵抗，他们当时真是杀得痛快。但周勃不允许他们恋战，命他们直逼灵丘。丢下的敌人自有另外三部骑将去歼灭，其中也包括吃掉赵绾在内。他们比陈武晚了一步，敌人已经开城出兵接应了陈武。他们觉得没有完成第二个，也是最重要的任务：截住陈武。不过周勃并没责难他们。因为事实上不可能，他只要求他们逼近灵丘城造成围攻之势就行了，现在听周勃说主客易位，他们到底该怎么攻城呢？杨起的顾虑也是同样，他是野战之旅，因此总希望诱敌出城野战。

周勃没有直接回答他们。这关键的一战应有万全之计，他的最大顾虑即在于此。他问：

"西门将军何以教我？"

"诚如将军所教，今日之战非为攻城。适才众位将军所说，足资证明此城易守难攻，绝非平舒可比。而诱敌之法，恐也难收效。惊弓之鸟不愿再与弓谋面了。尉缭子曰：'气实则斗，气虚则走。'今陈豨、陈武兄弟先已虚矣，但未必肯就走。一则有坚城可恃，二则未定去向……"

周勃点着头，请他继续说下去。

西门苍利看看主将，又看看新结识的这三位勇将，试探着说道：

"现在应当让敌人在将军指定的时间走，沿着将军规定的路线走，其结果当然就是在将军确定的时间和地点了结……"

朱岳和武先把眼睛瞪得溜圆。他们一点也不了解他，不知道是怎么冒出来的北部都尉，更不知他和将军的关系。只听说他射中董锷之事。他们不能想象战争会是他所说的那种打法，敌人又不是木偶，怎么会是叫他怎么着就怎么着呢？杨起低下了头，他觉得自己只会想一个战字，而他却能想得那么深远。他现在才领悟将军说他还不会从战略上驾驭战争的话。

粗喉咙大嗓门的武先问道：

"那么将军你让他什么时间走？"

西门苍利看见周勃让他回答，他说道：

"就看将军怎样和何时命令喽！"

"他那么听话？那，将军！下命令吧！"

"陈豨和陈武大约不愿听将军的话，命令还得武将军、朱将军、杨将军下！"

"啊？"

"在平舒城里城外拾到的箭不知有多少万支，请武将军还给他们吧！"

"还是攻城啊！"

"当然！只是不强攻，不要损兵折将，而是要夺其气，夺气之法，则是攻心！"

"那么让他从哪条路走呢？"朱岳沉思着问道，他觉得受到了很大的启发。

"将军担心敌人出常山关，或者在滱水的山山谷谷里长期隐伏下来……"

"将军！"朱岳插言道，"既然将军不让他走这条路，那么我去常山关，如西门将军所说，我去给他下这个命令：不准他走这条路！"

"你熟悉这条路吗？"周勃问道。

"没走过。但可寻土人带路！"

"常山关离灵丘百数十里，如出南门，沿滱水而行，山路崎岖，其间或只容一人步行；如若从西迁回，崇山峻岭，战马辎重皆不能行，如何去得！"

"只要将军下令，即使弃马爬行，我也要在限期内到达！"

西门苍利说道：

"朱将军不识此间道路，拟寻土人带路，平时行军还可，今日则不可。"

"那……"

"兵无常势，虚虚实实。兵法云：'虚则虚之，疑中生疑；刚柔之际，奇而复奇。'昨夜，将军实其内而虚其外，以有作无，一发而折陈武之锐；今日我虚其内而实其外，以无作有，陈豨、陈武等人能不生疑？故应用疑兵之计，以增我势！"

打仗是硬碰硬的事情。周勃一向是打硬仗的，他把一切计划都建立在力量的基础上。敌人不杀不死，城池不打不开。但陈平捎话给他：在运动中消灭陈狶。陈平的门徒就具体地让陈狶按预想运动起来。但是谁来具体设疑兵呢？这三旅野战、攻城之师怎么可以分得出去？而且他还需要一支人马做最后一战啊！他在考虑派谁和怎样设置疑兵。

这时杨起插言道：

"听将军与西门将军论兵，使我茅塞顿开。将军之意是要迫敌不战而走，且又不准其走常山关，因我大军难去那里。故而虚设疑兵，使其生疑而不南行，是不是这个意思？"

"是的！"周勃点头说。

"那么可派田钜带领一队人马去！"

西门苍利想到陈平派彭勇单骑去长沙的故事。他说道：

"若有得力之人，一人亦可，十人亦可，无须一队人马，也无须远去常山关。田钜是好手，只是昨夜受了棒伤。"

"萧诚还有没有合适的人选？设法叫他赶快来此才好。"

韩豹在旁边插了话：

"将军！田钜不是说过他不会打仗，将军一说叫他休息，他就乐得逍遥去了。要叫他干这个勾当，我保险他准能一跃而起！"

"但毕竟是受伤之人。"

"不要紧！他说过他能打人也能挨打，看他昨晚上放火那阵势跟没事人一样。"

"那就派人把他接来吧！他需要什么就预备什么。"

"末将与朱武二位将军如何攻城？"

"望朱武二位将军听杨起将军节制，只用杨起将军一人的旗号，再调上一些人马运输辎重，遍扎营帐，炊烟四起，做强攻久围之势。同时，各队轮番攻城，又做急不可耐之状。裨使敌依违无主，蔽而不察。敌若出现弱征，军心则动摇了，此时则当夺城。敌出走时，若逼之甚急，困兽犹斗，反为不美，可追而不逼。望你等善体此意。"

三位骑将走后，周勃对西门苍利说道：

"我们下的是一着险棋啊！"

37

约在未末申初时刻，杨起又匆匆上了山。韩豹迎上前去，小声问道：

"杨将军若有重要军情，我去唤醒将军。"

杨起向上一看，周勃和西门苍利正各靠一棵松树，无铺无盖，双臂交抱在胸前而睡。还有几个卫士也都在附近各找方便席地而卧。

杨起附耳对韩豹说道：

"朔地天寒地冻，就让将军这么睡吗？快派人去取些毡毯来。"

"将军说士卒需要，不让我去取！"韩豹为难地说。他更心疼将军。

周勃闻声坐了起来，西门苍利也醒了。杨起只好上前，深感抱歉地说：

"末将不该惊扰将军！"

"什么事情？"

"营陵侯刘泽将军派斥候来禀报军情。"

"速来见我。"周勃霍地一下子站起来。

韩豹亲自下山去叫。西门苍利和其他席地而卧的卫士也都站了起来。

"将军！容我回避。"

周勃点了一下头，让两个卫士陪他走了。他知道西门苍利细心，不想叫刘泽的使者见到他。刘泽是皇上同曾祖的昆弟，皇族中人，也是皇上特别喜欢的小兄弟。刘泽若知他这里出现长安来的人，会多生是非的。

斥候拜见周勃之后，禀报了代城方面的战况和态势，说刘泽将军在接到周勃的羽檄之后，立即向代城方向运动。现离代城约三十里。据探马报称，敌将王黄已经出城十里下寨，大战有一触即发之势。刘泽将军特来请示，交战之后可否允许攻城？另有探马报称：陈豨大将赵既据守当城、赵利偷袭樊哙将军后背，北窥长城，看来，陈豨气焰十分嚣张。刘泽将军还问讯：代城大战在即，将军何时返回前线？何故把主力抽走许多？

周勃听了这些消息之后，感到十分欣慰，觉得这几步棋都走得很活。从陈豨方面来说，他潜离代城之前所部署的几个声东击西的牵制性行动提前开始了。更显而易见的是代城、当城对峙的各方都不知道平舒夜战和此刻围攻灵丘的情况。这个斥候来得真是时候。他命韩豹给这个斥候三千赏钱，并选一匹最好的战马准备供他骑乘。而后才对斥候说道：

"向刘将军传我命令：如王黄不发起攻击则立即向王黄挑战；如王黄发起攻击则积极应战……"

斥候复述了命令。

"但是，从今日交战时起到明日正午时止，刘泽将军必须连败三阵，败退五七十里……"

斥候复述到连败三阵这句话时，戛然不说了。他不知是自己耳朵出了毛病，还是将军说走了嘴。

周勃知他心里的狐疑，笑了笑，又说道：

"为何不复述下去？我再重复一遍：必须连败三阵，败退五七十里。少输一阵不可，少退亦不可。并告诉刘将军：三次败退，记大功，不遵命而擅自行动者，军法从事！明日午刻以后，率所属各部迅速反攻，不斩王黄，不进代城，不得休兵。叫他在代城候我。"

斥候复述命令之后，韩豹给了赏钱。他谢恩赏时，周勃又说道：

"现给你一匹快马，限你在一个时辰之内赶到刘泽将军帐前复命。战后我将派人复查：准时或提前向刘泽将军传达了军令另有升赏，迟到半个时辰受罚，迟到一个时辰则斩！"

斥候飞马走后，韩豹回来说："那匹好马算交运了。"杨起诧异地看着周勃和西门苍利，显然他们为这个斥候送来的消息和带走的命令而高兴。但他不解何以要刘泽三败？刘泽可是个好胜之人啊！这时西门苍利说道：

"将军！刘泽败阵的消息被王黄一夸大传至陈豨面前，再加上田钜潜去滱水布置疑兵的警报在灵丘城中传开，陈豨可就剩下一条路了，他的死期也就到了！"

杨起这时似乎恍然悟出将军和西门苍利关于用兵的虚虚实实之论，全在于使陈豨听我军之命。他问道：

"将军是否打算设伏以消灭陈豨？"

"正是此意！"

"那么准备在何地设伏？"

"飞狐口！"

"飞狐口？"杨起沉思着。他听将军说过这个地方，但不清楚其地理形势。"将军料定敌人必走飞狐口吗？"

"将军只给陈豨规定了那一条路啊！"西门苍利笑着说道。

"那么将军何时派兵去那里？要不要现在派人去那里先行侦察？"

"无须派人侦察，现在不能在那里有任何暴露。至于什么时候去，取决于你们攻城的努力。现在敌人龟缩城内，所能看到的我军的态势，心上必然感到压力，因而动摇。但因灵丘城池坚固，新败之后，刻意严加防守，料你三两天内未必能攻破，所以恐还难下弃城出走的决心。现让刘泽失败在前，却需你奋勇攻击在后，使其动摇于此而幻想于彼，其弃城出走之心方可坚定。故需你与武、朱奋力，或毁其城之一角，或击杀其一将，或将火种射入城内引起大火以动摇其军心，方可确定伏击之时。"

杨起匆匆走后，周勃和西门苍利都换上了士卒的服装，仿佛是韩豹的随从，另外又带上几名骑卫一同下了山。他们先去看望了在林中休息待命的骑千人将及其所部，详细说明了夜间得令出发的行军纪律，检查了从人到马的一切佩戴之物，甚至连包马蹄的毡片也不放过。然后便到前沿各处去察看。在朱岳那里，他们甚至抵近敌人射程之内了。

太阳快要落山的时候，他们刚刚在松林中下马，就听见了杨起下令攻城的战鼓声。接着鼓声越响越急，越传越远，如惊雷在地面滚过一样，连成了一片，就连这松林里也能感觉出那鼓声的震颤。他们面前的松树上有一只松鼠从下蹿到上，又从上蹿到下，惊慌失措了。突然头上的一枝悬松上竟掉下个小松鼠来。这个赤褐色的小东西，耳朵上刚长出毛簇，仰背掉到地上，露出了雪白的肚皮，急忙挣扎着翻转身来，紧张地四处张望着……

"快抓住它，别让陈豨逃跑了！"一个调皮的小卫士喊叫着并扑了
上去。

但是小松鼠逃跑了。

"晦气！"韩豹嘟囔道。

"它要不跑，我们今夜干啥去？"另一个卫士也打趣地说。

周勃和西门苍利哈哈大笑起来。

"传令开饭吧！"

"都已经吃完了，就剩下将军们没吃了！"一个哨兵说。

鼓噪之声震耳欲聋，喊杀之声一浪高过一浪，准备一天的攻城战，终
于开始了。

他们匆匆忙忙饱餐了一顿，就命骑千人将率队伍神不知鬼不觉地出发
了。他和西门苍利再次来到树林的边缘上，寻了一个小土丘悄悄爬了上
去。从这里能清楚地看到北城的攻城战斗。在敌人的射程之内有七八堆大
火，火光映红了半边天，和城西侧的火光遥相辉映。火光中飞矢如雨。昨
晚上陈武怎样向平舒城头发射弩矢，今晚就怎样向灵丘城头发射。城头上
基本没有还手的力量了。有些人向城头上丢火把，有的火把竟被城上丢了
下来。但许多火把飞过了城头。

"将军！看！城中起火了！"韩豹喊道。

周勃瞥了一眼，和西门苍利对望一下，便压低了声音说道：

"起程！"

周勃一行很快追上并赶到队伍的前头。在鼓噪声和喊杀声清晰可闻
时，这支队伍保持着相当的速度。但在只能听见包着毡片的沉闷的马蹄声
时，周勃让队伍缓行下来。马蹄声沉寂了。周勃和西门苍利及韩豹三人并
辔而行，有时还停下来听听动静或者观察一阵再走。

周勃既是主将又是向导。

他第一次走飞狐口是在汉二年。当时韩信破赵于井陉，斩陈余于泜
水，杀赵王歇于襄国之后，正准备攻燕，他奉命经过这里向燕山迂回。第
二次是在汉五年，燕王臧荼谋反，周勃经灵丘过飞狐出五阮关，倍道至易
下而大破之。现在，故道依旧，逶迤蜿蜒；夜风渐起，松涛阵阵。只是人

事已非，心境也完全不同于往昔。这次，冒险一战的后果他几乎不敢逆想。他一向指挥作战，在做决策之前总是估计到最坏的结果、相反的结果，从而做出相应的预备。如果比作赌博的话，他今天完全是孤注一掷。而这个注不是他个人的身家性命，不是一支军队的胜败，不是一个战役的得失，甚至也不是整个朔北战争的结果。这个注关系着长安的命运，关系着国家的命运啊！

人的眼睛在夜里看东西总是有限的，他不得不用耳朵去倾听，去探索。他走走停停，常侧着耳朵去分辨每·个细小的偶然的声响。他小心翼翼，连一个斥候或是探马也不敢派。他有时叫卫士长或骑千人将去检查一下队伍，怕他们掉队，怕他们说话，怕他们的武器发出些微碰撞声。这千多匹战马仿佛也都是经过特殊训练的，它们知道什么时候可以撒欢儿，可以咴咴嘶鸣，可以尥蹶子，可以调皮，而什么时候则连喷响鼻或是放屁都不被许可。周勃估计旧长城上有敌人的远哨，他们是在敌人的鼻子下边向前运动着的呀！

从酉末动身直到此刻戌末，整一个时辰，他们只走了一半路程。路边树心已空的一棵老柳树，使他清楚地记起这里有一座只有二十来户人家的小村寨。在小村南面，有一条峡谷小道，是村民翻越长城的近路。他立即止住了队伍，怕引起村中的犬吠。他想设法远远地绕过去，仔细谛听了一阵，听不出任何声音；他趋前几步站在下风处仔细嗅了一阵，既没有庄户人家夜晚煨炕的烟油味儿，也没有牲口棚里的草粪味儿。他诧异着，难道是他记错了吗？但老柳树的树窟窿不会欺骗他，一幢幢农家茅屋的黑影子不会欺骗他。他叫韩豹带两名弟兄步行去侦察。

他们很快就回来了。这里只是一座村寨的废墟，早已杳无人迹。大约经过几次兵燹，一切都荡然无存，连一头野兽都不愿到这里来栖息了。

周勃有些黯然。整村整乡的毁灭，他见过的不止这一处了！

该诅咒的叛乱和战争！

"将军！让我到长城上去侦察一下吧！"

韩豹的提议简直是异想天开！但太富有诱惑力了。好一会儿，他既没有指责他的冒险意图，又不敢同意。

他下了马。西门苍利和几个近侍骑卫也跟着下了马，骑千人将却被他制止了。

他到了峡谷的入口，把耳朵紧贴在山石上。好凉的山石啊！像刀子一样刺人的肌肤。

韩豹带领两个卫士像猴子一样顺着只有樵夫敢走的小路一直攀缘到依山而建的长城脚下。后来竟又攀上了残破的城垣。消息传回到接应他们的士卒那里，又传到周勃耳边：阒无一人，和村寨一样死寂！

这怎么能叫人相信呢？他不顾西门苍利的劝阻，开始往上攀。西门苍利也紧随着。

这是为什么呢？是敌人的疏忽吗？如果是疏忽，那就绝不是军事家！别有他故？什么缘故？另有渠道吗？不可能！已经放弃了这条路？那么说，陈豨已下了决心要进入万山丛中去潜伏？他知道了长安的事情？因而决心不避一切困难和艰险以躲过这次困厄？他打了个冷战。他的血液似乎已经凝固了。

韩豹发现长城已经残破到不能通行的程度了。他向东走了不到四十步，城墙断裂有一丈多宽；西边，他攀缘而上之处，断裂得虽不宽，却不可逾越。他指给周勃看。周勃长吁了一口气。

"将军！马蹄声！"西门苍利附耳对他说。

"什么？"他没有听到。不！他马上就听到了。韩豹等人已抽出了宝剑，并催他下城。

周勃挥了一下手。凭经验，他判断这是四五骑，而且是由东向西。

"探马？"韩豹悄声说。

"若是探马，我尚未至飞狐口，彼一无所知，陈豨尽可放心东去！"

"将军！不像探马或者一般的斥候，他们不会这样走路。"西门苍利说。

"那是什么东西？"韩豹插问。

"倒像是具有特殊身份的信使，既不敢在崎岖的路上奔驰，又不需在畅通无阻的路上奔跑。听！他们多么从容！"

"若是信使，刘泽已败了一两阵了，他们可以向陈豨去报喜了！"

韩豹把剑插回鞘里，走在最前头，险要处还要把周勃或西门苍利搀扶一把。

周勃率领的这支队伍仍是小心翼翼地前进，直到距飞狐口还有一里左右的密林中，队伍下马休息了。但把头两名步哨放出了五十步远。他估计敌人在飞狐口一定设有哨卡。他想是摸掉好还是不惊动他们好？略一思忖，决定还是摸掉他们！

但意外的是那里没有哨卡，直到进口百余步都没有发现动静。当他得到这个禀报时，他简直不敢相信。他派韩豹在口里口外小心搜索，特别注意寻找暗哨。当他再次得到肯定没有什么防备时，他只能感谢苍天了。

飞狐口两崖对峙，似鬼斧神工劈削而成。阔不逾丈，仿佛真有飞狐纵跳而过之势。谷中阔可两三丈，乱石丛生，怪石嶙峋。雨季一侧流水，一侧还可并行四马。西门苍利曾听说其形势险要，如今亲身目睹，却感到令人惊心动魄了。他心想，周勃将军对此间山川地理了如指掌，在此设伏，陈豨哪得不败?! 他再一次领悟到这个真理：不熟知天下山川地理者不配为将！

周勃命令一百夫长派人在飞狐口内伏地监听，每隔二三十步安置两人，哪怕只听到一匹马的蹄声也要迅速撤回。又命韩豹派十数人沿大道哨探至五里外，遇少数游骑斥候坚决拦捕或击杀。撤回时间，另行通知。又派一百夫长登上西崖垒置石块，就于山上隐蔽。还派一百夫长管好全部战马以备急用。余者皆在林中休息待命。但他却不敢休息。他与西门苍利偕韩豹、骑千人将和十余名卫士登上一座残破不堪的烽火台。

朔北的夜，寒风像刀子一样割着人们的脸颊，手和脚被冻得麻木了。铁裲裆里面的棉衣因不断被汗水浸透，此刻硬邦邦的，也仿佛是铁裲裆。人们瑟缩得发抖了。

三星早已偏西了。

杨起等人攻城若是失利，那将会出现什么局面？敌人若是觉察了他的计划将会出现什么结局？田钜在滱水上源的山山谷谷里设置的疑兵真能像他所禀报的那样，他带的是"一万伏兵"，保险吓得敌人不敢进山吗？一旦识破会不会反而坚定了敌人进山的决心？

高悬天顶的昴宿星照耀着的长安啊，现在会发生什么事情？身陷囹圄的萧相国是否还活在人间……

天哪！快叫陈豨来吧！战争不能再拖延下去了！

38

在陈豨行宫的后殿里正爆发着将相失和的一场内讧。

"大王！莫听彼老朽迂腐之言，急速决定东走，回返代城，与王黄等合兵一处，以期再战。"陈武急促地说着，脸色忽红忽白，既愤怒又愧恶，同时又流露出恳求和焦虑。

"大王！陈武鲁莽，刚愎自用，大王千万不能再听信彼之胡言乱语，快南出常山关，以退为进，方能东山……"程纵的胡须抖动着，直喘粗气，话都说不清楚了。

陈豨从王座上倏地站起，直逼到他俩面前训斥道：

"镇静！争吵什么？如要东出，孤何必西进！……"

"大王明鉴！不可东出！"程纵急说道。

"丞相要孤进山是欲孤为山中草寇？要孤去常山关，赵相周昌岂不知兵？……"

"大王早做决策，事关存亡！"陈武急切地说。

"报——"一传令卫士闯进仪门就高喊着冲上殿来，"启禀大王！西城吃紧，长城上发现敌踪，请大王从速派兵支援！"

陈豨对传令卫士大声呵斥道：

"慌什么？来人哪！给我更衣披挂，传令备马！"

陈武不屑理睬程纵，急忙冲下丹墀，陈全立即迎上前来：

"将军！西城情况危急，城中多处起火，百姓惊慌失措，灵丘料难守卫，请将军敦促大王早做决策！"

"程纵老儿要大王进山南去，大王不听我言……"

陈全急趋前一步和主将附耳说起话来。陈武暗暗点头，可同时又有犹豫。陈全压抑着焦虑，又悄声说道："叔！只听小侄儿最后这一次劝告吧！机不可失，时不我待！"陈武想起昨夜早晚听侄儿的一句话，最低也可减少一些损失。终于他点了头。陈全立即闪身从侧门蹿出去，急向大门走去。

刚到大门前就见一名骑将正跳下马背，他上前一看认出是程济，灵机一动，急对他说道：

"程将军来得正好，见丞相找你的人没有？"

"我正来见丞相。"

"丞相已亲自去西城督战，命你速去西城增援！"程济纵身上马，扬鞭直奔西城。

陈全从西跨院月洞门里悄悄走出，来到陈武身后低声说："都准备好了，并已通知虞翎将军了！"说完便又倏然隐去。

这时陈豨大踏步地走出来，程纵拽住他的衣袖，哭丧着脸说：

"大王！不听老夫之言后悔晚矣！"

程姬在后边追着喊：

"大王啊，大王！你不能到城上去啊！"

陈武立即侧过身来高插手躬身迎候。

"马来！"陈豨命令道，他以为他的亲卫将军和卫队都在这里候着他呢。

两个马夫把他的枣红色匈奴骏马从西跨院里牵了出来。陈武亲自搀扶他上马。

一出大门，陈武的马已候在那里，他立即纵身上了马。陈全率一批骑卫已把陈豨裹住，逼着马掉了头，簇拥着他就往东走。陈豨刚想大声喊陈武，他的马臀已挨了数鞭，立即往前蹿去。

原来有人假传圣旨，把大王的亲卫将军支到营房去了。

程纵恨死了陈武，如果不是他昨夜贸然浪战，何至于遭到这样惨败！即使敌人万一发觉大王西进的意图，也可以凭借长城，坚守灵丘若干时日，而后徐徐退到滺水两侧的万山丛中，先保存力量，伺机出常山关再向北迁回，终有东山再起之日。如今陈武打了败仗不知耻，竟敢胁迫大王出走，岂不是反了天了！

亲卫将军，明了真相，立即命人给卫队传令：通统包括门卫在内都随他去追大王。

程纵一听命令着急了，一把拉住亲卫将军：

"怎么？你这是树倒猢狲散吗？大王还健在，我也还健在！你不管我了吗？不管夫人了吗？"

"管！管！丞相大人！快上马！"

"等等！我去收拾东西！"程姬喊道。她的寝殿里是有许多珍宝细软的。

正在这时，都尉高肄纵马奔来，刚一下马见宫门口混乱不堪，他知道大势已去了。

"快随我走！"程纵命令他。因为他见高肄身后还有一些骑卫呢。

他犹豫了一下，正要上马，程济气急败坏地奔驰过来。程纵叔侄这时才明白他们都受了陈武的欺骗。程纵大骂陈武，程济扬言要宰了他。

叔侄两人赶了一阵，看到前面一彪人马。队伍还算整齐，一问，才知是奉大王之命停下的。程纵纵马上前，终于看见了大王。

原来陈豨被陈武簇拥至东门，虞翎所部已经列队等候。陈豨正犹疑间，正巧城上逃下来一批溃军，虞翎派人前去弹压，而溃军却愈涌愈多，就在城墙脚下出现了混乱的格杀。陈武和虞翎又乘机把陈豨拥出了东门。直待到得赵武灵王的陵寝前，耳根才似乎清净一些。这时他执拗地喝令陈武停止部队前进。他责问陈武，灵丘是否已完全失守？敌人从何处突破城池？代城方面有无消息？

没等陈武回答，有的骑士却回头看见了城里的火光。陈豨眺望，旋又登上陵前已经残破不堪的明楼。目视所及，城中火光冲天，而鼓噪喊杀之声隐约可闻。声传十里，他还能责怪陈武什么呢？他的兄弟不是背叛他，是不得已才强拥他出走的。他谅解了他的兄弟！

这时陈全在明楼下边大声启禀道：

"大王！丞相冯梁从代城派信使前来见驾！"

陈豨和陈武匆忙下了明楼。

"大王!"信使从容地礼拜之后说,"冯丞相命我等星夜赶赴灵丘,不意竟在此得见大王。"

"代城情势如何?"陈豨急切地问。

"大王来灵丘之后,冯丞相派兵四出,今与周勃前锋连战皆捷,迫敌仓皇后退。斩杀数千,缴获无算。微臣行前,王将军正准备继续追敌。特此禀报大王!"

陈豨精神为之一振。信使又参见陈武。当他们得知赵既在当城准备迎战樊哙,而赵利已悄然北上去击樊哙之背时,陈豨长吁了一口气,仿佛把涌到喉咙眼儿的一颗心又放回到胸腔里去了。灵丘的火光算不得什么,胜败乃兵家常事。他觉得头顶上的星光又照亮了他的前程,连那松涛的喧响也变成了他的千军万马的进军之声。

然而陈武却暗生愧恶之心。但他突然想到一个问题:周勃在横谷整军经武已达月余,不说已养得兵强马壮,至少雁云大战的疲劳总已缓过来了吧!其前锋何以竟不堪王黄一击?而他自己虽不是兵多将广,却总还是训练有素的,为何反而败在一骑将手下?莫非周勃早已潜来平舒?这场战争是他指挥的不成?他倒吸了一口冷气。他问使者:

"敌先锋是谁?"

"听说是刘泽。"

陈武暗想,也许刘邦老儿的小兄弟可能是个纨绔子,所以不是王黄的对手。但此人过去的战绩也不错呀!这到底是怎么回事呢?

丞相和亲卫将军赶来了。

程纵一见陈武几乎要拼老命,这可把信使吓坏了。程姬又抽抽噎噎地伏在陈豨肩上边哭边痛骂陈武。陈武几次想反唇相讥,都被陈全暗中劝阻住了。

陈豨见丞相无恙,爱姬赶来,亲卫将军又给他带来了最亲近可靠的生力军,还算不幸中之大幸。他深知此时此刻将相内讧,后果不堪设想。因此,他要当将相之间的和事佬。而这时高肄也赶到了。听高肄说,敌从赵长城上突破西城,旋又从云梯越城,最后又听说从南城还涌入了敌人。不得已,他从北城上撤下来,在东城又会合了骑将。他们沿途收编了散兵游勇，各归统属，总计下来有两千多人，马匹却只有一半。现由程济率军断后，因为他的人马还算齐全。

陈豨长叹了一口气。但又着实夸赞了高肄。他暗暗估算一下，虞翎、程济两骑将所部都损失不多，建制完整，少说也有五六千人马；他自己的卫队、陈武的卫队、高肄收编的，合计也有三四千。总计下来还有近万，虽然四去其三，可也还是一旅可战之师，天还有眼，他不会亡的。他鼓励众人道：

"谋事在人，成事在天。虽遭小挫，我等犹能生聚。敌将乃宵小之辈，料那周勃织席小子，樊哙贩狗屠夫有何能为，阻我东山再起？分兵则弱，合力则强。我等速返代城，同心勠力，共建大业。"

陈武说道：

"启禀大王与丞相，此地不可久留，请大王与丞相疾速前行。高都尉熟知此间地理，即命为前锋，务望多派斥候搜索前进，其余各部由本将在行进中重新组织调动，以保障大王与丞相安全。"

陈豨的亲卫将军和都尉高肄各自把队伍调集和整顿了一番，就出发了。陈武叫来虞翎和程济，命他俩把队伍靠得紧些，始终要保持机动性，轮流断后。一旦敌追兵赶来，一部阻击，另一部在前占据有利地形伏击，让阻击部队迅速撤到前边去。

队伍迅速前进着，因次序调动所留下的空当，都快速跟上了。陈武与虞翎及程济上一高阜处向后瞭望，敌人追兵果然露头了。但这支队伍显然是第一次走此山路，其先导者都拿着火把，像伸着触角一样，探索前进。看来狡猾的敌人是怕伏击。

"看明白没有？"陈武问道，"敌人是不想夜战的，大约要等到拂晓在地势开阔的地方才进攻吧！但他们这次可打错了主意！"

"将军！我们搞个伏击，捞他个便宜！"虞翎跃跃欲试地说。

"你仔细看！捞不上。捞十个八个人不值得。只要他不接近我们，我们就快走，出飞狐口要紧！"

陈武率卫队一直赶到在前面开路的高肄身旁才勒住马头。当他得知哨探到飞狐口也没有发现意外情况，非常高兴。三十六计走为上计，这是天经地义的！他又命令高肄继续派出斥候搜索，不得稍有疏忽，并叫他快速前进。

他又和卫队立马道旁，等陈豨和程纵到达，他插进队列，与陈豨并辔，把队伍前后情况和安排都奏禀了。陈豨和程纵此时此刻也只能听任陈武的安排和决定了。他们巴不得一步就蹿出飞狐口。

他们快到飞狐口转弯处时，尾随的追兵火把还在远处闪动，时隐时现，行动显得非常迟缓。不过他们自己也似乎减缓了前进的势头，他们也是人困马乏了。一夜一天的战斗又加上一夜行军，对他们来说，自然也并不轻松。

陈豨、程纵和陈武出了队列，传令先锋暂停片刻。他们立马山前，命令各部将佐把队伍整顿好，在出飞狐口之后，要保持完整队形，快速前进。

整顿队伍时，陈豨瞥一眼仍在远处晃悠的火把，长长吁了一口气。咬牙切齿但又轻蔑地说道：

"人皆谓周勃稳健，老谋深算；樊哙骁将，智勇过人。依孤看来，终究不过是织席屠狗之辈而已！其所派之将，观其守平舒，攻灵丘，似乎还有点谋略。但观其追兵，终是不明地理，不足惧也！出飞狐口，我们兵分两路，请丞相率乃侄之旅直奔代城……"

"大王！这怎么可以？抵死我也要紧随大王！"

"不必争议！丞相不愿去代城，可于中道转向当城……"陈豨知道他不愿去代城的原因。他怕受冯梁的奚落啊！

"我直趋当城，"他挥了下手臂，说，"会师之后，东出燕山，与燕王卢绾会师……"

"他总是举棋不定，大王怎可寄人篱下？"程纵急说道。

"现在不是计议这个问题的时候。下令起行！"这后一句话是对陈武的命令。

陈武对高肄发出了命令。他们由亲卫将军和卫士长陪同，插进了前锋队伍的后尾。

队伍有秩序地走进了飞狐口。

前锋走出了飞狐口。

队伍鱼贯地跟随着。

陈武出了飞狐口大约走了几十步，在一块巨石前停下来等候陈豨。他扫视着口外开阔的原野，虽然看不甚真切，却已感到豁然开朗。他对陈豨说道：

"大王！来日东山再起，我定要与周勃、樊哙决一雌雄，以报今夜之……"

"周——勃——在——此！"

从巨石后策马闪出来的周勃已到了陈武的马前。陈武还没来得及抽出宝剑，"啊——"一声撕肝裂肺、破命亡魂的惨叫便翻下马去……

与陈武坠马的同时，巨石另一侧闪出来的西门苍利也一剑刺死了亲卫将军……

随着这一声喊，巨石两侧恰似决堤洪水一般的人马冲进了敌群……

随着这一声喊，鼓声大作，飞狐口的山崖上仿佛天河崩泻一样落下了垒石。正在谷口里的人马顿时连尸首都不见了。谷口一下子就被切断了……

口外，鬼哭狼嚎声与人头落地声、马蹄声与挥剑声交织在一起……

口内，远处的喊杀声与悬崖上射下的羽箭声应和着；中箭的哭喊声与人马拥撞声交叠在一起……

口外的战场逐渐沉寂下来。周勃回头一看离飞狐口有一里多远了。"点起火把，检查尸首，看元凶是否漏网？"他命令身后的近侍骑卫传命。马上有几支火把亮了起来。

"将军神算，口内的声音似乎也不那么急躁了。"西门苍利掩饰不住心头的喜悦。

"不管他们。"

一具尸首没有头和右臂，一具尸首是从腰部断的，半个头颅、一支断臂，比比皆是。

许多战士在兜捕空鞍的战马。

周勃认出了程纵，当然也认出了陈武和陈豨的亲卫将军。

还有臂缠素帛的自己的弟兄，多是在混战中被敌人从背后刺死的。有一名弟兄断了右臂。两步之外的右臂还是紧握着宝剑，剑正插在一个敌人的胸口上。周勃认出了他，原是一个近侍骑卫。周勃俯下身去一摸嘴巴，他还有鼻息。周勃连呼他的名字，他微微睁开眼睛：

"啊——将军，将军——可曾捉到陈豨老儿？"

"还未寻见！"

"他从我眼前逃跑了……"

周勃一惊，眼里冒出了金花。他急叫两个弟兄守护他。又喊韩豹，没有找到。他急出一头冷汗，猛然意识到他大约也完了。他不死心，急喊来骑千人将命他仔细搜寻，救护伤者。

他看一眼西门苍利，西门苍利也正吃惊地看着他。他俩都明白，万一陈豨漏网，后患无穷，一切胜利皆成子虚！

"将——军——"划破夜空的嘶喊。

周勃纵身跳上马背，西门苍利也纵上马背，望着周勃的背影追赶。周勃在前边截住了喊叫他的人。

"卫士长叫我通知将军……"

"韩豹在哪儿？"

"在前边！"

"带路！"

天边已露出一线曙光。

前边露出几匹战马的身影，倏忽那身影又消失了。

周勃等三人追到身影消失的地方，正看见一棵树的枯枝上挑着一条素帛。

他们在树林中搜寻着。突然，"嗖"的一声弓弦响，西门苍利眼快手疾，他的剑锋向周勃的马头前挥去，"当啷"一声把一支暗箭磕飞了。周勃一夹马腹冲到了射暗箭人的前边，原来那人却是坐在地上的。周勃跳下马背，剑锋触到了那人的胸前："什么人？"

"冤家对头！"他咬牙切齿地说。

带路的近侍卫士已跳下马，对他一脚踢去，他一轱辘就倒了。他的腿已经断了，只剩下一条筋还连着。原来他是高肄。

"陈豨在哪儿？"

"休……想知……知道！"

"将军随我来！"一直没有下马的西门苍利在周围巡逻着，他发现了马蹄印和血迹。

周勃上马时只听一声惨叫，他回头一看，卫士正从高肄的喉咙上把脚抬起来，他还嘟囔着："我再叫你射冷箭！"

他们穿出树林，天色已经大明。跟前是一片漫漶的河滩故道，寸草不长，乱石丛生。只见远处有三四骑忽隐忽现，他们策马飞奔，紧紧追赶，一眨眼的工夫已不知跑出了几里地。周勃忽然认出来他们追赶的是臂上戴素帛的。他仔细辨认并喊了出来："看，那是韩豹！"但西门苍利并没应他。他回头一看，至少落后了五十步。卫士更远些。他顾不上他们，还是策马飞奔。直到在一个高阜地方追上了韩豹他们。

"啊！将军！"韩豹高兴地喊道，又呼呼喘着说，"将军请看！"他用鞭子指者远处的四五骑说，"陈豨老儿在那里！"

西门苍利已经到来。他们还发现后边又赶来几骑。周勃说："追！"

他们逐渐接近了敌人。

"将军防箭！"韩豹喊道。几支箭飞了过来，周勃没有理睬那些箭，一直在盯着骑匈奴大马的陈豨。陈豨的马始终保持着好体力，跑在最前边。他仅有的那几名骑卫跑上几步，回身射一箭，虽然不那么准，但阻碍了他们的速度。忽然有一箭还伤了一个卫士。周勃把剑插回鞘里，也从鞍鞯上摘下弓箭，韩豹他们也都引弓搭箭。敌人有一个滚了鞍；还有一个弓已坠地，随后扑在马脖子上，背上中的箭一颤一颤的，任马向一边落荒而逃；最后又一个人被倒下的马压住了身子，他绝望地喊着"陈全卫士长救救我——"韩豹马到，俯身赏给他一剑。

陈全的马头紧衔着陈豨的马尾。

周勃又搭上二箭，嗖的一声，冤家路窄，在奔马的一颠一簸之间，陈全的马没伤着，陈豨的马却猛然摔倒。陈全的马一惊，避让不及，反被陈豨的战马绊倒，两人都爬不起来了。

周勃翻身下马，掷弓拔剑，向陈豨逼了过去。陈豨瞪着布满血丝的眼睛，狠狠地咬着牙说："周勃！织席小儿欺人太甚！"话音未落，忽地寒光一闪，把宝剑猛然投掷过来。周勃用剑一格，"啷"的一声，陈豨的宝剑腾空而起。坠地时，一块石头被剑锋扎成两半。

"逆贼看剑！"周勃大喝道。

陈豨的头颅在地上滚了几滚，歪斜的眼睛仍然瞪得大大的，张着嘴，仿佛还想说话。韩豹也同时结果了陈全。

　　可是在他回头看西门苍利时，他已经坐在地上不能站起来了……

39

红日衔山，彩霞满天。

平舒城西的十里长亭内外，聚集着为西门苍利送行的人，他们都是和周勃亲近并接触过他的人，听说他要回北部都尉的治所便纷纷赶来。待周勃偕西门苍利在杨起、韩豹、萧诚、袁长龄等陪同下到来时，他们争着上前见礼。周勃和西门苍利都感到意外却无可奈何了。西门苍利见到田钜，笑说道："你的棒伤好了吗？你在滠水河谷里埋伏的一万人马真了不得呀！""咳！看西门将军说的，我不过是出巢的黄蜂满天飞，说到底还是八月里的黄瓜棚，空架子。是将军的谋略好！"正说话间，由两名卫士陪护的姚泉也特地赶来了。

"西门将军不告而别，是要我背弃诺言吗？走在路上我想，如果赶不上送行，我就向周将军告假到北部都尉治所去！"姚泉从其卫士手中接过宝弓捧献给西门苍利。

"这如何使得？无论如何末将不敢夺将军的宝弓啊！"西门苍利委实不想接受，他已经接受了周勃送给他的陈豨那把镶金嵌玉、劈石如破竹的宝剑和一匹匈奴骏马。那是缴获的战利品，且是将军所赐，而这却是私人的心爱之物，是战将赖以杀敌立功的武器。他向周勃将军求援了。周勃见姚泉捧弓不动，有不接便不肯收回之势，只好说道：

"姚将军盛情感人，却之不恭，收下吧！日后我将为姚将军设法另寻宝弓！"

饯行的场面是热烈的，人们为胜利、为未来、为友谊，同时也为惜别而频频举杯。但是周勃和萧诚两人却无法分享人们的欢乐。

前天，周勃亲斩陈豨，不但结束了灵丘之战，与此同时，也结束了代城、当城之战。然而胜利不是喜，国事更堪忧。那天打伏击，西门苍利本未痊愈的脚又被冻坏了。周勃命韩豹返回飞狐口会合杨起等处理善后，他和几个卫士抄小路伴西门苍利径直返回平舒，并准备从平舒去代城。他前脚进入县寺，萧诚后脚就赶来了。因为他又得到了情报。

萧诚从卤城一带偷上赵长城，一直迂回到灵丘，首先登城成功。在他俘获县令陈镒时，眼错工夫，陈镒将一物丢进火里。萧诚机警手疾，急从火里捡出，原来是一张帛书。主要内容已被烧毁，却还保留着"牛马走范齐顿首拜问陈豨大王千岁"的字迹。范齐是燕王卢绾驾下的第一谋士。经严刑拷问和应以不死的劝诱，陈镒供称，燕王卢绾与陈豨早有勾结，范齐曾多次出使代城。后因陈豨军行飘忽不定，无法东进，陈豨便指定陈镒通过秘密渠道与范齐书信往来。别的信件随到随转，只有这封信还未顾得上交给陈豨。据称，信的主要内容是告诉陈豨，设法通过樊哙防线，燕山有守军接应。因陈豨西进之谋，这封信就不那么急了。同时也因战事紧张，想交也来不及了。

这消息，使周勃心中不安极了。燕王卢绾与陈豨勾结，甚至也接待过黥布的密使，周勃早有风闻，并且也告诉过樊哙。他们一直防止陈豨东去，为此，从不让自己军队越燕境一步。但卢绾的图谋不轨，从未得到过佐证。他和皇上有特殊关系，多次向皇上表述其忠诚，表面上看来也无可指责。他不能把风闻的消息告诉皇上。另外，他知道，国家和百姓再也没有力量进行战争了。他宁可望其无，不愿信其有。至少在和陈豨作战时，不能和燕王发生事端。现在，证据已见，卢绾反叛之心，昭然若揭。但他能挥兵东进吗？这样一来，自己就无回长安之期了，二则这必须得有圣旨才行。

他心里有数，平陈豨之战，萧相国苦支苦撑后勤，允许他和樊哙与将士们主要靠缴获而免枵腹之危，然而萧相国却下狱了。当他把这事情告诉萧诚时，萧诚目瞪口呆了。他甚至咬破了嘴唇也克制不住眼泪的流淌。但他恍然想起：

"将军！罪将已将公事禀完，就乘槛车随西门将军回京服刑吧！"

"咳！你想到哪里去了！"周勃也止不住掉下了眼泪，"你任灵丘令，今后田钜仍归你节制，将他派到燕都蓟城，由你与我联系。"

另一件痛心的事情是他与樊哙的相会。

在他正和萧诚谈话时，袁长龄又来了。他禀报说，东宫使者、太子洗马胡母沙和樊侯家人樊燮在横谷被刘泽盘查，后来赵平亲去说项，刘泽因挥军大战，直到攻下平城才派军把他们送往樊营。他估计他们已见到樊哙，便急派人召回韩豹及其卫士随他去代城。当时西门苍利打算即刻起程，在医者的坚决制止之下只好留下来就医。周勃也希望在见到樊哙之后，让西门苍利回长安能先给安国、曲逆二侯带个准信。

周勃到代城的当晚就与下榻在代王宫里的樊哙会了面。当时樊哙为他举行了祝捷宴会。

周勃与樊哙是总角之交。随刘邦起事前，都是沛县的闾左贫民。起事之后，樊哙与刘邦是连襟，周勃凡事都加多逊让。随着艰苦的战争进程，两人都晋升至大将的高位，患难中的友谊更笃厚了。在周勃看来，樊哙虽然粗鲁莽撞、性情急躁、好杀成性、不愿听谏，但治军有方、行止有矩、有勇有谋、忠心耿耿，是不可多得的良将和统帅。当年鸿门宴上，他威劫项羽，斗酒彘肩，勇救刘邦，英名赫赫。人们只记得他的勇，其实他更有智。刘邦初进咸阳，他拦阻马头，谏阻刘邦在秦宫停宿，远见卓识，无与伦比。灭陈豨之战，他的苦劳与功劳，可以说与周勃一样。他们有权利共饮胜利酒。但这杯酒是苦的。他们的心不在一起了。

宴会之后，两人开始密谈。周勃希望樊哙能把见到东宫使者之事坦诚相告，那么今后对国事还仍能一如既往，协调一致，互相协作，紧密配合，共赴国事。但樊哙只以灵丘鏖兵为话题，溢美之词掩盖了他的真心。

在商讨军饷问题时，他突然发起牢骚来：

"萧相国似已老迈昏聩，今日一统天下，倒不如昔日了。朝廷输饷甚少，是真无粮银抑或是有意克扣？莫非欲令将士枵腹而战吗？若不是将军神机妙算，本侯不知这仗还能否打下去。"

这完全不是樊哙的声口了，周勃诧异得难以自制。前些时接到相国谕旨，他曾表示过："不用叫相国为难，我樊哙逮住陈豨挖他的心下酒，要什么有什么！"如今全变了。

"国家百废待举，而征战不止，相国支应两线作战，定有困难，我等当体谅之。"

"坐于相国府中，安然享乐，他怎知将士征战之苦！"

周勃恍然醒悟：他埋怨相国是假，怨恨皇上才是他骨子里要说的意思！现在可以清楚地判定：今日的舞阳侯已不是昨天的樊将军了！他已按照皇后的懿旨行事了。那么皇后究竟要他做什么呢？今后的国事难以逆料了！他想再试探一下：

"如今，叛贼授首，朔北平定，缴获甚丰，是否就按相国指示，即日解决军饷问题。只是留给雁门、云中、代城三郡者甚少。不知将军意下如何？"

"凭将军裁夺！"

看来，樊哙的心已不在这些事情上了。

触及班师问题，周勃发现他们已是两条路上的人，从孩提时代培植起来的，又经过生生死死考验的友谊，只剩下了酒宴上的应酬、众人面前的精诚团结了。骨子里已再没有坦诚、谅解、默契与合作了。历尽千难万险、牺牲千万人性命所争取和赢得的胜利，却是一个苦果子。难道秦亡以后的中原逐鹿还要在另一种条件下换一种形式继续吗？

樊哙首先列举冠冕堂皇的理由反对班师。他说：一则皇上无旨，二则地方未靖，三则士卒疲劳，于此时班师不妥。又说，据云燕王卢绾不稳，有图谋不轨的可能，如若今日班师，既无视燕王坐大，养痈遗患，日后不堪设想。最后他还举出了匈奴寇边问题。

这都是事实，都立得住脚。有一瞬间，他曾暗想舞阳侯还未见到东宫使者，或者这就是东宫的意思。当然，他立即否定了这个想法。这不可能。唯其这样就显示出这种冠冕堂皇后面的虚伪与阴私。关于燕王的事情不知他是否另有情报。听其口风，似乎已经掌握很多证据。如果确系如此，他们之间连正常的互相通报情况的基础都发生了动摇。更使他感到疑惑的是：在接到东宫懿旨之后，按理，樊哙当竭力主张班师。然而他却相反，这真叫人摸不着头脑了。

他委婉地说明了班师的必要与可能，不过也无法坦诚地披露心迹了。

他说，陈豨作乱于朔北，黥布启衅于江左。圣上年已花甲，犹得御驾亲征，逐北战南。圣上切盼有朝一日陈豨授首，黥布就缚，使国家得以安宁，黎民永享太平。今黥布之事虽不得而知，幸陈豨已经伏诛，总可告慰宸衷。地方诚然未靖，但所遗者是少数散兵游勇。群龙无首，不足为患，各部都尉足以靖地方，安百姓。士卒虽疲，一胜解百劳。该当退役者，殷盼早日与家人团聚，躬耕垄亩，休养生息；服役未满者，按制轮休，归里探亲，再返回服役亦可使其心安。关于燕王不轨、胡兵窥边问题，他坦诚地表明了看法和应当协商采取的边防措施。

但樊哙却粗暴地说道：

"若将军不顾北部边防安危，亦即国家安危，急欲回京，本侯不敢阻拦。请将军代达圣上，为保社稷之安，天下太平，本侯愿留在朔北，以东监卢绾，北防匈奴，以免圣上北顾之忧……"

周勃有些省悟。樊侯已明显地表露出东宫使者沿途受阻，怀疑受他所主使。为了叫他无法猜测东宫懿旨的内容，才借东监卢绾、北防匈奴的报国之名，将北方重兵全部纳入其掌握之中，既不受中制，亦不受其节制。他还未作答，樊哙仿佛看出他的疑虑，竟又说道：

"将军或以为本侯不堪当此重任，则请将军留在代北监燕防胡，樊某回京向圣上陈述卢绾反状，务请圣上灭此隐患，确保太平……"

"噢！樊哙葫芦里原来装的是这味药！"周勃如大梦初醒似的在心中自语道。樊哙的心思他知道了，东宫的懿旨似乎也清楚了。如果不是安国、曲逆二侯给他及时派来了信使，如果安国、曲逆二侯给他派来的不是西门苍利这样的信使，这场战争会无限期拖下去。战争和动乱会牵制皇上的施政，这大约就是东宫的需要。然而战争出其意料，全胜结束了，那么或在边地设法挑起新的战争或动乱，或是把大将，如把他樊哙滞留边地，以保持其不受掣肘的独立军事力量。这阴谋不是太大了吗？"不行！"他暗暗地下了决心：一定要使樊侯与自己同回长安报命。

他在代城没有久留，以处理灵丘大战善后为名，迅速返回了平舒。

"众位将军，众位弟兄，后会有期，请留步！"西门苍利拱手向众人告辞。几日相处，他与这些将佐们、弟兄们结下了深情厚谊，一时间感到难舍难分。

袁长龄也向众人拱手辞行，又给周勃磕了一个头，便带着他的两名随从及护送西门苍利的两名卫士牵马先行了一步。

"西门将军一路小心，后会有期，恕不远送！"杨起和韩豹几乎同时说道。

姚泉踏前一步拱着手说："但愿他日能有机会与将军共同切磋箭艺！"

西门苍利再次向他致谢："客将受赠有愧，他日当有以报之，望姚将军保重。"

萧诚怕一说话就哽咽起来，便只含着泪眼向西门苍利躬身告别。

周勃见他们都已话别了，便挽着西门苍利的手向前走去。众人都站在原地注视着他俩的背影。

"西门将军回京之后，务请转达安国、曲逆二侯，我克日即返长安，望其释念。樊侯之事，务望王陈二侯多方了解清楚。另请向二侯致意！若能传言于相国，说我问候他，望他保重。其侄萧诚我将妥为安排，暗中保护，请其放心。燕王事，请二侯早为筹策……"周勃觉得还有许多话要说，其实又都是说过了的。他黯然而止了。

"切盼将军早日班师长安，望将军保重！"西门苍利深深磕下头去。周勃忙把他扶起，他猛然间发现将军的两鬓比他初见时好像多了几丝白发，脸上、额头、眼角也似乎多了几道皱纹。西门苍利感到一阵酸楚，不禁滚下了热泪。

他上马与袁长龄并辔走了一段路，回头一看，周勃仍然伫立在瑟瑟的寒风中……

40

在瑟瑟寒风中，空气仿佛都冷得凝固了。万籁俱寂。

"噢——"从后殿突然传出一声惊叫。

打瞌睡的宫娥和小太监懵懵懂懂，不知发生了什么事情，惊惊慌慌地向后殿跑，而后殿的太监丧魂失魄地传唤太医，涌进寝殿的人大呼小叫地呼喊着皇上……他在痛苦中挣扎着。

原来皇上被噩梦魇住了。

后殿常侍太监藉孺扶起皇上，让他靠在自己身上，半坐半卧。好一会儿，皇上终于安稳下来，似醒非醒，似睡非睡，眼睛直勾勾地瞪着，大张着嘴喘粗气，额头上沁出了冷汗，两个拳头攥得紧紧的。

宫女和太监们都静悄悄的，大气儿也不敢出。有一个宫女忽然想起来，便蹑手蹑脚地引着了两架多枝烛台上的所有蜡烛，室内顿时大亮。皇上的心跳显然已经平稳了，眼珠也会转动了。这时他才发现氍毹上跪着抽泣的宫女和慌得瑟瑟发抖的小太监。他有些莫名其妙，刚想问他们干什么，可又咳嗽起来。藉孺轻轻给他捶了老半天背。

刘邦自从病倒之后，一直在兰林殿休息，老太医的精心调理，戚姬和佩兰等宫女们日夜轮流的看护，使他恢复得很好，也很快。他早就想到宣明殿来，可一直没拗过老太医。有一次襄章已经把赵尧引进了兰林门，老太医硬是挡驾不准进。皇上听到了声音，叫佩兰出来宣召。老太医自己进了内寝："皇上！先赐老臣死，尔后宣召谁，老臣也不再挡驾了！"刘邦妥协了。可他实在受不了这种隔离。皇后和太子是每天都来一趟、两趟，甚至三趟。时间稍长一点，老太医也要干预。一连半个来月，他就在老太医的监视下过来的。这也是他平生第一次向老太医屈服。老太医妙手回春，他信服了，对他的限制也就接受了。老太医能限制他的活动，不能限制他的思想。这几天，使他想了很多事情。他希望赶快好起来，许多事情要立即着手办。他不能再因循、再犹豫、再等待了。可不出兰林殿不行。他不能把大臣们一个个宣召到兰林殿来。偏巧，昨天有了一桩喜事：大儿子、齐王刘肥进宫了。刘肥来了还不打紧，还带着他的三个孙子刘襄、刘章、刘兴居一起来了。因为伤口愈合得很好，老太医终于同意他到宣明殿去。父子、祖孙玩得很高兴。仿佛在小孙子身上补偿了在儿子身上没有得到的天伦之乐。刘肥和刘盈本来关系就好，久别重逢，情真意切，说笑不停。刘襄猴到刘盈身上，叔侄儿都仰倒在氍毹上，连在一旁侍候的太监和宫女也都敢说笑了。直到小孙子刘兴居在他腿上睡着，二孙子刘章也闹着要找养娘，才算兴尽。他本想把孙子都留在宫里，但小孩子习惯只跟一个亲近的人睡觉，只好把他们又包又裹地抱上车，跟刘肥回到在戚里的王府中去。夜已深，刘邦倦怠，不想回兰林殿，也不让人去召戚姬侍寝。谁知只独宿一夜，偏又为噩梦所惊。

大谒者襄章陪着老太医急急火火地进了寝间，见刘邦已经完全没事了，才算放下心。襄章命宫女和太监都散去。心说，不过一场梦，弄得他不得安稳地睡个早觉。他看皇上又闭上了眼睛，他也溜了，想回去再找补一个回笼觉。不过他没敢远离，怕皇上还有呼唤。

果然，皇上估计太医已经出殿，就命一个小太监把襄章叫了回来。

"传刘信来！"皇上命令道。

"还不到四更，宫门尚未开启……"

"传刘信来！叫他悄悄进宫，谁也别叫知道。"刘邦见他还迟疑不动，突然瞪起眼睛，并颤抖着去摸索衣裳，提高了声音说，"敢抗旨吗？"

"奴才就去！奴才就去……"

皇上在过厅里慢慢踱步。他一向偏爱这间过厅，宽敞，明亮，空气清新，没有任何绊脚的东西。在兜了两圈之后，他就问大谒者："刘信怎么还不来？"又兜了两圈，他甚至怀疑襄章是不是欺骗他，根本就没派人去宣召。襄章回答说，宗正卿住在北燠里，传旨太监……

无可奈何！他又兜起圈子，后来竟踱出前殿，在丹墀上等候。

刘信呼呼地大口喘着气进殿了。他刚跪下要行山呼舞蹈大礼，刘邦制止了，并命他人回避。

"信儿，即刻与董宴带上右署全部卫士，火速迎接如意。如果他还在邯郸，就叫他立即动身；如果中途迎上，那就更好。途中情况，到达地点，随时派人回来奏禀。"

董宴刚刚销了假，如今又得远行了。

"陛，陛下！何，何故如此急迫？"

原来是因为一个梦……

似乎有一种什么声音由远而近。仔细谛听，那竟是琴筝合鸣，箫笛漫吟，曲折悠扬的旋律中夹着淡淡的哀愁，委婉舒展的歌声中蕴蓄轻轻的叹息。他睁眼一看，原来是唐山夫人正在翩跹起舞……忽然更张旋律，佩兰击筑，佩芷鼓瑟，节奏舒缓细弱，他觉得那曲调异常熟悉，竟不禁随之挥臂击节。他顿然悟出这是《大风》的旋律。目睽睽，情眷眷，思沉沉，意绵绵。心神震荡，悲故乡而怀归；胸臆激亢，缅素昔而拭泪。他想何以不见爱姬？她怎么……他思未竟，戚姬已破云而现。她动朱唇，纡清阳，摇金凤，形神协，远思长想，引吭高歌："大风起兮云飞扬……"

突然，皇后满面愠色，愤愤而来，挺臂颐指，斥他忘记结发之情，责他背叛初盟，怎能嗣统万代之宗绪。他奋起抗辩，她却悻悻而去。他去追她，要与她说个清楚，可四顾茫茫，不知她竟何去。他急去寻找戚姬，旷野上就只剩下他一个人。他呼喊，他寻找，他追赶，却都枉然。

刘邦一向也鄙夷儒家。他凌空鸟瞰曲阜。见"孔子游乎缁帷之林，休坐乎杏坛之上"[①]。他问夫子："始皇祭岱封禅，先生遇之乎？得无难乎？"老夫子云："死生有命，富贵在天。"他默然了。他对这个信条从来不置异词。他知道"死生有命"，人力弗可强求。自己快走到生命的尽头了，对此无须恐惧。他可不能像秦始皇那样撅着屁股笃信巫蛊之术，到头来窝窝

---

① 语出《庄子·渔父》。相传杏坛为孔子讲学之处。

囊囊地用鲍鱼的臭味儿来掩饰尸体的臭味儿。不过，他觉得留下来的问题太多。他虽然不会像秦始皇那样，仿佛他一死，后人连吃饭穿衣生儿育女都不会似的，但总觉得天下大乱的阴影在他眼前浮动，就像秦末那样。他认为太子刘盈中了儒家仁字的毒太深。仁弱之辈何以弭乱？"普天之下，莫非王土。率土之滨，莫非王臣。"他一定要防止生乱，把"王土""王臣"传给如意，以使大统永嗣，江山永固，不使秦皇的悲剧重演。

他向苍苍上天茫茫四野大声宣告：他不怕死！他嘲笑向他喊万岁的叔孙通：秦始皇只不过活了五十岁，百岁的一半，屁万岁！他一步就从叔孙通的头上跨了过去，好像他只是脚面一般高的一株小草。他要走自己的路，去安排一些必要的事情，既为儿子，也为友友雛雛。儿子年纪幼小，那就必须锄掉震主的功臣。已经锄掉的不算，应当继续锄，锄……

但是旷野上有锄不尽的荆榛荒草，怎么能锄得尽啊？而且有的是不能锄的。他要告诉如意怎样锄，哪些当锄，哪些不能锄，哪些可以不管……可是他在旷野上走了这么长的路，怎么就是找不到如意呢？他就是为了找他才来到这旷野上的啊！他要详细告诉他关于锄草的方法……不，不是锄草，是铲锄功臣。当然不是都铲锄。国家的强盛与安定还必须依靠他们。他已悄悄画了一条线。凡是反对废黜刘盈册立如意的，即使不能都锄，至少也要剥夺其权位，使之不能再受到荣宠。他知道国储大事，如果得不到大多数，尤其是重要朝臣的认可，后果不堪设想。他曾总结过他之所以能战胜强秦，消灭霸楚，征服群雄，统一天下的原因，是其具有"将将"之才。他将萧何下狱而又不断然处置他，是有多种考虑的。他非常想见萧何，只要他肯说一句赞成废黜刘盈、拥戴如意的话，他就立即宣布赦令。可是萧何不见他。萧何不愿意到这荒原上来。他一定非常恨他，见他在这荒原上孤独地踟蹰，却不来陪伴他，甚至迷了路也不来帮助他。到了应该处置他的时候了。"无毒不丈夫"，用不着瞻前顾后，就在这荒原上将其一剑刺死，连尸首都不用掩埋，自会有秃鹰将其啄食干净，不留一点痕迹。他举起了宝剑……可是眼前来了一些人，一些什么人？他们手里拿的是什么？梃耰①锄耜？拿这些农具干什么？揭竿而起吗？他向后退着，喝问着：

---

①　梃：木棍；耰：打碎土块的一种农具。

你们要干什么？你们把我当成了什么人？难道我是夏桀？我是商纣？我是周厉？我是秦皇吗？不！我不是！我不是啊！

他们消失了，像一阵风卷起的尘土一样消失了！他的额头上掉下来豆粒大的汗珠。

啊！他们大约是为萧何而来的。对！是为他而来的！不能把他公开处死。这是一种信号，一个警告。那么秘密处死？神不知，鬼不觉，死后给以哀荣。我亲去祭奠，还要给他修筑一座比始皇陵还要大的坟墓。然后布告天下，说他是古往今来最好的相国。不行！这样的措辞还不够味儿。应当说是前无古人后无来者的好相国。他忧国忧民，极力拥戴如意为储君。他有遗言留谏。为使汉朝江山千秋永固，嗣统长传，皇上俯允所请，并为相国立祠永祀……

哦？怎么起风了？风啊，你不能传走我的话！什么？没有不透风的墙？何况这是在没有墙的荒原上！那怎么办？怎么办啊？必须把他释放吗？不行！既然抓住这条大鱼就不能把它再放回江河！可是这到底怎么办啊？他仰问苍天，苍天不语；他俯叩大地，大地无言……

一阵马蹄声。啊！是不是我的如意儿来了？你为什么来得这样慢啊？为什么只是你一个人？你的随从呢？你的拥立者呢？噢！对！我要告诉你一桩大事：由你来赦免萧何！那时萧何会对你感恩戴德，倾心拥戴你，朝廷文武大臣和地方文武官员及黎民百姓也都会拥护你。那时你就不会这样孤单了，你的号令就会有人来执行了。什么？你说我会背黑锅，落得桀纣之名？不要紧！为你背黑锅，值得，我心甘情愿。什么？你不是这个意思？你回头干什么？你看着我！怎么又回头？你担心……担心皇后，担心东宫……

他有些茫然。这里并没有她呀。你担心的是什么？你在倾听什么？我怎么听不见？是什么？巨大的脚步声，巨人的脚步声？见鬼！什么巨大的、巨人的脚步声？什么？她在说话了：

"如意不是我的儿子！"

"你说过，他是你的儿子！"

"我不承认他是我的儿子！"

"你说过，我们一共有八个儿子！"

"我只有一个儿子，就是太子刘盈！"

"你在骗我！"

"你在骗我！我就只有一个儿子！"

她身后出现了腾天的迷雾。她消失在迷雾中。

在迷雾中他似乎发现两员大将在厮杀。他们是谁？周勃？樊哙？"你们住手！"他喊着，"留侯！你快制止他们的厮杀！……你怎么让我们父子在这荒原上踟蹰徜徉？……"在漫天迷雾中升起一轮红日……

刘邦叫刘信走到他跟前，小声对他说道："信儿，方才我梦见一轮红日方从海中跃然浮升，忽见狂涛迭起，飓风大作，乌云蔽天，山呼海啸。再寻红日，杳然不见。因此我心惊肉跳，坐立不安，不知要发生何事。你速去速回，我在此专候！"

"叔皇陛下！"刘信喘息已定，"侄儿臣即去迎接，即去迎接！但请陛下略放宽心，梦中之事不必挂怀。且……"

"不必多言！"

"是！侄儿臣即刻前去！"

刘邦总算镇静下来，仿佛他终于有力量去和狂涛、飓风、乌云、海啸奋战了。

长乐宫的钟声响了起来。他像一匹伏枥老骥突然听到战场上的觱篥一样，腾身而起。

41

陈平奉旨来到宣明殿，在小书房里参见了皇上。小书房里特别暖和，地上铺的毡罽似乎都是热的。在这里接见个别大臣，道常都是为了机密之事。刘邦特意在这里接见陈平是想把这些天病中所思逐步付诸实施，他不能再贻误下去了。

"贤卿！这些天关于南北两线战争有些什么消息？"刘邦问道，"你可要把实情告诉我。"他也找补着说，与陈平几乎膝盖相并了。

"据灌婴前几天报来的消息说，我军已抵近郏阳。郏阳近水，网开一面。但水上已经设了埋伏，料黥布已无几日光景了。"这个消息其实是彭勇带回来的。彭勇在峣关受命没有随陈平回长安，直到觉得胜利已经在握才赶回来。

"这就好！那么代北呢？"

"代北毫无消息！"陈平低声说。他最近一直为西门苍利担忧，也更惦记周勃。

"我不是要你予以赞画和代为拟旨吗？"

"陛下！臣反复思忖，觉得代北之战不可中制。陛下经年征战，战场常有瞬息万变之势，若从中制，则有进退失据之弊。臣阅邸报，知陈豨固守代城、当城，周、樊大军已从西、北两路向前推进，樊侯之军又从北向东迁回，则有三面合围之势。绛侯稳健，舞阳侯剽悍，皆为积极进取者。其不战者，势未成也。臣无日不在惦记代北战场形势，臣以为陈豨如确实龟缩代城，则周樊二将军的部署无疑是对的。故臣以为一旦势成，必有捷报传来，请陛下略放宽心。"

刘邦沉吟了，觉得陈平不愿代他拟旨以中制战争，大约是对的。他缓慢地说道：

"唉！但愿能如卿所言，放宽心等候捷报！但是关于萧相国，朕一刻未能忘怀其第一之功，只是望其思己之过。朕与诸卿丹书铁契，剖符作誓，旦旦之言，唯天可证。冀相国能有所察。请卿将此意转告相国，朕欲听其一言。"

陈平心中暗暗感到吃惊。他知道皇上已经明白地向他发出了信号：这是要最后争取和利用相国的威望，以赞成易储作为条件，让萧相国体面地出狱。相国如"一言"不符圣意，则必危乎哉殆矣！他多么希望圣上能回心转意，哪怕只听一句逆耳之言，及早请相国回麒麟殿，妥善处理国政，以安民心和社稷。但他不能说明这些。劝说的任务交给他了，可是难就难在这里。他只能唯唯。

刘邦又说道："望贤卿能早些把消息告诉我。"

"皇后驾到——"前殿传来了慕报声。

陈平急忙跪转半个身子向皇后伏地磕头恭迎。皇后领着三个小孙子直趋上前，先向皇上问了安，行了觐见礼，才转向陈平，接受他的参拜。她说道："原来陈卿在这里，请平身！"仿佛她事先一点不知道他在殿上。她即刻表明来意：

"听说圣上凌晨睡得很不安稳，以致受到惊吓，臣妾深为不安。唉！都怪臣妾侍奉不周，远离左右。不知如今可大安了？"

"好，嗯，很好！本来就没什么嘛！"刘邦说着，心想不知哪个耳报神报得那么快？她莫非已经知道他召见和派遣刘信和董宴去迎接如意了吗？他想起方才在这里瞌睡时梦见她挺臂戴指和他争执的情景，心里感到怨愤，不禁沉下脸来说道："有什么事情吗？"

吕雉立刻敏锐地意识到皇上嫌她打搅了他与宠臣的密谈，暗想你们在谈什么？陈平其人毕竟是忠于皇上的，那么他会不会把一些事情密奏给他呢？心想，得留神啊！她漫应道：

"听说圣上受了惊吓，这事情还小吗？即使圣上不愿去东宫安歇，也

272

不应独宿宣明殿啊！适才老太医在殿门外向臣妾禀报说，无论如何也要劝圣驾回兰林殿去。圣上，请听臣妾一句话吧，回兰林殿休息。有戚妹妹在你身旁，一应起居我都能放心，万不能再独宿宣明殿啦！"

"好！好！我就回兰林殿去！"刘邦漫应着，心说老太医传话，真是莫名其妙！莫非老太医曾受她的嘱咐，故意用病情来限制我吗？天天把我困在兰林殿里，政事就全都不问了？这不行！他暗下决心，不能用长秋门把自己同朝臣们隔开来。他说道："些许细事，经人一传就变得天样大，以讹传讹，沸沸扬扬，风风火火，宫中尤好此道。太医眼中，好人三分病，三分变十分，弄得上下不安。今后莫听此类闲话！"

吕雉心想，这明明是嫌她了，有心赌气走开。但一想不可在臣子面前负气，更不可在臣子面前显示出帝后不和，便嫣然笑道：

"老太医一片诚心，岂可辜负！只要皇上觉得身体好了，就是天地的造化。这么着吧，今天后晌我安排一个小小的家宴吧！不为儿女，只为孙子！三个小宝贝一进宫，我的心都疼碎了。只是怕皇上坐久了劳累，我没敢安排。既然皇上觉得身子骨硬朗了，这个天伦之乐，我们可得好好享一享！……"

陈平请求告退。

皇上未及挽留，皇后却先说道：

"陈卿不必走。宴会是要请你的。你和皇上有国家大事要商谈，请继续谈下去！圣体痊愈，我们大家的心就都安了。"

"是！皇后陛下！臣叩问圣上金安，一见圣体痊愈，如石头落地，心也就安了。但圣上还需要多休息，臣请告退。"

刘邦没有挽留他。

陈平在麒麟阁直到过午也没等上赵尧，便决定回府。他心绪不安，神情也有些沮丧。

随从把马牵了过来，他心不在焉地纵身上马，一股北风突然呛得他喘不过气来，使他打了个寒噤。这时他才注意到头顶上已积满了乌云。他不知是什么时候天开始变的，朔风呛得他喘不过气来，使他不得不偏过头去。

皇上真的打算赦相国出狱吗？他怎么去传达其意？告诉相国说，易储的事情是铁板钉钉，不必坚持己意了，也不必顾虑后事了。这样说行吗？行！相国不干预皇家的事。但是天下事能一帆风顺吗？顺与不顺，坐在狱中的相国管不着了；有人在觊觎相位，萧何出狱后不会再是相国了，也管不着了。但是相国怎样思己之过呢？一二宵小谗言，相国便须坐于狱中去思过，并且还得承认自己有罪！咦？承认有罪，不就坐实了谗言吗？坐实了谗言，杀之不就有名有实了吗？难道叫他去传达的就是这个信息吗？

朔风使他打起寒噤，仿佛浑身都起了鸡皮疙瘩。

今天又有几个大臣递上告假的手本。其中周缫确实有病，哮喘得很厉害，他曾去探望过。另外几位则不知其详了。这些告假的手本本来都是递给御史大夫的。但据说赵大人无暇过目，就叫人给他送过来了。因为他是襄理朝政的大臣！他知道，大约时令不对头，"病"的自然会多起来。他把这些手本又派人给襄章送去，请他得便向圣上启奏。

如此朝政也使他打寒噤，仿佛浑身都在发抖了。

他曾与赵尧讨论过几次政务，希望不要改变相国与民休息的具体政策，而为狱前死难者抚恤金的多寡争论过两次，迄今亦未妥善解决。赵尧诉了不少苦。他说他崇敬相国其实是数相国之罪。说相国是"仁播四海，协和万邦，德被八纮，识面者泪"的千古无出其右的贤相。而在"但书"之后却说"政务失调，由来已久"，大库空虚也并非完全由于支援两线战争。他现在是力矫其弊却又力不胜任。所幸者，皇上委陈将军襄佐政务，是知人善任。他颂赞相国制定的什五税一制。也是在"但书"之后，却说自古轻徭薄赋，德政永和者莫过什一之税。"无赋何以奉国？无税何以养兵？无徭何以建塞？无役何以固边？"一连串的设问，振振有词。他还用最温和的语气，最悲戚的表情，最诚恳的态度，最感伤的心境说："若只为一己沽名钓誉，置君主社稷于不顾，致使国库如洗，国步唯艰，为臣子者可酣然而卧乎？"难道这样的指责，相国也必须作为己过而思之吗？

相国将要获这样的罪名更使他打寒噤，仿佛心肺都快要冻成冰块了！

陈平正忧心如焚，随从看见邓禹迎面而来。附耳告诉陈平，他怔了一怔。旋又催马疾走迎上前去。

"陈将军——陈将军——请稍候——"

他勒住了马。

两匹快马追了上来。原来是建成侯的二公子吕禄及其侍从。

"公子有何见教？"

"问候陈将军起居！"吕禄在马上抱拳施礼。"家严和二位堂兄在宫中略滞留一步，不想将军已经出宫。家严特命小侄儿来追将军，请将军稍候片刻。家严有事求教于将军。"

陈平回头望去，见一群骑马的人前呼后拥着三辆辎车小跑过来。他立即闪现一个念头："这位国舅老爷当日有路劫留侯之举，今日有幸，大约也要使我受路劫之荣了。这倒真有趣儿了！"他又向北看一眼，发现邓禹脚步迟疑，大约因为看见陌生人不肯上前了，那么显然是有紧要而又机密的事情了。那会是什么事情呢？

那三辆辎车和大批骑从们转眼就到了。吕释之被搀下了车，吕台和吕产不敢再躲在车厢里，吕则和吕种同时也下了马。陈平也只好离鞍了。吕禄抢先一步接过了他的马缰。

"将军！我久想拜访足下，"吕释之满面堆笑，打恭作揖地说道，"只为足下公务繁忙，吕某不敢打扰。适逢今日将军下朝尚早，我想趁此机缘请将军屈尊到寒舍一叙，以表老夫与子侄们对将军的景仰之情，万望将军俯允！"

陈平心说果然来了，温文尔雅，礼数周到，亲自出马，拦路相邀，谁能说这是"劫"？他心头一亮，想起了樗里子先生。我如何应对？滑稽应对！好！他仿佛把笑捧在手里恭送到吕侯面前：

"多谢吕大人！多谢众位公子！陈平不才，久欲仰攀皇亲国戚，今日却得到大人的亲自邀约，陈某荣幸之至，荣幸之至！只……"他瞥一眼远处的邓禹，他正在和一挑担小贩说话，似乎借此以候他。

"啊哈……太好了！太好了！"吕释之抢说道。他觉得陈平很容易相与，心中很高兴。"……陈将军真是豁达大度，豁达大度，不似留……"他高兴得说溜了嘴，不过他马上就意识到了，并且想要掩饰过去，急切间似乎语塞了，"不，啊……这个……啊……不是方才留在宫里出来慢了一步，还可以再邀几位至交好友，陪将军共饮几杯得胜酒！"

"这可不敢当，不敢当！胜券终究还未全握手中。"陈平逊谢着。

"呵，不不不！将军运筹帷幄，出掌天下兵马，入佐朝廷政柄，焉可说胜券未握！自从将军回京之日，老夫就打算叩登府门……"他被风呛得咳嗽了两声，急忙背过脸去，待喘过气来才说，"此间非叙话之所，现请将军屈尊登车，同行吧！"

"啊哈……且慢！"陈平爽快地笑说道，"本侯有幸得吕大人相邀，敢不奉命！只是今日前去贵府叨扰，却使我非常为难……"

"啊？有何为难之处？"

"吕大人试想：本侯一者未备执见之礼，即使吕大人不怪，本侯自家却羞赧无颜；二者未曾更衣，如此烂衫，即使吕大人不以为意，亦怕贵府家人见笑；三者……"

"啊哈……笑谈，笑谈，将军笑谈！"

陈平又瞥了一眼在远处盘桓的邓禹，收敛笑容，认真说道：

"吕大人！我并非笑谈。今日能得吕大人盛情邀约，实乃无比殊荣。只是在大人相邀之前，我已约会几位朋友，故此提前出宫。若失信于彼，日后则难相见矣！依吕大人之见，这该当如何是好呢？"

"呵！不知有哪几位贵客？不妨都邀至寒舍一叙，大家同乐嘛！"

"可惜没有一位贵客。"

"如无贵客，那还是请将军登车吧！"

"虽无贵客，却都是戎马之交。如果今日失信，他日不敢将兵出征了。老子曾言，'夫轻诺必寡信'，陈某既言诺，不敢悔之。吕大人不能见谅吗？"

"将军可否改日再请尊客，或者老夫命犬子代大人前去辞谢……"

陈平觉得吕侯更有意思了。他邀约的急迫心情跃然可掬，而令其邀约者的急迫心情亦可想见。有贵客则欲一同相邀，无贵客则欲挥斥而去。天下事皆取决一"贵"字，处处皆显其夺人之势！他想应当给一点讥刺和教训，于是哈哈大笑道：

"夫为友则无尊卑之别，年齿之差，否则不必相与为友。不论其为樵为渔为野人，既相与之，则必敬之！吕大人以为然否？……吕大人！陈某重言诺。今日权领吕大人盛情邀约，明日不请自来，但愿大人能给陈某留得一杯残酒、一钵剩饭，强似今日失信与友而食海陆之珍！吕大人可以见允吗？"

吕释之觉得脸上有些发讪，边解嘲似地赔笑，边暗自思忖，觉得过分强邀，容易使人见疑，只推迟一天也无大碍。他把两侄三子都睃了一眼，见他们有的似仍欲强邀，有的则似乎不想强邀。再说传话，只叫得便邀请陈平，并未明示日期和具体问题。于是说道：

"那么就一言为定，明日午刻某命犬子登门叩请，老夫专候！"

"圣上病已初愈，如若设朝或有诏命呢？"

"老夫亦派一犬子在宫中候伺消息。"

陈平知道无可推却了，慨言道：

"谢吕大人盛情，明日某亲自登府拜谒！"

"一言为定，明日午刻专程迎请！"

陈平不肯逾越皇亲国戚，坚请其登车率众先行。这使吕释之大为感动，登车前悄悄透露一句实话："皇后陛下致意陈将军，问候陈将军！"

陈平目送这群老少贵戚在大批侍从的簇拥下远去的背影，慢慢向前走去。他心中苦笑而且喟然长叹："已矣哉，已矣哉！德不被生民，功不施社稷，一味奢豪骄纵，天下可得而安乎?!"从见面时起，他就估计到这不过是奉懿旨而行罢了，无甚难以应酬者。他望了一眼这一伙人远去的背影，径直向邓禹迎去。

42

陈平似乎控驭不住战马了,在大街上拼命地飞奔。街上行人惊慌地避让,简直以为马受惊了,而为骑者担心。当陈平蓦然意识到自己的失常时,急忙勒住了战马,缓缓地小跑着。但这个速度实在让他心急。他转进一条小巷,抄个近路。小巷里空寂无人,他又纵马飞奔起来,直到花园后门。

他大步流星地直奔书房的院落,刚进侧门就禁不住大声喊着:

"西门苍利——"

迎接他的是长史胥生。胥生也是满面堆着笑容。他告诉陈平,西门苍利在洗沐更衣,而且还得治疗脚伤。"哎!他那双脚,简直吓死人了!鞋脱不下来,是剪开的。"胥生描绘他那双脚,把陈平脸上的兴奋劲儿和笑容都给抹掉了。可刚一进书房,胥生又急去几上捧起一张帛书:

"将军!当真是有如神助啦!"

陈平接过帛书,灌婴两字赫然入目,他的手不由得发起抖来。原来胥生叫邓禹到宫门前设法找到陈平,灌婴的秘密信使才到。他走在正式信使之前,准备在陈平接见之后还返回前线。灌婴在信中告诉他:黥布得知汉军逼近,又被吴臣计设骗局,仓皇出逃,至鄱阳县东的滋乡,为乡民所捕杀。他已将尸首验证属实,其残部也全都肃清。待与诸将会齐,即正式向朝廷报捷。关于回师的部署可告信使传回。

这样重要的南北两线战争,差不多同时都以殄灭元凶而告结束,是自古以来所仅见。民心向背于此可知。他真想立即飞马进宫，让皇上，让相国，让满朝文武大臣，让戌守三宫、九府、十二门的南北军，让八衢、九陌、九市、十六桥的长安百姓都知道！请西门无忌内史举行盛大的庆祝会来庆祝这个伟大的胜利吧！

当然他什么也不能做。正式捷报还未上达天听，相国还在狱中受苦！两宫的纷争不会因两线战争的同时胜利而平息，相反，可能反会加剧。他纵马飞奔时的狂喜心情，看到灌婴书信的喜上加喜的沸腾心情倏然冷却了，急剧冷却了。他真想为这盼望已久的、得来不易的伟大胜利痛哭一场！

胜利者的悲哀是深沉的，而且是持久的！

西门苍利由彭勇和陈协搀扶着进了书房。夫人张氏和一名丫鬟随在他们的后边。看样子，张夫人大约为西门苍利的脚掉了眼泪，眼睫毛上还是湿润的。陈平上前捧住了西门苍利的手，看着他那消瘦的面颊，老半天，一句话也没说出来。

当心融合在一起时，有时言辞是多余的。

"你这是怎么啦？西门将军的脚站着不费劲吗？还不赶快请坐下！"张夫人嗔怪着陈平说。

她的一句话仿佛刮起了一阵风，使方才有如真空状态的空气顿时活跃起来。

"那么请夫人吩咐下去，安排个接风宴会！"

"还用你操这个心吗？"夫人白了陈平一眼，仿佛说她一切都准备好了，她会周到地处理一切内务！

"呵！我还有两位陪客，可稍候一会儿再摆上来。"

原来陈平一听邓禹说西门苍利归来，陈豨已经授首，激动得几乎难以自持。立即打发邓禹去请廷尉王恬开，一个骑从去寻卫尉王岐，周缲在病中就算了。第二个骑从则远去王陵府上报信。因此他才匹马飞奔回府。

西门苍利扼要地叙述了消灭陈豨的经过情形。但是人们对这次战役的细节还是想打听一番。是天意？是巧合？是韬略？是武勇？怎会出现这样的全功！西门苍利说：

"将军！战争已经结束，并且已成过去，陈豨也无关紧要了。现在有两件大事更令人担心。周勃将军致意将军，请先作未雨绸缪以待其归……"他详细叙述了东宫使者、太子洗马胡母沙的事情，叙述了周勃与樊哙在代城会师时关于撤军问题的争议；最后还报告了燕王卢绾叛迹昭然的情况。

陈平沉默了。当初西门苍利起行之日，赵王如意的拜表中提到北部巡边问题，他就敏感地意识到燕赵边境出了事；也是同一天，陈平还察觉皇后陛下有异常举动。他当时想派邓禹、后来甚至想自己去追赶西门苍利，结果却羁绊至晚方得回府，一切只好听天由命。西门苍利能如此明察隐微，巧妙地助周勃一臂，解决得如此圆满，可见其识见与谋略的成熟。但国是却令人"太息以掩涕"！

"你的客人怎么还不来呀？"夫人为其安排的接风宴会迟迟不能开始而有些着急。当然她也是为了冲淡一下丈夫的忧虑心情。她知道丈夫天天盼西门苍利，为他担心，为代北战事担心。

夫人带着丫鬟亲自为他们排开了宴席。除了灌婴的信使、先期回来的彭勇和西门苍利，还有护送后者的两名卫士也被邀请了来。席间，两名亲卫谈起西门苍利一箭射死董锷和追杀陈豨的细节时，人们惊奇地看着他，因为他关于自己几乎什么都没说。他不是个夸耀自己的人。信使讲述黥布逃跑时总共只有十八个人。他们在抢劫时被乡民捕杀了。这些细节给宴会增添了欢乐，人们仿佛又置身于战场上追逐胜利的情景之中。

当邓禹回来请他去厢房说话时，新的消息又使陈平大吃一惊。邓禹是在安门大街上报告了西门苍利和信使的消息，立即就奉命寻找廷尉王恬开去了。陈平怎么也不能理解今早皇上在宣明殿召见他的目的究竟是什么？根据王恬开传回来的话，显然皇上在召见他之后又召见了御史大夫赵尧。这就是他在麒麟阁里没有等到赵尧的原因。赵尧亲去廷尉的官寺，单独召见王恬开，再次命他严厉审讯钟离进，实则是追查相国聚敛钱财、收受贿赂等一切罪行。而后又在卫尉的官寺里，责令王岐彻底清查相国的家产，一律造册上报，不得有丝毫遗漏。这一切都要在限期内完成。如果这一切确实是皇上的意图，那又何必在他面前几乎是泣诉相国的功劳？他简直不敢再想下去。胜利的道路从来都是用生命和鲜血铺垫的。然而胜利的道路却未必能通向天下太平，胜利的果实也绝不属于付出生命和流尽鲜血的人！

御驾北战南征，梦寐以求消弭战乱。这曾经是多么巨大的号召力量和动员力量，千千万万人毁家纾难投入血流漂杵的战争中去。但是皇上为了赵王如意，却不惜以功臣的头颅作为奠基石。依现在情形看来，皇上还可能有某种想法，时机不到自然不肯透露。这将会株连多少人殊难逆料。而皇后为保太子储位，又私颁懿旨，显然是欲借重樊侯的力量。长年战争所赢得的胜利如果只换来这么一个结局，这胜利还有什么价值呢？百姓如久旱之望云霓、久雨之盼晴阳，并拼死拼活和节衣缩食所争取来的胜利就这样付诸东流吗？

他尤其不安的是皇后。果然她曾派人给樊侯传了旨，今天又这样严密地监视着皇上与他的谈话，真叫人不寒而栗。万一要出现什么难以逆料的意外情况，他能支撑得住吗？果真如此，他可怎能对得起圣上呢？

"老爷！你是在待客，还是在折磨人？啊？快回书房去吧！"夫人亲自来到厢房请陈平。

陈平抱歉地回到了书房。一巡酒后结束了宴会。但他又留下了西门苍利、彭勇和邓禹。在丫鬟们撤去残席时，张夫人道歉似地说道：

"西门右庶长和彭勇左庶长从南到北、从北到南，连续奔波数千里，备受风尘之苦。老爷本为接风却又如此慢待，妾身实在过意不去。"

"将军之忧也是我等之忧，"西门苍利诚挚地说道，"我等蒙将军提携和教诲，值此国家多事之际焉敢以一己之私而扰将军，只恨不能多为将军分忧啊！"

"再怎样方能谓之分忧？"陈平充满了感激之情说，"救寒无若重裘，交友如期暖我身心；斗敌必须良谋，得将如期当委重任。右庶长在楼烦关陷入囹圄，于飞狐口猛入敌阵，为完使命备受苦楚，且能暗察隐微。这不是为我分忧，而是为国分忧。周勃将军素来持重，灵丘鏖兵，一战而获全胜，我铭之肺腑。左庶长千里奔波，水陆兼程，一筹不漏，终至迫敌就范，我没齿不忘！但眼下事情还恐有变，我方寸已乱……"他叙述了邓禹所报告的情况。

西门苍利说道：

"送我回来的两名卫士据我在路上相处和了解，他们很不错。可命他们速回朔北，暗中报告周勃将军，请其急速回师。"

陈平沉吟许久，觉得西门苍利的建议可行，同时决定让灌婴的信使也急速返回。他还决定把西门苍利悄悄送到王陵府上去养伤。他的脚在路上长行，冻伤又有所加重。但他不是单纯养伤，他要把最新的事态发展告诉王陵，还应代表陈平规劝王陵不必焦急，稍为静观一时，他还暗示西门苍利，应多一个心眼保护王陵。还有一个原因，不过却没有说明。若有万一，皇上对他也有所疑的话，他陈平不愿株连西门苍利，他想为国家保留一个将才。他还要邓禹暗中随时与王恬开保持联系。

最后他告诉彭勇："马上准备随我去神禾塬。"他觉得应该请张良，无论如何要运用他对皇上的影响了！

43

陈平携彭勇一路并辔小跑着，不疾不徐，直奔神禾塬。

陈平和彭勇驱马上塬的时刻，一辆牛车后随两名步行的仆人正抵近偏僻的西城中间的直城门。突然，一群接一群的寒鸦掠空而过。它们那种特有的不吉祥的聒叫声令人毛骨悚然。一片乌黑的翅膀遮住了彩云，仿佛一个漫不经心的画师竟把墨汁泼溅在美丽的画幅上，一切都弄得乱七八糟。寒鸦过后，那瑰丽的色彩不见了，什么东西都变得模模糊糊。

留侯默默地坐在青牛车上进了直城门。他的心情是沉重的。战争已经结束了。但不会有一劳永逸的事情，新的战争在酝酿着。眼前虽然还看不见，但却可以感觉到。

执干戚舞的战争是显而易见的。但在执干戚舞之外的明争暗斗虽则隐而不显，却是执干戚舞的战争的温床。

战争已经结束了。人们将要欢庆胜利，以祝愿和祈祷长安。然而长安啊——郊外有惨死者的新坟，监狱有无辜的相国及受其株连者……

他哀叹自己，迄今还未能遂遁迹山林，与赤松子游的夙愿。

他的青牛车拐进了华阳大街。这里道路宽阔，两旁店铺仍在营业者不在少数，这多半是酒楼和经营珠宝和豪华奢侈品的大商家。因为长安已经迎来了齐王及其上百的随从和更多的卫士，数日之内，公主和其他皇子们也会陆续来朝。长安将要热闹起来。假如两线战争胜利的消息传开，将会更加热闹。留侯的驭者知道主人的脾气，尽量走在比较暗的地方，直到他们悄悄进入戚里的小公馆。

这是留侯自从被劫进入建成侯府以来第一次进入长安。不知道这会不会是最后一次。

看守公馆的两名老仆一见老爷突然到来，慌不迭地迎接和侍候。留侯淡淡地吩咐道：

"摘下灯笼，关上大门。不拘谁来问，都说我并未进城。戌时正刻，有人叩门三下者，不必打问，回我知道便了。"

路上的颠簸使他觉得散了骨头架子似的。他感到疲倦。老仆在他往常下榻的上房西内间里架上了炭火盆，室内顿时暖和起来。他叫仆人索性把枕头和被子等可以偎靠的东西搬到毡屦上，免去上床下床脱鞋穿鞋的麻烦。他需要休息一忽儿。但同时又命仆人把杀了青的竹简和笔墨都预备好，饭后要用的。

他仰靠在垫得高高的枕头上。窗外传来青牛咀嚼草秣的轻微声音。偶尔还似乎传来了一点风声。

他很想念小儿子辟彊。譬如老牛，犹怀舐犊之情，近在咫尺却不得相见！

"风飒飒兮木萧萧，思吾子兮徒离忧！"他漫吟道，算是借他人杯酒而浇自己胸中的块垒！只不过是改动了一个字。①

他长吁了一口气。

"入不言兮出不辞，乘回风兮载云旗。悲莫悲兮生别离，乐莫乐兮……"他没有吟完，因为他并没有"新相知"。他心里知道，并没有赤松子，亦没有黄石公。

有人叩门，但不是三下，也没到戌时正刻。仆人没有开门，也不问是什么人，只说是主人不在，不便接待访客。叩门者又继续叩了几下，但仆人不再应答了。

终于又归沉寂。

但张良似乎已经知道是谁了。他长吁一口气，决定给他留下一封短简。他坐了起来，磨过身子，在备好的竹简上挥毫疾书。仆人大约原先未

---

① 屈原：《山鬼》中最后两句，"吾"原文是"公"。下文出自《少司命》。

曾准备，晚饭迟迟没有端上来。短简写完之后，索性又在另一编竹简上继续写下去。这一次写得很慢，既为了斟酌词句，也为了把字写得工整些。

老仆终于把饭食端了上来。难为了他，竟然给老爷凑齐了四样小菜：煮黄豆、焖冬笋、炒韭菜、烩萝卜。这大约也是仆人们日常的食谱吧！钵里是一小点粟米。但张良直到写完最后一个字才去触动那仅够维系其生命的一点饭食。

饭后，留侯估计时间差不多了，除了留下一个等候叫门的仆人之外，把驭者、随从及另一老仆都叫了来。他刚刚吩咐完事情，守门仆人就来回话：

"老爷，现交戍牌正刻，有人叩门三下，老奴遵嘱，特来回话。"

张良点了一下头，驭者和两名随从便赶着牛车出了院门。估计他们走出一箭之遥，他才悄悄从开启的门缝中闪身出去了。

他随着来人悄悄走出戚里，越过华阳大街，穿进一条小巷。他不知拐了几个弯儿，只觉得很吃力。但他们已经到了一座阴森森的高墙下的小角门前。引导他的人用一个暗号叫开了门。走不多远，他们就进了一个小跨院。

他是来探望萧何的。

牢房里有一股霉味，但还算暖和。不过昏灯幽暗，不时摇曳，扑朔迷离，仿佛只是一只萤火虫。老半天，张良才看清萧何蜷缩在一张矮脚床上，身上搭着一条看不出颜色的被子。

张良不论平素怎样超然物外，把一切奢侈与豪华的东西都视作等闲，甚至视如粪土，此刻却再也无法控制住眼泪了。他俯伏在地上，仿佛再也无力爬起。

萧何觉得有人进来，他以为是雍浩。自从王恬开回署理事以来，萧何被移到一间稍大一些的牢房，并委派雍浩专门侍候萧何起居，门外卫士也是经过挑选的，日间也不再给萧何戴刑具了。但他何以无声地俯伏在地？他坐了起来，磨下了床，才发现王恬开也在躬身向他礼拜。他诧异地问道："是谁？为何夤夜来此？"王恬开没有回答。他俯下身去。当萧何认出是张良时，惊愕得目瞪口呆了。他把张良又审视了一忽儿，用力揉了揉眼睛，再次确认是张良，忽然转向王恬开：

"好！好！廷尉大人！你是想看一眼老夫平日所言是否当真？好吧！"他艰难地跪下去向张良回礼。"敬谢留侯大人！老夫能于此地此刻得见大人足慰平生！"

王恬开受到萧何的指责几乎惊呆了。他多年作为相国僚属，深知他不轻言诺，而诺则必信，信则必行，行必有果，其言重于泰山，在狱中给予他的一点额外照顾都被他所拒绝。留侯派人与他密商和安排这次会见，他曾有所顾虑。但他似乎已预见到此，而且情辞恳切，这才悄悄如约而行。可现在相国如此决绝，他无所措手足了。他看留侯似乎并不为相国的言辞所动。只慢条斯理地说道：

"张良深谢相国大人待我之情，今夕得见大人仙颜，我一生最后之愿足矣。我蹉跎多年未能远游，足证我志不坚，意不绝，尚流连人间事，犹沉湎儿女情。今，志意已定，弃人间事，抛儿女情，不再迟延，故冒昧来此向阁下辞行。阁下若因仆未遵大人之教，其责不在廷尉大人；阁下若因一言之诺而欲长辞人世，仆不敢阻拦。今日本是来向大人长辞的，如大人坚执旧见，可否请相国大人允我先行一步？"

"此是何意？"

"仆生也寂然，死更寂然，人杀鬼杀其结果同。故阁下因我来而欲轻生，仆又何恋其生？仆知大人一诺千钧，谨此表明心迹。"

"这……留侯！我重言诺，非为天知，只为心知。先生之言使我无地自容矣！"

王恬开暗暗吁了一口长气：

"下官恳请二位大人就座于床上叙话，不知可否？"

留侯看见他那恳求的眼光，不愿难为他，便先站起来，同王恬开一起把萧何扶到床上。

"相国一身系得天下安危……"

"先生之言差矣！"萧何截断张良的话，"老夫非相国，不过牢中一囚而已。一囚而系得天下安危者，未之有也！一囚而劳诸大臣来探视者，一则有损明君之威严，二则干犯国之法纪，益增萧何之罪也！"

"仆知大人为囚，故夤夜入狱前来探视；仆不知大人免相，故只得仍以相国相称。"

"先生莫作此言。君命臣死，臣不死不忠。君命我为囚，牢则为应得之所。"

"请毕吾辞。夫政清而国安，刑清而民德，国强须民富，民富须赋少。此皆赖大……"

"此自有后人为之。老夫不在其位，不谋其政矣！"

"否！今天下之安有待于相国，乱相国之政者，乱天下也！相国有朝一日回麒麟殿理事，与民休息之政不可有一日之废，故请相国多保重！"

"真的？呵！这可太好……"王恬开几乎惊喜得大叫起来，可又猛然把声音压了下去。他知道留侯从不妄言，说相国有朝一日将回麒麟殿理事必有缘故。但是……但是御史大夫赵尧传下御旨，其严厉程度几欲立夺相国之命。他暗中去报曲逆侯，曲逆侯几乱方寸。留侯久不进城，更不进宫，此言有何根据？留侯又云"弃人间事，抛儿女情，不再迟延，故来辞行"是什么意思？欲从此遁迹吗？这可怎么得了？他刚要有所询问，留侯却对他说道：

"相国事，他日或由廷尉大人等促成之。望廷尉大人留心焉！"

"这……下官……"

"先生休作此言，亦莫作如是之想，"萧何说道，"萧某既非轻生，更非怨望。萧某亦非忘怀国事，而是深信天有恒干，不能以己意而逆天之道。天道者何，民心是也！后世自有贤者，能体时艰，察舆情，顺天应人，萧某一己何足论哉。要体念圣衷，林泉亦非我所求，只愿一死以报万岁之恩！"

王恬开疑惑地看着相国，又看着留侯，想恳求他指点迷津。但留侯却对相国说道：

"仆为拜辞相国大人而来，蒙相国不弃，使我得瞻仙颜。我愿已足，就此拜别！"

萧何没有挽留。当留侯俯下身去磕头时，他也伏地叩拜。

在监狱角门外的小巷里，留侯停下来说：

"王大人请止步。多谢王大人曲为安排，就此告别！"

"不！留侯大人！我接大人来，当然亦须送大人回府。且方才大人所言，下官还求大人解惑。"

"呵！不必！路途不远，我慢慢踱回可也！方才所言，王大人留心吧！并请得便致意曲逆侯。曲逆侯人杰也，望善承之，可为大人解惑耳！"

留侯拱手一揖，转身就走。王恬开迟疑一下。他本应向他磕头恭送，但他觉得应该暗中护送他回去。可是忽然又想到留侯向相国辞行，显然有永别之意。此事若不及早禀报曲逆侯将无法制止。可惜身边无人也不敢叫人代他传话或是护送留侯。他估计留侯走得慢，决定赶快去见曲逆侯，说不定还能抢先一步赶到留侯的公馆，他不再迟疑，几乎是跑步奔向尚冠里。

陈平一听完王恬开的禀报，大惊失色，头上立即浸出了大颗的汗珠。他立即叫来彭勇、胥生、邓禹、陈协和十名卫士，命彭勇带两名卫士向神禾塬方向追赶，如果追上，可暗中护送回去，但立即派一卫士回来禀报。他又命胥生等人各带两名卫士分去宣平门、直城门和安门等处暗中探问留侯是否出城。他和王恬开也带两名卫士去留侯公馆。但他预感到不祥，不禁顿足捶胸地叹道："晚了！完了！完了！晚……"

原来他和彭勇到神禾塬扑了个空，急忙返回来去叩留侯公馆的门，结果吃了闭门羹。但他不死心，命人暗中在远处察看。后来果然见到牛车出来，便跟了上去。原来只是到华阳大街几家店铺去买东西，并没有留侯。万没想到留侯此时已去了监狱。他接到禀报后，估计留侯仍在府中，于是只叫人继续暗中观察，一见其出府，便可急忙迎上，使之无法回避。谁能想到留侯会有这样细致的安排！回想起来，留侯进城时，就走的是另外一条道路，否则他们会在途中相遇的。

在陈平和王恬开终于叫开公馆的大门时，老仆人将他们迎了进去。在中堂里老仆人捧来两封竹简说道：

"这是老爷吩咐老奴交给大人的！"

44

辟彊自从入宫之后，早晨也陪着太子在箭亭前走马射箭。太子送给他一匹枣红色白鼻梁的三岁小骒马，还特意命人给他做了一张弓和几支小小的羽箭。这些东西和玩具差不多。他有时并不按时起床，太子从不约束他，专门侍候他的两个小宫女和两个小太监自然更不敢约束他。今天他又起晚了。在箭亭前他没能见着太子，以为太子已经做完了晨课回去了。小太监说太傅还未进宫，他便纵马绕着箭亭跑起来。小骒马是一匹真正的良种马。既温驯得像只绵羊，又跑得平稳，节奏鲜明，富有韵律的美。他挥鞭，它撒欢。马脖子见了汗，小辟彊的鼻子尖也见了汗。他从鞍鞯上摘下弓，马儿兜了十圈，他射了十箭。但是箭艺不佳，三箭飞了，两箭中靶而落地，两箭射在靶子的边缘上，只有三箭算是靠近了靶心。

他兴趣索然。

吃早饭时，他听说有一个皇子可能于今天抵达长安。他经常听太子念叨如意，想来一定就是他了。太子在见到齐王刘肥和几个侄子之后，高兴得很，待如意来了之后，太子要怎样高兴呢！他也想自己的哥哥。他想家了，想爸爸、妈妈，也想神禾塬，甚至还想过去一向照管他的那个仆妇。

他进寿殿，按例先到慎孝悌斋去拜见四皓，向四个老头儿磕了四个头，磨身就跑了。知不足斋里冷冷清清，只有一个常侍太监在懒洋洋地打扫屋子。原来太傅奉召到东宫去了，放一天假。

小辟彊为放假而高兴，听说太子并没出宫，便一溜烟跑进寝殿，一见无精打采地躺在床上的太子，仿佛见到了亲人。

"先生放了我们的假！"他高兴地喊道。

"我听说了！来，坐到这儿来。"太子懒洋洋地坐起来指着床沿说。

辟彊挨着他的身边坐下来，几乎靠进了他的怀里。他絮絮叨叨地说他去走马射箭、去书房的事儿，问太子怎么没去箭亭。

他长吁了一口气。在辟彊面前他已经像个成年人了，心思沉重，满腹哀怨，不单无法排解，而且也无处叙说。他像一个背负荆棘的人充满了痛苦。

原来，昨天皇上在接见陈平之后，和皇后作了一次非常重要的谈话。在养病时，他反复思忖，觉得皇后向他表示的并不反对废黜刘盈，不可能是真心话。现在他已派刘信去接如意；还希望萧何能有一个明确的表态，如果不表态就按赵尧提供的证据处置他；江南胜利在握，代北之战，他不能等待了。他要立即行动起来。他在梦中两次见皇后与己抗争的形影始终留在他的脑际。现在应当把问题亮明白，以便采取断然措施，再不能含混下去了。他说："我想问你一句，诸子当中，谁为储君合适？我想听听你的心里话！"

吕雉暗暗一惊，心说，他方才召见陈平，是否把什么事情都已经商量妥了？或者陈平已经献了计，见我一来就赶紧避开了？她觉得血往头上涌，恨得咬牙切齿，他当初病倒怎不一下子就死了呢？如果猝然一死，遗诏未立，萧何在狱，陈平初归，赵尧无势，不是一切都迎刃而解了吗？如今大病已愈，又得陈平之佐，赵尧之辅，而舞阳侯那里杳无消息，这不是要把自己置于死地了吗？心一横，唯一的办法还是争取保住自己的翅膀别叫他剪断了：

"陛下！臣妾说过，你我八子一女，女儿早年出嫁了。八子当中，不论谁做储君，都是我刘家根苗，只要能继统永嗣，千秋万代绵延不绝，保得我大汉江山永远昌盛就行！"

"你说的是真心话？"

"陛下！你我结缡三十年，早年的苦楚该不会全忘吧！人说贫贱相知不可忘，糟糠之妻不下堂。如今富贵已及人间天上，不说真心话倒要说假话吗?"

"那你说谁为储君合适呢?"

"圣上!你说刘盈仁弱,怕掌不了朝纲,那么刘肥年岁最长,久掌一邦之政,虽无明显失政之处,但也无明显政绩,全靠曹参辅佐,能不失政,就算不错了。刘恒比起盈儿,更显得仁弱。恒儿以下都还太小,一时还看不出眉目来。你就决定吧,如意儿是个好孩子。"吕雉狠心说出了违心话,心里恨不得要食其肉寝其皮了。"只是请陛下要计出万全,让大臣们都能不怀二心才好!"

刘邦心说,你同意如意就好!今天总算把憋在心里许久的话吐了出来,而且顺利地得到了解决,那不愉快的梦境从他心头上消失了。当戚姬从兰林殿赶来问候,礼未见完,刘肥、刘盈兄弟也都上殿来问安,他比任何时候都感到轻松愉快,心情比任何时候都好。戚姬在心中暗自惊诧,吕后仿佛哑巴吃黄连,心中有苦说不出。她小心地迎合着,应酬着。她不能就此干休。

掌灯时分宴会方散,吕雉把太子叫到了长信殿,把她满腹的怨气和怒气一股脑儿倾泻在他的头上,把暴怒时的污言秽语泼溅在他的周身。他的心灵受到了戕害,仿佛被利剑刺伤了的心所流出来的鲜血全部涌到了头上。他跪在河水涣涣、莲荷盈盈的毡罽上晕头转向。他无法听下去,但不敢用手去堵耳朵;他不能看下去,但不敢把眼睛闭上;他想放声大哭,但喉咙仿佛被塞住了;他想逃回来,但似乎被捆住了手脚。只有眼泪,别人无法制止,自己也无法制止。

他强忍住眼泪,最后忽然一梗脖子,反而泰然了。他说道:

"父皇陛下既已决定废黜儿臣,母后陛下也已向父皇陛下表示同意册立三弟为皇储,儿臣衷心拥戴,唯命是从……"

皇后顿时像霹雳爆炸般地吼叫起来,咒骂的言语比方才恶毒何止十倍百倍。两个贴身心腹宫女闻声跑来,像捣蒜似的在她膝前磕头也不能平息她的愤怒。相反,她的愤怒有增无减,抓起跟前几上的玉花瓶以雷霆之力向儿子砸去。绮雪眼疾,急向皇后的手臂扑去,但花瓶却已出手了。只听绮雯一声惨叫,整个身子扑倒在太子身上。原来她在皇后举瓶的一刹那间跳起来去掩护太子。花瓶正砸在她的后心上。一口鲜血猛地喷在毡罽的鲜艳的荷花上。绮雪抱起绮雯，嘴里还在流着的鲜血把她吓傻了。皇后自己也惊呆了，急忙来看觑。

绮雯救了他的命。她嘴里流着血倚在绮雪的怀里说："皇后娘娘，饶了太子吧"。绮雪也不待皇后吩咐："快走吧，太子殿下，别再惹皇后娘娘生气。"但他怎么惹恼了母亲？他不知道！

太子在长乐厩前正欲借助上马石攀上马背，一群人已经到了他的跟前。他抹去泪水定睛一看才认出是舅父和姨母。樊璞把他扶下下马石，他草草地磕头施礼。对于另外一些人对他的礼拜，他压根儿就没看见。

他匆匆地出了长乐宫的西司马门。在宫门外，他仿佛听樊璞告诉他：洗马胡母沙回来了，所以婶母——樊璞对舞阳侯夫人的称呼——才连夜进宫来。但舅父也好，姨母也好，洗马胡母沙也好，或者其他什么人也好，对于他似乎并没有什么意义。

他惦记着绮雯，一夜没有合眼，不知道她是死还是活。凌晨之后，他蒙蒙眬眬地似睡非睡，却看见了血淋淋的绮雯向他走来……他惊醒了。

往常，这时候该是他去做晨课的时间。宫女们照例给他穿上了箭衣。但他让紫骝马空等了一阵，并没有走出寝殿。

到了该去两宫省问父母晨安的时间了，宫女们又给他换下了箭衣，让他穿起现在这身服装。他迟疑着没有走出寝殿。

辟彊倚在他的怀里，他把一只手臂搭在他胸前，仿佛像一个兄长搂着亲爱的小弟弟。他知道自己在父母师长面前是个弱者，但此刻偎依在他腋下的辟彊却似乎比他更弱。他觉得能让他依靠自己，自己虽不是强者，却总还能把自己的微热传给他，而同时也从他的身上得到了慰藉。两颗泪珠儿悄悄滴了下来。

"殿下！你怎么了？你为什么哭？"

"我？我没怎么着，我没哭！"他用另一只手抹去了颊上的泪。

"你……你不舒服了？"

"啊——不！我没有……没不舒服。"

辟彊从他的怀里挣脱出来，站在他的两腿中间，用小手轻轻给他擦着眼泪，也几乎要掉泪地说：

"那你怎么光哭？"

他一下子把他紧紧搂在怀里，再也无法控制自己了，泪珠儿成串地滴到辟彊的肩胛上。

眼泪引出了眼泪，辟彊伏在他的怀里竟哭出了声。

哭吧！哭吧！不管为什么，能哭出来总比憋在心里好受些！

哭声惊动了廊下的宫女。她探头进来又吓得缩了回去。她飞跑去寻太子詹事闵翟。

但当闵翟赶来时，刘盈正从床架上摘下一把宝剑。这是越王勾践遗下的，因此异常名贵。在刘盈被立为皇太子时，刘邦把这把宝剑赐给他。两年前，他经常把它挂在身上。但这两年他迅速长高了，而古剑太短，他又得到了秦皇的长剑，这把剑就被悬置于床架上。他在箭亭前舞剑时也常有过这样的幻想：将兵戍边，抗敌御侮，驰骋疆场，建功立业。他的幻想中常常出现这样的场面，而且充满豪情地吟诵着屈子的诗句："操吴戈兮被犀甲，车错毂兮短兵接。旌蔽日兮敌若云，矢交坠兮士争先……"

但是父亲说他"不类我也"，母亲甚至骂他是"扶不上墙的癞狗"！算啦！人身被禁锢在高墙里，幻想的翅膀也会枯萎。这把宝剑藏之无用。

闵翟看着他解着宝剑，惊讶道：

"太子殿下！你——"

"嗯？你……你有什么事情吗？"

"太子拿剑做……"

"怎么，我连剑也不能拿吗？"太子狠狠地瞪了他一眼，反问道。

"不……不是！太子方才为什么哭了？"

"我哭了……我哭什么？胡说！"

詹事很尴尬，回头瞪那个报信的宫女。

太子不再睬他，对辟彊说道：

"你已经能驾驭战马了，而且也能拉弓射箭了，十箭才飞了三箭，已经很不错了。以后我教你舞剑，这把宝剑就送给你吧！"

其实他想起赠剑给辟彊并非是为了这个。方才辟彊在哭泣时，说他想回家去看看。他本来也很想留侯。辟彊要回家去看看，就让他去吧。他要让辟彊把宝剑带回家去，也表明他对留侯的思念。

辟彊在跪下接剑时，詹事讪讪地满腹狐疑地悄悄退了出去。

"殿下！你真好！父亲看到这把剑也一定会想你的！"辟彊抽剑出鞘高兴地说。

太子没有回答他。他在想让辟彊回神禾塬要不要先启奏母后。母后会允许吗？如果不启奏，将来怪罪下来怎么办？但他又想到自己将要被废黜，又哪里来的太子侍读？当然作为小兄弟，他愿意把他永远留在身边。但是怎样派人护送他回神禾塬呢？

这时詹事又回来了：

"太子殿下！皇后陛下有旨，命殿下去建成侯府赴宴。马匹已经备好，从人在寿殿前正等候殿下呢。"

他紧锁眉头没有应声。他不愿去舅父家里。他此刻不愿意离开他的寝殿，他需要安静，他需要孤寂，甚至哀愁。

"给殿下更衣！"詹事回头对身后的宫女命令道。

显然，太子是不能抗旨的。但他突然也命令道：

"给侍读阁下也备马！"

"殿下！皇后陛下的旨意：少带从人，迅速前去！"詹事抗言道。

"备上侍读的马！"太子也不容置辩。

辟彊骄傲地把剑佩在腰带上。

刘盈不知去舅父府上做什么。但他要想设法派人把辟彊送回神禾塬去，让他看看父母，顺便也替他问候问候师父。

他命宫女也给辟彊更衣。

詹事在呵斥宫女，嫌她动作太慢了。太子恼了：

"要嫌我们慢，那就都别去了！"

詹事拱手唯唯。不再催了。

破罐子破摔。玉石花瓶的一击都吃过了，大不过一死吧！他嫌自己的衣服太花哨了，硬要宫女重新给他换一套颜色旧的。詹事要干涉，他索性发起牛脾气来又换一套连平日在宫中也不大穿的更旧的衣服。但他忽又嫌给辟彊换的衣服不够鲜亮，立逼着宫女到辟彊住的偏殿去取了一套又一套。

詹事闵翟实在看不过了，刚想要说话，太子突然瞪起眼睛，而且就要脱下衣服不去了。詹事悄悄退向一边。太子心说，最好你走得远远的。

在寿殿门前上马时，刘盈发现只有樊璞和四名往常跟他进宫的长随太监在等候他，而且他们都没有备马。他想，这是为避招摇吗？好！

走到安门大街，詹事停了下来，他嘱告太子：宴会后早早归来，莫令皇后陛下担心。接着自然又向樊璞唠叨路上当心之类的话。然后才向太子抱拳一礼，便向南走去。这时刘盈方才明白：母后并不去舅父府上，而詹事大约仍然是去东宫了。他问樊璞：

"舅父今天宴请谁？"

"听说是曲逆侯。小人不清楚。"

刘盈立即敏感地意识到这是关于自己的事情：前番是邀留侯问计，今日是要曲逆侯献策。今天会不会又把曲逆侯的儿子也弄来为质呢？这究竟有什么意思！他忽然不想去见曲逆侯了，虽然他一向很佩服也很信任陈平。他特出于一般朝臣之上，文韬武略，睿睿卷卷，一代人杰。但今天见他面，叫自己说什么呢？难道再演一出强邀留侯那样的戏吗？把一切都安排好，自己只配做一个偶人吗？他实在感到厌恶。但又不能不去。他瞥一眼辟彊，见他的神情有些怅惘。他想，小家伙一定又想家了！无论如何，一到吕府，就避开樊璞，立即设法请舅父派人送辟彊回神禾塬。

华阳大街是热闹的。

辟彊为这热闹所吸引。但他忽然想起一件事。他告诉太子，听说三皇子赵王如意今天可能抵达长安。

"你听谁说的？"刘盈惊奇地看着辟彊，又回头看一眼步行的落后挺远的樊璞。心说，三弟要来了，连辟彊都知道，而自己却被蒙在鼓里。这究竟为什么呀？辟彊说不清楚，只是在吃饭时听太监说的。刘盈暗想，兄长刘肥父子来时，他事先还知道，并且迎出了五里。如意来了，怎能不去迎接。他忽然想到母亲临时通知他去舅父府上，说不定正是为了不让他迎接如意，也不让宗正卿来禀报，别人得知消息也不来回话。他感到痛苦，无法言状的痛苦，揪心似的痛苦……

樊璞带着四个小太监紧追他的脚步声和吁吁的喘息声传了过来。马儿走得再慢也比人的步行要快。

父皇可以把自己的太子储位废黜，但却不能废黜弟兄的手足之情啊！

自己已经被废黜，那么去见陈平还有什么意义呢？留侯不能救自己，曲逆侯又怎么能救助自己呢？而且既是父皇已经决定了，自己本来就不需要别人来救助啊！

不去舅父府上！

母亲知道了怎么办？

他又回头看一眼樊璞等人。他们又落在后边一大截路。前边快到藁街了。

母亲知道了怎么办？再来一个玉石花瓶？那样不死不活，还不如索性一剑赐死吧！

他又回头看一眼樊璞等人。他知道不要说自己纵马飞奔，就是小跑几步，他们也追不上影子。

"辟彊！你说三弟要来的话可是当真？"

"我就是那么听他们说的嘛！"

"我们去灞堧接他吧！"

"那——"

"你愿意去吕府？"

"我才不愿意去呢！他们家人不好！"

"那我们俩去灞堧你不愿意吗？"

"就我们俩呀？他们呢？"他努嘴指着樊璞等人。

"我们骑马，他们步行，管他们呢！"

"对！管他们呢，走！"辟彊是一切都没有顾忌的。

刘盈又回头望一眼樊璞。他们走得吃力了，想快走也走不动。

"拐上藁街。快！"刘盈命令辟彊。

小辟彊一提缰绳，尽着小骒马的速度直奔宣平门飞跑下去。

太子看他跑出了一段路，似乎为了追他才纵马向北。

樊璞愣了，不知发生了什么事情，急喊着："殿下——殿下——"拔腿步就追。他跑出了百八十步，樊璞逐渐清醒了。他的两条腿不能和紫骝马的四条腿比赛。他忽然看见有两名巡徼卫士骑马漫步过来。他急忙横穿过大街，拦住他们的马头。

"二位骑士！请借马一用！"

两人瞪目看他，但见身后是三名太监，知是宫中官员，不知所措了：

"我等军务在身，岂可把马……"

"下来！"樊璞吼道，几乎把一个骑士掀下马来，如果他不及时跳下的话。

出城过桥之后，樊璞茫然了。眼前哪里有太子和辟疆的踪影哟！

45

辟彊身穿着耀眼的鲜亮服装，腰悬镶金嵌宝的宝剑，骑着金辔雕鞍的娇小骏马，兴奋得仿佛腾云驾雾似的，扬鞭策马，横冲直撞，无所忌惮。人靠衣裳马靠鞍，这两条他全占了。行人车马无不避让。他的胆子越发壮了。刘盈倒不被人注意了。追上他之后，便控马与之并辔。跑到监狱前街，小骡马已经见汗了。他们缓行下来。刘盈向监狱的高墙张望，索性勒住了战马。他想念萧相国呀！为萧相国下狱，他一直心有愧疚。他是不敢有不平的，但却在私心里常问："这究竟是为什么？"此刻他多么想叩开监狱的大门，哪怕让他向萧相国致一声问候也好呀！监狱前街冷冷清清。监狱高墙上的持戟卫士来回走动。前次狱前惨案，思之令人潸然。他不敢往里看了。

"殿下！走啊！"辟彊喊道。

刘盈回头望去，模模糊糊看见樊璜似乎正在拦住一个骑士，他长吁一口气，咬着牙说：

"走吧！"

出城门时，守门戍卒只注意了辟彊，不知是哪家的贵公子！

他们顺着龙首原大道向南又跑一阵。小骡马和它的主人一样，终究是未成年。它跑不动了，小主人也挥不动鞭子了。

"这里离灞塬还有多远？"辟彊问道。

"嗯——还老远呢！"

"那什么时能走到啊?"

"你乏了吗?"

"嗯——不乏!"辟彊迟疑着说。

"饿了吗?"

"嗯——也不,不饿!"他更迟疑了。

辟彊直勾勾地望着正南。他知道靠近终南山的神禾原就在南边。他也许记不清通向神禾原的路,但方位却还记得不错。他又想家了。

身后传来了马蹄声。刘盈一惊,急转回头去看,樊璞已经追了上来。从他们身旁冲过去老远才兜转马头,一下子横挡在他们的马前。他身后的两名戍卒也纵马赶了上来。

"太子意欲何去?"樊璞喘吁吁地问道,"为什么不等一等小臣?"

"呵呵……你来得正好。我正在等你。"

"跑出了这么远的路,还算是等小臣?"

"若不等你,你能追得上吗?"刘盈温和地苦笑着说。

"太子到底打算去至何处?"樊璞追问。

"去灞堨!"刘盈平静却又坚定地说。

"太子殿下!这……"樊璞惊得目瞪口呆,几乎叫喊起来,"殿下!皇后命殿下去至何处?建成侯正在等候殿下呀!"

"我不想去建成侯府!"

"去灞堨做什么?"

樊璞追问得太失礼了,刘盈有些恼:"我要去灞堨!你愿意去,跟着走!不愿意去,就请回吧!"

"太子殿下不带卫队,没有法驾,甚至也不要从人跟随,这不是私行出城吗?这怎么得了?天哪……"

"什么天哪地呀!你去不去?不去就别挡路!"刘盈恼怒了。

"太子去灞堨,皇帝陛下知道吗?皇后陛下知道吗?……"

刘盈不理睬他了。他私心里是痛苦的。

"两陛下都不知道太子出城,小人担待不起,请太子回宫,不能去灞堨!"

樊璞的粗暴干涉激怒了刘盈。他把马头往左带去。

樊璞一惊，霍地跳下马背，一把抓住紫骝马的辔头。紫骝马一扬脖，险些把他吊起来，但他一把抓住缰绳。同时对那两名骑士喊道："还猴在马上干什么？"

　　那两名骑士不敢怠慢，一齐跳下马背。一个去抓住了紫骝马的辔头，另一个把小骒马的辔头也抓住了。

　　太子的心情很犹豫也很矛盾。樊璞这样对他喊喊叫叫，他难以忍受。他不是私自出去闲逛，他是去迎接自己的亲兄弟呀，这有什么错？他相信父亲能谅解这一点！母亲嘛，随便吧，大不了将自己处死。如果真叫我死，那我还是先看一眼兄弟吧！他不愿意发脾气，默默地垂下了鞭子。

　　"殿下去灞塬何事？"

　　"去迎三弟！"

　　樊璞倒吸一口冷气。他也听说宗正卿正在安排迎接皇子来朝，却说不准今天是三皇子还是四皇子到。他心想太子如此行事，他更担不了这个干系。他觉得自己的心仿佛被一只无形的巨手紧紧抓住了。不要说自己只是舞阳侯的远房侄儿，就是亲侄儿，不，是亲儿子也担不起干系。他知道胡母沙回来了，虽然他还没顾上去打听消息，但估计舞阳侯大约快回来了。他不知道将来会怎样，但眼前的事情只能是拦住太子。他去迎三皇子，就算皇上不说什么，但皇后怎能轻饶他！他无法保障他的安全，再说还有这么个八岁的小啰唆。他向远处张望，希望自己派回去的人能赶快请来詹事。那干系就不是自己的了。

　　太子见他一边牢牢抓住马缰绳，一边向他身后的远处张望，忽然想起他那四名太监肯定是去东宫报信了！他不禁懊恼起来。心说一点小事就这么大肆张扬。日日厮处，从来待他不薄，却原来是这么个人，像一条狗！他刚想举鞭子，但瞥见了辟彊。忽然灵机一动，说道：

　　"好吧！好吧！你松开缰绳，我们回！"

　　但樊璞仍然没有松开缰绳，却牵马掉过了头。同时，另一卫士把辟彊的马也牵着掉了头。那个卫士则牵着三匹马随着。

　　刘盈叹了一口气。说：

　　"辟彊想回神禾塬。这么着吧，就派这两名骑士护送他回去，然后我俩回宫。"

"可……可是没，没启奏皇后陛下呀！"

"这么点事我也做不了主吗？"刘盈没好气地说，但声音并不高，"过两天派车去接回来，不就完了。他是个孩子呀！"

樊璞心想他走了就再别回来才好呢，于是对那两名戍卒说道：

"麻烦你们二位，好好把侍读阁下送至神禾塬留侯府上。明天太子有赏，我打发人给你们送到宣平门去！"

刘盈心说樊舍人竟把城门戍卒叫了来。他嘱咐辟彊好好走路，别放马快跑。到家后替他问候留侯和留侯夫人。辟彊高兴地在马上施礼，便在两名骑士左右护卫下驱马走了。

"殿下！走吧！"樊璞催促道。

太子没言声也没动，一直目送着辟彊。他很想念留侯，多么想和他一道去看望留侯啊！但他连这样一小点的自由也没有啊！他心说，"留侯！原谅我吧！如果允许的话，我情愿住到神禾塬去，情愿随先生进山采药！留侯呀，原谅我吧！"

"太子！人走远了，请回宫吧！"樊璞又催促道。

太子仍然没言声也没动。他见辟彊越过了东去的驰道，一直向南走去，身影逐渐消失在弯路上。

樊璞又在他身后张望。他的眼睛突然流露出惊喜的、随之又变成胜利的神色。太子忙转过头去，只见远处扬起很高的尘土，尘土下是纵马飞奔的骑士。他看不出有多少人。他感到愤慨。他做什么事情都要受到责怪。那玉石花瓶把绮雯砸得大口吐血，不是她救我，也许我已经死了！现在派这些人马来干什么？追捕我吗？捕到而后置于死地吗？好！去迎三弟，然后去死也不迟！

樊璞还在抓着他的马缰绳。他咬着牙，冷不防举起鞭子就照樊璞的手抽了下去。樊璞没提防，疼得急把手缩了回去。紫骝马似乎最理解主人的心意，咆哮着竖起前蹄，就地打了一个旋，立即腾起四蹄飞奔，几步就蹿上驰道。刘盈稍一提缰绳，它就沿着驰道向东狂跑下去。马蹄后边扬起了一溜烟尘。

樊璞一上驰道就傻了眼，太子人马的身影只有麻雀那样大了。他等着后边的队伍。原来因太子詹事不在宫中，等不及他的吩咐，阙门司马率四五十名卫士就匆匆忙忙追了来。樊璞心想，等皇后派人来传旨，太子已不知跑出多远了。他真后悔自己千不该万不该同意让辟彊走。有他绊着太子就不会这样发疯似地奔跑了。他是哑巴吃了黄连。他又打发一个骑士回东宫禀报现在的情况，请东宫快派人来召回太子。然后才与司马率队追赶。

太子熟练地驾驭着紫骝马，人马仿佛融合成为一体，显得那样轻松、自在、平稳、迅捷。他回头瞥一眼，见樊璞并没追上来，便不再挥鞭了，就像一只雄鹰在长空中舒展翅膀自由滑翔一样。

郊野的空气异常清新，天地显得那样辽阔，远山苍苍，近水滔滔。中央驰道两旁的杨柳榆槐似乎泛着青色。旁道上偶尔有几个行人似乎在注意他，一小队在驰道上巡徼的士卒也注意到他。但他却好像没有察觉，他只觉得自己现在真正的自由了，胜利了，第一次活得像一个人了！他不再顾虑什么，甚至也忘记了那表面上金碧辉煌而骨子里却是阴森恐怖的寒宫冷殿。

这里远离长安，远离深宫禁院，任他驰骋幻想，任他抒发痴情。迎面寒风吹拂，后背阳光照洒，他觉得呼吸顺畅，心情舒展。远处，骊山的青松如泼墨浑染；近处，沟坡的绿竹像滴翠流苏。苍鹰在空中盘旋，灰兔于田垄踟蹰。黄草霍霍霏霏，青苗郁郁葱葱。大自然使他心醉神迷。

忽然，他听到一片马蹄声仿佛出现在前方。他立即从遐想中惊醒过来，心想这一定是三弟带着随从的大队人马到来了。他兴奋地挺起身子翘首瞻望。可是前方道路弯弯，他什么也瞧不见。而那杂沓的马蹄声却越来越近，甚至感到四周的空气都在颤动。他有些吃惊，下意识回过头去，突然看见数不清的人马正风驰电掣般地追了上来。他惊呆了，同时也清醒过来了，但却不知道自己该怎么办。一瞬间，他想到是不是父皇陛下召他回宫？是不是母后陛下发了脾气，竟派人来追捕他？他恍然觉得头顶上的蓝天在旋转，马腹下的大地在塌陷，自己的灵魂也仿佛飞出了躯体。他的鞭子无力地垂落下来，紫骝马诧异地回望主人，主人却不给它任何命令……

樊璞和司马等人已将他包围了，他俩从两侧扯住了他的马辔头，而没有下马向他礼拜。

他镇静了，凝视着他们，既不说话，也不动一下。他恍然悟出，原来多年所居住的深宫禁院竟是一座由卫士们看守的牢房，把他当作囚徒，用天罗地网把他囚禁在里边。如今他刚逃出来，他们就来追捕他。原先所谓的君臣礼节都是假的，现在算看得分明了。

"太子殿下——"喘息方定的樊璞满面怒色地叫道，"就算小人不配追随殿下，或者小人罪有应得，理应受到鞭笞，但这一大群卫士为了保卫殿下的安全，总不该被殿下甩在千里之外吧！……"

太子眯缝着眼睛睥睨着他，伫立不动，一语不发。心说，大约方才那一鞭子抽得太轻了！还称什么太子殿下哪，不过是落入你们罗网中的一名罪犯！我不是太子了，我不需要你们的护卫。没有你们，天下会安静得多，大地会干净得多，百姓也许会生活得好一些，我也会自由一些。

"太子殿下！请启驾回宫吧！小臣等失职，如今总算追上了。请殿下体念小臣的苦衷，万不可在这荒郊旷野上再做逗留。"

刘盈又把阙门司马上下打量一眼，仿佛不认识了一样。平时阙门司马常随他于箭亭前走马射箭，切磋剑术，也不失为良伴。现在随着樊璞追他，说什么荒郊旷野不可逗留。荒郊旷野既无狼虫虎豹，又无强徒大盗，有的只是村落百姓，秀丽山川，为什么不可逗留呢？村落百姓是狼虫虎豹吗？秀丽山川是强徒大盗吗？衣食父母反为贼，锦绣河山犹如寇？岂有此理！

他猛一抖细绳，但樊璞和司马却紧紧抓住辔头。他用脚跟猛磕马腹，紫骝马往前就冲，但嘴角被勒疼了，急又退回一步。

太子用鞭子指着樊璞扯着缰绳的手，用眼睛瞪着他。

"太子！你用鞭子抽吧！抽吧！你就是用剑把小人的手砍断，小人也不会再松开手了！"樊璞抗声喊叫。这对卫士们无疑是一声命令，他们紧紧把太子围困在核心，几乎没有一点缝隙了。

"太子！请你就听小臣等这一次谏阻吧，皇后陛下要怪罪的！"司马哭丧着哀求说。

他仿佛又看到那只玉石花瓶向他飞掷过来了。啊！死吧！死前我要见兄弟一面！他心说，眼睛里仿佛冒出了火花！

"让开——"他咆哮了，平生第一次咆哮了。他的鞭梢抽在了紫骝马的耳尖上。

"咴……"紫骝马也咆哮了，左右摆了摆头，猛然间竖起前蹄，整个

303

身子立了起来。阙门司马身子一栽歪，急忙撒了手。樊璞被吊在空中。他的马吓惊了，和别的马在冲撞。紫骝马禁不住他的重量，前蹄落了下来，马一低头把他摔在地上。这样一来二去，待到第三次竖起前蹄向眼前的一名卫士扑了过去。那卫士及其战马慌张地向斜刺里跑去，紧傍着他的另一名骑士也被吓得跑下了驰道的斜坡，穿过两棵树间的空当，上了旁道。紫骝马紧追不舍，像衔住他的马尾一样也跟着上了旁道。那匹马惊得横越旁道越过壕沟奔向田野。紫骝马却顺着旁道向东飞驰。当它再度跃上中央驰道时，已经没有任何阻挡者了。

紫骝马更撒起欢儿了。它跑得那样轻松，那样平稳，又像平伸双翼的雄鹰在空中滑翔。它还不时回头望一眼追赶它的马群，既不显得焦躁，也不表示愤怒，却仿佛是在笑，在歌唱。待到后边隆隆的马蹄声逼近，猛然一起步又大跑起来。它不觉得疲累，却只觉得愉快，耀武扬威地又"咴咴"长嘶起来……

"喂！看明白了吗？"樊璞招呼与之并辔的阙门司马说，"太子显然是在耍弄我等。没有东宫专使传旨，我等跑死也休想使太子回心转意。"

"那——不追上怎么行呢？"

"离长安越来越远了，"樊璞向大道两侧睃了一眼，"咦？这不是快到郑县①了吗，怎么一下子跑出了这么远！"

阙门司马也感到惊讶。仿佛一眨眼工夫就跑出了快有百多里路程。他焦急地说：

"离长安这么远，可就更不敢有疏忽了。可追又追不上，这如何是好？"

他们商量一下，不再扬鞭催马了。

果然，太子因听不到后边快马急驰的蹄声而信马由缰地缓行。但他的心情益发焦急和难过。举目望远，道路曲折起伏，行人寥寥，田野悄悄，如意的车驾和骑从却连一点影子也没有。驰道两旁的树木远不像近畿那样整齐划一。有时老长老长一段路竟不见一棵树。原野上衰草枯黄，乱石丛

---

① 在今陕西华县东，本是同宣王弟郑桓公（友）之封国（前806年），春秋时强盛，迁于新郑（今河南省），秦时置县，汉初沿之。

生，荆榛遍地，荒坟渐平。阳光斜射着他的肩背，但却一阵阵感到寒意。路越走越长，他的身影在地上也越拖越长。不受鞭策的骏马有些懈怠，走路有些颠簸。他觉得肚子也闹饥荒了，这时忽然想起他连早饭还没吃过，更不要说中饭了。

樊璞终于悄悄追了上来。太子大吃一惊，立即警惕地举起马鞭。樊璞急说道：

"殿下！请容小臣说一句话，然后再走不迟！"

太子慢了下来："不准靠近我！"

樊璞停马于路的另一侧。

"你要干什么？"太子仍然气呼呼的。

"殿下！现已到郑县了。穿城时，街上行人较多，殿下不可快马疾驰。小臣方才冒犯强拦殿下，现在小臣赔罪，明日受打受罚都领。小臣打算让殿下在郑县休息进膳，让人马都缓一缓，让卫队也打个尖。那时，哪怕太子欲到天涯海角，小臣也不再阻拦。但只求一点，请太子念与小臣君臣一场，让小臣随在太子身边，让卫队随在身后，伴随太子，保护太子。"

"嗯？你是真心还是假话？"

"小臣对天盟誓，小臣如有半句假话，立即坠马而死！小臣一心只愿保得太子平安，让太子率卫队迎到赵王殿下！"

"当真？"

"盟誓也不能取信于太子吗？何疑小臣之深耶！"樊璞似乎要哭起来了。

"那么在何处可以进膳？"他的确感到饥肠辘辘了。

卫队到来之后，樊璞就派人通知郑县县令。县令慌不迭地率所属史掾出迎，百姓闻讯也在街上焚香跪迎。官寺大堂权充做太子休憩之斋，两厢任卫士歇腿。从县令到小吏，从厨子到马夫，都忙得团团转。直等到酉牌，献给太子的第一道菜才摆上来。陆续贡献的菜肴不论是粗是细是咸是淡，对此时此刻的太子来说都是可口的美味。

太子正在狼吞虎咽，院中突然传来一声吆喝：

"太子听旨——"

太子手中正夹菜的箸子噼啪地掉到几案下边，膝行到中霤大堂，颓然地伏在地上。

长乐宫大谒者、大太监张释，太子詹事闵翟，太子太傅、稷嗣君叔孙通，建成侯吕释之及其随员等相继进了大堂。

"皇后陛下懿旨：命令太子火速回宫，不得有误！"张释在宣旨时用眼角斜视着太子。

闵翟严厉地申斥和威吓樊璞和阙门司马，把自己在东宫所受到的责罚而产生的满肚子怨气一股脑儿都泼到他们头上去了。

太子被强扶上驷马辒车，詹事登上骖乘的座位。前边是吕侯和叔孙太傅的车辆，后边是大太监张释的双马辒车。在两股合到一起约有百余名骑卫的护卫下，太子出了郑县署寺的大门。

恭送太子殿下车驾的县令刚从地上爬起来还没挪动脚步，一个东门守卒旋风般地跑来禀报："代王殿下车驾已经进城，请县令速去迎接。"

县令一惊，不是说赵王殿下吗？怎么又是代王殿下？但他管不了那许多，立即用双手圈成喇叭状向太子的车驾喊道：

"太子殿下——太子殿下——代王驾到！"

一名属掾自告奋勇，疾步飞奔。他追上张释的辒车，禀告了代王殿下驾到的消息，请其转奏太子殿下。张释喝住驭者，命来人进前。他探出身子，冷不防，狠狠地扇来人一记耳光子，从牙缝里迸出一个字："滚！"他又对车旁一骑卫命令道："传令前锋人马加速趱行！"

"停车！——停车！——"太子在辒车中跺着脚、捶打着车栏杆哭喊道。

车毂辚辚。

"为什么不让我去迎接四弟呀……"

夜风萧萧。

"停车——四弟……"

黑沉沉的穹隆坠下了几颗流星。

天有情，天亦当哭！

…………

46

　　皇后在宣明殿强颜欢笑，内心的痛苦几乎使她发疯，竟然用玉石花瓶去砸儿子。儿子虽然获救，但她的心腹宫女却伤势严重。然而她顾不上这些了，因为派遣去代北的胡母沙回来了。胡母沙带回了好消息——代北战争获得了全胜。胡母沙在启奏灵丘的战况时，似乎忘记了他所肩负的使命，赞扬了代北之战的胜利。皇后当时褒奖了他。在妹妹的暗示下，她命胡母沙退下之后，展读了舞阳侯命家人樊壄带回的家书。这封家书实际上是舞阳侯对皇后私传懿旨的婉言指责，尤其是指出了胡母沙有负使命的问题。字里行间暗示皇后这是个失策，弄不好，胡母沙会坏大事！

　　三兄妹议论了半晚上，越谈越觉得形势严重。皇后意识到自己在几件事情上都失误了。首先是谗言相国。相国下狱虽然不完全是因为她的谗言，但却和她的谗言有关。其次是强邀留侯献策。策献了，也照计请来了四皓。可这真能起作用吗？留侯并非倾心相佐，再也不肯上朝了，就连相国下狱这样的大事，他都不肯在皇上面前多说一句话。给樊哙传旨，令其拖住战争进程，及早带兵回长安。这个策略落空了，舞阳侯对此还大为不满。唯一做得对的事情就是她向皇上表示同意易储，其实是她向皇上屈服，从而暂时保住自己的后位。而不争气的儿子却甘心情愿放弃储位。皇上又单独召见陈平，见她来了，陈平匆忙离去，皇上又逼她赞成易储，那么他和陈平到底有什么密谋？后来她又得到密报：皇上已派出刘信和董宴去接如意了。这一切都意味着什么？皇上具体的打算是什么？他要怎样和用什么办法处置相国？在什么时候用什么方法宣布易储？一旦宣布易储，皇上对自己有什么举动？对太子怎么处置？她现在想再问问张良，但无法公开宣召张良进宫。想再和辟阳侯密谋一下，实在不敢秘密把他弄进宫里来。现在的关键人物是陈平。陈平刚回来时，妹妹屈尊去其府上拜访过他，但当时不能把话说透。因此决定由兄长建成侯出面，今天邀他去做客，第一要探听皇上和他密议了什么？第二要看看他本人对易储的真正态度。所以才命太子去会见他。她本人则召来叔孙太傅和太子詹事进宫来谈一谈四皓的情况。既然留侯献了这个策，不管有用没用，还是得设法用一用看。她觉得自己眼下几乎没有可以依靠的力量了，原指望舞阳侯，而舞阳侯既未归来，又对密使有不同意见。她真的要成为孤家寡人了。

就在她和叔孙太傅及闵詹事谈论四皓的事情时，北宫小太监来禀报说太子私行出郊迎接赵王去了。她这一惊非同小可。她完全没料到儿子会有这样的举动啊！再说她还没见正式奏禀赵王如意进宫的事情，他怎么会知道这个消息的？正在这时，建成侯匆忙进宫，他已经知道太子出城之事，而更令他不安讶异的是曲逆侯，他既未在府，也未进宫丞旨办事。

倒霉的事情从来不劳人们久候，而且还会接二连三地纷至沓来；希望与虚望甚至和绝望仿佛是孪生的三姊妹，永远形影不离又变幻莫测。人们只要的是前者，而得到的通常都是后两者，除了个别的幸运儿。

皇后几乎又要暴怒起来，但是绮雪的哭肿了的眼睛和几乎是哀求的眼神使她记起了昨晚发生的事情，她克制住了。叔孙太傅急得像热锅上的蚂蚁，他的眼皮子稍一离开他教导的学生，学生就造了反，其师道尊严何在？她不便苛责老臣，她克制着。她盘问詹事闵翟，闵翟传达旨意，千叮万嘱，仿佛也尽了心尽了职，谁也料不到太子会有这样意外的举动。建成侯带来的消息更令人生疑。她问：

"曲逆侯府上的人怎么说的？"

"回说陈将军已经于卯刻上朝。"吕释之回答。

"那怎么又不在宫中？"

"西司马门的通籍①牌压根儿就没翻。"

"日日上朝的主要大臣也许门上忽略了没翻牌，没进宫中去打听?"

"禄儿亲自去过了，麒麟阁、宣明殿都悄悄打听了，没有。"

"有没有告假的手本?"

"也没有!"

皇后沉吟了。按理按制，像陈平这样的朝中主要执政大臣一行一动都必须为朝廷所知晓。如因病或因私事不能上朝必须有告假的本章，事后要销假。其去何处，自然也都有从人跟随，僚属所知。万不能私行的。她怀疑皇上有特旨，陈平才有如此行动。不过谁也不能去向皇上探问。但是皇上会给陈平什么样的特旨呢? 这可真是一波未平一波又起。她满怀狐疑，心中有如悬着十五个吊桶，七上八下。她派大太监张释亲去打问今天能有哪个皇子到达长安。回报说四皇子可能到，也可能是明天头晌到。皇后又恼了。但在兄长的劝慰下，终于又克制住了。她命令张释和闵翟速去追回太子。但建成侯不放心，叔孙太傅觉得也有责任要与之同去。

建成侯等人走后，皇后又派人去樊川请舞阳侯夫人。樊川路远，她又等不得。皇后决定去宣明殿。她想知道皇上到底打发陈平干什么去了。就算不便直接问，也要从侧面探听一下!

她刚出殿门，绮霞慌慌张张跑了来。一看见皇后，马上就收住了脚步，踟蹰着不敢上前又不敢退回去。

"慌慌张张跑什么?"皇后责问道。

"听，听……"绮霞嗫嚅着，"听说陛下要，要出去，小奴特意赶来伺候。"她急中生了智。

绮雪故意落在后边，边走边附耳问绮霞："怎么偏偏在这个时候跑来?绮雯她……"

"就是为她才来找你的呀! 她吐血不止……"绮霞几乎要哭出声来。

绮雪猛一哆嗦，刚往前急走两步想禀明皇后，但马上又停了下来。绮云也凑过来，悄悄叫绮雪设法把绮霞留下来。绮雪悄悄对她们摆手，紧跟

---

① 西汉时宫门制度:有资格进出宫门的官员、贵族皆由有司填写一支长约二尺的竹简,上记姓名、年龄、身份等悬于宫门外,备出入时查对。

在皇后身后。走到前院时她见梳头宫女宣偃和另两名宫女都在甬道旁躬身肃立，待走到跟前，把她们都叫过来随在她的身后，这才悄悄示意绮霞赶快溜到一边去。

绮霞躲在门廊下见皇后已经坐上茵舆走了，才一溜烟跑回后院绮雯的房里。一见绮雯，她倒吸了一口冷气。绮雯正喘做一团，被子上是吐的药汁和沉血！她急忙给她擦拭，发现血中竟有凝固的血块子。她的心凉了，被子上的血也凉了，擦不掉了。她急忙换了一床被子，然后又给她捧来了一盅汤药。

"好绮霞！我求……"绮雯的蚊子般的细声又被咳嗽震断了，喘息了好一会儿，又说道，"我求你把……把那药盅子拿……拿出去吧！我闻……闻不得那股味儿！"

"好姐姐！快别说话了！看你……唉！"

"拿……拿出去吧！没……没用了！"

"我拿……拿出去！"绮霞抹着泪抽泣地说，用抹布垫着把药盅子从炭火盆上拿下来。她想求个人帮她熬药，但又不敢再离开这里了。她只好忍心把取暖的炭火盆端出去，准备在廊下继续熬药。

"别熬了，没……没用的！我……我不会好的了！"绮雯痛苦地说着，又蜷缩身子咳嗽起来，急从枕边拿起一块帕子堵住了嘴。

绮霞没听她的，二次进屋拿走了药盅。

绮雯觉得嘴里是腥咸的，悄悄看一眼手帕，她的眼睛急忙闭上了：又是一大口鲜血。她的手哆嗦着。她的心更灰了。手帕掉到了床下。眼泪把绣枕濡湿了一大片。

从昨晚到此刻，快一天一夜了，她一直昏昏沉沉，却又似乎是清醒的。她觉得自己已到了极限。她恐惧过，悲痛过，可此刻不再恐惧，也不再难过了。她曾想过，自己来到这个世界上干什么？她留恋什么？她憧憬什么？希望什么？父母嘛，她不论怎样搜索记忆的弦索也似乎理不出一个清晰的印象，兄弟姊妹嘛，有还是没有她也说不清楚。她无可留恋呀！作为宫中女史，她敢记录什么？日常出现的多少赤裸裸的真实的事情，她都不能形诸笔墨。只有歌功颂德的事情才可以记录。她早已厌恶这些东西了。她从不相信自己所记载的皇后的行状和起居。严酷的现实使她不再相信会有什么美好的未来。她没有什么可以憧憬的。随着年纪的增长，在朦胧中，不论下意识的还是无意识的，不论是潜在的还是自觉的，但她从来不敢做非分之想，她名为中宫史，但同时也是女奴。是的，皇后曾做过暗示。暗示不是承诺。暗示什么？这曾使她脸红过，心跳过。在脸红和心跳中，有过难以按捺的欣喜，有过海市蜃楼般的幻想，但她很快就明白一个不能言说的道理：知密者有个特定的活动圈子，它的半径不能超出主子的目视所及之外。希望之为虚望，她已经读完了自己的命运史，虽然那时命运还未到终结之时。她没有任何可以寄以希望的人和事了！然而死灰中未必没有活的火星啊！

绮霞又进来了，见她被子没盖严，急忙帮她盖好。

"好姐姐！你怎么又哭？"

"不……我好得多……多了！"

绮霞忽然发现掉在床前的手帕。黑红的血痰已经浸透了地上的毡氍。她弯腰拾起一看，心仿佛揪到喉咙眼儿上了。看她的脸色，灰白得好像是一张洗得没有光泽的素帛。

"你——"

"他——回来了吗？"

绮霞在皇后的四个心腹宫女中算是最小的，其实也只比绮雯小一岁而已，也正是豆蔻年华。她完全明白她所指的"他"是什么意思，皇后对绮霞也有过类似对绮雯的暗示，这是欲结心腹而在威尊之外所施以的恩饵。她也曾有过脸红和心跳的时候。但小一岁也总是小，她有时还有些朦胧，对自己的未来还想得很少，说不上自己对将来到底有什么希望和打算。可是她已到了这个时刻心里却还有一个"他"！她凝视着她，好半天才说了一句：

"还没有回来！"

绮雯忍住痛翻向墙里，但她忍不住眼泪。

绮霞出去把药又端了进来。

"好妹妹！我不想吃啊，没有用了！"

"吃下去，慢慢会好的！好姐姐！"绮霞放下药钵去扶起她。

"哎呦！别碰我！"绮雯的后背被绮霞无意中触痛了，一霎时出了头冷汗。

绮霞看过她的后背，一大片淤血从脊椎向肩胛和腋下延伸开去。如果那玉石花瓶击在太子的头上，会是什么结果呢？皇后昨晚曾来看过她，御医也是皇后命人叫来的。但在送走御医时，皇后吩咐御医不得声张。皇后为其失手后悔过吗？不知道！绮雯的血没有使她掉一滴眼泪。皇后今天的怒气似乎比昨天还大。太子洗马胡母沙昨晚似乎没有放出宫去。她几乎怀疑他是否已被关进了暴室。今天御医没有再来诊视绮雯的伤势，而太子出城的消息使皇后几乎又暴跳如雷。张释和太傅、建成侯去追太子已经半天了，到现在还不见回来，皇后现在去了未央宫，还不知怎样呢？她的心一阵阵悬在半空中，一阵阵又强迫着自己冷静下来，可要死要活的绮雯却还问"他"，而且连药都不想吃。天哪，零落残魂，泣血号天，犹念太子。唉！她能说什么呢？

绮雯勉强喝了一口药，因为喘息又躺下了。她觉得天棚在旋转。不！是床在旋转。不！既不是天棚也不是床，而是她自己在旋转。身子软得像一团飘浮着的柳絮，浸着冷汗的身子使她觉得冷，把双臂紧抱在胸前，腿也蜷缩起来了。

她默默闭上了眼睛。

她忽然觉得有人在呼唤她。但那声音却很遥远，一时间竟听不出是谁的声音。她向传来声音的方向看去，风萧萧，雾茫茫，雨蒙蒙，昏沉沉，什么也看不清楚。可是那声音却在继续呼唤。她仔细谛听，仿佛真切了，又立即变得微弱了。她跌跌撞撞地循声追去，终于听清了呼唤的声音："绮雯——快来救我！快来呀！"她向前猛跑，那声音更大了："绮雯姐姐救救我，快！救救我——"她拼命地跑。突然，她摔倒了，骨头架子仿佛都摔零碎了。但她还是硬撑着爬了起来，她又跌了下去，再爬起来……

她见皇后正在用鞭子抽打太子。太子喊不出声了。可是皇后的鞭子仍像暴雨一样劈头盖脸地继续猛泄在太子身上。她拼命去抱皇后的臂膀。但她抱不住。皇后的力量是那样大，她只不过像一只蚊虫。皇后仍然在鞭笞太子。她扑向太子，把整个身子压在太子身上。皇后似乎抽得更快更用力了。她疼得逐渐麻木了。她看见太子在她身子下边喘息着，但再也挨不到鞭子了。她心里感到高兴，但愿那鞭笞永远也不要停止，永远——

忽然，她的血流到了他的身上。他又反转来给她揩血。流血本来使她感到钻心似的疼，但他的手一触到她的身上就不疼了。啊！血，流吧，永远地流吧，这样他就能永远地给她慢慢地揩着，就像她永远给他擦泪那样。永远，啊，永远——

一个铁笼子把他们罩住了。每一根铁条都有拳头那样粗细，又密得连一根手指头都伸不出去。怎么？铁笼子中间落下一道栅栏，把她和他隔开了。她拼命去撼动那铁栅栏，却是纹丝不动。她没有力量了，不再想去撼动它了，只是扶在铁栅栏上，从那不到一指宽的缝隙中去看着他。她觉得只要能看到他也是幸福的。但是，但是……又落下一道铁栅，又一道铁栅，不论怎样都看不到他了。她呼唤着他，他也似乎在呼唤着她……

她看见一朵鬼火，幽灵似的在眼前不停地摇曳。她感到恐惧，但又怕失去它，就是幽灵鬼火也总带来一线光明。他在呼唤她。她急忙应着……

她应着，连声应着，终于慢慢睁开了眼睛。原来是宫长绮雪在叫她，绮雪已随着皇后从未央宫回来了。皇后没见到皇上，也不想去兰林殿了。皇后在玉堂南殿召见了襄章，不过仍然没弄清陈平究竟到什么地方去了。皇后回来时，舞阳侯夫人已来了，现在皇后和舞阳侯夫人正在叙话，她抽空儿跑到后边来。绮霞在一旁端着一支蜡烛。蜡泪滂沱，烛光摇曳。绮霞的手在抖，绮雪的浑身也在抖……

"呵——绮雯！你可醒……醒了过来！"绮雪用巾帕堵着自己的嘴颤抖地说。她唯恐自己哭出声来。

绮雯惊诧地看着她俩。几上有一小钵粥和两盘小菜。粥已经没有一点热气了。

"他——回来了吗？"

"回……回来了！"

"皇后鞭……鞭笞他了？"

"没……没有！"

"没有，只是——"绮霞抽泣着插言，"只是没打在他身上罢了！"

"那——"

"由樊舍人代领！"

"呵——谢谢樊……"绮雯仿佛什么都看到了。

"好妹妹！你吓死人了！别管那许多，养你的病吧！皇后顾不上太子了，只是命令他再不得出北宫一步……"

"呵……"她倒抽一口冷气，"关到铁笼子里了——再也出不来了……再也见不到了吗？"她在心里说。

"……除非是特旨允许出宫。皇后有更紧要的事情啊——"

"他——"

"不要管'他'了，好好养你的病吧！"

她不再回答她们了，嘴角上永远地凝固着紫色的血。

"绮雯——"绮雪扑到绮雯的身上号啕大哭。绮霞一下子跌坐在地上……

哭声传到了前殿，皇后和舞阳侯夫人及绮云等都来到了这里。

"唉！好孩子！是我……"皇后也忍不住地落下了泪，啜泣着说。

"姐姐！现在是哭的时候吗？不过是一个丫头，赶快叫张释来处理后事吧！"舞阳侯夫人说道。

47

谁说祸不单行福不双至？

昨夜刘邦刚在兰林殿就寝，宫长佩兰就隔门启奏：中大谒者襄章有急事大事奏禀，要求立即谒见皇上。刘邦很快来到中雷，待襄章启奏完毕，把一封简编呈上，刘邦似乎还是惊魂未定半信半疑："这都是真的？我不是做梦吧？"刘邦右手捧简阅读，左手一张一握，待他心智恢复，确信无疑，便连喊"更衣！给我更衣！各处灯火全都点亮！全都点亮！"他又转对襄章，"快去预备辇舆，我要去宜明殿，连夜召见群臣！"

中雷里已经掌上了多处灯烛，一片通明。更衣时，他自言自语地说："陈豨小子，你还有几颗头敢跟我对垒！可盼到了今天！"

佩兰给皇上端来了酒。

戚姬和襄章乘机劝谏皇上：莫若等明晨上殿朝会群臣。刘邦按捺不住满心的喜悦，但终归还是纳谏了。他要把事情再周密地多思考一番。他嘱咐襄章说，不论什么时候像这样的大事都不可在宫门耽误，要立即向他启奏。

他不肯入寝，周樊二帅一举全歼陈豨，就要传首京师，这样的胜利可以说超过了预期。陈平说将在外不可中制，一旦战机成熟必当有捷报传来，这话是不错的。

第三杯酒还没喝完，襄章穿过灯火通明的庭院又跑着来了。好像周勃、樊哙和灌婴、夏侯婴等是诚心约好了似的，先后送进了报捷本章。两道本章所报歼灭元凶的日期算起来只差两天，即消灭黥布在前，阵斩陈豨在后。经年战争，两罪魁祸首差不多于同时干净彻底地被消灭，只能说是奇迹，只能说是天意，只能说是神助！他要等待的、希望的，都已经超过预期地实现或将要实现了。但在温柔的妃子百般体贴下，终于二次入睡了。睡梦中他还笑得合不拢嘴。

　　早晨，刘邦在长乐宫嗡嗡作响的钟声的伴和下，摆驾进了宣明殿。他要准备设朝，同时派人把消息也报到东宫去。他自然不知道东宫比他早得到消息，不单丝毫没引起兴趣，而且还另有风波。

　　襄章和老太医随着皇上进了殿。襄章还有好消息告诉皇上：四皇子昨晚已抵郑县，五皇子、六皇子大约于午时前后均可到达。齐王刘肥和宗正寺署官员已经商定，派了先遣人员知照他们，都于积亭会齐，届时他将率人前去迎接。

　　"那么……如意哪？"刘邦既高兴又有些紧张地问。

　　"陛下！不要紧张，慢慢说！"老太医不待襄章回答就抢先说道。他对皇上过分高兴也要有所防备。

　　"赵王如意昨晚歇宿弘农，恰与公主及宣平侯张敖夫妇相会。如从容缓行，明日午前可抵长安，加速趱行，今夜亦可抵达，只不知此刻是否已经起早动身？"

　　"派先遣官员去迎！快派先遣官去迎！"刘邦高兴得都有点发抖了。

　　"陛下别急！今天老夫讨个吉祥，越一回礼，让老夫陪陛下喝一杯四喜临门酒！"襄章一挥手，一个小太监已经把老太医事先准备好的酒捧了上来。酒里已兑好了镇静安神的药。

　　刘邦又命襄章派人通知群臣，他要立即上朝。襄章满口答应，却又谏议说，上朝之前是否先召几位股肱大臣商议一下，长安百姓也应知道才是啊！这样的大喜事可非比寻常。刘邦想了一想，同意了。他现在对身边的人的建议都乐于接受，就像一头吃足了草，安详地卧下反刍的老牛，头上虽然长着角，但却温驯得任人抚摩，任人吆喝。

　　早晨，刘肥来请安并说了他和宗正寺署官员商议的办法。他已经三十二岁，因为非婚生子，且又久居外家，没能成为刘邦的得力帮手。离开临淄时，丞相曹参对他建言，到长安后，一切政事不闻不问，凡是尽礼之事力争做在前头。曹参给他打点的礼物整整装了十辆车，带的钱钞整整两辆车。还给他派了两名臣子专管卫队，两名臣子专管仆从，四个大臣提供咨议，提调送礼、宴客一应事务。总之一句话：早去早归，休惹是非！他在戚里有王府，他的人马都躲在府中，也都尽量少在街市上露面。曹参很清楚长安的情形，所以教他以笑、以礼、以无为在长安当好好先生。

刘邦认为儿子办事很老练，安排得很周到，一切都同意了。

襄章来提醒刘邦：宣召哪位大臣或几位大臣来殿议事。同时又说御史大夫正候在门外。

"曲逆侯没来吗？宣召他来。"

"正是为曲逆侯……"

"曲逆侯什么事？"

"赵大夫要详细启奏。"

赵尧被宣进了总章内室。

"曲逆侯呢？"刘邦诧异地劈面问道。

"陈大人尚未进宫。"赵尧躬着身子说。他请圣上屏退左右，然后跪跽于皇上膝前启奏道："曲逆侯陈将军今日是第三日未曾至麒麟阁了。"

"为什么？"刘邦吃惊地问。他想值此大捷之日，他怎能不上朝呢？

"臣曾派人去陈府打问，府上回说，曲逆侯已经两日两夜未曾回府，去至何处竟不得而知。"

"咦？"

"臣以为曲逆侯突然不知去向，十分可疑，此外还有些蹊跷之事令人深思……"

"嗯？"

"圣上试想：天下何以会有如此巧事，南北相距数千里的两线战争竟于一夜之间同时报捷？"

"难道此胜有诈或者谎报军情？"刘邦瞪大了眼睛，神经质地摇晃着头，举到胸前的两只手突然有些哆嗦。假如事情有诈，那他会经受不住的，他的精神和身体会完全崩溃的。

"臣不怀疑有诈或是谎报军情。他日传首京师，圣上亲自验看于庙堂，真假立辨。臣以为没有哪一大臣敢如此妄为。"

"既如此又有何疑？"刘邦的心似乎又踏实了。只要两元凶俱已歼灭，胜利自然是肯定无疑的了。

"可疑之处是时间的巧合。"

"这——"

"圣上病前，曾两次督促陈将军拟旨给周樊二将军。不知何故，陈将军两次皆未遵旨。但陈将军在麒麟阁连续多日研究代北军情。如今回想起来，陈将军有无可能私下传书给周樊二将军呢？有无可能密授机宜呢？……"

"若果真如此不是很好吗？"

"陛下！不然！果真如此则大有文章了。"

"嗯？"

"陛下试想：陈将军本应奉命按圣上旨意拟旨并传旨，方能体现圣上亲自指挥这场战争。如果是其私下密授机宜，彼欲置圣上于何地？恕臣无礼，说一句不当说的话，指挥这场战争是陈将军而非圣上！"

"啊——"刘邦几乎惊叫起来。这触着了刘邦的要害。多年来，刘邦亲自南征北战，既是客观的需要，也是主观的需要：牢牢控制诸将，控制军队。有这一条，败可东山再起胜可积极进取。所以军权不可假诸他人之手。若据赵尧所论，军权旁落可以导致江山旦夕易主。

"此其一，"赵尧觉得皇上已经接受了他的意见，便继续说道，"还有二……"

"还有二……"刘邦喃喃地重复着。

"……陈将军无视圣上，竟然不告而别，有无可能去至某地私会某位将军？一方面让两军使者同时报捷以使圣上及满朝大臣高兴，同时却暗中指挥或调动军队……"

"彼欲何为？"

"……臣以为即使陈将军没有异心，至少和太子易位问题不无干系……"

"啊？"刘邦惊得浑身颤抖起来。

"……自从臣奉命彻底追查相国之事以来，廷尉王恬开办事不力，貌似忠诚，实则软磨硬抗，把萧何严加保护；卫尉王岐非是清查相府，而是保卫相府。臣感到十分棘手，萧何之事怕难以查明。"

"彼等敢如此胆大妄为，还了得！把他们都下入狱中！"刘邦咆哮了。

"陛下！不必急于一时！臣以为事情仍在陈将军掌握之中，彼等若无陈将军授意无此斗胆！"

刘邦默然不语了。

"陛下！臣有一言不知当讲否？"

"讲！"

"此番南北两线俱告大捷，既是圣上齐天洪福所致，然而又隐含着难以预测的危机。若不明察秋毫，早做准备，臣以为其患远甚于两元凶未灭之时！两元凶作乱，以臣看来可比做疥癣之疾，而陈将军所为，既是意在萧何，也恐意在东宫和太子，此方是腹心之患。不知圣上以为然否？"

刘邦在此之前的欢乐情绪，如今已被赵尧一扫而光了！他承认赵尧的洞察力。他不能让自己被胜利冲昏头脑。

"那么……依你之见当如何早做准备？"

"呵……臣人微言轻，不过是管窥蠡测而已，如何早做准备，臣亦无良策，只是请陛下思忖而后决策罢了。"赵尧大约是想为自己暗暗预留下一个退步，或者暗暗表示其不在人臣极位而不敢决国策吧，谁能猜想得到呢？

"但说无妨！朕会为你做主！"刘邦也许是猜出了他的心意。

"臣……臣……"赵尧迟疑着，"臣……臣把全部身家性命贡献驾前，虽肝脑涂地亦义不敢悔。臣斗胆吁请圣上：趁诸将未归，萧何之事若不早做决策，恐悔之无及，遗患无穷！"

刘邦紧锁眉头，左手托着下颏，右拳置于藤上一张一握，一张一握……

"《易》曰'王臣蹇蹇，匪躬之故'。微臣斗胆以为储君事亦不可贻误时机，更宜及早告庙，诏告天下。有敢持异议者，萧何前例俱在。正名，顺言，诸将归时，荣之，宠之，军权必立夺之，凤几可保无虞！"

刘邦仍然紧锁眉头，但却闭上了眼睛，一张一握的拳头一张一握地捋着胡须。

赵尧凝视着皇上，猜不出自己的话对他究竟起了什么作用。他有些犹豫。

"说下去!"

"微臣还以为现在九卿大臣有几人忠君于心,有几人忠君于口,圣上不可不察!"

"言之在理,"刘邦声音轻得比蚊虫之声还细,"说下去!"

"微臣还有昧死一言……"

"讲!"

"圣上以为陈将军如何?"

"此是何意?"刘邦凝眸看他有些不解地问。

"陈将军人中豪杰,智比留侯,武比绛侯。但如与圣上异心则——"赵尧不往下说了。

刘邦沉吟不语了。好半天才吐出一言:

"有何为证?"

"只说这两三日不朝……可……不,不深思吗?"

"这——"

襄章突然闯了进来:

"启陛下!曲逆侯急事请求见驾!"

"啊?"刘邦张开嘴却似乎合不上了。

"啊?"赵尧浑身一抖。

刘邦捧着留侯的辞表,双手颤抖得越来越厉害,泪水模糊了视线,嘴唇哆嗦却说不出话来。

一见陈平便有些尴尬的赵尧扬起眉毛,惊奇地看着皇上,接着又转向陈平,不知发生了什么事情。他狐疑着,但却不敢动问陈平这几日何处去了。

陈平默默不言,微微低着头,衣履上残留着尘土。他的神情是沮丧的、疲惫的。本来是白皙丰满的面庞,似乎泛着青色,并且明显地有点消瘦。

陈平这两天多四处奔波,驻足于山乡鸡毛小店,借宿于村野柴扉茅舍。他和彭勇几乎追寻至紫柏山①，终未见着留侯踪迹。凭他和彭勇的速度，他相信不论什么样的车辆——除非是天马云车——都应该能够追到。他估计留侯不会仍用其青牛车远行。他只得承认自己选错了方向。他寄希望于胥生的子午谷、陈协的太华山和邓禹的九嵕山之行。

但神乎其神的留侯使陈平的一切努力都落空了。胥生、陈协和邓禹都怅惘而归。他再无法想象留侯会遁迹何处了。留侯常时采药山中，动辄期月不归，恐怕早已为自己选定了栖居的洞穴。然而仙踪隐秘，谁可得而知之！

陈平在归途中，常常痛苦得失了神。他深知留侯虽早有去志而并未远游者，是不愿意在当今之世重见越王勾践与范蠡故事。如今，天下只不过初定而已，百废待举，正需群策群力，奉天顺德，治国安民。不筹此善策，却生顺昌逆亡之谋，犹冶丝而益棼之也。留侯不忍见而终见，不得不辟谷远游，能不使人三思？若非兴风作浪之徒，谁喜谲云诡波之态？不欲贾祸，何可直言？

陈平约略地叙述了从留侯仆人手中接到辞表之后，因是深夜，他不及启奏便连夜追寻的经过。他不愿说出留侯探监之事，怕有人横生枝节呵！

刘邦双手捂住脸，肩膀不时地抖动着，一句话也说不出来了。

然而赵尧却挺身抗言道：

"臣赵尧昧死陈言：值此两线大获全胜，捷报抵京之时，留侯出走未觉太令人伤心，且亦不可理解。臣斗胆请求陛下派出大批骑士并传旨地方官员无处不搜，无处不寻，不出三日，留侯可致也。臣请圣上纳言，绝不使智者贤者遁迹山林，以致盛世玷污，贤主蒙羞！"

刘邦微微抬起头来用泪眼看着陈平，仿佛在问陈平。

陈平避开了刘邦的眼光，直视赵尧，心中腾起一阵阵愤怒。但他极力克制和压抑自己的情绪，老半天才喃喃说道：

"不知御史大夫阁下是欲追捕逃亡还是欲寻觅残尸？如欲追捕逃亡，即请御史大夫多派捕快大索天下，如博浪沙故事，三日不成，十日可也；

---

① 紫柏山位于今陕西留坝县西北，紧傍川陕公路。相传留侯辟谷逃名遁迹之后，即隐居紫柏山东南麓和紫关岭南麓的山谷里，后人在此曾建留侯祠，或称张良庙，今犹存焉。

十日不成，累月期年，终可致也。如欲寻觅残尸，尽可饬令天下郡县官吏按图索骥，御史大夫可静候佳音！"

"陈……陈将军！此话何意？"赵尧似乎有点尴尬，甚至愤慨。他觉得自己受了侮辱，不禁怒视着陈平。

陈平微闭眼睑，不想吱声。

刘邦擦去泪水，瞪了赵尧一眼，转对陈平痛苦地说道：

"朕思留侯，心乱如焚。有何良策可达留侯？若能知其行踪，朕去亲迎！"

"臣昧死言之：陛下思贤若渴，求贤之诏天下皆知。今留侯之去也，窃思之，再寻之无益，莫如全其志。留侯有汜上老人之约，早欲随赤松子游。汜上老人有传说为黄石公，亦传称其为鬼谷子先生。留侯与神仙为伍，其行踪不可知也。今臣谨叩求陛下允臣所请……"

陈平泪流满面，泣不成声。他对赵尧的愤怒全化作悲哀了。他埋头于双掌之间，深深地伏下身去。

"贤卿请起！"刘邦也流着泪说。

"……臣请辞封爵与封地以赠留侯之子，聊表臣谢留侯之教。臣有负陛下深恩厚德，留侯辟谷辞名，事前所见不及，事后未能追及，深以为恨。臣无德无能忝居高位堵塞贤路，窃恐还有贤者亦悄然遁迹林泉，使陛下不能与天下贤者共安利之，故恳请陛下免除臣之官职以让贤……"

"卿亦欲弃我而去吗？"刘邦惊叫道，"这是为什么？"

"……臣非此意！臣愿天下贤者有进言之路，献策之机，无缧绁之灾，冻寒之苦。臣任凭差遣，效犬马之劳以报陛下知遇之恩！"

刘邦有些震惊了。他觉察出他的弦外之音。他既痛惜留侯遁迹，不告而别，又觉得陈平不谅解他的苦衷。两线战争的伟大胜利此时此刻已经黯然失色了。赵尧建议趁诸将未归对萧何之事早做决策，对太子储位问题及早露布天下，还是有道理的。设若诸出征大将皆在朝中，陈平之言若得彼等响应，自己将何以处之？他在啜泣中痛苦地思索着。赵尧抓住机会说：

"请圣上千万保重身体！留侯之事，臣愿请陈将军协助。如陈将军所言，虽不能派员四下搜寻，但总可派人暗暗访察。待知其行踪，臣愿一步三叩首去拜见留侯以传告圣上渴思之情，坚请留侯返回长安，共策国事。"

刘邦唏嘘着：

"我……去，我去亲迎；如若不归，我也……我也不再回京了！"

"陈将军！请教该当如何去访察留侯？"赵尧问道。他暗暗怀疑陈平是不是实际上已经见了留侯？如果见着了肯定会有密契。心想，这二位所谓智者不过是善阴谋而已。其阴谋大约还是为了萧何，或者也是为了太子。张良毕竟是太子之师啊。心说不能与陈某之流斗气，得善于屈伸，并且也应与之斗智。"陈大人！本官思留侯心切，方寸乱矣，望将军指示一条路径、一个方向吧！"

"不知赵大人视陈某为何等样人？赵大人之意或谓陈某预知留侯远游，或谓陈某已经追上并见过留侯，或谓陈某已知留侯仙踪……陈某对此均不敢为己辩解，谨将日夕行经之路，借宿之地呈告大人，请大人派员访察。如有不实之处，赵大人身居要津，尽可治陈某之罪，亦启请圣上治臣以欺君之罪……"

刘邦低头不语，仿佛没听见他们的话。

赵尧平白地吃了这根绵里藏针，觉得实在难以下咽。他暗暗吁了一口气，决定咽下去，克制自己，不能与陈平一比一地对峙，尤其不能在圣上面前有所争执，这不单有失大臣的风度，且有可能使自己处于被动之势，而被动则意味着前途凶多吉少！譬如一架天平，他和陈平有如等臂两端的两个力点。谁在秤盘上投进一颗哪怕是最微量的砝码，都会在支点上，即皇上那里，有所反映。陈平上殿之前，他在自己这一端的秤盘上连投了几颗砝码，储位问题、相国问题、卿大臣问题、征战诸将归来后的军权问题等，使天平立即向他这一端倾斜过来。谁知陈平猛然闯进来，把张良这颗砝码重重地投进他那一端的秤盘里去，一霎时，天平倾斜到另一端了。但张良这颗砝码，只不过是陈平投得重，并不等于砝码自身的重量。如果从自身的角度看，张良不论是作为人混迹长安，抑或是作为神遁迹林泉，似乎都无关紧要，或者后者比前者还要好得多。对于他的留与去，无须认真地关心。但作为一颗"砝码"，却必须认真地关心。赵尧认为张良不告而别，突然隐遁，只不过是对皇上的心理造成刺激，给南北两线战争的伟大胜利蒙上一层阴影，使之失去了光彩。当太阳升起的时候，阴影会消失，光彩会恢复，无关紧要。留侯作为太子之师，一旦明确宣布并告庙废黜原太子，另立了新储，他会觉得脸上无光，故此不告而别，以示其对废黜的不满。如果因此而动摇了皇上废储的决心，这可就须要认真对待了。必须设法消除这一行动对皇上心理上的压力，使皇上看到留侯的出走实际上是表明他不再干预皇上的决策，更可以无所忌惮了。如果留侯还想以出走来干扰皇上对萧何下狱之后的处置或决心，这倒不可小觑。这些智者常以人们意想不到的举动或者建奇功、立奇勋，或者叫圣上为难，举措失据。当年圣上欲封留侯为万户侯，他只要了三千户的食邑。据说，就是这三千户食邑，他也是给者收之，不给不问。徙都长安，皇上在戚里欲给他建一座大府第，他却躲到神禾塬上，只在戚里建了一座小小四合院。封官弃之，命为太傅，却勉强接受了少傅之职。人要吃五谷杂粮，他却要辟谷……这都是为了保持自己的贤者之名。他辟谷，省了粮食。但别人却不能不吃粮食。他早已退出了现实的官场生活，如今又不知去向，就更好设法使之对萧何之事不起作用。他陈平要想以留侯出走作为一个砝码使自己在天平的那一端增加分量，不说他是妄想，是不自量力，也是有限的。自己应使那有限的分量缩得越小越好。

“陈大人！”赵尧抱拳说道，“陈大人误解了本官之意，本官向大人道歉！本官实在不曾料想到留侯会如此断然遁迹远游，心中焦急，言辞不周，望大人原谅，但如何去寻找留侯，上慰宸衷，下安百姓，必得请陈大人拿个主意，本官定遵大人之教即去施行。就算留侯大人坚欲隐居林泉，朝廷亦当设法在留侯隐居之处派人建房，日夕供给，妥善照料起居，严加保护才是呵！”

“但愿神灵有知，将赵大人之言传向神秘之处吧！”陈平长叹了一声。他看得出皇上为留侯的出走确实感到伤心。但为什么在他刚刚提到缧绁之灾时，皇上却又那样讳莫如深呢？在他进殿之前，赵尧给皇上献了什么策，出了什么计？留侯出走之前去探望相国，预言萧相国不久将回朝理政，这叫他怎么理解呢？留侯还嘱告王恬开，同时也嘱告他妥善看觑相国，努力维护相国之政，但如今却看不出皇上有改变初衷的可能，这又叫他怎么理解呢？留侯是否想到要以自己的出走来换取皇上的回心转意，因而才预言相国不日将回朝理政呢？如今看来怕有落空的可能啊！果真如此，一个入狱，一个出走，不是卖了一个又搭了一个吗？他自从回到长安，时刻感觉到留侯就在自己的背后。如今这背后空了。他盼望周勃能快些回来，好齐心协力营救相国，否则对不起留侯。但心中又猛然一震，绛侯回来，舞阳侯亦将归来，届时皇后又将有什么打算呢？皇上一向有知人知事之明，如今为什么对这已经显而易见的危机偏又不聪不明了呢？皇上何以会如此偏信赵尧呢？他觉得疲乏极了。几乎是两天两夜的奔波，如果不是战马需要草料和休息，他和彭勇就不会下马。远游者神踪仙迹，无影无形，而人主坚执成见，居危思安。独木难支大厦之将倾，他觉得自己无能为力了。

"二位贤卿还是共同设法，务必找到留侯踪迹。至于留侯之子立即予以加封！"刘邦黯然地说道，他的欢乐情绪消失了。

48

诸皇子们来朝,似乎使整个长安都热闹起来,与之同时,小道传言太子遭皇后禁锢于北宫,街市上随处可见人们交头接耳。

陈平上朝后,为避免人们询问关于留侯的事情,一头扎进了麒麟阁。他翻阅了不少地方上报来的文书,却觉得什么印象也没留下。他从来没有像现在这样恍惚过。

太监传旨,宣召他去宣明殿。在经过内谒者署时,待诏的彻侯和卿大臣中有几位迎了出来,接着又围上一些人,纷纷向他询问留侯的消息。他低头不语。他实在无可奉告!刘肥用衣袖遮住面孔,别的人也在偷偷擦眼泪。

陈平叹息一声,急向宣明殿走去。

他一进入宣明门就觉得气氛不对。门上的、廊下的、庭院中的侍立太监个个拱肩肃立,通常的高声传呼也没有了,只是一名太监引着他。脱履进殿,头一眼就看见仰首看他的赵尧。殿中气氛更为紧张。皇上在中雷急促地踱步,仿佛在寻找什么似的。毡罽上跪着一位面向御座的大臣,他一时竟没认出来。那人听他进来的脚步声立即吃力地爬起来,不等他向皇上行礼便迎过来。陈平正惊诧间,那人已抓住他的双臂,原来是王陵。他急促地问道:

"留……留侯果真下落不明了吗?"

陈平不敢看他那焦急的目光,低着头扭向了一边。

"好！好！好——"

王陵松开陈平的双臂，沮丧地望着他，只张着嘴喘粗气，似乎说不出话来了。好半天才喃喃地又重复着那一个字："好好好！……"

陈平不知道消息怎么会那样快就传到王陵的耳朵里。但这时他却听到襄章对皇上的说话声：

"陛下！请到后殿更衣，群臣都在内谒者署候驾，迎接赵王殿下的时刻就要到了。"

陈平一震。心想，皇上召他来宣明殿是为迎赵王如意，还是叫他搪塞王陵？他感到一阵揪心似的疼痛。他知道这无异表明不论发生什么情况，包括留侯突然隐退一事在内，都不能影响皇上的决心和既定方针。他忽然觉得留侯销声匿迹，狠心抛弃家园，不告而别，大约是知道事不可为才断然作此决策的。但他为什么嘱告王恬开叫自己为其解惑？他还能替什么人解惑？他自己不也是堕在五里雾中吗？他忽然想到安国侯如果在殿上大哭大闹，强谏皇上会产生什么结果？他不禁毛骨悚然了。他觉得自己的脚下不是坚硬的土地，而是稀糊糊的烂泥塘，每走一步似乎都使他往下沉一步，不知哪一脚会踏进无底的深渊里去。他有一种孤立无援的感觉。而这却是他从来没有体验过的。他这时更加想念绛侯了。但绛侯没长翅膀，他得不到他的消息。他不会从代北飞来。在撤军的问题上，舞阳侯掣肘他！而且就算已经决定撤军了，他也不可能很快地回来！路是遥远的，而且是艰难的！

皇上的法驾、卤簿已经伫立在宣明门外等候着启驾了。皇上盼爱子心切，竟破例地要亲去郊迎。不知赵王如意的车驾现在已到了什么地方？将抵京的消息是什么时候报进宫里的？

"快搀住安国侯！"皇上见王陵似乎要跌倒的样子，急喊道。

两个小太监架住了王陵，后边的襄章越过陈平也来搀住他。

王陵稳了稳神，突然唏嘘起来了。

皇上没有立即去后殿更衣。他身后的赵尧悄悄皱起了眉头。那神情的变化没有瞒过陈平的眼睛。陈平凝视着他，忘却了悲哀。赵尧似乎注意到他的眼神，悄悄低下了头。陈平恍然悟到，相国下狱也好，留侯出走也好，大约都是他所希望的，欢迎的。看来，凡是对其攫取权力有碍的，都是他的敌手！

王陵啜泣着向前跨出一步：

"陛下！就、就让留、留侯这、这样走了吗？"

"贤卿啊！是朕无德不能留住贤者？是朕失政而遭贤者唾弃？朕失留侯，方寸已乱。贤卿若能知其仙踪，朕欲跣足迎请！贤卿，请教我寻觅留侯之策！"皇上也啜泣着说。

赵尧悄悄站起来对陈平耳语道：

"请将军劝劝圣上，劝劝王大人！方才好不容易止住圣上之悲，适逢宗正卿派先遣官进宫，奏禀赵王将抵灞塬。圣上思子心切，让圣上顺顺当当去轵亭郊迎赵王吧！"

陈平不语。

赵尧又附耳恳求道：

"圣上病体初愈，再经不起意外打击了，请将军……"

陈平低下头去。心说，谗言惑主者，原来表面上装得多么美好！不知他要把圣上引到哪里去？把国家引到哪里去？顺者昌，逆者亡，在兵戎交锋的疆场上是铁的原则；在纷繁庞杂的政坛上是恶的渊薮。

"赵大人！我实在无能为力呵！"陈平婉言拒绝了，他不知召他来有何旨意，他奉召而来是听命的。

"陛下！留侯为什么走啊？"安国侯抽泣着问道，"陛下可曾思虑过吗？陛下忘记了越王与范蠡的故事了吗？"

刘邦突然止住了抽泣，眼睛瞪得溜圆，却又神经质地眨巴着：

"安国侯！我刘邦丹书铁契，剖符作誓，藏之金匮石室，发布求贤诏，欲与天下贤者共安利之，这是效法越王勾践吗？"

"那么还我留侯！还我萧何！"王陵哭喊着。

陈平惊呆了。

赵尧怒视着王陵的后背，咬着牙，心说这老东西拼命来了，真应了俗话说的"善者不来，来者不善"呵！他盯住皇上，仿佛要告诉他快想法把这个老头子打发走吧，老而不死谓之贼！成事不足，败事有余！下狠心吧！

刘邦饱经风霜的脸颊上也泛出了红晕。他那颤抖着的双手吃力地举到头上，边抽着竹簪边说道："我还！我还！我什么都还……"他摘下竹皮冠，发髻松散开了，喘着粗气，猛地把竹皮冠掷到王陵的脚下。

襄章急趋上前把皇上搀住了。

"圣上息怒！圣上息怒！"赵尧仿佛是痛彻心扉地嘶喊着。

陈平急忙伏地磕头，同时却偷觑着赵尧，不知他是真的劝谏皇上息怒，还是在暗暗地激励皇上发怒？

刘邦似乎没有理睬他的良苦用心，愤怒地说：

"我无德无能，不配为君，以致众叛亲离。我摘冕退位，下诏罪己，跣足去寻张良，槛车入狱以代萧何……"

"来人哪！"襄章尖着嗓子对中雷大殿的太监喊道。他打断了皇上的话，对急趋进来的太监命令道："通知后殿宫女给圣上更衣，圣上的衣服坏了！再通知郎中令上殿，圣上要启驾了！"

赵尧抬起头来，眼神里似乎是对襄章说，你干得太好了，只不过他又补充道：

"请圣上到后殿更衣！"

陈平仍然沉默地低着头。他是奉召来见圣上的。但圣上似乎顾不及跟他说话。因此他也不想说话。他知道安国侯已经触怒圣上了，他一心只在想着怎样收场。他暗想安国侯一听到留侯出走的消息，一定是悲愤得不能自己。西门苍利无法劝慰，而自己急于追寻留侯竟忘了与之计议。他们都是方寸已乱。他估计安国侯可能有破釜沉舟之念，不是死于庙堂，就是逼迫皇上追回张良，立赦萧何。明摆着的事情：留侯无法追回，相国未必获赦。圣上以摘冠指斥王陵，王陵不得不以死相酬。但此时此刻，如果再死一个王陵，必导致朝廷失德。失德者，如秦始皇与二世父子，国之危，旦夕将至。彼时，任何人亦无回天之力。可恨宵小，见不及此，反而火上浇油。自己该怎么办？顺应皇上？利用赵尧和襄章鼓动皇上不顾礼法去亲迎赵王的机会，使皇上的震怒缓和一下？但又该怎样使王陵的悲愤情绪也缓和下来呢？万一他要以死来谏诤怎么办？西门苍利啊，你没劝阻住安国侯进宫，可让我的处境更加困难了呀！

襄章根据赵尧的暗示敦请皇上去后殿更衣。但是皇上执拗地站在原地不动：

"安国侯！请放宽心！我是罪人！我逼走了留侯，将相国下了狱。现在，我的冠冕已摘，就去寻找留侯，不见留侯，不请回留侯，我不归矣！就请你主持国柄，曲逆侯佐之，一切施为，我不再过问一语！"

刘邦挣脱襄章的搀扶，疾步向外走。王陵膝行着上前去拦，陈平也跪着挡住了去路。但刘邦却欲绕开。赵尧一下子抱住了他的腿。他狠命地挣脱，甚至还踢了赵尧一脚。但赵尧还是死抱住不放。

"你们还要我怎么着？"刘邦声嘶力竭地喊着。顶棚上的吊灯颤抖了，四壁传出了回声。

"圣上！不能再听臣一言吗？"陈平哽咽着说。

刘邦不再挣扎了。但王陵却抢先说道：

"圣上欲加臣以篡逆之名，臣无以辩之。此心唯有对天可表。"王陵泪涕滂沱地说道，哆嗦着把右手伸到左袖子里。他的手在抖着，似乎没有摸到他要摸的东西，又把左手伸到右袖筒里。他摸出了一个精致的小陶瓶，右手去抠塞子。他刚把小陶瓶举到唇边，没提防眼疾手快的陈平"啪"的一下子把小瓶子打出了老远。一股淡红色的液体流到了毡罽上。只一会儿工夫，红色液体把濡湿的毡罽融化出一个小坑儿。"啊！鸩酒！"陈平惊叫道。刘邦也倒抽一口冷气。赵尧惊呆了，他松开了抱着刘邦腿的双手。襄章接过宫女送来的衣服，忘了给皇上更衣。

王陵伏地大哭。

郎中令冯无择和宫长绮雪陪着吕雉皇后出现在挂落飞罩的下边。他们也惊住了。

陈平磨过身来默默地拜见了皇后。他不知道皇后是为什么来的。他顾不得许多了，反正不能在皇上出宫时，他单独留在宫中，篡逆之名他承担不起！他又磨过身来说道：

"请陛下恩准臣随陛下郊迎赵王！"

"臣妾也去！"吕雉说道。

刘邦愕然。

"启陛下！赵王车驾已抵灞塬……"

王陵爬起来，哭着向殿外走去。陈平抬起头来，想要去追，略一迟疑，便向襄章请求着说道：

"恳请大太监派人跟上安国侯，万万不能再出事了！"

襄章急趋至中雷，命两太监追了出去。

"发生了什么事情？"吕雉问道。

"唉！"刘邦长叹一声。

赵尧简约地向皇后启奏了方才的情况。

"这还了得！襄章！再多派两人去跟上安国侯，日夜相伴，待臣妾去安慰之后再说。"吕后果断地发出了懿旨。"唉！陛下！臣妾已经听说了留侯之事。请陛下多多派出人去明察暗访，得到踪迹后暗中护卫，尔后再徐图之，不知可否？"

刘邦点了点头：

"御史大夫，尔即刻派人前去。"

"陛下！如意儿既已快抵灞塬，就请起驾吧！"她又转向襄章，"戚夫人已经准备好了吗？请夫人一道去迎！"

刘邦惊诧地看着皇后……

49

　　刘邦的心绪有些焦躁。换的几件衣服都使他觉得不顺眼、不舒服。最后还是穿了原先的那一件。登辇的时候，已经销了假的骖乘将军周缫根据他的指示抱来了二孙子刘章，没曾想大孙子刘襄也来了，而小孙子刘兴居又哭又闹，只好也抱来。可是他的御辇怎么容得下这三个淘气的小鬼？

　　他们又被抱到皇后的凤辇上。

　　皇后什么时候喜欢过这三个孙子呀！但她在搂着他们，亲着他们，就像对待辟彊那样。

　　刘邦希望快些走，可是车驾在东司马门里被堵塞了。仪仗队不得不停下来。这更增加了混乱。

　　他从车窗里向外张望，南军卫士还没走完。他心里很烦，不知郎中令调动了多少南军卫士。他心想，我不过是去接一接如意，又不是出征，带军队做什么？这又是谁的主意？难道又发生了什么事情？天哪！

　　他忽然从后车窗里瞥见车帘掀开的骈车里的戚姬。她的神情是忧郁的，叫她到这里来吧！他有话要跟她说。但他马上打消了这个念头，因为他看见了皇后的凤辇。凤辇和御辇是一样的，只是花纹和装饰不同。张释站在凤辇后面，不时探头进凤辇里，不知向皇后说些什么？

　　他想，她为什么忧郁？我们马上就要见到如意了呀！我所担心的两线战争，也圆满地取得了胜利。现在不怕有哪一个大臣反对立如意为储君了。皇后也没反对，你还有什么可担心的呢？至于留侯远游，唉！这是叫人难过，可他早就想随赤松子游，如今既已走了，也无可奈何了呀！

他忽然想起了刘盈。咦？盈儿怎么不见。他眨巴眼，细一思忖，好像好几天没有见到他来请安了。这是怎么回事儿？他病了吗？他想着，似乎没有谁来向他启奏过呀。那怎么忽然不见了呢？连我都去接如意，你母亲也去，兄弟及小侄儿们都去，你为什么不去？你恨他？你不愿意见他？这还了得？得问一问！他若连手足之情都不顾了，可就不是废黜的问题啦！啊，——这……这个……得问个清楚！我以孝治天下，既要孝父母，也要善兄弟。有孝必有悌。孝悌相连啊！不行！得问，马上问。问谁？把他叫来问！不！也许不会吧。我先等等。他平常跟兄弟们都还不错嘛！是不是他和肥儿、恒儿等骑马走在前头了？

这车怎么还不走啊？不管他们，什么卫队、仪仗队的！我要先走！劳什子的玩意儿！

他伸手去叩前窗。

但是车子启动了，他的手又缩了回来。

咦？怎么又停了下来？乱弹琴！

周缲从骖乘的座位上跳了下来。

他瞄着他。他在和王恬开说话。王恬开跑来干什么？他不是在官员们的队伍里吗？说个没完。是不是他得到了留侯的消息才特意跑来报告的？

他叩着车窗。

车厢的后门从外边打开了。

王恬开撩衣伏地磕下头去。

"什么事儿？留侯有消息了吗？"

王恬开抬起了头。他满面泪痕。

"啊？"刘邦倒抽一口冷气，"你——"

"陛下！"王恬开叫了一句，立即失声地抽泣着伏下头去。

"什么事儿？说！"刘邦嚷着。

皇后下了凤辇来到王恬开身后。

"陛下！"王恬开再次抬起头来，被泪水濡湿的胡须上沾着泥土。"陛下！安国……"

"谁？是安国侯吗？他怎么了？"刘邦急要下车，周缲上前去搀扶。

"安国侯他——"

"他……"刘邦跌坐在车门下的脚蹬上。

"他自行入狱，臣不论怎样劝说，安国侯死活不出狱门。臣……"

刘邦站起来旋又跌坐下去。

他二次站起，但又坐了下去。慢慢闭上眼睛，把头倚在车门上。

"陛下！陛下……"周缲呼叫着。

刘邦无力地挥了几下手臂。

戚姬也下了车急趋步上前。

"宣曲逆侯和江邑侯来！"吕后向周缲命令道。

周缲把旨意传给马前一个太监。

"王廷尉！回去传我的话：请安国侯进宫，嗯，萧何也进宫！如果安国侯不听旨，告诉他：我退位了，并且我也坐牢去！"

"陛下——"王恬开嘶叫着。

"去不去？"刘邦怒喝道。

"陛下！"王恬开颤抖着，支起了一条腿，可是马上又收了回去。

刘邦怒视着他。

王恬开默默地站了起来。

"传旨！"刘邦对周缲命令道，"卫队回营，群臣上殿！"

"圣上！"吕后叫道，同时招手叫周缲站住，"圣上，如意儿快到了呀！"

刘邦不回答，站起身来，趔趄地拨开众人就往回走。

吕后示意太监们去搀扶皇上，转对周缲说道：

"传旨去，叫一部分大臣上殿。"

"皇后陛下！这——"

吕后又转向戚姬：

"夫人，随我去迎如意！"

"是！但圣上说不迎了，陛下是否就休息吧，他——小孩子……"

"嗯？好吧！你搀扶皇上回宫，我自己去迎！"

戚姬一怔，又小声说道：

"臣妾唯陛下之命是从！"

"请郿成侯传旨去吧！"

在皇后刚转身要登辇时，陈平和赵尧疾步来到她的身后。

"噢！你们来得正好！安国侯不体谅圣情，圣上不去郊迎赵王了！我请你们二位妥善慰藉圣上。我去迎接赵王，望你们在我回来之前不要出宫。"

陈平和赵尧望着吕后，不知如何回答是好。迟疑一会儿，赵尧说道：

"皇后陛下，是否由臣去迎，请皇后陛下留在宫中吧！"

"不必！"皇后翻着眼睛说道。

"圣上现在——"陈平嗫嚅着。

吕后用下巴颏儿指着由太监们簇拥着的皇上，说：

"陈将军！托付你了！"

"是！臣遵旨！"

陈平和赵尧恭送皇后的凤辇出了司马门。这时最先得到旨意的大臣已转回来。他们向陈平打问：

"陈将军！发生什么事儿了？"

陈平轻轻摇了摇头。转身向宫中走去。

50

刘邦一进入宣明殿的过厅，没走几步路就在一根柱子前站了下来。他沮丧极了，两臂高举，扶着柱子，头耷拉在胸前不停地摇晃着，大口大口地喘着长气，仿佛已经耗完了最后的力气。

"陛下！到后殿休息一忽儿吧！"襄章小声地说着，似乎不知如何是好了。

刘邦没有答言，颓唐地靠着柱子往下出溜，襄章急上前搀扶。后殿的太监藉孺已经捧来坐垫、毡毯等物。

襄章看着藉孺侍候皇上，一会儿捶腿，一会儿捶背，便悄悄溜了出去。他知道此刻皇后不在宫中，戚姬不在宫中，万一皇上再病倒，他可不好交代。他想派人传老太医，刚出殿门就见陈平已经进了大门。他急忙迎上去，请陈平去劝慰皇上。此刻王岐等卿大臣也登上了宣明门的台阶。襄章巴不得有更多的大臣来，因而特别客气地把大臣们都让进了大门两侧的朝房。

陈平到来，皇上似乎没有察觉。他在相距十多步处便跪下了。藉孺附耳告诉刘邦，陈平在向他拜谒，他才睁开了眼睛，招手叫他近前来。

"安国侯逼朕退位，从今以后，朕不再过问国政了。待过一会儿，安国侯、鄨侯上殿，你们爱怎样就怎样吧！叫朕死，朕去死！叫朕出宫，朕就出宫！叫朕下狱，朕就下狱！总之，你们是功在社稷，功在国家，功在百姓，只有朕是天下罪人！"

陈平知道刘邦怨望之深，才不断重复这些话。他把额头触到地上，一动不动。他真想大哭一场，然后在紫柏山或是子午谷寻找一个山洞了此余生。

"臣不敢为安国侯辩解，也不敢为安国侯求恕。陛下罪臣等，臣等愿受刀锯鼎镬之惩。请陛下以社稷为重，以国家为重，以天下百姓为重，善保御体。臣求陛下恩准，不要再宣安国侯、鄜侯上殿了，臣亦去待罪！"

刘邦敏感地挺直了身躯，不再靠着柱子，蹙紧眉头说道：

"莫非你也要效法安国侯自行入狱不成？好好好！你们或是以遁迹林泉，或是以自行下狱胁朕，使朕陷于不义，沦为暴君，以期天下百姓揭竿而起吗？你们何必如此用心良苦？朕自动退位，不是一切干戈皆免了吗？"

陈平再次把头触到地上。他无法抑制住伤心和痛苦，肩膀在抖动着。皇上要把他们逼到活不成、死不成的路上去。他不抱怨安国侯，他知道他的天性如此。他只想西门苍利。他打发他去安国侯府上居住不只是为了休养啊！但此刻抱怨他又有什么用呢？陈平现在巴不得皇后赶快回来，如意赶快上殿。皇家的事情，皇家自行决定吧！为臣者不必置喙。

刘邦见他不言声，心中又烦躁起来：

"你别伤心了！去召集群臣上殿，向他们宣布：朕退位了！"

藉孺惊诧地躲到柱子后面去了。

陈平磕着响头，哭泣着仍然伏地不动。

刘邦吃力地要站起来。藉孺猫着腰钻到他腋下把他架起来。他拂袖命令藉孺："回后殿！"

站在过厅门口的一个太监见陈平伏地老半天不动，悄悄走到他身后小声道：

"陈将军！圣上回后殿多时了。"

陈平默默地站起来，用袖子擦去泪痕，低头向外殿走去。

战争时期，不论形势多么险恶、紧张，陈平都没有像今天这样感到束手无策。

能召集群臣上殿吗？

不能！

能宣布皇上要退位吗？

更不能！

自己入狱去吗？

也不能！

效法留侯，马上出宫，一走了之？

不能！

那么寻个僻静处，上吊去吧？

也不行！

活不成！死不成。

他踉踉跄跄地走下了丹墀，走过了甬道，上了宣明门的台阶……

当他一脚跨过门槛，王岐一把拽住了他：

"陈将军！圣上怎么说？"

"说什么？"陈平怔怔地反问道。

"将军！你怎么啦？"

"什么怎么啦？"

"将军欲去哪里？"王岐吃惊地问道。

"啊？"陈平似乎还未清醒。

周缧也从朝房里出来，拽住陈平的另一只臂膀，使劲儿摇晃他：

"将军！"

陈平的目光在他们两人的脸上逡巡着。

周缧附耳对陈平说道：

"御史大夫叫襄章悄悄引他从园中去至后殿，将军见着了吗？"

陈平呆住了。

周缧又重说了一遍。

陈平似乎明白，又似乎不明白。他重复了两遍，猛一怔，才好像清醒过来：

"什么时候？"

"将军上殿之后。"

"你是说赵大夫去至后殿等候皇上，而不愿同我在过厅中和皇上说话是不是？"

"将军没见着，那就肯定是了！"

"原来这样！"陈平喃喃地自语着。

"圣上到底说了什么？"王岐又问道。

"现在来了几位大臣？"陈平不回答他，反问道。

"有二十多人！"

他眉头紧锁，思忖着，仿佛魂灵又回到他的躯壳之中了。

赵尧避开众人，避开自己，显然有着背人的话要说。

不过——好！皇上可以不再以退位的话来胁迫他了。在众臣中，目前大约只有赵御史大夫有这个力量。"谢谢伊！"他心说。

他感到极度疲倦，似乎有点头晕目眩。

几天里，没日没夜地追踪、探索、寻找，结果一无所获。身劳体乏，无关紧要。但是，皇上给他的压力，王陵给他的压力，赵尧给他的压力，皇后给他的压力，太子与赵王给他的压力，他承受不住了。他在心里喊着周勃，快回来吧！

他被扶进一个下级执事太监的小寝间里去休息，突然如受针刺一样猛然跳了起来。王岐和周缧愕然。

如果御史大夫赵尧能劝阻皇上不以退位来要挟群臣，那就意味着王陵和萧何必须以死谢皇上，报答浩荡隆恩！

"周将军！快！马上出宫，直奔监狱，请王廷尉不要接出相国和安国侯！如果已经接出，立即请他将二侯送回。"

但是晚了！周缧刚出宣明门就见到王恬开已经接来了萧何和王陵。

"陈将军！怎么办？"周缧焦急地问。

陈平急站起来，但马上又坐下了。他吐着长气，慢慢闭上了眼睛……

他仿佛看见了留侯正在向相国辞行，嘱告相国保重身体，复政后能更好地使百姓得到休养生息，嘱告王恬开，为其解惑者陈平也。而自己不单未能为彼解惑，反而更加迷惑。那么留侯的话是不是应在今日的？但是，……圣上迁怒众臣，不容置喙，这该怎么说呢？留侯似乎在对他莞尔而笑："元老们不必置喙，参与其事的卿大臣们却可以据实以言啊！"

陈平的眼睛突然亮了，像暗夜中的两盏明灯。

"王卫尉！现在已来不及嘱告王延尉了，今日之事取决于你……你要小心应对！"

王岐倒抽一口冷气，上齿紧紧咬住下唇，眼睛瞪得溜圆，老半天才呼出了那口气。

丹墀上传出了命群臣上殿的口号声。

陈平疾步穿过殿中甬道，既不抬头也不旁视，径直上殿了。身后的臣僚们也都鱼贯而进。皇上从过厅里转了出来，但身后没有执羽扇的宫女和太监。使陈平暗暗惊奇的是竟不见赵尧。他们跪下刚欲行山呼叩拜大礼，刘邦不耐烦地一挥手："不要喊了！我不会活万岁！百岁也不可能！"

陈平知道皇上是冲他来的，只好又像在过厅里那样，默默伏地不起。众臣觉得殿中的气氛仿佛和刑场一样。有的人一跨过殿门就伏地磕头，后进来的人不得不越过他们好找一个下跪的地方。他们不敢仰视一直站在御座旁边的皇上。直到赵尧与萧何、王陵一齐上了殿，也没有一个敢抬头。但萧何赤足、襟裙和裤角脏乱残破的样子，伏地的人们还是偷偷地瞥见了，有的人不禁打了个寒战。最后跨过门槛的王恬开在后排找不到自己的位置，只好蹑足走到前边去。

静！

仿佛这里是座荒废千年的古庙，只有寒风掠室而过。这是人们急促呼吸的声音。

静！

静到叫人恐怖的程度！

"请圣上登临宝座受臣等参拜！"赵尧说道。

他打破了殿中的沉寂，但那声音和这殿中的气氛又显得那么不和谐，使人觉得毛骨悚然。皇上仍然立在那里，仿佛没听到他的话。

静！静得不单使人觉得毛森森，而且使人觉得阴森森，冷森森……

静到使人觉得受不了了！

不知道是谁的神经的某一根弦，终于因为拉得太紧而崩断了——他哭出了声……

群臣中只有一个敢抬头的人——御史大夫赵尧，他扭回头严厉地巡视是谁哭出声。

这时刘邦说话了：

"朕无德无能，愧登大宝，故虚此座以待德者、能者！"

“圣上——”一个声音凄厉地呼叫者。

刘邦循声望去，见是抬起头来的建成侯吕释之，不禁狠狠瞪了一眼。他不睬他，说道：

“朕无德，不能招揽四方贤者；朕无德，智者留侯弃我而去，遁迹林泉；朕无德，将贤相下狱，甚于纣王之暴，过于秦皇之虐；朕无德，使安国侯自入囹圄，以彰吾罪！”

“陛下——容臣一言……”又是建成侯在说话。

“朕不可毕其辞吗？”刘邦质问道。

“陛下呀——”

“不！”刘邦怒不可遏地呵斥吕释之，“现朕请回安国侯，赦出酇侯。二侯俱是德者，贤者！朕在此听候二位发落！”

“臣罪当诛，自入囹圄以候刑。陛下今指臣为叛逆，臣不敢剖白，仅求赐死以报陛下知遇之恩！”

“好哇！贤卿指朕为不义，只求速死，朕无他策，也愿以一死而相随于九泉，时刻接受贤卿的指斥以赎罪愆！”

王陵痛哭失声。

众人也跟着抽泣。

陈平暗想，皇上是笃定了主意，叫众人都死不成，也活不成！他方才嘱告王岐的话还有什么意思？留侯啊，你真给我出尽了难题。他伤心地伏地抽泣着，算是借机以抒自己胸中的块垒吧！

赵尧瞥见从大屏风后面向外探头的襄章。他身子纹丝未动，但眼珠子却滴溜溜地转。襄章缩回头去了。不一忽儿，藉孺却从屏风后面像条狗一样爬了出来。他到了皇上身后，使劲儿拽他的后衣襟。皇上扭回头低下一看，藉孺急示意皇上坐在他的背上。刘邦大约是站乏了。他再一拽，刘邦竟被拽得坐在了他的背上。

臣子们大多偷觑到这一情景，竟慢慢止住了啜泣。只剩下不抬头的王陵、陈平和萧何还在哭，声音显得更加凄楚了。

赵尧没想到藉孺会有这一招。但他想方才暗示给襄章的已经奏效，心想别让皇上只纠缠在王陵的事情里，应当像方才密奏的那样，把问题引到萧何身上，才会把所有人的嘴堵上，其余的问题就可迎刃而解了。

"微臣赵尧谨言，"他的声音有些颤抖，似乎又胆怯，又真诚，"萧大人国之重臣，位居宰衡，上辅圣君，下率百官，行政天下，法随令出。然事出有因，察有实据。圣上不忍罪之，故请萧大人思己之过，以有所儆，以有所悔。微臣日夕受萧大人教诲，然不敢以私废公，贵成有司依法查询，上启奏陛下，下明告公卿，则可释疑。不知圣上可允否？"

"啊！酂侯何尝有过？罪者只是朕也！儆者亦当是朕，悔者亦当是朕！安国侯之言为是，你且退下！"

赵尧未退，只是把头伏到毡阘上了。

王恬开有些忍不住了，他真想和赵尧争个水落石出，然后一死也算出了气。他憋闷得太久了。他瞥了一眼陈平，陈平仍是伏地不动。他有些无措了。他刚一挺腰转向赵尧，不想王岐却抢前一步，申言道：

"末臣王岐顿首启奏陛下：臣奉御史大夫三次严命，彻底查抄相国家产，全部登记在册，务求坐成相国之罪！"

藉孺大约被压得挺不住了，不由得动了一下。刘邦顺手把他的头拍了一下。他就在等着王岐的奏报呢。

王岐从袖子里抽出一张写满了字的素帛，手微微有些发抖，似乎抖出了声。从皇上到群臣——除了萧何、王陵与陈平——都把眼光投向了他。

"相国酂侯所封食邑八千户，"王岐声音不高，手也抖得更厉害了，"每年应实收取百六十万钱……"

刘邦瞥视着萧何和王陵。心说，封得不算少吧！

"……除交献费五十万四千钱，应实收百零九万六千钱……"

刘邦把群臣扫了一眼。心说，这样的封赠该不算是亏待吧！可他还要巧取豪夺，立法坏法，不该有所儆吗？他又瞥视着萧何。心想，如无所私，何以在储君之事上反对我？他又睃了一眼王陵。心想，你久不参与朝政，为他人所欺，完全不体谅我，应该吗？

"现已查明，"王岐的声音高些了，而且说话也显得快了，"现已查明：汉九年实收九十一万钱有零；十年收八十六万有零……"

刘邦瞪大了眼睛，疑问地审视王岐。心说他何以竟未收足？噢！收取不上了，那么便在别处做手脚了。听下去。他对自己说。

"……十一年收七十二万有零。相国月俸三百五十斛，钱粮各半。经查明：十一年各月实领二百五十斛至二百八十斛不等，未有足领者。"

刘邦怔住了，呆望着王岐。王岐似乎没看见皇上的目光，唯恐被打断，念得更快了。

"……相国六次受赏，五十金至四百金不等，总计七百八十金……"

刘邦心说，食邑之外，我赏的也算够可观了，何以要贪得无厌呢？

王岐继续读下去：

"相府人丁近百口，除相国与同氏老夫人官服外，无绫锦缯帛之衣。相国有牛一头，车一乘，皆始于汉中为相所置。此外，尚有狗两条，猫一只。相府宅第为圣上所赐，五年来未增修一室一屋。封地酂县①无相国一垄田、一宅院……"

"等一等！"刘邦瞪大了眼喝问道，"这是他的全部家产吗？"

"现查明，"王岐更快地报下去，"现查明并已核实：九年，相国萧何输军资百金，四十万钱；十年，输军资二百金，三十万钱；十一年八月，输军资四百六十金，五十万钱。今相府仅查得四金，七万钱及半月之粮……"

王岐的声音有些哽咽。群臣的眼光都在注视着他，诧异得目瞪口呆。

刘邦惊愕地看看王岐，又看看赵尧，仿佛不明白王岐所说的这一切究竟是什么意思。他还不能把这篇账目和他心目中的萧何联系到一起……

"上林苑的事情呢？"赵尧喝问王岐。

"现已查明，"王岐不再哽咽了，把声音提得很高，"经核实，相国得上林苑一百姓贿赂，共十钱，系该农人给相府阍人饮酒之钱。还查明：十一年，相府勒买富家田亩七十顷有奇。每顷付钱多寡不等，有一二金者，有数千钱者。富家叫苦不迭。"

赵尧长吁了一口气。猫儿不吃素，他虽耳闻相国输军资之事，只看作是其邀取贤名的手段，必从勒买民田上补足，而且肯定会超过。不然怎样维持相府的门面？有了这一条，相国下狱就不是无妄之灾了！他偷看皇上一眼，而群臣为避开他那灼人的目光也把头低了下去：相国毕竟夺了他人之产。赵尧从牙缝里吐字不清地问道：

---

① 酂县属沛郡。故城在今河南永城市西南,属南阳地区。

"还有吗？"

"有！"王岐斩钉截铁地说："微臣根据御史大夫严命，反复核查。现已查明：相国巧取豪夺所勒买之民田，有取数十钱卖给关中百姓者，有无偿分给产业凋零、家人散亡之关中退役戍卒者，总计取值不足千钱。臣仅据实以奏。"

王岐捧着帛书膝行上前，意欲呈递皇上。但行经赵尧身旁时，被他一把夺过，王岐怒视他一眼，又抗声言道：

"微臣还有一言：陛下拒楚数岁，燕王臧荼、韩王信及陈豨、黥布诸逆臣贼子前后反叛，陛下又自将往。当是时，相国守关中，关中摇足则关西非陛下有也。相国不以此时为利，乃利贾人之金乎？相国以月俸及食邑和赏金输作军资，府中日用不足，男作园圃，女上织机以持生计，亦未曾从富家田亩中取一钱以补家用，陛下可曾知之？微臣不知何人进谗，竟使相国蒙不白之冤，以致械系囹圄！"他狠狠地瞪了赵尧一眼，"臣据实以奏，虽有刀锯鼎镬置于殿上，臣亦不敢有半句谎言以欺蒙陛下！"

刘邦紧闭双目，徐徐站起，身躯似乎略有些摇晃。而这时王恬开偏又激动地说道：

"臣奉御史大夫之命，将相国捧挈戴械，按狱三匝，严厉审讯，得相国一言以奏陛下：相国祝愿陛下万寿无疆，请求陛下赐死以报浩荡隆恩……"

刘邦站了起来，身子剧烈地摇晃着，几乎被压垮了的藉孺喘着粗气跳起来搀扶他。好一忽儿，他似乎稳住了，喃喃地含混不清地说道：

"李，李，李斯相秦皇，皇帝，有，有善归主，有，有恶自予……今……"

"陛下！秦以不闻其过而亡天下，夫李斯之分过又何足法哉！圣上何疑相国之浅也！"

王岐的抗言，把陈平及群臣似乎吓傻了，他们都惊愕地看着他。而王陵却突然抬起头来添了一句："说的是！"

"我，我，我是桀，桀纣，桀纣之主，叫百姓知我之过！"他扶着藉孺转身就走。

突然殿外传呼道：

"皇后驾到——"

刘邦继续走。

"公主殿下驾到——齐王殿下驾到——"

刘邦没停步。

"赵王如意殿下驾到——"

刘邦站住了。

"绛侯周勃、舞阳侯樊哙得胜还朝——"

刘邦倏地转过身来，惊得完全倚靠在藉孺的怀里了……

51

萧何出狱而且明令复政，在宫中、在百官中，在百姓中的反应是强烈的，却又是奇特的。既明明知道这是活生生的现实，又仿佛是在梦中，叫人觉得恍恍惚惚。因为事情来得太突然了。长安市井里巷之中突然出现了一些歌谣。陈平就曾亲耳听到一首五噫歌，使他非常吃惊。那首歌很怪："陟彼南山兮，噫！荆棘多。渡彼渭水兮，噫！风浪多。驰道平坦兮，噫！虎狼扼。高山无陵兮，噫！原有河。是真是假兮，噫！不可说。"歌只有五句便戛然而止，而五句却有五声长叹！这说明民间产生了怀疑情绪，朝廷失信于民喽！

人心浮动，责不在民。相国骤脱囹圄，神憔体悴，回府休息，闭门谢客；赵尧递上告假手本，意在自行屏退，周勃、樊哙刚回，面君不得，不能理政；卿大臣与百官只在各自的署寺中处理日常政务，实则观望。朝廷处于此种状况，自然会导致民心浮动。陈平自己也处境艰难，进有阻，退无处，心甚怏怏，难以排遣。但他忽然想到留侯行前所嘱。留侯有如神预见，而自己却并未完全领悟。如今朝廷上下都处于愕然惑然之中，自己同样也在瞻前顾后，实则是为自己的得失考虑太多，这不是上负圣君之重托、下负留侯之所嘱吗？他猛然醒悟，深切自责。他反复思忖，觉得应当立即有所行动。

他驱马去了内史署。

他从内史署出来时，心情愉快得多了。他吩咐内史署的官员属吏分头晓喻长安百姓准备欢庆南北两线战争胜利的大酺①；将作少府的吏掾与工匠把建筑施工用的杉篙等搬了出来，要在八条大街的主要十字路口高搭牌楼；用定期减税的办法鼓励商民扩大贸易，总之，首先要叫长安活起来！不久民间又把原歌改了，不再一句一叹了，许多少年都在传唱："陟彼南山兮荆棘多，渡彼渭水兮风浪多。圣明皇皇兮平冤狱，天子万岁兮布阳合。"

这歌谣也传进宫里，传到刘邦的耳朵里。传这首歌谣的人却是刘襄、刘章和刘兴居三个小皇孙。这使刘邦猛醒过来：不能颓唐！

原来这两天刘邦只待在深宫里不见群臣。

像老猫抚爱小猫、小猫熨帖老猫一样，刘邦抚爱着如意，如意慰藉着刘邦。至于别的小猫或小小猫们，刘邦都抚爱过了，现在要把全部的爱都给如意，并从他那里得到最大的慰藉。他的希望都在他的身上呀！他等他等得多么苦啊！

"唉！你为什么来得这么慢哟！"刘邦摩挲着儿子的后背，低声说。

如意没有回答。他依然伏在他支起的膝盖上，眨巴着眼睛，眯眯地看着父亲。因为他已回答过几次了。他也知道父亲并不需要他的回答。果然，刘邦又喃喃地说道：

"唉！太慢了！来得太慢了！"

柱子太硬，大约把他的后背硌疼了，而儿子似乎也把他的腿压乏了。他站了起来。搂着儿子的肩膀又在过厅中踅起圈子来了。儿子在他的腋窝下也感到无比的温暖。他的一只手臂从后边围住了父亲的腰。

这个过厅只有他们父子二人，这个世界也仿佛只有他们父子二人而没有第三者的存在。没有哪一个太监或宫女敢从这里穿行了。在后殿的戚姬多么想到这里来，但从屏风后面一张望他们父子相依相偎的情景，咬咬牙，忍住了。她不愿打搅他宁静的心。

如意是个十三岁的少年，但个头儿似乎超出了一般的同龄人。不知源于遗传，还是因为皇子的华丽装束，或者二者兼而有之，他显得非常英俊。两道剑眉，一双明亮而清澈的大眼睛仿佛是两颗黑色的宝石熠熠闪

---

① 指群众狂欢聚饮。

光。和一般少年人一样，他也很清瘦。就仿佛庭院中的那棵枝繁叶茂、傲风斗寒的雪松，在万木争荣时，人们可以去赞美桃花的芬芳，垂柳的妩媚，芙蓉的艳丽，桂子的馨香，而此时此刻，只有雪松才是真正值得欣羡的。它挺拔玉立，滴翠流苏，充满了旺盛的精力。

多么好啊，雪松！

他扭头看着如意：

噢，多么好啊，儿子！

但是……儿子的那一双含情的、绽开花朵的眼睛怎么蒙上了阴影？噢！蓝天不见了，一片乌云正罩在雪松的顶上。

刘邦长吁了一口气。

怎么，乌云一片又一片？哪儿来的这么多的乌云？

本来一切都好好的呀！为什么在瞬息之间就一切都改变得面目皆非了呢？

他突然想起在故乡的广场上，那里是明媚的蓝天，是丝絮一般的白云……"大风起兮云飞扬……"心里又涌起了这个曲子的旋律。他想，我为守四方的猛士指定了统帅，这有什么错？守四方的猛士没有一个勇敢的具有雄才大略的统帅行吗？

他忽然自言自语：

"将萧何下狱，错了吗？是的！错了！他是一个好相国。但这是从表面上来看的呀！关中百姓只知有萧相国，他们忘了天子，这是小事情吗？我不想杀他，但有识者应当看到这是心腹大患呀！你们为什么不理解？也许我用赵尧之计是错的，但我的心告诉我不这样做就不行呀！王陵不理解，因为他的性情太直犟。他只看到了萧何的好处、功绩、德政，却看不见他潜在的危害。他不理解可以原谅。但留侯啊，你难道也不理解吗？你是天下的智者和贤者，其间的利害，你应当比谁都看得清楚。如果有人说这个时候你也在思想上反对我，我是抵死也不能相信的呀！然而出走本身不是在事实上反对我吗？你这样做为什么？半世际会，就这样一旦便义断音杳了吗？留侯啊，请你回答我！"

"父亲！父亲！请不要难过，留侯不在这里呀！"如意对父亲的神情感到吃惊地说。

刘邦长吁了一口气，说：

"咳！我知道。我是在说给你听呀！现在相国复政了，天下人会说，萧何是贤相，我是暴君。你懂这意味着什么？"

"父亲！.不会有人这样说的！"

"不！会有人这样说的！"刘邦固执地说，"陈平是何许人？我是不是托政非人？也许赵尧说得不错，代北之战，陈平很可能暗中予以干预。我曾几次命他代我拟旨，督促周、樊迅速进攻，他却婉言谏阻。如果真是私下里曾予干预，其目的是什么？"

"我盼望周勃和樊哙回来。但不论怎样算计他们也不会回来得这样快。那么他们怎样来得这样快呢？而且时机为什么会那样巧合？莫非仍是陈平在暗中调度？"

"他们都不跟我说实话。这是犯了欺君之罪！但是谁又能查得出证据呢？如果确实如此，我怎么办？捕风捉影去加罪于他们吗？不行！大汉需要他们！没有他们夺不来天下，没有他们保卫不了天下！但是……他们不跟我说实话，我不真正成了孤家寡人了吗？"

"咦？皇后她——她是不是跟我都说实话呢？恐怕……"

"天哪，天——"

"父皇陛下！怎么啦？父皇陛下……"如意被多疑的父亲的战栗和呼号惊呆了。

戚姬由佩兰、佩芷陪同从后殿进了过厅。

刘邦摆了摆手，"没事儿！没事儿！"这两天他的心情一直处在矛盾中。

如意第一次接到父皇召他进京的御旨，本想立即进京。但赵相周昌力阻他不能进京，并立即组织秋猎。这次秋猎不是一般意义的围场行动，也不是一般意义的整军经武，而是以狩猎为名，作了战略部署。云雁大战之后，陈豨东窜成功，周昌为了有备无患，在常山关一带布置了一旅全由骑士组成的快速作战部队。在那里还多次进行了战阵演习。事实上这是周昌的掩护性行动。实际上他的目标在燕赵边界上。他从多种渠道得到的消息，都表明燕王卢绾有不臣之志。特别是在燕国南部，即燕赵边境上，暗暗集结了重兵。虽然卢绾经常还派使臣入赵，虽无卑辞，但有厚礼馈赠以通款曲，表明燕赵相邻，都是皇帝的封邦，自应友好相处。这使周昌更敏锐地感到事态的严重性。可是没有圣上的旨意，没有朝廷的御令，他不能公开与卢绾为敌，也不能公开在边境陈兵。何况赵国的兵员有限。因此他训练精干的骑士只能在常山关一带驻守。他和齐相曹参也有使臣往来，曹参也有所戒备，以便策应。

皇上二次传旨召他进京，如意正与周昌在边境上巡视。实际上是在了解一旦有警，应于何处设防，应于何处应战，应于何处反击，应于何处进兵。如意虽然年幼，但在周昌的辅佐与教诲下，在期月的狩猎活动中，不只像一员战将，而俨然是一员大将了。战与守，进与退，设伏与接应，阵地与遭遇，平原与山区，越野与运动，大道与河流，城镇与乡村，攻城与野战……他都披挂上阵，既冲锋又指挥。当然这一切终非实战，每次战术演习自然都以其"大获全胜"而结束。在亢奋中，他是要戟带血、箭中标的，那就是围场射猎了。从率领小太监划地为界演习战阵到千马奔驰、弩矢如雨的陈军与狩猎，使他常常乐得忘乎所以。他在迅速地成长着。

刘信和董宴亲来传旨，接他立即进京，周昌分别与他们做了长谈。他知道朝廷的动静，此番进京福祸难测。因此送如意有百里之遥，直到黄河边上，才与他分手。一路上对如意做了许多嘱咐，教了许多事情，并且派了得力的随臣。因此他见到父亲和母亲之后，有时就脱出了少年的习性，不能真正的高兴了。父母亲所给他的全部爱抚，都带着深重的哀愁。他领会到那爱抚之情的深厚，可这更使他高兴不起来了。根据周昌的嘱咐和随臣的提调，他开始懂得谨慎了，关于燕王的事情他只字未提，他要等候周昌的正式奏章。

深宫把每一个人的性格都扭曲了！

戚姬想上前搀扶皇上，哪怕在寝殿里稍稍睡上半个时辰。但刘邦又对她摆手，仿佛猜出了她的心思：

"不！我就要待在这里！"

"陛下——"戚姬止住脚步，但还想劝谏他。

"嘘——"刘邦把左手食指竖在自己的嘴唇上，示意她不要再说下去，"听，几个小猴子们来了！"刘邦的嘴角浮出了笑意，对小孙子们总是格外亲昵，"他们在唱什么……"

"……多。圣明皇皇兮平冤狱，天子万岁兮布阳合。"

"你唱的是什么？"刘邦一手拉刘襄，一手拉刘章问。戚姬把兴居接过来抱在怀里。

刘襄又唱了一遍。

"谁教你们的？"

"街上的小孩都会唱，俺们也会了。"

刘邦觉得有趣儿了。他又叫他们唱一遍，自己又把那歌谣复述了两遍。心想古人采风以观民心，真的是街上小孩都会唱，就可见民心了。"还有别的歌吗？"

"有。俺们还没学会呢。"刘襄的齐地口音很浓重。惹得如意和佩兰等都笑了。

刘邦仿佛从这首歌谣里受到了鼓舞，对戚姬说："给他们拿点心！"

佩芷刚转身，传事太监进来启奏：曲逆侯请求拜见圣上。

刘邦有些迟疑。但戚姬的眼神似乎在说皇上应当接见他。

"既然相国已经复政，"她试探着说，"总该召上殿来抚慰一番，而后议政。现在曲逆侯来了，不是正合适吗？"

刘邦不语。

"其实是不是也该召见绛侯和舞阳侯呢！"戚姬又说。

"他们能跟我说实话吗？"刘邦沮丧地说。

"儿臣过郑县那阵，绛侯与舞阳侯追上了我们。相见之下，儿臣倒觉得绛侯敦厚。如今虽然偃戈息兵，却不敢说四方皆靖，外事总还得大将主持。父皇还是可以召见他吧？"

刘邦的眼睛里突然射出一种光辉，凝视着如意，好像是说，你叫我这样做，那我就这样做！

戚姬不待刘邦最后决定，只点一下头，便示意佩兰领上刘襄和刘章，自己仍然抱着兴居转身向后殿走去。

宣陈平进殿的命令传呼出去了。

52

钟离进长史一走进戚里不多远，就看见相府门前有不少马匹、车辆和随从们。他想加快脚步，不论怎样也走不快。他的瘦削的脸颊和添了皱纹的额头上浸出了汗。牢狱的折磨使他仿佛脱了一层皮。

绛侯和舞阳侯曾派人通知他，他们要来拜见相国。他估计不会只是他们俩，必定还会有一些卿大臣。

他一进入仪门就见大厅的廊下摆着四架齐胸高的多层大型食笼，一眼就明白了：穷相国家的宴会得由赴宴者自备酒菜。他迟疑了一下，闪进厢房里去，以便让身上的汗落一落。从仆人那里得知食笼是绛侯、舞阳侯、曲逆侯和鄘成侯送来的。他替相国感谢他们，但心中又暗暗感到难过。他在狱中从未想过相国复政的事。一旦复政，他还心有余悸，而且也立即联想到复政后的局面绝不会是顺利的。他暗暗替相国捏一把汗。

内史西门无忌也带人抬着食笼来凑热闹了。他不便再躲清净，只好陪着内史进了大堂。

这是个强颜欢笑的宴会。人们在内心里想要慰问相国，但不能说慰问的话，甚至连监狱二字都得避讳，因为它牵涉到为什么入狱的问题。人们甚至也不敢多提复政之后的政务措施，因为改变政务的若许决策并非赵尧擅自决定的。何况作为三公之一的御史大夫仍然是手握重权的亚相，卿大臣们有顾忌，萧相国更有顾忌。

不论什么人，不论是出于什么动机来拜谒相国，都把自己的内心隐蔽得深深的，掩藏得紧紧的。于是只有颂扬天恩浩荡了。没有浩荡天恩，就没有这次相会。但在浩荡天恩之后未来将是怎样呢？人们心里都在算计着，迷雾还笼罩在人们的心头拨不开呀。

人们要求请出同氏老夫人。眇了一目的老夫人由丫鬟们搀扶着，用呜咽的笑声感谢了众人的慰问，但同时也拒绝了人们的拜谒。她没有在大厅中久留便谢罪失陪了。

人们知道相国从来是不举行私家宴会的，今天强加于他，算是破了一次例，或许很可能是唯一的一次。人们希望和相国多聚一忽儿，至少大部分人是这样。但显然这是不可能的。在老夫人转回后堂之后，正赶上绛侯府上寻找他，通知皇上召见之事，人们便同时都向相国告辞了。

萧何回到后堂的小书房里刚刚坐下，钟离进长史就进来了。他让侍候相国的小书童退了出去。

"大人！后园里几株老梅开得好红火，请去观赏一忽儿吧！"

"唉！看什么？不去了！"

萧何默默地摇了摇头。但钟离进却上前去搀扶他。萧何疑问地看着钟离进。钟离进避开他的目光，进了草亭，用衣袖把石礅上的积尘掸净。

"你要做什么？"

"曲逆侯请求谒见大人！"

萧何一怔。马上从石礅上站了起来：

"我不在府中会见大臣，你不知道吗？"

"下官知道。"

"那——"

"不说陈将军请求谒见，大人入狱月余，如今不应多了解一些情况吗？何况陈将军有此请求。大人深知陈将军，非万不得已，下官想他也不会有此要求。"

萧何沉吟了老半天才问：

"他在何处？"

"请大人稍候。"

钟离进穿过一片竹林，悄悄打开一扇角门，就看见陈平已向这里走来了。小巷子里阒无一人，陈平立即跟他进来了。

陈平在草亭里坐定下来，约略叙述了相国突然获释出狱、复政的前前后后情景，真是一言难尽。萧何瞪大了眼睛，说不出一句话来。陈平见他的嘴唇不停地哆嗦着，又说，"只是目前……"

"目、目、目前怎样？"

陈平向亭子四周扫视一圈。钟离进想要回避开，他说道：

"不必回避！到四周去看一看。"

钟离进向竹林深处走去，巡视一圈之后，在竹林中向陈平示意，便又隐入林中。他还是回避了。

"相国大人有何打算？"

"哦——我——唉！政务情况多有不明，首要之事想来当是查明情况，慢慢请旨，徐图解决……"萧何有些迟疑地说。

"大人，恕我直言：不可如此！"

"啊？"萧何有些吃惊，"留侯行前嘱我应……"

"留侯之嘱，王廷尉已向我说过，并曾有书遗我。其所嘱之言当慢慢实施，不必急于一朝一夕。当前……"

"当前怎样？"

"当前有更紧迫之事。"

"这——"

"大人试想……"

一阵寒风乍起，萧何冷得哆嗦了一下。和入狱之前相比，他明显地衰老了，衰弱了，甚至精神也有些衰颓了。精神上的折磨更甚于肉体上的摧残。

"说下去！"

"大人试想，如今圣上的心境大约很难愉快……"

萧何半睁着眼半闭着眼，微微颔首。他知道留侯的出走给圣上刺激极深，而对他本无释放之意，更无复政的打算，然而……

"……对于未来如何措置，因事出猝然，圣上一时难定。相国大人如于此时清查政务措施，逐项请旨，圣上将作何想？"

"我……明白了！我当自罪，恳请圣上开恩，允我退居林泉！"

"亦不可！"

"嘀……"萧何倒抽一口冷气。他承认陈平是对的，摆在他面前的唯一办法：尸位。但官而尸位要官何用，如不尸位又能何为？他的头垂到胸前。

"当前紧迫之事……"

"自然是易储了，"萧何插言，眼睛凝望前方，并不看陈平，说，"我本有言，皇家之事，臣下无权干涉，何况如今我不过是尸位而已，此时更不须置喙了……"

"大人有所不知。皇后陛下为太子迎请四皓……"

"四皓？"萧何大吃一惊。

陈平把情况简单说了一遍。他看见萧何那深陷的眼睛不停地眨巴着，心想，老相国啊，你才知道一件事，还有别的事情啊。他接着说道：

"四皓入京以来，从未走出北宫一步，可谓深藏不露。皇后做何打算，也令人费解。此外皇后曾给樊侯密传懿旨，显然这也为储位问题。朝廷多事啊，相国！"

萧何摆了摆手：

"不必说了！迎请四皓，文事也；传旨樊侯，武事也！外患方止，内忧顿生。而我只能尸位。唉！留侯与你何必为我奔走，倒不如让我留在狱中，一死了之。唉！"

"内忧生，则外患至。燕王卢绾怕有不臣之志！"

"此话当真？"

"日后自会分晓。"

萧何沉默了。

陈平也沉默了。

他们的内心都有说不出来的痛苦。他们把情况弄得越清楚，越感到眼前局势所包含的危险性。他们都明白，皇上对萧何也好，对陈平也好，目前都不信任了。他们至少在表面上不能过多地或主动地对政事问题表示什么意见。甚至有些情况也无法向皇上说明。有一个完全可以预见到的情况，那就是一旦山陵崩可能出现的局面。皇上如果能早些醒悟，庶几可以避免，如果不能醒悟，从猜疑股肱大臣到排除股肱大臣，那就会使任何意想不到的事情发生。那时他们怕也无能为力了。他们只能希望周勃不致被皇上猜疑，许多事情还可以设法稳定。但同时他们也知道，皇上如不猜疑周勃，那么东宫对周勃的猜疑则必然更深。

他们拼死拼活所争取的战争胜利，留侯以遁迹林泉所换得的萧何的出狱，并不能给人们带来真正的欢乐。

百姓们以饥饿和流血作为代价所希冀的太平盛世似乎出现了，但并非意味着幸福就会来临。

果实并不属于他们。

亡，百姓苦；兴，百姓亦苦！

53

　　周勃在相府门前与众大臣分手后，即趋至樊哙身旁。两人并辔而行，身后各有两名骑从。

　　"樊将军，我等应一同进宫。"周勃说。

　　"嗬，不不！"樊哙拱手说道，"圣上无旨，樊某自当回避，待日后召见可也。"

　　周勃知道长安耳目众多，在众人环围的场合中，得胜将军自然可与任何大臣礼貌周旋，然而却不敢私会某位大臣。特别是陈平和王陵。他多么希望能得机会与之推心置腹彻夜倾谈。然而这几乎是不可能的。好在陈平麾下的西门苍利在长安既无亲朋故旧，又不为上层所重视，然而却又成为陈平、王陵和他的心腹爱将。这才保持着他们之间的思想沟通。他知道现在萧何、王陵、陈平的处境虽无身危之虞，却已被圣上疏远了。他痛心，圣上疏远的不只是三个人，而是帝国大厦的重要支柱，是帝国安危的决策之士。自己是否被疏远，是否被置于闲散之地，他以为无关紧要，他不过是一员武将而已。现在还看不出自己将来的处境。他希望能运用自己有限的影响，使圣上明察当前的形势。但他也有深邃的考虑。舞阳侯在代城关于撤军的主张遭到他的拒绝之后，大约觉察出自己的失策，或者担心皇后密使之事被其洞悉，竟一反常态，在整个行军途中事事主动与之接近，并且也主动与皇上的从弟、年轻的刘泽觥筹交错。当周勃提议让各骑将所部的大队人马由刘泽统率按站缓行，他们先行报命，樊哙也泰然应之，绝不提出异议。

他们在部属的眼睛里完全是身经百战生死不渝的一对老战友。但周勃却知道自己和舞阳侯之间再没有默契了，他们的友谊只剩下一块面具了，已经名存实亡了。不过面具不能摘下来！

现在皇上单独召见他。这是回京之后的第一次召见啊！如果他一个人进宫，舞阳侯做何想法？皇后做何想法？朝臣做何想法？在觐见时，他无法知道皇上要问他什么。但他应当把战争的全面情况向圣上启奏，至于其他问题，他暗自思忖，目前无论如何不宜向皇上提起，而这样的事情，如果没有舞阳侯一同向圣上启奏，无疑就等于公开宣布帝后龃龉，群臣之间公开发生分裂。至于对他个人有何不利，他无暇考虑，也无须考虑。他不能等待觐见之后再提出这个问题，也不能由大太监转奏。

但是樊侯因未得召见，他不肯进宫。

"樊侯！你我自幼相识，并肩作战十五载，从来是唇齿相依，荣辱与共。且君侯又为圣上至亲，今日得胜还朝，你我自然不能居功，但总算未辱使命，正应将代北之战详细向圣上启奏才是。"

"君侯至诚感人，本侯心领。皇上未召本侯，岂可违旨擅自入宫。不可，不可。君侯请自便。皇上正在等候君侯，不可有误。请！"樊侯苦笑着说道。心想，明摆着我已见疑于皇上，而你之邀约也未必是出于真心，不过欲使我，大约还欲使东宫释疑而已。他暗暗吁了一口气，心说，胡母沙受你部下盘查，受营陵侯滞留，可曾坦诚告我一言？灵丘之战，从进兵、决策到陈豨授首，事前毫无通报，事后可曾完全坦诚相告？如此匆忙地从代北撤军，中途又突然决定倍道兼程回京，把大军置于身后，是无缘无故做这样决定的吗？绛侯啊，这一切疑点，你可曾向我坦诚相告？不要欺人太甚！谁都不是三岁稚童啊！

"樊侯如因圣上未召，不愿进宫，我以为很可能是太监传误，那么本侯派骑从到宫门向传旨太监打问一声，或索性告假吧，本侯不去面君了！"绛侯说着，便回头招呼骑从。

樊哙也回过头去，对周勃的骑从挥了一下手，命他退后。他又说道：

"绛侯！这何必呢？本侯不进宫，是因未曾有召，如果进宫则为闯禁；将军进宫是奉召而行，如果不进宫，倒是抗旨了！将军，使不得呀！"

他们已经快到华阳大街南端，再走几步就是两宫之间的安门大街。樗里子墓蠹然在望。舞阳侯似乎无心地坦然说道：

"方才出相府，我本想去拜望拜望齐王，顺便也问候问候平阳侯曹参。两年未见，说来令人怪想念的。可是跟将军一说话，走过了齐王府也未曾觉察。现在索性去北宫看望看望太子去吧！绛侯！恕我不奉陪了！"樊哙又一次拱手告别。

周勃没有拱手还礼，勒住乘马，与樊哙靠得更近了，几乎膝头相触，低声说道：

"樊将军！请再容周某一言：将军与本侯一同受命，亦应一同报命。你我半生并辔，生死不渝，若为圣上一时疏忽，你我生隙，周勃愧不敢为人矣！"

"哈哈哈……"樊哙突然朗声大笑起来，他的膘肥体壮的匈奴骏马吃惊地回头看他，他们身后的骑从也诧异地看他，就连街上偶尔路过的行人也惊疑地遥望着他们。"将军说哪里话来！樊某一向粗夯，冲锋陷阵，如赴酒宴；运筹帷幄，只好打鼾。樊某唯将军马首是瞻，生隙之语，哦呵呵……莫谈！莫谈！"

周勃笑不起来，心里更难过了。皇上用高耸的宫墙把自己和外界隔绝开来，几乎把忠于帝国的勋臣置于死地，以致使智者远避，能者闲散，忠者噤若寒蝉。何尝知道外患并未尽平，一旦爆起，即有燃眉之急。如果再激起肘腋之变，则心腹之患可以立至。他不能因为这次召见导致他与樊侯，实际上也是皇上与东宫产生嫌隙，使将来没有回旋余地，他不能放走樊侯。他几乎是附耳对樊侯说道：

"樊侯！请听我一言吧！燕王之事暂可不必向圣上启奏，而代北之战，功过之事却不可令圣上不明，其余有关国之大事，你我执干戈之人能不同心勠力吗？"

樊哙不笑了，只斜睨周勃，默默地沉吟着。他觉得周勃的态度是诚恳的，而按理说皇上也应召他们一同进宫。他此刻虽未奉召，与之一同进宫也不为过。但他马上又想到皇上单独召他进宫自然是有不与第三者知道的事，这不言而喻，用不着去猜，周勃当然也知道。那么周勃又为什么坚持邀己同行呢？他是想回避此事吗？那倒应嘱皇后对他另眼相看！但他旋又否定了自己的想法，觉得他的诚恳不过是一向如此面目，而城府之深往往是人们不易识透的。他这样缠住自己真是他言辞所说的那样吗？否！怕樊某人谋反吗？从代城会谈，联兵一路回京，中途加速趱行，约同拜谒萧何，到此刻强邀进宫，盯得真叫紧啊，好！樊某不会谋反的，大军还在路上呢！而且我带多少士卒回来，你也带了多少士卒回来，将对将，兵对兵，心计真够深啊！樊某无所畏惧，走吧！刀山火海都可以试一试！

他们一同到了未央宫的东司马门。一下马，周勃就摘下了腰中的宝剑交给了随从。樊哙暗中笑了一笑，也照样摘下了宝剑。一进内谒者署，周勃一方面请大太监去奏禀他和樊侯一同奉召面君，一方面脱下锦袍，卸了金裲裆。樊哙又暗笑，心说你周勃何不赤膊呢。他也同样卸了金裲裆，和周勃一样又穿起了战袍。

刘邦在小书房里听大谒者襄章说周勃和樊哙同时进宫，不禁皱了一下眉头。但他立即叫他去宣召，而且自己挽着如意一起出迎。

刘邦父子在丹墀上迎接了周勃和樊哙：

"快平身免礼！朕无日无夜不在思念二卿，你们叫我等得好苦！"

周、樊仍然大礼参拜。刘邦亲自俯身去挽起二人，如意又以晚辈之礼拜见了姨父和绛侯。君臣携手进了殿内。在总章内室里的正式参拜大礼被刘邦坚决制止了，他一反近日的颓唐和恍惚神态，几乎和早年一样表现出他们君臣无间的亲昵关系。

"卿等经年征战，成此大功，朕本应隆重郊迎。唉！朝廷多事，我自负伤以来，精神也大不如昔，慢待了二位贤卿，实在不应该。"

"陛下！臣辜负厚望，"周勃心情激动地说，"愧对重托，使代北战争旷日废时，以致元凶肆虐，百姓备遭荼毒，使圣上寝食不安，朝廷行政困难。此皆臣之罪也。今陈豨授首，匈奴远遁，已除圣上北顾之忧，圣上暂可宽心。望圣上善保御体，使臣等永远追随左右，保得江山永固、天下太平！"

"战争从古无一蹴而成之事。卿等灵丘鏖兵，阵斩陈豨，灌婴等郏阳设伏，围歼黥布，南北之战同日告捷，军兴以来未之有也，如此全功堪称奇迹，世所罕见。对此勋劳朕应报也！"

"噢！陛下！两线同日告捷，实为奇迹！郏阳如何设伏，臣不知详；

这灵丘麠兵，确是罕见！当日臣在当城以东毫不知情，绛侯以少许兵力，神出鬼没，虚虚实实，一战便亲斩陈豨，建立殊勋。当时臣如闻惊雷，振聋发聩。飞狐之捷可比马陵之战也！"

樊哙粗喉咙大嗓门，直言快语，表现得十分豪爽坦荡。话声未落，自己便已发出了声震屋宇的大笑。因而刘邦也大笑起来。如意从见到父亲以来，这还是头一次看到父亲大笑，于是也由衷地微笑着。但樊哙却又对他说道：

"如意！你将来或立为储君，或亲自统兵征战，可要记住绛侯灵丘麠兵，飞狐设伏的经验啊！古往今来的兵家有运筹帷幄者，有冲锋陷阵者，如绛侯集二者于一身，屈指可数。此当勒石竖碑以为后世所仰！"

听了这席话，周勃在心中暗自吃惊，甚至惊得有点目瞪口呆。不说代城那次会谈，不说整个行军途中，只是方才一路上进宫，因未一同奉召，似有怨望之意。现在却借颂扬灵丘之战，对立储之议抢先表了态，这究竟是什么意思？实在难以叫人猜摸。他缓缓地说道：

"陛下！代北之战首功当推樊侯！樊侯游弋长城，北战匈奴，使其逃之唯恐不速，避之唯恐不远；南战陈豨，使之不敢北望长城，闻风而豕突狼奔。樊侯千里驰骋，威震朔北，尝一日一夜行军数百里，风驰电掣，截敌如天兵飞降，临阵如狮吼虎啸，使敌丧胆，实为将者之千古典范，当著之竹帛垂之青史以表彰其功。而臣于雁云之战，指挥不力，用人不当，损兵折将，贻误戎机，给圣上添忧，使百姓受难，军费开支剧增，故臣功不抵过，罪不容诛……"

刘邦左右看着樊哙和周勃，暗暗有些诧异。起先他本想在召见周勃之后再召见舞阳侯，不承想他们一同来了。他没料到舞阳侯借颂扬绛侯之功竟直白地表示了他对易储的态度，而且那声调、那气势、那态度颇具有当年鸿门宴上厄酒嚿肩，震撼人心的力量。但这是不是真心话？他本来对周勃寄予厚望，而对樊哙暗暗有所疑虑。这两天为众臣迫使他违心地释放萧何并使之复政，在沉默中，几乎不愿接见群臣，其潜意识中，似乎很担心万一群臣在易储问题上也像对萧何问题那样，他将怎样应付？这其中也有着对樊哙的不放心啊！现在樊侯这样表示，是出自真心抑或是出自权谋，他需要深思，而绛侯极力辞功而彰过，其用意又何在？不过，他们这样做倒给他一个很重要的启示，应当顺着这个启示立即采取措施。他说道：

"是！是的！舞阳侯一生肝胆照人，快人快语，大义凛然，浩气长存。朕得友如斯，得将如斯，得戚如斯，真乃国之干城。而绛侯犹在述己之过我表彰其功犹且嫌迟，何罪之有！我拟待颍阴侯、汝阴侯等归来，即设劳旋饮至之宴以谢诸卿，以报诸卿！"

在刘邦说话的同时，樊哙却暗暗瞥了一眼周勃，心想周勃于平舒应战，以实当虚；灵丘鏖兵，以虚当实；飞狐口设伏，军中传得神乎其神：单骑追敌，手刃陈豨，奇功殊勋，有口皆碑。今日反来请罪，实乎虚乎？真耶假耶？多有诿过之人，不见推功之士。彼推樊某为首功，诚乎伪乎？智耶愚耶？彼意欲何为？噢！实实虚虚，虚虚实实，真真假假，假假真真，兵不厌诈！明以恩结，暗用绳缚，其意是否在此？咦！邀功者见疑，挟能者遭妒；推功者受上赏，揽过者谓有德；大奸者诚其表，大智者若愚极。天下事理直路曲，绛侯啊，何必用这许多心计？

樊哙猛一挺腰，一梗脖子，粗喉咙大嗓门又发出了震撼屋宇的声音：

"绛侯！此话不通……"

如意及时命太监捧上酒来，他向姨父舞阳侯和绛侯献了酒，而刘邦也制止了樊侯与绛侯的"争过"。

在绛侯和舞阳侯陛辞以后，刘邦立即命令襄章：

"准备銮舆！我要去相国府！"

"是！陛下！小臣即去传旨。"襄章对身边的小太监传了命令。但是他回过身来又说道："陛下！小臣有一言不知当说不当说？"

"说吧！"

"陛下去相府，这恐怕于礼不合吧？传旨相府，宣召相国入宫不可吗？"

刘邦略沉吟片刻，说道：

"不！我要去！如意也跟我去！我要去，这就是礼！"

襄章迟疑一下退出去了。待刘邦和如意更衣完毕，銮舆还迟迟未曾备齐。刘邦正等得不耐烦，銮舆总算备齐了。此刻萧相国却已进宫请求陛见了。

刘邦不禁皱起了眉头，但他还是携如意出至宣明门迎接。

54

樊哙带两名骑从一出安门，便头也没回地沿城墙向东疾行。直到长信门前才下马。

樊哙刚进入殿院仪门，皇后和夫人吕须以及建成侯吕释之已在丹墀上迎候了。

自从皇上带着五官署卫士来过东宫以后，吕雉在刘邦面前赔尽了小心，说尽了违心的话，做尽了违心的事，望眼欲穿地等待舞阳侯的归来。特别是得知留侯出走的消息，她仿佛成了漂浮在大海上的一叶扁舟，虽然还乘坐在船上，一时之间尚不致灭顶，但既失去了桨手，又丧失了舵手。只要一起风浪，灭顶之灾可以立至。假设侥幸存活，也只能随波逐流，不说看不见目标，就是看见了也无法达到。她觉得自己又像在玉堂殿宴会上看见的那个走丝绳的女优一样。她在皇上面前装着笑脸，在丝绳上战战兢兢地耍把戏！留侯出走的消息刚传进她的耳朵里，骤然间恍惚觉得丝绳断裂，她已被摔了下去。她完全知道留侯出走的原因，至少她是这样认为：他出谋划策让她礼聘四皓出山，显然对保太子的储位不会起一点作用，他无颜再与她见上一面。说不定当初赞画此策，就在对她虚与委蛇。但四皓一旦得见皇上，或者皇上一旦见到四皓，知是留侯赞画敦聘其出山者，恐怕他也无颜面见皇上。因此才断然抛妻离子撇家弃业的。留侯的出走使她绝望到极点，在这间总章内室里，几乎要发疯了。在此关头，恰好未央宫传来皇上要亲迎如意的消息。她艰难地跨出殿门，仿佛被推上刑场一样。

但进入宫来，看到皇上疲惫得魂不守舍的神情，又使她重新接上丝绳，再度粉墨登场，而且在丝绳上翻起了筋斗——皇上突然不去亲迎如意，她却大力摆动丝绳，毫不迟疑地以母后的身份去迎接如意，这给皇上、群臣都留下了深刻的印象。特别意外的是也迎来了舞阳侯。她觉得她乘的这叶扁舟又有了舵手。她说道："妹夫！你可叫我像盼星星盼月亮一样地盼望你的归来呀！"

但是妹夫却淡漠地说道：

"嗯哼？想不到皇后陛下的眼里竟这样看重小臣，荣幸之至呵……"

皇后笑着笑着，笑容逐渐地僵住在脸上。

夫人狠狠地瞪着他。

建成侯吕释之说道：

"啊，妹夫！你怎么这样说话？大家都急死了，就盼望着你呀！"

"那可是盼望错了。方才我在宣明殿已向圣上表明：我拥戴如意为储君！"

"啊？"皇后、夫人和建成侯几乎同时惊叫起来。

"是谁谏议圣后派人去代北给我传旨？"樊哙瞪着眼问道。其实他早知道这是辟阳侯审食其的谋略。

皇后的脸颊上突然泛出了红晕。

"恕小臣斗胆！谏议圣后派人私传懿旨者即使存心良善，也应将其处死；虽不便交付有司明正典刑，也要将其秘密处死，如果觉得不妥，"他那被蓬勃虬髯遮住的嘴巴好像偷偷地笑了一笑，"那也应当将其永远黜退，不得接近陛下！"

"妹夫，你……"建成侯制止他。但见他斜视他，并且冷笑着，又接着说道，"你是威震天下的大将军，好大的口气！告诉你吧，是我谏议的。明正典刑也行，秘密处死也由你，看着办吧！"

"你？老哥！别怪妹夫说夯话！美酒喝得太多了，你想不出那样的奇谋！"

"到底怎么了？"吕须娇嗔地质问。

樊哙对妻子翻了个白眼。

"不管谁谏议的，"吕雉说道，"总得由我来决定，责任在我。我委派非人，现在已将其暗暗黜退，断不会再叙用了。需要处死，如妹夫所言，亦可慢慢设法。你怎么会那么大火气呢！现在还顾得上这个吗？"

"现在顾不上这事，那么顾什么？"樊哙仍然老大不高兴地说，"好！就顾点儿别的吧！陛下！不能赏小臣一杯水酒喝吗？"

吕雉叹了口气，叫来守在殿门口的绮雪，命她给樊侯备酒。绮雪走后，樊哙说道：

"陛下！可曾想到我目前的处境？可曾想到未来的局势？"

吕雉低下了头。

"今日圣上只召见周勃而没有召见我，这是为什么？"

吕雉用双手捧住脸。

吕须和吕释之兄妹恍然明白其火气的由来了。

"我不及早表明拥戴如意，要等圣上问我再说吗？待到问我，再直白地说，我反对，行吗？……"

殿门的开启声。脚步声。

绮雪和绮云各捧一个漆案，一象樽盛酒，一犀牛樽置水，还有玉杯。放下漆案，绮云又搬来一张漆几置于四人中间。绮雪给四个杯子舀了酒，又给四只玉杯各兑上一点儿水。然后带着绮云迅速退了出去。

樊哙喝了一口，皱了皱眉头。他想把酒泼掉。但看着偌大的毡罽不便泼，便把掺水的酒倒进妻子的杯里，自己重新舀了酒，不再往里掺水了。

他约略叙述了胡母沙去代北受到盘查和阻留的情况，还特别叙述了刘泽阻滞使臣给他造成的困境。此刻他没想到这竟是日后由皇后将其女蕴嫣小姐嫁给刘泽的起因。他更着重叙述了绛侯决定回军长安的情况。他还询问皇后和内兄能否知道皇上或其他大臣（他猜测如果有就会和陈平有关）与周勃暗中有联系。他得不到肯定的回答，但心中的疑问却无法消除。他说他的困境就在于此：

"陛下可行韬晦之计，我从圣上隐入芒砀山中起就追随于他，征战半生之久，反而要我不忠于他吗？我若不及早主动表白拥戴如意为储君，陛下，那后果不必想象，就可以立即见到！"

皇后啜泣起来了。也许人都是这样，她想，留侯为全自己之名，高飞远走；萧何留恋残生，受囹圄之辱；周勃、陈平之辈自然都附上枝，以保利禄；那么又怎能要求她妹夫拿自己的头颅，用一个家族的性命替她冒险呢？但自己又有哪一点错了？为什么好端端的升平日子，突然丈夫要把自己的亲生儿子扔到一边去？她的丈夫从来没有忠于她。但她不是含辛茹苦地给他撑持一个家，撑持一个国吗？为什么他要把一头九尾狐——这是她突然想出来的咒骂戚姬的词儿——捧到天上，而置天下社稷于不顾呢？盈儿如果真的被废黜，不是他一个人的问题！她怎么办？吕氏家族怎么办？樊氏家族怎么办？她心中还想到辟阳侯审食其，但一掠而过。她知道，根本问题还不是几个家族，而是权力！权力！她躺在权力的次峰上，上面还有高峰。权力就是她的生命。权力就是一切。目的是没有的，或者目的就是权力！她不能放弃权力，就像她不能放弃生命一样。即使有朝一日，她的生命将走到尽头，权力也只能移交给她的亲人！权力！这是高于一切的！为了攫取到权力，把全国变成监狱，变成刀山，变成火海，血流成河也可以！如果她得不到，那么也绝不允许别的人得到，大家同归于尽好了！

她突然昂起头来，双手把脸一摩挲，擦去泪水，眼里射出两道凶光：

"这么说，妹夫，你是决心效忠于他，要成为他的大忠臣了？"

"是的！我是矢志不渝！"

"好哇！我觉得当初派胡母沙和府上的樊壆去给你传旨完全是对的。如果说有什么差错的话，就是不应该命他们微服私行，而应该给他们多派随从，大张旗鼓地游行代北……"

"此是何意？"樊侯圆睁豹眼问。

吕后兄妹也瞪大了眼睛，张着嘴喘不出气来了。

"如将军方才所言，绛侯部下于平城查明胡母沙身份，刘泽又在横谷阻滞其行，而后又与你虚与委蛇，那么他们一旦密告圣上，只怕你如比干剖心，他也未必会信任你。可惜了你的大大的忠心！所以当初还不如公开好！"

吕雉说着，突然纵声狂笑起来，笑得浑身颤抖，发髻前的金凤，发髻上的簪佩珠饰，耳环等物窸窣作响，丰满的胸部在宽大的锦服缎袍里颤动也隐约显现。袖子从高举过顶的双臂上褪过了肘弯，一双玉镯在赤裸的手腕上蹿动。

建成侯和舞阳侯夫妇吃惊地看着她，一刹那间不知所措了。

但是皇后的笑声变成了哭声：

"天哪……我怎么办啊……"

"陛下，你不要哭啊！话慢慢说嘛！"

皇后哭得更伤心了，哥哥的话足使她更加感到悲哀。她又用双手捧住了脸颊，肩膀耸动着。

"妹妹！你听我说……"建成侯又说道。但看来似乎无效，便示意二妹劝说，而他却转向了妹夫舞阳侯："唉！你真是……你要知道，大妹妹还有一个考虑……"他在斟酌着搜索着词句，"我们想啊，这个，还有一个重要的力量……"

"什么力量？"樊哙冷冷地反问道。

"别说了！"吕媭怒喝其兄。

"话总得说清楚嘛！"吕释之回了一句。

"好姐姐！我的陛下姐姐！"吕须挨坐到吕媭旁边，拉着她的胳臂，"现在是什么时候啊，大家不商议个主意……"

吕释之又对樊哙说：

"二妹夫！你知道，郎中令冯无择掌握着三署卫士，近上之人。我们已经把他拉……"

樊哙不待他说完，猛把拳头往几上一砸，两只樽中的酒和水都溅了出来，四只玉杯全震翻到毡罽上。他豹眼圆睁，眦眦尽裂，咬牙切齿地说道：

"此谋何人所设？我要生啖其肉……"

吕媭立即止住了哭泣。

吕释之瞠目结舌。

"你呀！有话不能好好说嘛！"吕须制止丈夫。

樊哙腾地跃起，转身就走。

"回来呀……"吕媭突然惊叫道。

吕须追到总章内室的挂落飞罩下边，死拖活拽地把丈夫拉了回来。

樊哙站在吕媭面前，俯视着她，恨恨地说道：

"陛下之事已不可为。一旦事发，都将立即化作齑粉！陛下！你聪明一世，怎做出此等糊涂之事！我无能为力了！我即刻就去谒见皇上，辞却一切封爵，请求解甲归田，永不再进长安，若得终老天年，就算万幸了！陛下！我不忍见你身首异处，更不忍见太子无辜受戮！"

吕雉傻了眼，仰视妹夫，一句话也说不出来。

除了樊哙喘着粗气的声音，总章内室里静得叫人害怕。

不知过了多长时间，仿佛有几世几劫之久，吕雉突然打破了沉默："你说得好！"她无力地用手挂在毡罽上，慢慢地站了起来，趔趔趄趄地走着，浑身颤抖着爬上斜垂幔帐后边的御座。从御座后边的一个旮旯里摸索出一方手帕包着的东西。然后更为趔趄地回到原地。她颓唐地慢慢跪了下来，从毡罽上捡起一只玉杯，连擦都不擦，就往里边连舀了两勺酒，把酒杯轻轻地放到几上。她一边揭着一层又一层的包着东西的手帕，一边喃喃地说着：

"给他们预备的……他们用不着了……用不着了……留给我自己吧……"

一片紫绿色的羽毛从她托在手心里的手帕上飘落下去。

"啊！鸩毒！"樊哙一脚踏了上去，险些踩着吕雉的手，如果不是她缩得快的话。

吕须从姐姐手中把还有几片紫绿色羽毛的手帕夺了过去，又叫丈夫抬起脚，把那一片羽毛也捡了起来。吕释之则把漆几一股脑儿都端走了。仿佛酒里，甚至连水里都已经下了毒。回到原处，他的腿似乎都软了。

樊哙已经坐在吕雉的面前。他心平气和了。不管怎么说，她毕竟是主心骨！

"陛下！给我代北传旨也罢，拉拢郎中令冯无择也罢，都不对。圣上健在之时，元勋大臣各个手握重兵。不说绛侯周勃，就说曲逆侯陈平，他好像手无重兵，却能协调诸将，智能皆备。灌婴、夏侯婴诸将即日也将班师回朝。谁都会在你面前磕头称臣，但你却指挥不了他们的军队，而周勃和陈平却能指挥。再加上萧何、王陵一班重臣，说到底，皇上也没敢杀他们。说到底，他们还都是忠于皇上的。审时度势，好好想一想吧！"

"那就这么认了？这口气我能咽得下去吗？啊？"

"那么你就叫我替你造反吗？啊？就依靠我带回的两骑将所部的那点

儿士卒吗？依靠内兄的灞上军吗？依靠冯无择的三署卫士吗？三署卫士都听他的话吗？我看他能调动左署就算不错了。何况他靠不靠得住还成问题。必须打消此念，今后一句也不能提起！"

"灞上军事实上已为周缫所掌握……"吕释之插说道。

"看看！你皇后陛下还剩下了什么力量？啊？这还不值得深思吗？"

吕媭颓然靠在妹妹身上。

"我方才说了，"樊哙又说道，"你行韬晦之计是对的！皇上健在之时，我也只能行韬晦之计，一切都得逆来顺受，庶几使我不失兵权。一旦宫车晏驾，你以太后之尊，我以大将之威，举兵尽诛戚氏、赵王如意之属，还不易如反……"

殿门沉重的响声。

樊哙即刻停止了话音。

重重的脚步声，显然是有意的。

吕媭从妹妹手里索回了那方手帕，迅速揣进怀中。

宫女绮雪到了挂落飞罩下边就跪了下来：

"舍人樊璞前来启奏，说太傅叔孙通先生和詹事闵翟恳请陛下速去北宫。公主也捎话来说，请母后陛下务必速去北宫！"

"发生什么事了？"皇后喝问。

"樊舍人没说清楚。"

"叫他上殿！"

"慢！"樊哙命令刚站起来的绮雪，"还问什么？请陛下快去！但不论发生什么事情也不要责备他，他眼下毕竟还是太子啊！国事哪一桩都该知道，而且还应该与公卿大臣们多交往，与弟兄们常相聚才是啊。眼下万不能与圣上有言辞冲突，有些事可讽喻叔孙老头子去做。人必须有远谋才是！好好安慰太子吧！"

55

大酺期内的第三个夜晚，长安城出现了欢庆的高潮。这不单因为时逢腊节，更重要的是人们终于看到了官复原职的相国。这天正晌，萧何由齐王刘肥陪同，率领文武百官出城五里迎接胜利班师的南北两支大军。先期回朝的周勃和樊哙实际上于昨晚就回到灞上的中营，与灌婴、夏侯婴、靳歙及刘泽等会合了。郊迎是典礼，从清明门入城，受长安百姓夹道欢迎是仪式。入城的骑士一色明盔亮甲，长戟短剑，彩旗翻飞，锣鼓喧天。游行长安之后便穿城而过又回驻地了。野战之旅是不能驻扎在长安城内的。人们总算盼来了没有战争的太平之日了。

入夜之后，纵横贯穿长安的八条宽阔大街坟烛高烧，一百六十条里巷灯笼高悬。不论王侯府第，公卿官邸，还是商贾作坊，百姓人家，都于院中高树庭燎，致祭百神，举行酒食宴会。亲友比邻，僚属同寅，相向致贺，互有馈遗。古老的腊祭之歌此伏彼起，各里遥相呼应，就是两宫和王公府邸院落中也不时传出同样的歌声。在华阳大街上，有一群少年载歌载舞，围观的群众鼓掌应和。人们一遍又一遍地纵情高唱，对土地，对丰收，对太平，寄予了无限的希望："土反其宅，水归其壑。昆虫毋作，草木归其泽。"

腊祭和酒食之会以后，九市开场，特别是柳市、宜市及交道亭等地方还演出杂耍百戏，百姓们纷纷走出家门去瞧热闹。大街上人来人往，缕缕不断，笑语声喧。近畿百姓因十二城门洞开，金吾不禁，也纷纷扶老携幼往城里赶来，即使偶尔听到新坟前祭拜者的哭声，似乎也丝毫不能滞留他们的脚步。城中大街小巷的商店列肆灯火通明。各种各样的商品琳琅满目，纷然杂陈。从价值连城的珍宝首饰到几个钿的针头线脑，令观者眼花缭乱。趁机抢做生意的小贩高声叫卖，顾客讨价还价，也更增加了这大酺之夜的欢腾气氛。

长安哪，长安，似乎果真要出现太平盛世的景象了。这种欢腾气氛也越过了森严的宫墙，两宫也都有酒食之会。只有北宫里仍然冷冷清清。因为太子接到东宫小太监的通知：申刻去东宫，随同皇后去未央宫。但他迟延着，不愿意去。因为四皓已经向他说明：他们要回商山去。他爱他们的人品，尊敬他们的意志和信念。而爱他们就不应以自己的皇室尊位像占有财富一样占有他们，尊敬他们就不能把他们当作自己所用的工具。他虽然舍不得他们飘然远行，就像为留侯远行而感到怅然一样。但与其像留侯那样不告而别，还莫如好好把他们送走。强迫挽留他们，他认为是不对的。但是他无权做决定。这得告诉母亲。不过他很犹豫，如果母亲不同意怎么办？他是空为储君啊，就像一只珍贵的金丝雀，自己被关在笼子里，又怎能顾得上别的笼子里的鸟儿？

当詹事二次请他去东宫时，早已过了申刻。他顾不得更衣，就带领常随直奔东宫。东宫里正在举行酒食之会。可是皇后携女儿、女婿及外孙女、外孙子已去了东宫，这个酒会是专门犒劳宫女们和太监们的。他只得直奔未央宫了。

未央宫西司马门的两阙上高悬着巨大的红色宫灯，宫中甬道两旁排列着整齐的路灯，金华殿前灯火辉煌。引路太监告诉他，两陛下都上了宫城去观看长安城的大酺之夜了。

皇上今天非常高兴，兴致特别高。南北两支大军都班师了。他在宫门口亲迎了班师入城的周勃、樊哙、夏侯婴、灌婴、靳歙等位大将军。在宣明殿里，他和他们谈得非常愉快，特别在验看黥布与陈豨盛于木匣中的首级那会儿，更是捋须长笑。当时他只叫齐王刘肥和赵王如意在身边，而没有宣召刘盈。这就向他们表明他易储的决心已定了。而舞阳侯与皇上、两位皇子及众将谈笑风生，而且还特别赞扬如意在燕赵巡边和狩猎的情况，说他极具雄才大略。刘邦觉得舞阳侯赞扬如意的话在某种意义上说，比自己还要有力量。当时陪着这几位大将在座的还有萧何和陈平等人。这一切都表明，经过苦心努力与安排，终于逐渐排除了阻力，易储的事情可以顺利进行了。他在当时已经设想不必等待三朝之会了。他打算和萧何等人再个别交谈一下，把易储的礼仪和对于刘盈的安排定下来，但这么做，也需要商之于皇后。他希望把各方面的关系都摆平，这样就会使得如意得到大臣们衷心的拥戴。如果只是强加于他们，也许不会有人反抗，但面和心谲。这是不会有好结果的。

刘盈上了城。这次父亲没有责备他迟到。借着灯笼火把的光亮见他确实比前几天消瘦了许多，面色也很苍白，倒不禁怜爱起他来了："盈儿，看你病恹恹的，这几天到底怎么不舒服了?"刘盈照例说他没有什么病，只是吃不下东西，四肢乏力。他说的是实话，但这倒恰恰证明他确是有病的。

夜寒料峭，公主们暗暗难过，不愿久站城头，一些妃子与宫女们衣服也显得单薄，皇后便邀戚姬一同劝说皇上早些下城。

下城的当儿，太子才得以和几个兄弟走在一起。但是兄弟生分了。他曾经怀着那样炽烈的赤子之情去迎接他的兄弟，但是这几天，几个兄弟都曾经去北宫后拜望过他，他却一点也不知道。而兄弟们却因此觉得他对他们不亲了。特别是如意，曾三次去北宫，结果都只能伏阙拜谒，怅惘而返。他觉得兄长肯定是因为他将被立为太子而怀恨他。他们丧失了儿时的亲密情谊了。刘盈心里是痛苦的。他知道母亲的阴谋，但现在却什么也不敢说啊!

陈平看着家人安排腊祭，觉得时间尚早，落日的余晖还照得半边天空通红，便信步走到小小的后花园去了。

他刚刚走近一小片竹丛，突然从竹丛的缝隙里钻出一个人来。他猛一闪身退后一步，立即拉开一个搏击的拳式。他身上没有利器呀!

"大人! 别怕!"

"什么人?"

"大人想想，小人曾与大人有一面之缘!"

陈平放下了胳臂，但拳头还紧握着。他仔细端详这个从地下冒出来的人，似乎觉得面善，可又想不起来。

"大人忘了狱前惨案那日，将军着卒伍服装回府之事了吗?"

"嗯? 你是撞我马头的那个卖菜人?"

"将军好记性!"

"意欲何为?"陈平又退了一步。

"奉小主人之命来请将军。"

"你的小主人是谁?"

"大人自思之。"

陈平猛然想起他接到的一竹筒五味子。

"你家老主人现去何处，你一定知道! 可否见告?"陈平拱手说。

"无可奉告!"来人也拱起手说。一闪身突然不见了。陈平正惊疑间，耳边又传来那人的声音:

"小主人正在恭候，将军不必迟疑，勿带从人，速去速归。"

陈平上了神禾塬，刚走到铁杉树下，小辟彊就从树后转了出来:

"陈将军辛苦了，小侄儿请安、告罪!"

陈平拉住辟彊的手又惊又喜。但他发现小主人似乎并不想请他进府，便问道:

"世侄儿有何吩咐?"

"太子殿下吩咐我转告陈将军，舞阳侯有言: 一旦宫车晏驾，欲以兵尽诛戚氏、如意之属。太子请将军留意，务予救护。小侄在城中没法见将军，见了也不敢说，才央人请来将军。好大人，不怪我吧!"

陈平能说什么呢? 怎能想象他一个八岁的孩子竟能预知此天大的机要，并做出如此巧妙的安排呢?

"可知令尊大人消息?"

"没有!"辟彊低下了头，难过地回答。

陈平快到清明门前，见出入人多，便下了马。他的身后也有人牵马随在人流中。在走了很长一段路后，他觉得有两个牵马人始终不远不近地跟着他。他没有回头，暗暗觉得奇怪。他拐进了戚里，那两人也跟了进来。陈平把脚步放慢了。突然转过身来，正与前一个人撞个照面。

"将军! 小侄进城时就认出来了，不知将军何以便服从城外回来?"

陈平定睛细看，不禁惊叫道:

"哎呀！是你，萧诚！"

他们又别进一条很深的小巷，这是两府之间的一条夹道。巷中无人。他们一直到了一座小角门的附近才停下。迎接他们的是周勃和西门苍利。

这真是意外的意外。

本来只备了三副杯箸的小花厅石几上，现在由五个人共用了，因为不愿意叫仆人知道。

田钜因为潜入燕都不久，还来不及建立起他传递消息的渠道和网络，事关重大，不得不亲自潜回灵丘。萧诚一听消息，知道事态严重，而代北驻军中差不多有一半是舞阳侯所部，他官卑职小，人微言轻，既不能自专，也不敢知照。便决定与田钜昼夜兼程返回。但因伯父之事和周勃临别所嘱，他只打算到灞上见到杨起将军便终止行程。他们进城来是杨起决定的。

原来燕王卢绾已在燕山长城脚下的万山丛中营建了新巢，南口设置了重兵。蓟都实际上已是一座空城。匈奴铁骑在长城外隐伏。其中少部分实际上已越过长城，与燕王的军队合在一起。燕王现时还经常住于蓟城王宫之中，仍然还是汉帝的藩王，既拒绝张胜、范齐等臣子竖起叛旗的主张和要求，也不肯关闭燕赵边界和燕代边界。但是边界守军对过往之人暗中盘查，跟踪很厉害。显然，燕王卢绾还有犹豫和惧怕。第一，民心并不甘愿从叛；第二，绝无胜利把握；第三，对皇上还抱有希望；第四，一旦非叛不可，即准备退入匈奴境内，或者凭恃燕山以求自保。

最后田钜仍回灞上杨起营中，萧诚去了相府。

直到这时，陈平才说了他去神禾塬的经过。

直到这时，一向能沉得住气的周勃，似乎终于沉不住了。仿佛一匹负重的驮马，一两百斤的口袋，轻松裕如；三四百斤无关紧要；此刻已逾千斤，它，它气喘如牛，四肢颤抖。浑身冒汗，似乎一丝微风就能将其吹倒。

"陈将军！两端事态竟至如此，你我该当如何是好？"周勃双手捧住脸，悲痛得难以自抑了。

西门苍利左手覆于酒杯之上，两眼如炽，端坐不动。他仿佛又置身于飞狐口外的战场上了。

陈平也低头沉吟。天下事果真奇中有异，异中有奇，祸不单行，福无双至，歌舞升平的背后，危机四伏。

难堪的沉默。

陈平伸出右手的食指和中指蘸了蘸杯中残酒，涂于左掌之中，双手一合，然后擦了一把脸。

"绛侯！还记得汉七年平城白登之围吗？"

周勃仰起脸凝视着他。这样的事情，当事人即使血肉之躯灰飞烟灭，化作尘土，后世人也还会传说下去。

"事怕不明，"陈平又说道，"猝不及防，所谓未能逆料也，则无能为力。如今事态既明，虽不能力挽狂澜，亦总能有备，寻到出路。"

周勃挺直了腰：

"请说下去！

"单有外患，不足惧；单有内忧，尚可图。内忧生，外患至，诚然可虑，但皆已逆料，心中有数了。所幸者，还有缓冲之时……"

周勃侧过身子，倾身面向陈平。

"先说外患。君侯在代北名为撤军，实已有备。虽然舞阳侯所部有掣肘之虞，不可不防。但我料舞阳侯第一绝不会与燕王卢绾联合，第二绝不会自树叛旗与汉为敌。因此，舞阳侯所部仍是大汉帝国的干城，逐渐屏除门户之见，一致对敌，可绝燕王西进之路，可扼匈奴扰边之祸。灌婴军驻成皋、荥阳、洛阳，按兵不动，函谷关门户固若金汤，跨过黄河，则可长驱直入，直抵燕境；传檄曹参，齐鲁兖豫可保无虞；知照周昌，赵燕边境坚壁清野，以待大军征剿。若如此，燕王只有北出长城，东去辽襄。燃眉之急可解，往后徐图可也。我料燕王迄今举棋犹豫，所顾虑者，也是为此。"

"好！我的心放下一半，"周勃抵掌说道。可旋又沉吟着说，"只是……只是我还顾虑代北，难以协调诸将，终是隐忧啊……"他看着陈平，旋又把眼光停留在西门苍利身上。

西门苍利被周勃看得有些不好意思，不禁低下头去。

又是一阵沉默。

"二位将军！"西门苍利突然昂起头来，"可否容末将插一言？"得到他们首肯之后，说，"末将三生有幸，既得二位将军之爱，又得二位将军托以心腹，还曾流连于安国侯府中朝夕承教。女为悦己者容，士为知己者死，知恩不报非君子。何况所欲言者，既非死，亦非报，只是想为二位将军略分点滴之忧而已……"

周勃和陈平四目盯住西门苍利。

"……末将愿再赴代北，待杨起将军归代，暗助一臂之力，协调诸将。燕王无警则已，一旦有警，不唯不能西进，只怕退入燕山犹恐迟也！"

周勃的眼睛亮了：

"陈将军！舍得吗？"

陈平一笑：

"男儿志在四方，为国效力，非陈某之私也！"

"好！一言为定！只是……"周勃又沉吟了，"只是……用个什么名义好呢？前次我曾委你为假①北部都尉，此次嘛……噢，有了！依陈将军故事，委你为代北护军都尉，你就有权协调各部骑将的关系了！就这样定！"他制止了他们主副二人想要说的话，又说，"关于爵位，日后请封时再说！"

周勃这里说的依陈将军故事，是指陈平当年背楚向汉，刚抵洛阳，刘邦即委陈平为护军都尉。可以算临时委派性质，也可以是长期任职。陈平现在的正式军职还是护军中尉，位不高于大将军，权有时却高于大将军。如今西门苍利位虽不高于骑将，但权可高于所有骑将，不过没有自己所属的部队。

"只是……"陈平又想说话。

"只是什么？提得快了吗？提得高了吗？不！我相信他完全能在一定时间内替我们挡住这一面！"周勃说道，又转向西门苍利，"即日做好准备，与萧诚同回代北。"

周勃刚要举杯。但陈平的手压在了他的手背上：

"武事上，周将军知人善任，有预见，有远见，谅他是谁也翻不了天。

---

① 暂署成权宜之意。《史记·陈涉世家》："乃以吴叔为假王，"《淮阴侯列传》："……为假王以镇之，"皆此意。

只是眼前内忧令人心烦神乱，常有猝不及防之虞。相国入狱与出狱、罢相与复位，留侯之遁迹，辟彊之传信，等等，皆为出人意料之事。将军还有所不知，连日来太子隐于深宫之中，废父子之礼、手足之情。今日始知为皇后所禁锢，而皇后出入两宫，在圣上面前，待诸子皆如己出，对如意尤为亲昵。若辟彊传言为实，则显系韬晦之举，而圣上不察。据传，辟阳侯审食其已多日闭门不出，但有人却见之于建成侯府。舞阳侯若果暗生异心，阴结势力，一旦事出，又是猝不及防。相国复位之后，因政事紊乱，千头万绪，前有顾忌，后有掣肘，左生嫌，右生隙，上有疑，下有怨，反正支绌。相国竟然复位御史大夫赵尧当始料所不及也，在卿大臣中自觉威望扫地，上表请退，告假休沐，其本心仍在邀宠，并给相国添忧。皇上因相国之事，不便过分宠信御史大夫，但心里大约仍是信赖他，而嫌隙卿大臣。对安国侯敬之畏之，但大约也忌之恨之，全不察其安定帝国之苦心。绛侯啊，危机四伏，这酒喝不下去啊！一定还有许多事情为我等所不知！"

"唉！"周勃长叹一声。在陈平抽回手的当儿，他也缩回了手。"胜利来之不易，弃之却不费吹灰之力！好吧！你们二位给了我最大的帮助。西门都尉怕还需要去安国侯府上一次，将我们的这个安排和决定告诉他，问他有没有别的指示？如果没有，准备好，就去灞上杨起处候我命令。"

"是！将军！"

"陈将军！趁大酺之夜，我俩同去相府吧！"

"不！还是各走各的路。但别忘了叫仆人带去些美酒佳肴啊！"

周勃苦笑了一声。

56

能开能合以调整亮度的宫灯只露出一线微光。借着这线微光，戚姬看着身边的皇上呼吸均匀，睡得非常安稳，心头不由得流溢出一种无限喜悦的情绪。但同时又似乎觉得这幸福来得太容易，反而令人担心，本来她期待这一天已经够久，也够苦的了，更知道这一天来得多么艰难，多么不易。可是一旦就要来临，既好像感到事情本来是必然的，无须惊奇，无须诧异，也无须担心的；却又觉得事情来得意外，来得突然。仿佛一个新嫁娘，在等待吉期的时候，不时地感到心头烦闷、痛苦、焦躁，以致饮食无心，坐卧不安。可是吉期终于到了，心头上既堆满了幸福、高兴，却又脸红、心跳，担心的事儿也更多了。

远处隐隐约约传来巡夜太监的梆子声。戚姬仔细地数着，发现已经是四更天了，心头猛然一震。

低头看了皇上一眼，只见他蠕动了一下。她以为自己碰着了他，悄悄向外挪了挪。皇上还在扯着轻微的鼾声。她翘首凝视着他。他睡得那样安稳，似乎充满了信心。这几天他格外精神、健朗。对！他把什么事儿都做了安排，安排得很好！还有什么值得担忧的呢。

晚膳前，皇上在总章内室里当着萧何、周勃、樊哙、陈平、赵尧、灌婴、夏侯婴、新歙、吕释之和周缲的面，命大太监襄章取来那把挂在小书房寝间里的宝剑赐给如意。那是斩白蛇的宝剑，那是首义的宝剑，那是进入关中的宝剑，那是战败项羽的宝剑，建基立业，开疆拓土的宝剑啊！除了王陵因病未到，在朝的股肱大臣对如意都是拥戴的呀，就是萧相国也没提出异议。安国侯命传旨的太监捎回话来：他只希望国家安定，天下承平，与民休息，政清刑简，千秋万代，继统永嗣。他还请圣上放心。皇上把大事总算安排好了！

她憧憬着未来。

皇上还是安稳地发出均匀的鼾声。

他睡得多么香甜。千万别惊动他，让他多睡一会儿。天明之后，皇上在未央前殿要举行劳旋大礼，要设饮至之宴。今天是大酺最后一日了啊！国家大事就在今日决定了！

高悬中天的启明星益发显得明亮。它要迎接太阳的东升。

长乐宫的钟声，震破了长安清晨的寂静。

钟声也惊醒了皇上。佩蓉正在服侍他起床。戚姬和佩兰等人急忙服侍他梳洗。

更衣时，戚姬授意佩兰取来新做的那袭杏黄色衮龙捧日的方领袍服，袍服上放着皇冠①。这都是按照叔孙通博士根据古礼的形制制做的。刘邦穿戴齐整，站在镶嵌于齐人高的精工镂刻的紫檀框子里的大穿衣镜②前照看。这面方形大铜镜有三尺多高，两尺多宽，使他能看见自己的身影。他仔细地端详着，这顶外黑内红、延的前后用五彩丝线穿珠垂着十二旒的皇冠，比起刘氏竹皮冠真是气魄得多了，可以和秦始皇媲美了。他对镜中的爱妃笑了笑。延的前后的珍珠流苏轻轻地抖动，发出了细弱的但清脆悦耳的响声。他在镜前又前前后后走动了几步，自己也觉得比平日骤然神气得多了。

自从回到长安以来，他似乎第一次感到心情平静而舒畅，从前的焦虑、期望的心情消失了。当然他不能像少年人那样表现自己的情绪，他含蓄了。他毕竟是久经沧桑的人了！

过厅里他摆上了早点，如意还没有来，正在更衣。他要等他。

----

① 制出《周礼·夏官·弁师》。下文的延是长方形的帽顶，旒是延前后的珍珠流苏。

② 古方形铜镜似乎传世极少，笔者仅于山东临淄一大墓挖掘现场的出土文物中见过一面。该墓于 1979 年挖掘时尚未确证年代和墓主人，估计其上限为战国，下限为汉初。那面大铜镜未锈蚀之处仍可照人。据此，汉初有方形大铜穿衣镜。

他在过厅里踱起步来。踱了几圈，觉得鼻子尖浸出了汗珠。这才发现皇袍多么沉重。天哪！一件袍服远比一件实战的金裲裆重得多！他无力负担它。他要脱掉它。戚姬面有难色。她多么欣赏皇上这身穿戴！今天可不是寻常的日子！

"唉！进完早膳嘛，要是弄皱和弄脏了呢？"

脱衣服当儿，平天冠甩得真叫带劲儿。他又索要竹皮冠戴上：

"进完膳，进完膳再说！"

不一会儿皇后陛下驾到了。她穿的也是杏黄色的袍服，只不过领子是圆的，展翅翱翔的金凤代替了张牙舞爪的金龙。

刘邦不得已，只好让了一步：穿上了龙袍。但坚决不肯换下竹皮冠。

"竹皮冠就是我的皇冠！"他发了脾气。

"皇上为什么发脾气？"戚姬陪同两陛下来到宣明殿丹墀那刻儿，还在想着他不肯戴平天冠的事情。

"越平静的湖水越深哪！"在走进过厅，她轻轻地自言自语说，"那么皇上的深心里在想着什么呢？"

突然，未央前殿那边传来了三通登朝鼓。她的心为之一震，不由得紧张起来，心头怦怦乱跳。她猛地一下子站了起来，把在一边陪侍她的佩兰吓了一跳。她站起来做什么？她有点儿发怔。她努力镇静了一下。她知道三通登朝鼓响，表明前殿的宽阔的白玉平台上告祖、劳旋的仪式就要开始了。

首奏《永至》，乐队击柎①，《登歌》乐起，奏黄钟，歌大吕，舞云门，祀天神②，告祖先，慰诸将，行劳旋之礼。然后又奏《休成》之乐，告祖、劳旋礼成。

在未央前殿平台上进行的礼仪结束之后，大殿里隆重的饮宴开始了。金碧辉煌的大殿里，大官令早已指挥太监把席次安排好了，宴席的酒肴穷尽水陆之珍，冷盘如花，热鼎似锦，琼浆如溪水注进金爵玉盏，捧案之人川流不息，往来于席次之间。

---

①② 《周礼·大司乐》："小师掌大祭把，登歌击柎，""奏黄钟，歌大吕，舞云门，以祀天神。"柎，古乐器，即搏柎。郑玄注："柎形如鼓，以韦为之，著之以糠。"

举杯巡酒之后，皇上按预定程序开始宣布册封功臣：周勃实授为太尉，樊哙领丞相衔，灌婴、夏侯婴、靳歙等为车骑将军和大将军，陈平仍为护军中尉，襄理政务，并且都增加了食邑户数。然后是一大串名单，按功馈大小、爵位等级，各有封赏。就是在朝诸臣也因勤劳政事，支援前线，而获封赏。只有萧相国坚决辞谢对他的褒奖和增加食邑。因此皇上在念完名单以后不得不特加说明，而且对他受屈入狱，也有自责。大殿中发出一阵阵欢呼万岁之声。但这声音持续的时间并不很长，因为每个人似乎都明白，这次封赏，征战诸将确实劳苦功高，然而这只是一方面，另一方面，大家便只能等待着。尽管都知道那已经是商定了的，然而又似乎有一种莫名的担心。因而总不能痛痛快快地高兴起来。

在人们欢呼万岁的时刻，太子詹事悄悄溜到太傅身后对他耳语。太傅立即随他悄悄退出大殿。在相国提议为受封诸将举杯祝贺的当儿，叔孙通引着四位高低胖瘦各具特色好似神仙一流的拄着盘曲拐杖的老人进入殿中。

皇后有些吃惊。他们入宫见驾事先并未向她说知。她不禁偷眼看着皇上，只见他半坐起来，倾身凝睛细看。

他哪里知道那正是商山四皓啊！那个脸庞圆圆的，红润得像个大苹果，肚子鼓得好似大南瓜，把上紫下玄的衣裳撑得满满的老人是东园公庾宣明先生；又瘦又驼，就像一根弯棍子挑着衣裳，衣裾拖地的老人是夏黄公崔少通先生；角里先生又高又大，银须银发，偏又穿一身玄色衣裳，真是黑白分明；绮里季先生矮得仿佛是个十二三岁的小孩，而他的拐杖却顾长无比。

太子一见立即从兄弟群中走开，默默地迎上前去，搀扶着崔少通和绮里季两位老先生，随在叔孙通和角里、庾宣明三位先生后面，慢慢向皇上面前走来。他们是特来辞行的。

除了陈平等少数人知道之外，宴会上所有的人都感到惊奇和意外。他们不知道这是哪里来的活神仙，连上肴馔和斟酒的太监们也都从旁观看。

皇上早已离座，欲进又止，欲退又前，有些恍恍惚惚似的。皇后也已离开御座，趋至皇上身侧正欲搀扶，又未搀扶。

这时，叔孙通先生突然打破了沉寂，向皇上一一指着介绍起来：

"陛下！这位是东园公庾宣明庾老先生；这位是夏黄公崔少通、崔广先生；此位是角里先生周术，字元道，乃太伯之后，京师人亦称之为霸上先生；这一位是绮里季老先生……"

皇上似乎不相信自己的耳朵，竟直趋至叔孙通跟前，像询问机密似的说：

"是……商……山四皓吗？"

"陛下，正是商山四皓！"

"何……何时……来京？"

"为时不久！"叔孙通故意含糊地说。

"现居……于何处？"

"太子宫中。"

"何人所请？"

"老臣！老臣为太子延师。"

"啊！"皇上痴呆呆地甚至不知所措地向后退着。皇后急忙搀住他的臂肘。他倚着皇后稍稍稳了一会儿，才似乎想起应当见礼，便脱开皇后的搀扶，趋至四皓面前躬身作揖：

"当年吾求诸公，诸公为何避逃而不见我？"

角里先生抱杖还了一揖：

"可容某山林老朽率尔直言？"

"无妨！请直言！"

"昔，陛下轻士善骂，老朽等义不辱，故避而亡匿。"

"呵……原来……今公等又何以从吾儿游？"

东园公庾宣明老先生接说道：

"吾等闻太子孝悌仁德，恭敬爱士，天下有识者心向往之，故弃山林以从游。"

绮里季老先生又补充说：

"昔者，秦皇无道，我等避之唯恐不速，匿之唯恐不深。'富贵之畏人兮，不若贫贱之肆志'。今者，太子贤惠，天下莫不延颈愿为太子死者。故老朽前来。"

这时皇上缓缓地说道：

"原来是这样！那么先生等来京之后又何不见我？"

夏黄公崔少通老先生因为缺牙少齿，言语不清，先咳了两声嗽，才说道：

"圣上久病不朝，我等山林老朽，无缘得见……"

"啊！啊！"刘邦漫应着，一阵阵觉得心慌意乱，好像都怪身上穿的那件足有千钧重的龙袍，压得他挺不起腰来了。有几次竟下意识地去扯衣服的前襟。他仿佛有一种梦幻般的感觉。鼻子尖冒着热汗，身上又一阵阵觉得毛森森地发冷。他觉得眼前这四个峨冠博带，宽袍大袖的老人飘飘忽忽，呈现出各种不同的色彩。他们到底是人还是神？到底是怎么回事儿？从他们由叔孙通引上殿的那一刻起，他就觉得事有蹊跷，令人心神不定。

他努力想稳定自己，眼睛挨个儿地打量着他们。当他第三次睃到像一根弯棍子挑着衣服的崔少通先生的脸儿，心里似乎逐渐平稳了。他想就这几位"山林老朽"能怎样？他连衣服似乎都挑不起来了呀！他们高唱什么"富贵之畏人兮，不若贫贱之肆志"，可是他们的衣服却都换上了绫罗绸缎！他们既然下山却又不见我，那又与我有什么干系？他们并没有什么安邦定国之策，更不要说南征北战了！而我的股肱大臣为我汉家江山千秋永固，继统永嗣，不都已经同意了我的决策了吗？难道能因为他们而改变大计吗？笑话！

"诸公可以休矣！"

刘邦客气地劝他们去休息，然后便转过身来回到御座上去。

吕后看一眼叔孙通，便随皇上也回到了御座。她对四皓早就丧失了信心和希望。不知儿子和叔孙太傅为什么竟把他们悄悄请到宴会上来，连座次都没有给他们预备。但是他们不单来了，还要当面指责皇上轻士善骂，这不诚心火上浇油吗？他——皇上——若是再追究起来，妹夫所一再坚持的韬晦之计被识破，将会出现什么结果？她到了御座前，见皇上坐了下去，她也坐下去，并且瞟着樊哙。樊哙只随着周勃，似乎把一切都置之不问了。

四皓并没有去休息。他们仍然站在原地不动，眼睁睁地看着皇上。太子和太傅仍站在他们左右。

皇上似乎有些不耐烦，嘴唇蠕动了两次，却没出声。后来就扫视着殿上的群臣。

殿上静下来了，刘邦轻轻咳了一声嗽，但人们感觉像雷鸣，预料之中的事情大约就要发生了，可是人们还觉得不寒而栗。就如在乌云罩顶时，已经看见了闪电，知道就要出现雷鸣，而一声霹雳，人们还觉得惊心动魄一样。

"盈儿、如意近前听旨！"刘邦以温和但却令人觉得掷地千钧的声调命令道。两位皇子立即来到两陛下的面前跪了下来。刘邦又看一眼四皓，好像希望他们走开。但他们确乎是"老朽"，似乎就没看见他的眼神。他实在不便公然对他们下逐客令，不想再落一次"轻士善骂"的罪名。他又睃视群臣，从萧何、王陵、一干卿大臣直到长安内史的官员，又从周勃、樊哙一直看到一千骑将和南北两军的都尉们。他们竟没有一个人起来帮他请走四皓。他发现人们不是仰望着他，就是在偷觑刘盈和如意。他心想，好吧，你们四位高士愿追随刘盈，那么就追随他去吧！他挺了挺腰，终于说道：

"年来，吾以羽檄征天下兵，北战陈豨，南伐黥布，不幸于庸城受创，竟中道而返。幸赖上天有灵，将士用命，终使陈豨授首，黥布伏诛。乱臣贼子同时就歼，两线战争大获全胜，为多年沙场鏖兵所仅见。国有此干城，朕有此爱卿，天下幸甚，社稷幸甚。只是……唉！"

刘邦突然长叹一声，接着偏偏咳嗽起来。大约他许久以来病体恹恹，很少大声说话。方才在劳旋典礼仪式上已经说了很多话，又封了功臣，已经很吃力了。他喘息一阵，同时又把群臣扫视一眼，并且侧过脸来看了看皇后，觉得一切都会顺利的。于是又说道：

"我，我深知寿夭有定，非人力所可强求。语云'屋漏在上，知之在下①。我已老耄，不久人世；伤及脏腑，焉望痊愈！……"

群臣中似乎有人啜泣了。

皇上努力提高了声音：

"……我提三尺干将，荡平诸王，雄踞天下。此虽天命，实赖诸卿。但欲使祚胤繁昌，不使中缺，更赖诸卿！国玺铭刻'受命于天，既寿永

---

① 语出《古诗源·梁史》。

昌',人寿有限,国寿当为永远。我与诸位公卿大臣剖符作誓,丹书铁契,金匮石室,藏之宗庙,以昭后世,盖即欲与诸位公卿及其子孙永远共享天下也!"

刘邦突然站了起来,就要宣布易储的决定了。殿上群臣都在仰视着皇上。皇后却低下了头。如意也低着头,跟刘盈一样。刘邦把全殿睃视一遍,用全部力量努力大声说道:

"夫智者有虑穷之时,力者有筋疲之日。顾念往背,君臣际会,叱咤风云;瞻望未来,子幼父老,谁知休咎?自古以来,受命帝王皆望千秋万代继统永嗣。然而夏启之后,太康失国,昆帝怨乱,中庸涸淫,废政乱国。商汤灭夏,汤崩,太子太丁未嗣而卒,太甲继立,暴虐不明,不遵汤法,而遭放逐。此皆创业圣主因择储不善,终至国乱。西伯未崩而立子发,武王嗣统,绪业文王,伐纣灭商,封建天下。故颂曰:'思文后稷,克配彼天,立我蒸民,莫匪而极。'大雅曰:'陈锡载周。'是以择储为善,载周以至八百余年。或曰天道无亲,常与善人。若立储君之不善,如始皇之与二世,终致一夫作难而七庙隳,不唯万世之治为虚妄,且为后世所讥弹。故择善立储,国之本也!孺子刘盈,朕于二年立为王太子,五年立为皇太子。十年储副,公卿共见。虽有智者留侯、名儒稷嗣君为傅,百官为辅,朕且常委以监国重任,然而懦弱无能,庸碌无为,无所建树,不类我也!慎子有言,不聪不明,不能为王。朕老病缠身,于身后事不能不虑。如今天下虽已初定,然北有匈奴窥我长城,南有赵佗自立武王,此则不可谓之为安;自秦末大乱,百姓流离颠沛,户口十存二三,此则不可谓之为平,大统七年,兵戈未止,徭戍难减,此则不可谓之为宁;天下百姓嗷嗷待哺,土地虽广,耕牛稀少,籽种短缺,粮食不足,而赋税难以蠲除,此则不可谓之为静。国家无安平宁静,唯人君是问。人君老耄,瞩望储君。储君无聪明之见,有聋聋之称,何以继统永垂后世?何以治平以安天下?何以统军以守四方?朕与皇后及诸大臣共商之,今决定废黜刘盈为太子……"

刘邦一口气说出了他的重大决策的第一个方面,不禁又咳嗽起来。

要发生的事情终于发生了。除了皇上一个人的咳嗽声,这整座金碧辉煌的大殿却像古堡废墟或荒坟败陵那样阒无声响。原本是为出征诸将举行的最盛大的劳旋宴会，然而好像一开始就没有一个人动过一样酒肴。人们等待着下文。

突然，甪里先生打破了沉寂：

"好！好！圣上说得好！我等山林野人可以休矣！就此告别！"

崔少通先生连手都没有拱一拱，就车转身随其老友向殿外走去。

刘邦有些尴尬，不知是上前劝阻还是任其自去。

但刘盈却急抬头膝行至他们面前：

"四位先生且请留步，稍候片刻。"

他们倚着拐杖停了下来。

刘盈又膝行至原处，行了三拜九叩的大礼：

"儿臣不孝，有负父皇陛下厚望。儿臣恪遵父皇陛下圣旨。祝父皇陛下万岁！万岁！万万岁！"

刘邦叹了一口气，又说道：

"儿呀！你不必难过。为父并非对你不爱，也知你孝顺仁和。只是为我汉家天下千秋万代着想，不得不如此啊！为父今封你为九江王！你兄刘肥为齐王，有七十城。为父绝不亏待你，你当有八十城！"

"儿臣谨谢父皇陛下隆恩浩荡！但儿臣有一请求，不知父皇陛下可能允准？"

"好！你说吧！"

"儿臣……"

"慢！殿下！"叔孙通突然打断刘盈的话，然后向刘邦叩了一个头，说道，"陛下！驽钝老臣诚惶诚恐昧死陈言……"

"师傅！请不必说了。"刘盈欲拦阻其师傅。

刘邦有些诧异。他要说什么呢？他想，不都已商量好了吗？他怕有人反对，但又没有喝止他。而叔孙通却急促地说道：

"老臣昧死陈言！臣闻之，慎子曰'廊庙之材非一木之枝，帝王之功非一士之略'。陛下与群雄并起，强秦土崩，项羽称霸，诸王臣服，而终刎剑乌江。陛下拨乱反正，一统天下，定陶称尊，洛阳定鼎，迁徙枞阳，建都长安，如天地开辟，日月重光。此虽天佑之德，庙算之功，亦赖群木之枝，众士之略。今陛下欲易太子以固国本，老臣身为欲废太子之傅，对皇上废立大计本不应置喙，恐有偏袒之嫌也。然老臣闻之，太康失国，太甲放逐，虽有择储不善之讥，却何以王业久嗣，匡济天下？盖因长幼有序，嫡庶有别。故曰太子天下本，本摇则天下震动。非有大恶于天下，太子不可废也！夏商远矣，周则近焉。幽王宠爱褒姒，废宜臼，立伯服，导致骊山之难。晋献公以骊姬故，杀申生，立奚齐，晋国乱者数十年，为天下笑。秦以不早定扶苏，胡亥诈立，自使灭祀，此为陛下所亲见。今太子仁孝……"

"师傅！请不要说了……"

"不！我要说！陛下与皇后共苦食啖，岂可背哉？太子无过，陛下必欲废长立幼，废嫡立庶，臣愿先伏诛，以颈血污地！"

刘邦睚眦尽裂，一言不发，突然拔出宝剑来。

叔孙通以额触地，砰然有声。

太子膝行到叔孙通前边来护住师傅，周勃、陈平、樊哙、灌婴等也上前环护住叔孙通。

群臣中一迭声呼喊陛下息怒。

刘邦把剑咔的一声退在剑匣之中，竟喊道：

"来人哪！把叔孙通押进监狱，不，押进暴室！"

大约他想起了萧何之事，押进长安监狱、大臣们要营救，而押进宫内监狱则无人营救得了。

刘盈膝行到刘邦脚下，如意也膝行过来，一迭声要求他息怒和赦免。殿上似乎乱了营了。这使刘邦非常焦躁，因为他还未宣布立储！他跺着脚喊：

"静下来！"

刚一静下来，刘盈却抢说道：

"启父皇陛下！请容儿臣最后一言：儿臣不愿为九江王！"

"嗯？你欲抗旨还是别有所求？"

"别有所求！"

"讲！"

"儿臣受父皇陛下、母后陛下养育之恩，教诲之德，高过皇天，厚胜后土。儿臣储位十载，无开疆拓土之功，无安邦定国之策；未能为父皇陛下分一日之忧，却为父皇陛下增千年之虑；未能为百姓解倒悬之苦，却为百姓添衣食之赋；未能诛叛擒逆、拒敌于国门之外，却只养尊处优、徘徊于宫苑之中。儿臣武不能安邦定国，文不能立法千秋；监国不能理政，储副不能劝农。儿臣罪孽深重，十载储副，毫无建树，理应废黜。儿臣无经邦济世之才，如若受封为九江王，自知亦是忝居高位，徒增祸国扰民之害。因此，儿臣无德无能，既已摘掉储冠，亦不愿再受封为王。儿臣深悔未能随吾师留侯遁迹山林去寻赤松子游。今所幸留侯荐聘四皓翩然出山。儿臣仰慕高士，承其不弃，即此随之远游。儿臣叩谢父皇陛下与母后陛下养育之恩，就此拜辞父皇陛下与母后陛下，祝父皇陛下与母后陛下千秋万岁，万寿无疆！儿臣亦拜别兄姊弟侄，拜辞师傅与众位公卿大臣！请父皇陛下与母后陛下不必以儿臣为念，亦望诸弟不必再以劣兄为手足……"

刘盈边说边哭边向四面叩头，然后立即起来断然向四皓走去。在他的心目中，未央大殿不存在了，父母兄弟诸亲友众公卿大臣都永别了，一切一切都不存在了。他跪在四皓面前：

"请收留弟子，就此启程吧！"

"好！就此启程！"甪里先生喊道，"我等不虚此行！"他又吟道，"富贵之畏人兮我等速去，山林之深邃兮以求天年……"

"父皇陛下……父皇陛下……"齐王刘肥惊喊道，"快醒醒……"

未央宫大殿一片寂静……